HAYMON taschenbuch **325**

Herbert Dutzler

In der Schlinge des Hasses

Roman

Herbert Dutzler

In der Schlinge des Hasses

I

„Komm jetzt endlich! Komm!“ Mama ist ungeduldig. Ich muss aber noch das Hexenhaus holen, das ich heute aus Karton gebastelt habe. Ich will es mit nach Hause nehmen. Dann kann ich mit meinen Playmobil-Männchen spielen. Die passen da hinein. „Jetzt bitte!“ Mama klatscht mit den Händen gegen ihre Oberschenkel. Aber sie muss auf mich warten.

Ich laufe noch einmal zurück in den Gruppenraum. „Das Haus!“, sage ich zu Tante Cornelia. „Wo ist das Haus?“ Sie nimmt es vom Tisch und legt es mir vorsichtig auf die ausgestreckten Arme. „Du könntest es auch hierlassen und morgen noch bemalen!“, meint sie. Ich schüttle den Kopf und gehe wieder in die Garderobe.

„So, jetzt aber!“ Mama fasst mich an den Oberarmen und drückt mich auf die Bank. Ich habe Angst, dass das Hexenhaus kaputtgeht, und halte es krampfhaft fest. „Wir sind schon so spät dran!“, schnauft Mama, während sie mir die Hausschuhe auszieht und meine Füße in die Stiefel hineinzustopfen versucht. „Kannst du nicht ein bisschen mithelfen?“ Ich muss mein Hexenhaus festhalten. Außerdem beginnt es draußen gerade zu schneien. „Kann ich am Nachmittag rausgehen? Einen Schneemann bauen?“ „Verdammt nochmal, jetzt steck endlich deinen Fuß rein!“ Mama ist richtig wütend geworden. Ich sehe den Schneeflocken zu, die immer dichter vom Himmel fallen. „Gibt’s ein Problem?“ Tante Cornelia steckt den Kopf durch die Tür. Meine Mama schüttelt den Kopf. „Schon geschafft!“ Jetzt muss ich mein Haus doch abstellen, denn während ich meine dicke Jacke anziehe, kann ich es nicht halten. „Das lassen wir da!

Wir haben zu Hause schon genug von dem Krempel!“, entscheidet Mama.

Das darf nicht sein. Mein Hexenhaus! Ich brauche es doch! Heute Nachmittag schon! Und sie hat es sich nicht einmal genau angesehen. Ich spüre, wie sich meine Augen mit Tränen füllen. Ich halte das Haus mit beiden Händen fest und stampfe mit den Füßen wütend auf den Boden. „Das Dach ist aus Lebkuchen!“, schluchze ich, als sie mich an einer Hand nach draußen zieht. „Und die Fenster aus Marzipan!“ Ich lecke mir mit der Zunge über die Lippen und lasse das Haus nicht los. Die Tränen versiegen wieder. „Schnell jetzt! Ich muss noch das Essen fertig machen, bevor Papa nach Hause kommt!“ Ich klettere ins Auto, stelle das Hexenhaus neben mir ab und setze mich auf meinen Sitzpolster. Mama greift nach dem Sicherheitsgurt, aber vor lauter Hast gelingt es ihr nicht, ihn im richtigen Gurtschloss einrasten zu lassen. „Verdammt!“, flucht sie.

Das nächste Mal beginnt sie zu schimpfen, als wir an der ersten Ampel die Grünphase knapp verpassen. Sie schlägt sogar aufs Lenkrad und fährt ruckartig an, als die Ampel erst gelb zeigt. „Ich habe Durst! Bleib beim Supermarkt stehen!“ Ich will unbedingt etwas trinken! „Du wartest, bis wir zu Hause sind. Da kannst du Wasser trinken!“ „Ich will aber kein Wasser! Du sollst stehen bleiben! Jetzt!“ Ich schreie so laut, dass Mama zusammenzuckt. Schon wieder die Tränen. Sie gibt Gas und schießt über eine Kreuzung, als die Ampel gerade von Gelb auf Rot schaltet. Und sie flucht wieder.

Ich kenne das schon. Bevor Papa nach Hause kommt, ist Mama immer nervös, aufgeregt und furchtbar hektisch. Und ich brauche dann immer etwas, das gerade nicht da ist. Das ist einfach so. Ich brülle noch mehrmals nach Saft, sie soll endlich langsamer machen, sich endlich einmal mit mir beschäftigen. Sie hat nicht einen einzigen Blick auf mein Hexenhaus geworfen!

Daheim habe ich eine Playmobil-Hexe. Sie hat einen spitzen Hut mit einer Feder und einen lila Rock mit Flicken drauf. Außerdem einen Besen, orange Haare und eine orange Brille. Die wird gut in das Hexenhaus passen. Mama hat sie noch nicht gesehen, denn eigentlich ist sie für Mädchen, und ich habe mit Sophie getauscht. Sophie wollte unbedingt einen Astronauten haben, und davon hatte ich zwei. Oder drei. Mama hält nicht viel davon, wenn ich mit Sachen spiele, die eigentlich für Mädchen sind. Oder, genauer gesagt, sie hält nicht viel davon, weil Papa strikt dagegen ist, dass ich mit Mädchensachen spiele. Er kauft mir immer nur Bubenspielzeug. Einmal habe ich mir aus dem Lego-Katalog etwas ausgesucht, das rosa und lila war. Da ist Papa ganz eigenartig geworden, hat die Seite aus dem Katalog gerissen und ist rausgegangen. Gesagt hat er nichts.

Hänsel und Gretel passen auch gut ins Hexenhaus. Als Hänsel nehme ich den ... „Aussteigen! Oder bleib da, wie du willst!“ Mama lässt die Heckklappe aufspringen und holt ihren Einkaufskorb heraus. Ich bleibe sitzen und nehme mein Hexenhaus auf den Schoß. Plötzlich ist es still, ich höre die Haustüre ins Schloss fallen. Mama ist hineingegangen und hat mich alleine gelassen. Das Gurtschloss kann ich schon selbst öffnen, aber ich bleibe trotzdem im Auto. Da ist es so angenehm und friedlich. „Es war so finster, und auch so schrecklich kalt ...“, singe ich. Hoffentlich kommen meine Eltern nicht auf die Idee, mit mir in den Wald zu gehen und mich dort zurückzulassen. Es ist wohl besser, wenn ich doch aussteige. Vor der Haustür muss ich das Hexenhaus noch einmal abstellen, um die Tür aufzubekommen. Die Türschnalle ist ganz schön hoch oben.

„Spinnst du jetzt komplett?", schreit Mama, als ich mich mit den Stiefeln an den Füßen auf den Weg in den ersten Stock mache. Vor lauter Schreck lasse ich mein Hexenhaus fallen, es purzelt zwei Stufen hinunter. Schon wieder kommen die Tränen. Ich brülle jetzt auch, aber vor Schreck und vor Zorn. „Was fällt dir denn ein, mit den dreckigen Stiefeln auf die Treppe!" Ich habe vergessen, dass es eine ganz strenge Regel gibt, dass man nicht mit Schuhen in den ersten Stock darf. Ich habe einfach nur daran gedacht, so schnell wie möglich mein Hexenhaus unter mein Bett zu stellen, wo es sicher ist. Jetzt ist es womöglich kaputt.

„Sieh dir das einmal an!" Mama deutet auf die schmutzigen Sohlenabdrücke auf den Stufen. „Das kann ich jetzt auch noch wegputzen, bevor Papa kommt!" Ich brülle noch lauter, als ich entdecke, dass sich das Dach des Hauses an einer Ecke gelöst hat. Es ist sogar verbogen. „Mein Haus! Mein Haus!", schreie ich, während mir Mama grob die Stiefel von den Füßen zerrt. Ich nehme es wieder auf die Arme und haste auf Socken die Treppe hinauf. Erst, als ich es unter meinem Bett verstaut habe, lässt das Schluchzen nach. Ich glaube, ich kann es wieder reparieren. Die Playmobil-Figuren müssen in einer der Schubladen unter dem Kleiderschrank sein. Ich öffne sie.

Als Erstes finde ich einen Bauarbeiter mit Warnweste, Schutzhelm und Gehörschutz. Ich nehme ihn heraus, denn er kann den Verkehr auf dem Teppich regeln. Vor allem muss er aufpassen, dass keine Autofahrer bei Rot oder Gelb über die Baustellenampel fahren. Eine Ampel muss auch irgendwo im Kasten sein. Ich krame weiter herum. Da ist noch ein Bauarbeiter mit Schubkarre und einer mit Funkgerät. Nein, das ist ein Feuerwehrmann. Ich stelle beide neben den ersten, sie können ihm helfen. Ich muss noch eine Absperrung suchen, damit niemand über die Baustelle fährt. Und ein Auto, das an der Absperrung stehen bleiben muss.

Ich höre, wie unten die Haustür zufällt. Das muss Papa sein. Normalerweise kommt er zu Mittag nicht nach Hause, aber er muss heute Abend noch nach Finnland fliegen. Oder nach Holland, ich habe es mir nicht gemerkt. Da ist jedenfalls morgen eine wichtige Sitzung in der Filiale. In Irland. Ja, in Irland, glaube ich. Jedenfalls irgendwas mit „Land“ am Ende. Ich schaue über das Treppengeländer nach unten. Papa ist gerade dabei, meine Stiefel aufzuheben und ordentlich nebeneinanderzustellen. Prüfend fährt er mit dem Finger über einen der schmutzigen Abdrücke auf den unteren Treppenstufen und betrachtet dann seine Fingerkuppe. „Hier sieht's ja aus!“, sagt er. „Ist wenigstens das Essen fertig?“

„Es war ein bisschen chaotisch heute!“, höre ich Mamas Stimme aus der Küche. Sie klingt ein wenig zittrig, wie immer, wenn Papa nach Hause kommt. „Und Leo hat wieder einmal entsetzlich getrödelt.“ Papa schüttelt den Kopf und verschwindet in der Küche. „Leopold, meinst du“, höre ich ihn noch sagen. „Du weißt, dass ich es nicht dulde, dass Vornamen verhunzt werden!“ Seine Stimme ist lauter geworden. Ich gehe zurück in mein Zimmer und lasse das Auto gegen die Absperrung krachen. Der Arbeiter, der aufpassen sollte, verliert zur Strafe seinen Kopf. Hätte er eben besser achtgegeben!

„Leopold!“ Papa ruft von unten, und seine Stimme klingt bedrohlich und ungeduldig. „Leopold, komm zum Essen herunter!“ Ich springe auf und haste die Treppe hinunter. Papa mag es nicht, wenn man ihn warten lässt. Wenn er etwas sagt, muss es sofort passieren. Nicht später. Ich bleibe auf der untersten Stufe stehen. Papa lächelt. Er trägt einen grauen Anzug mit Weste und Krawatte darunter. Mit den Fingern der rechten Hand fährt er mir durchs Haar. „Du sollst doch nicht trödeln!“, ermahnt er mich. „Wenn Mama etwas sagt, wird es gleich gemacht! Sie hat ja nicht so viel Zeit wie du!“ Ich habe auch keine Zeit gehabt, denke ich. Zuerst keine Zeit, um Mama das Hexenhaus zu zeigen, und dann keine, um stehen zu bleiben und im Supermarkt Saft zu kaufen. „Ich hab Durst!“, sage ich, denn ich habe vergessen, etwas zu trinken, als wir nach Hause gekommen sind.

„Jetzt setzen wir uns zu Tisch. Da kannst du dann trinken. Ordentlich. Aus einem Glas, wie es sich gehört.“ Papa mag es nicht, wenn ich mir Wasser aus dem Badezimmer im Zahnputzbecher hole. Wasser wird bei Tisch aus einem Glas getrunken. „Wozu haben wir die schönen Gläser?“, fragt er immer.

Ich rutsche auf meinen Stuhl. Papa zieht sein Sakko aus und drapiert es sorgfältig über die Stuhllehne. Er zupft so lange daran herum, bis es nicht mehr schief hängt. Der Tisch ist schön gedeckt, so, als ob es ein Fest zu feiern gilt. Das ist aber bei uns immer so. Es gibt ein sauberes Tischtuch, und Teller und Besteck sind ganz exakt ausgerichtet. Papa sieht auf seinen Platz und rückt Gabel und Messer etwas zurecht, so, als ob sie an der falschen Stelle gelegen wären. Oder nicht genau im rechten Winkel zur Tischkante. „Das kann doch nicht so schwer sein!“, rügt er Mama, wenn das Besteck nicht richtig liegt. „Erkennst du denn nicht, ob etwas im rechten Winkel liegt? Oder weißt du nicht, was das ist?“ Manchmal lacht er dann auch, und Mama erklärt, dass sie nie so gut in Mathematik gewesen ist. Dann nickt Papa zufrieden, weil er denkt, dass Frauen in Mathematik eben gar nicht gut sein können. Heute allerdings sagt er nichts, als Mama die Platte mit dem Rinderbraten auf den Tisch stellt. Er legt nur kurz den Handrücken auf seinen Teller, wobei sein Ring klirrt. „Die Teller sollten vorgewärmt sein“, sagt er. „Der Braten wird sonst zu schnell kalt.“ Mama stöhnt. „Dazu bin ich nicht mehr gekommen!“, entschuldigt sie sich. Papa sagt nichts, schüttelt aber missbilligend den Kopf und schnalzt mit der Zunge.

„Ganz brauchbar!“, meint er nach dem ersten Bissen. „Gut, dass ich dafür gesorgt habe, dass wir ordentliches Rindfleisch bekommen. Das aus dem Supermarkt taugt ja nichts. Es ist doch von dem Galloway-Züchter mit dem Hofladen, den ich dir empfohlen habe, nicht?“ „Deswegen hat es ja auch so lange gedauert!“ Mama klingt verärgert. „Ich habe fast eine Dreiviertelstunde bis zum Hofladen gebraucht. Und dann dauert ja so ein Braten auch seine Zeit!“ „Das ist alles eine Frage der Einteilung!“, erklärt Papa mit erhobener Gabel. „Und jetzt wird nicht diskutiert, sondern gegessen!“

Ich kann das Fleisch nicht selber schneiden, es ist viel zu fest. „Komm, ich schneide dir das!“, sagt Mama und schneidet mein Stück Fleisch kreuz und quer in viele kleine Quadrate. „Leopold sollte langsam lernen, sein Fleisch selbst zu schneiden“, meint Papa. Mama antwortet nicht. Ich stecke ein Stück Fleisch in den Mund und kaue darauf herum. Irgendwie bleibt es im Mund stecken, lässt sich mit den Zähnen nicht zerbeißen, und schlucken kann ich es schon gar nicht. Ich weiß natürlich, dass ich es auf keinen Fall ausspucken darf. Nach langer Zeit gelingt es mir, den Bissen hinunterzuschlucken. Ich esse nur noch Nudeln, die mir Mama auch kleingeschnitten hat. Mit meinem Löffel. Aber auch das passt Papa nicht. „Wann lernt er endlich, ordentlich mit einer Gabel umzugehen?", fragt Papa, zu Mama aufblickend. „Und das Fleisch wird auch gegessen, das ist erste Qualität, und es war sehr teuer. Man arbeitet ja nicht für den Abfallkübel!" Ich sage nichts. Papa sieht auf die Uhr. Wenn ich Glück habe, dann muss er weg, bevor er mich zwingen kann, noch mehr Fleisch zu essen.

„Ich muss mich umziehen!", sagt er schließlich. „Mein Flug geht in eineinhalb Stunden." Papa muss sich nicht anstellen wie die anderen, denn er fliegt in der Business Class. Deshalb kann er es sich leisten, erst so kurz vor dem Abflug zum Flughafen zu fahren. „Denkst du daran, Leopold zur musikalischen Früherziehung zu bringen?", fragt er noch. Mama seufzt. „Natürlich!", sagt sie. Ich weiß nicht, ob sie wieder wegen dem „Leopold" geseufzt hat oder wegen der Musikstunde.

Papa heißt Leopold, und sein Vater und sein Großvater haben auch Leopold geheißen. Ich bin also Leopold der Vierte, was Papa niemals vergisst zu betonen. Leopold der Erste hat die Firma gegründet, und Leopold der Zweite hat sie zu einem Großunternehmen gemacht. Leopold der Zweite ist Opa und erst vor kurzem in Pension gegangen. Dennoch taucht er fast jeden Tag in der Firma auf. Das weiß ich, weil

Papa fast täglich seinem Ärger über Opa Luft macht. Der mischt sich angeblich überall ein, tut, als ob er noch der Chef wäre, und versteht überhaupt nichts davon, wie man gute Geschäfte macht. Sagt Papa.

Ich finde Opa Leo gemütlich, denn er spielt immer mit mir, wenn ich bei ihm und Oma bin. Opa Leo hat eine Modelleisenbahnanlage, und ich darf sogar die Züge fahren. Obwohl Papa meint, eine Modelleisenbahn sei weder eine sinnvolle Beschäftigung für einen alten Mann noch ein geeignetes Spielzeug für mich.

Mama räumt den Tisch ab, während Papa sich oben im Schlafzimmer fertigmacht. Sie hält den Finger vor den Mund, als sie meine Fleischportion vom Tisch nimmt und in die Küche trägt. Später wird sie sie im Klo hinunterspülen, denn manchmal kontrolliert Papa auch, ob der Müll in der richtigen Mülltonne ist. „Tierische Abfälle gehören nicht in den Biomüll!“, hat er Mama schon mehrmals erklärt, wenn er einen Hühnerknochen oder eine Fischhaut im Biokübel vorgefunden hat.

Bei Oma und Opa ist das auch ganz anders. Oma weiß, was ich gerne mag. Wenn ich bei ihr bin, bekomme ich immer Mohnnudeln oder einen Kaiserschmarren mit Zwetschgenröster. Sie setzt sich auch immer zu mir und hört mir zu, wenn ich ihr was vom Kindergarten erzähle. Und wenn sie mir wirklich zu viele Mohnnudeln auf den Teller gehäuft hat, dann isst sie sie selber auf.

„Leopold!“ Papa beugt sich zu mir herunter, um seinen Kuss zu bekommen. Der ist verpflichtend, wenn er über Nacht wegfährt. Mama ist in der Küche damit beschäftigt, den Geschirrspüler einzuräumen. „Brigitte!“, ruft Papa, denn es gehört zu den festgelegten Ritualen, dass auch sie sich an der Haustür mit einem Kuss von ihm verabschieden muss. Als sich die Haustür hinter Papa schließt, seufzt Mama laut auf und lässt sich auf das Sofa im Wohnzimmer fallen. Der Geschirrspüler bleibt halb eingeräumt zurück. Mama legt die Hände vors Gesicht und zuckt. Ich glaube, sie weint still in sich hinein. Leise gehe ich wieder in mein Zimmer. Vor dem Essen hatte ich ganz vergessen, dass ich eigentlich die Bewohner für mein Hexenhaus zusammensuchen wollte.

1

„Bitte, lass mich nicht allein!"

Er konnte das Gewinsel seiner Mutter nicht mehr länger ertragen. Seit er eine Freundin hatte, war Mama in Panik, dass er ausziehen könnte. Und das, so schwor er sich, würde er auch, sobald sich eine günstige Gelegenheit ergab. „Ich lass dich nicht allein!", log er zwischen zwei Bissen Marmeladebrot. Mama konnte es einfach nicht lassen, ihm jeden Morgen ein Brot mit ihrer klebrigen Erdbeermarmelade zu schmieren, obwohl er ihr schon tausendmal erklärt hatte, dass er keine Marmeladebrote essen wollte. Vor allem, weil die Marmelade mehrere Jahre alt war und das Erdbeerrot einem rötlichen Grau gewichen war. Nur, damit sie nicht gleich wieder mit ihrem Gezeter anfing, hatte er ein paarmal abgebissen.

„Aber diese Esther, die will mit dir zusammenwohnen! Das ist doch klar! Die will dich ganz für sich allein!" Mama hatte Esthers Namen mehr ausgespuckt als gesprochen. Tiefe Ringe unter den Augen, raue Stimme, unsichere Schritte. Wie fast jeden Morgen. Es war schlimmer geworden. Als er noch in der Schule gewesen war, hatte sie wenigstens nur am Abend getrunken. Nun hatte sie schon wieder diesen zittrig-weinerlichen Ton angeschlagen, den er gar nicht vertrug. „Ich denke nicht daran, auszuziehen!", erklärte er nochmals, nur, um sie endlich zum Schweigen zu bringen. „Zumindest nicht jetzt!" „Aha!" Mama knallte die Zuckerdose auf den Tisch. „Aber bald, was? Und dann lässt du mich auch im Stich!" Leo schüttelte den Kopf. Am liebsten hätte er ihr das Marmeladebrot ins Gesicht geschleudert und wäre sofort davongelaufen. „Irgendwann werde ich eine Familie haben, ein eigenes Haus, eine Frau, Kinder! Ein eigenes Leben!“ Mama wischte Tränen aus den Augenwinkeln. „Aber dann könnt ihr doch hier wohnen! Das Haus ist groß genug!“ Leo seufzte. Er konnte seiner Mutter nicht erklären, dass es keine Frau auf der Welt gab, die es aushalten würde, mit ihr zusammen in diesem Haus zu wohnen. Es war hoffnungslos.

„Mama, vielleicht bemühst du dich einmal, nicht schon wieder vormittags besoffen zu sein! Das wäre ein Anfang!“, sagte Leo. Obwohl er sich nicht überlegt hatte, der Anfang wovon das sein konnte. „Du bist ungerecht!“, schnappte Mama zurück. „Ich trinke am Vormittag gar nichts! Höchstens ein Gläschen zur Beruhigung, wenn du wieder einmal vergisst, anzurufen. Ich hab dir tausendmal gesagt, ruf an, wenn du angekommen bist! Da ist es kein Wunder, wenn man ... ja, wenn ich was zur Beruhigung brauche!“ „Wie oft musst du dich denn beruhigen?“, höhnte Leo. Es war unerträglich. Nicht einmal ein Funken von Einsicht. „Du könntest ja auch zu Mittag heimkommen. Ich koch dir dann was Schönes ...“ Leo stand auf. „Ich kann zu Mittag nicht heimkommen, das geht sich zwischen den Vorlesungen nicht aus! Ich bin auch kein Baby, das dreimal am Tag von der Mama gefüttert werden muss! Und am Abend habe ich Termine!“ Leo stand auf, nahm den Kakaobecher und schüttete ihn in das Spülbecken. Mama schluchzte. „Ja! Deine Termine kenne ich! Diese Esther!“

In der Küche herrschte das übliche Chaos. Es bereitete ihm fast körperliche Schmerzen. Seine Mutter war unfähig, Ordnung zu halten, sie hatte nicht einmal einen Plan, welches Geschirr in welchen Schrank gehörte. Wenn er nach einem sauberen Glas suchte, war das oft vergeblich. Wenn er eines fand, war es jedes Mal in einem anderen Schrank an einem anderen Platz. Schmutziges Geschirr stand schon seit dem Wochenende schlampig übereinandergestapelt in einer Ecke der Anrichte. Leo atmete auf, als er draußen stand und die Haustür hinter ihm ins Schloss fiel.

An der Uni herrschte wenigstens Ordnung. Obwohl die Studentenvertreter alles dafür taten, dass die Gänge mit ihren unüberschaubaren Anschlagtafeln ständig mit unordentlich hingetackerten Zetteln geflutet wurden.

Leo ließ seine Blicke über die Reihen des Hörsaals schweifen. Etwa zu einem Drittel war er besetzt, wie üblich waren alle Plätze hinten am Rand schon vergeben. „Entschuldigung!" Er musste sich an drei Mädchen in der drittletzten Reihe vorbeiquetschen, um zu einem freien Platz zu kommen. Missmutig klappte er seinen Sitz herunter und holte den Notizblock aus dem Aktenkoffer. Es war unerträglich, dass der alte Hörhager es nicht erlaubte, dass man sich mit dem Notebook Notizen machte. Das Klappern der Tastaturen störe seine Konzentration, das hatte er gleich in der ersten Vorlesung klar gemacht, als einige Laptops auf den Pulten aufgetaucht waren. Leo holte seine Federschachtel aus dem Koffer. Sie war schwarz und enthielt vier Stifte, ebenfalls in Schwarz und gleich lang. Es hatte ihn viel Mühe gekostet, dieses Set zusammenzustellen. Eine Füllfeder, ein Kugelschreiber, ein Faserschreiber und ein Bleistift. Den benützte er so selten wie möglich, denn hätte er ihn gespitzt, wäre er kürzer als die anderen Schreibgeräte gewesen.

Wozu römisches Recht überhaupt gut sein sollte. „Europäische Zivilrechtsdogmatik und ihre römischen Grundlagen". Was für ein Scheiß. Aber die Vorlesung gehörte nun einmal zum Pflichtprogramm. Was sollte man machen. Professor Hörhager begann, wie immer, seine Vorlesung so leise, dass man ihn kaum verstehen konnte. Erst als sich das Gemurmel und Gekicher im Hörsaal gelegt hatte, erhob er seine Stimme so weit, dass man ihm folgen konnte. Auf ein Mikrophon verzichtete er. Das habe er in vierzig Jahren Uni nie gebraucht, und er werde das auch nicht ändern, erklärte er jedem, der es wissen wollte.

Zwei der Mädchen an seiner rechten Seite fuhren mit ihren Kugelschreibern eifrig über das Papier, die langen Haare hingen unordentlich bis auf die Pulte nieder. Leo hatte zwei Plätze zwischen sich und ihnen freigelassen. Verstohlen beobachtete er die ihm am nächsten Sitzende. Sie kaute gelangweilt an ihrem Stift. Das verabscheute er. Die Stifte wurden dadurch unansehnlich, ekelig. Das Mädchen hatte die Beine übereinandergeschlagen und trug einen kurzen Rock. Sie schien Leos Blicke wahrzunehmen und wandte sich ihm zu. Ihr Blick war spöttisch, fast verächtlich. Waren sie einander schon einmal begegnet? Er senkte die Augen auf seinen Notizblock, der außer ein paar Kritzeleien nichts enthielt. Sie sah nicht aus wie eine Studentin im dritten Semester. Sehr hübsch, das schon, auch jung, aber irgendwie fehlte ihr das Kindliche der anderen Studentinnen im Saal. Irgendwo, dachte er, hatte er dieses Mädchen schon einmal gesehen, aber es war kein angenehmes Aufeinandertreffen gewesen. Hörhagers Geschwafel zog an ihm vorüber, während er angestrengt darüber nachdachte, wo sie ihm aufgefallen war.

Plötzlich sah er das passende Bild vor sich, blond, blaue Daunenjacke, weiße Pudelmütze. Sie stand eingezwängt zwischen ungepflegten, bärtigen Männern, der Kontrast war ihm aufgefallen. Die Menge brüllte: „Nazis raus! Nazis raus!“ Es war bei einem Vortrag an der Uni gewesen, gegen den die Linken wütend demonstriert hatten. Irgendwas hatte denen an dem Vortragenden nicht gepasst, er konnte sich nicht erinnern, was es gewesen war, weder der Vortrag noch der Vortragende hatten ihn interessiert. Er war nur hingegangen, weil die Verbindung geschlossen antreten sollte, so hatte es zumindest geheißen. Natürlich hatten sie Farben getragen, und das allein war dem linken Mob schon so zuwider, dass sie sich ihnen kreischend und brüllend entgegengestellt hatten. Aber das waren sie schon gewohnt. Die Uni hatte die Veranstaltung genehmigt, also hatten die Linken keine Chance, sie zu vertreiben. In der sogenannten Qualitätspresse war zwar noch tagelang darüber diskutiert worden, ob der Vortrag mit den Werten der österreichischen Universität zu vereinbaren war, ein Dekan hatte sich sogar entschuldigen müssen, aber dann hatte sich alles wieder beruhigt. Er versuchte, sich zu erinnern, ob das Mädchen mitgebrüllt oder nur zugesehen hatte, aber es gelang ihm nicht.

Er bemühte sich, sich auf den Vortrag von Professor Hörhager zu konzentrieren, brachte sogar ein paar Notizen zustande, fühlte sich aber von dem Mädchen beobachtet. Hier war er allein, was, wenn sie womöglich mitten im Hörsaal „Nazis raus!“ zu schreien anfangen würde? Wahrscheinlich wäre er einer gegen ein paar Dutzend. Die Linken hatten ja die Universitäten nahezu komplett übernommen, von ein paar Ausnahmen abgesehen. Überall saßen die Roten, sogar auf den Lehrstühlen. Selbst der alte Hörhager hatte Vorbehalte gegenüber den Studentenverbindungen. Sein Vater sei Widerstandskämpfer gewesen, hieß es.

„Ich hätte da eine Frage." Er zuckte zusammen. Das Mädchen neben ihm hatte Hörhager mit kräftiger Stimme unterbrochen, als er einmal eine Pause in seinem monotonen Vortrag eingelegt hatte. Er sah sich verwundert nach ihr um. Mit einer Hand strich sie eine Haarsträhne hinter ihr Ohr. Sie hatte ein Schüttelpennal auf ihrem Platz stehen, in dem kunterbunte Schreibgeräte wie Kraut und Rüben durcheinanderlagen. Abgewetzt war es zudem.

Hörhager blickte verblüfft in den Hörsaal, streckte aber dann auffordernd den Arm aus, als er die erhobene Hand entdeckte. Die Frage plätscherte an Leo vorüber. Wozu stellte man Fragen? Es reichte doch, wenn man das Skriptum der Vorlesung so halbwegs auswendig konnte. Der alte Hörhager jedoch nickte. „Eine sehr gute Frage, Frau Kollegin!" Leider schloss sich daran eine überlange Antwort an, die den Zeitrahmen der Vorlesung sprengte. Unruhig sah Leo auf die Uhr. Wie kam diese dumme Gurke dazu, hier Fragen zu stellen, die dazu führten, dass überzogen wurde? Was bildete sie sich ein?

Endlich schloss Professor Hörhager seinen Vortrag. Leo blieb sitzen und gab vor, noch in seinen spärlichen Notizen zu lesen. Ohne aufzusehen, markierte er manche Stellen, unterstrich das eine oder andere Zitat, um dem Mädchen nicht beim Verlassen der Sitzreihe zu begegnen. Als er seine Stifte in ihre Schlaufen gesteckt hatte, sorgfältig darauf achtend, dass alle in der gleichen Position lagen, stand sie allerdings noch immer in der Reihe auf dem Platz, auf dem sie zuvor gesessen war. „Na, kleiner Nazi?", sagte sie. „Ganz allein heute? Ohne deinen Scharführer? Fürchtest du dich da nicht?" Leo spürte ein Würgen im Hals. Es fiel ihm keine passende Antwort ein, nichts, was lässig und schlagfertig klingen wollte. Das Mädchen grinste unverschämt. „Lass mich in Ruhe!", presste Leo hervor, wandte sich ab und drückte sich den langen Weg durch die Reihe zur anderen Seite. Vor Wut ballte er seine Hände in den Hosentaschen zu Fäusten. So eine wie die, die sollte einmal ordentlich verprügelt werden, bei einer Demo zum Beispiel. Da sollte die Polizei ruhig einmal ein wenig kräftiger mit dem Schlagstock dreinfahren.

Diese aggressive Provokation versetzte ihn in ohnmächtige Wut, die immer wieder nach „Zuschlagen!" rief. Nachts, vor dem Einschlafen, da würde ihm einfallen, was er hätte sagen sollen, wie er den Angriff mit Worten parieren hätte können, aber da war es natürlich zu spät. Er atmete tief aus und versuchte, sich auf das Treffen mit Esther zu freuen. Sie hatten sich zu Mittag bei einem Asiaten verabredet. Nur Esthers wegen, er selber bevorzugte einheimische Lokale und Speisen. Wer informiert war, wusste, dass das ganze asiatische Essen von Chinesen in Schwarzarbeit und mehr oder weniger aus Abfällen produziert wurde. Er würde Esther gegenüber noch ein paar klare Worte darüber verlieren müssen, wo man zum Essen hingehen sollte, und welche Lokale man zu meiden hatte.

„Na endlich! Hallo, Schatzi!" Esther nahm ihn in den Arm und kraulte ihn hinter den Ohren. „Na, hast du den Hörhager überstanden? Oder sind dir während der Vorlesung Spinnweben unter den Armen gewachsen? Warum hat das denn so lange gedauert?" Sie kicherte und kitzelte ihn unter der Achsel. Anstatt ihre Fragen zu beantworten, drückte Leo ihre

Hand weg. „Geht so!“ Bevor sie das Lokal betraten, hielt ihn Esther noch einmal an und zupfte an seinem Kragen herum. „Gut schaust du aus!“, sagte sie und drückte ihm einen Kuss auf die Nasenspitze. „Aber mit einem lässigen Seidenschal wär’s noch ein bisschen ..., verstehst du?“ Leo nickte und stieß die Tür auf. Einerseits war es ja schmeichelhaft, dass sie ihn so attraktiv fand, aber ihre Versuche, ihn umzustylen, gingen ihm mehr und mehr auf die Nerven. Manchmal kam ihm der Gedanke, sie sei nur mit ihm zusammen, um ihn von Grund auf zu ändern, als eine Art soziales Projekt. Sie zwängten sich auf zwei Barhocker am Laufband, auf dem die Speisen vorbeiglitten. Esther nahm sich gleich einen Teller mit zwei Frühlingsrollen. „Da, schau, Leo, da kommen noch zwei! Soll ich sie für dich nehmen? Die sind nämlich immer gleich aus!“ Ohne zu antworten, schnaubte er und wischte mit seiner Serviette den Platz vor sich sauber. Wer konnte wissen, ob hier ordentlich geputzt worden war. „Warum denn so missmutig, Schatzi?“ „Sag nicht immer Schatzi zu mir, schon gar nicht in der Öffentlichkeit!“ Natürlich lag ihm der Angriff des Mädchens aus dem Hörsaal noch im Magen, er hätte sich geschickter zur Wehr setzen können, sie in die Schranken weisen müssen. Und jetzt auch noch Esther mit ihrem Geschnatter. Hoffentlich hatte niemand aus seiner Verbindung die Szene beobachtet. Und hoffentlich erzählte das Mädchen sie nicht weiter.

Widerwillig stopfte er ein paar Frühlingsrollen in sich hinein. Obwohl er hungrig war, ekelte er sich vor diesem Zeug. Wenn man daran dachte, wer diese Rollen schon mit seinen schmutzigen Fingern berührt hatte. „Wow!“, jubelte Esther, „Garnelen! Magst du auch welche?" „Ich nehm mir schon was, wenn's mir passt!", brummte er. Dieses Bemuttern war schwer zu ertragen. Manchmal kam ihm Esther vor wie seine eigene Mutter. Konnte sie nicht verstehen, dass er sich sein Essen selbst aussuchen wollte? Wenn er schon hier in diesem Loch mit ihr essen musste? Ach bitte, Schatzi, hatte sie gejammert. Ich geh so gern zum Running Sushi, das macht so Spaß! Und mir schmeckt das so! Und es ist gar nicht teuer!

Eigentlich war diese Esther gar nichts für ihn, sie hatte auch kein Interesse an der Verbindung, aber sie war ihm eben passiert. Er war irgendwie in diese Beziehung gestolpert, bloß, weil er endlich regelmäßig Sex haben wollte. Das wollte Esther auch, aber eben noch einiges darüber hinaus. Gespräche, zum Beispiel. Unter anderem über die gemeinsame Wohnung, die sie sich endlich nehmen sollten. So, als ob sie seine Gedanken lesen konnte, kam sie zwischen zwei Teigtaschen genau auf dieses Thema. „Wann gehen wir jetzt endlich eine Wohnung anschauen? Du kannst doch nicht ewig bei Mutti wohnen! Und ich stell es mir so schön vor, eng an dich gekuschelt einzuschlafen! Und aufzuwachen!" Leider hatte Esther, wie üblich, viel zu laut gesprochen. Der ältere Mann neben Leo hatte alles mitgehört und kicherte verstohlen in sich hinein. „Nicht hier!", zischte Leo. „Nachher! Draußen!"

„Nie willst du mit mir reden!", schmollte Esther. „Ich frage mich, wozu du mich überhaupt brauchst!" Die Finger seiner linken Hand, die gerade keine Essstäbchen halten mussten, schlossen sich unter dem Tisch zur Faust.

„Ich hab dir doch schon gesagt, es ist auch ein finanzielles Problem!", versuchte er dann, später, auf dem Weg in die Innenstadt, eine Erklärung. „Meine Mama hat nach Papas Tod alles verloren, sie hat so einen blöden Vertrag unterschrieben, einen Ehevertrag, sie kriegt nichts! Außer eine kleine Witwenrente. Es fällt uns schon schwer genug, das Haus zu halten." „Kann sie denn nicht arbeiten gehen? Und du könntest dir auch einen Job suchen!", konterte Esther. „Das muss ich dir doch wert sein! Ich arbeite ja auch neben dem Studium!" Leo seufzte. „Lass meine Mutter aus dem Spiel. Sie ist krank, und sie hat nichts gelernt." Er wollte und konnte Esther nicht erklären, dass die Verbindung es nicht zuließ, neben dem Studium zu arbeiten. Das Training, die Sitzungen, die Kneipen, all das kostete Zeit. Und es war unehrenhaft, neben dem Studium zu jobben. Vor allem, wenn man dann womöglich in der Gastronomie arbeitete und irgendwelche Leute bedienen musste. Solche, die eigentlich gar nicht hierher gehörten. Geld war leider wirklich knapp. Sogar der Baugrund am Bach, auf dem sich Papa seinen Alterssitz errichten hatte wollen, war schon verkauft, der Erlös verbraucht.

„Gehen wir wenigstens heute Abend ins Kino?", fragte Esther und legte ihren Kopf auf seine Schulter. Ihre Haare kitzelten im Ohr, und er schüttelte sie unwillig ab. „Ich kann nicht, ich muss noch trainieren!" Esther funkelte ihn böse an. „Ach ja, trainieren? Für das nächste Saufgelage am Wochenende? Oder eure dämlichen Studentenlieder, was?" Sie hatte nicht das geringste Verständnis dafür, was ihm die Verbindung abforderte. Das Fechttraining war kein Spaß, und die Mensuren erst recht nicht. „Das ist wie Leistungssport", versuchte er es. „Das musst du verstehen, das ist ... das ist gut für mich, es ist ein hartes Training für Körper und Geist! Das kommt mir dann später auch im Berufsleben zugute!“ Esther lachte hämisch auf. „Ja, dein Narbengesicht, das wird dir dann sicher sehr hilfreich sein, im Berufsleben!“

Er hasste diese Diskussionen. Anfangs war Esther sogar noch auf die Bude mitgegangen, hatte mit ihm Veranstaltungen besucht. Aber in den letzten Wochen war sie immer widerspenstiger geworden. Er hatte den Verdacht, dass sie ihn von der Verbindung wegbringen wollte. Dabei hatte sie keine Ahnung. Die alten Herren der Verbindung sorgten dafür, dass man nach dem Studium schnell eine Anstellung bekam und Karriere machte. Dafür brauchte man als Jurist ein Netzwerk, allein war man niemand. Es gab ein paar alte Herren, die hatten Kontakte bis in die Ministerien hinein. Sein Vater konnte ihm nicht mehr helfen, der hatte sich davongemacht, bevor er für ihn nützlich hätte werden können. Und seine Firma, die war jetzt in der Hand des Onkels. Und sein Erbteil ebenfalls, an den kam er nicht heran.

„Weißt du was, Esther?“, versuchte er es versöhnlich. „Heute gehe ich trainieren, wie ausgemacht, dafür bestimmst du morgen, was wir am Abend tun. Tagsüber bin ich auf der Uni.“ „Wenn du meinst!“, gab sie kühl zurück. Irgendwas stimmte mit dieser Beziehung nicht. Eigentlich sollte er den Ton angeben, entscheiden, was wann getan wurde. Und sie hatte sich damit zu arrangieren. In einer Familie würde auf jeden Fall er das Oberhaupt sein, so wie sein Vater es gewesen war. Und so, wie es immer schon gewesen war. Da konnte nicht einfach jeder mitreden. Da kam nur Chaos dabei heraus. Davon würde er Esther noch überzeugen müssen.

Auf der Bude roch es muffig, wie immer, wenn sie trainierten. „Du bist spät!“, ermahnte ihn Paul. „Dabei hast du ohnehin zu wenig trainiert in letzter Zeit!“ „Kümmer dich um deinen eigenen Dreck!“ Leo hatte jetzt wirklich keine Lust, sich Vorhaltungen machen zu lassen, wo er sich ohnehin nur schwer dazu hatte durchringen können, noch zum Training zu kommen. Paul stellte sich ihm entgegen, als er die Garderobe verlassen wollte. „Das ist nicht der Ton, in dem wir miteinander reden! Hast du schon vergessen? Hier geht es um Kameradschaft! Lebenslange Treue!“ „Ja, ja!“, entgegnete Leo, schloss seine Faust fester um den Säbel und drückte sich an Paul vorbei. Der war zwar der Sohn eines Sektionschefs im Ministerium, aber außer Sprüche klopfen, fand Leo, hatte er nicht viel zu bieten. Und die Sprüche stammten meistens aus irgendeinem alten Schinken mit Verbindungsregeln oder aus einem Liederbuch. Eigene Gedanken schien Paul wenige zu haben, er war einer von denen, die nur redeten und nicht handelten. Das war überhaupt eine Schwäche der Verbindung. Über schlechte Witze lachen, saufen, fechten, das war so ziemlich das ganze Programm. Auf einen Posten warten und sich dann seriös geben. Lauter Arschlöcher.

Er drosch auf den Lederschädel ein, der vor ihm, auf einer Stange montiert, heftig wackelte, wenn er traf. Einmal, zweimal, dreimal. Man brauchte Kraft, um dieses Training durchzuhalten. Kraft und Ausdauer. Keuchend setzte er ab. Seine Schulter schmerzte. „Schon müde?“ Schneidend kam Pauls Stimme von hinten. Leo hob seinen Säbel erneut. Paul würde einer der Ersten sein, die diesen Säbel zu spüren bekommen sollten. Dieses arrogante Arschgesicht. Doch immer wieder tauchte bei den Hieben auf den gesichtslosen Kopf das Mädchen aus dem Hörsaal vor seinem inneren Auge auf. Sie hatte den Säbel ebenfalls verdient. Und schließlich Esther, sogar seine Mutter, sein toter Vater. Immer heftiger drosch er auf den Schädel ein, bis er den Säbel atemlos sinken lassen musste.

Arthur klopfte ihm freundschaftlich auf die Schulter. „Lass gut sein für heute. Gehen wir ein Bier trinken." Leo nickte. Auf der Bude gab es immer Fassbier, mit Flaschenbier gab man sich nicht ab. Ein lauter Rülpser begrüßte Leo, als er sich an den langen Holztisch setzte, an dem bereits ein ganzes Grüppchen Bundesbrüder saß und sich lautstark unterhielt. „Na, Leo, zu spät heute? Hast du erst die Alte ordentlich durchziehen müssen?" Leo rang sich ein Lächeln ab. „Dreimal!" „Oho! Darauf ein Prost!" Einer hob seinen Krug, alle taten es ihm nach, schlugen ihre Bierkrüge gegeneinander und setzten sie an die Lippen. Den ersten Krug galt es, in einem Zug zu leeren. Sonst war man ein Weichei. Leo verschluckte sich, Bier rann seitlich an seinem Kinn, seinem Hals hinab. Gelächter. „Na, wenn du bei deiner Alten auch so ans Werk gegangen bist ..." Gegröle. Leo grölte mit. Er musste seinen Krug wieder füllen. Auch hier wollte es ihm nicht gelingen, den Sprüchen der Bundesbrüder mit lässig hingeworfenen Scherzen entgegenzutreten. Stattdessen krampfte er seine Faust um den Zapfhahn, während das Bier in seinen Krug rann.

Einer der alten Herren der Verbindung setzte sich zu ihnen. Leo hatte ihn schon gelegentlich gesehen, aber nie sprechen hören. Irgendwie kam ihm der Mann bekannt vor. Unter dem Deckel, der traditionellen Verbindungskappe, fielen die dicke Nase, der graue Schnauzer und die schwabbeligen Backen auf. Das Doppelkinn verbarg seinen Kragen und den Krawattenknoten. „Nun, Kameraden? Was steht an?"

Die Stimme ließ Leo zusammenzucken. Er hatte diesen Mann schon einmal gesehen. Ja, jetzt hatte er es. Es war dieser Herwig, ein ehemaliger Freund seines Vaters. Und außerdem war er Leiter des Sommerlagers gewesen, in das Leo geschickt worden war. Und Leo war aus diesem Lager ausgerissen, weil er es dort nicht einmal einen Tag ausgehalten hatte. Er senkte den Kopf. Hoffentlich erkannte ihn der Herr Ingenieur nicht. „Was steht denn an in nächster Zeit?", wiederholte der alte Herr. „Einige von uns wollen zur Wartburg", erklärte ihm Paul. Die Wartburg, das war sozusagen der heilige Gral der Studentenverbindungen. Das Mekka, obwohl diesen Begriff nie jemand gebrauchte. Aber es war trotzdem so. Jeder gute Burschenschafter musste einmal zur Wartburg in Thüringen, die man als den Gründungsort aller Burschenschaften beinahe religiös verehrte. Leo hatte für diese Art Kitsch wenig übrig, ihm konnte die Wartburg gestohlen bleiben.

„Sehr schön!", erwiderte der alte Herr. Leise summte er den Beginn des Liedes „Wenn alle untreu werden" und grinste dazu hämisch. Gesungen wurde dieses Lied nicht mehr, es verwies allzu deutlich auf einen Zusammenhang mit der Nazizeit, da war man vorsichtig geworden. Aber summen, so sagten manche, werde man wohl noch dürfen. Den Herrn Ingenieur, so hatte sein Vater den Mann genannt, erinnerte sich Leo. Er war zwar auch damals schon fett gewesen, die rote Nase, die schlaffen Backen und das Mehrfachkinn waren allerdings hinzugekommen, seit Leo ihn zuletzt gesehen hatte. Leo erinnerte sich noch genau daran, wie der Herr Ingenieur nach Papas Tod dessen Mercedes billig hatte kaufen wollen und sich überdies noch an seine Mutter herangemacht hatte. Herwig verlor sich nun in seinen Erinnerungen an die Wartburg, die Leo nur teilweise verstehen konnte, weil die Unterhaltung am Tisch immer lauter und chaotischer wurde und kreuz und quer verlief. Er leerte seinen Krug und stand auf, um ihn nachzufüllen. Als er sich wieder setzte, war das Thema gewechselt worden.

„Die linken Zecken haben uns schon wieder die Hauswand beschmiert!“, erklärte Paul. „Was tun wir?“ Leo hatte die Bescherung bereits gesehen, als er angekommen war. „Nazis raus!“ hatte wieder einmal einer an die Wand gesprüht. Die Bronzetafel der Verbindung neben dem Hauseingang war mit brauner Farbe bekleckert worden. „Gleiches mit Gleichem vergelten!“ Adrian knallte seinen Bierkrug auf die Tischplatte. Seine Aussprache war schon etwas unsicher. Leo stürzte sein drittes Bier hinunter, um endlich etwas zu spüren. Es war immer das Gleiche. Bloß, weil sie Werte hatten, weil sie Werte verteidigten, gingen diese linken Chaoten auf sie los. Keiner wusste, was die außer Randalieren eigentlich wollten. Paul schüttelte den Kopf. „Willst du eine Vorstrafe im Register haben, wenn du mit dem Studium fertig bist? Ich nicht!“ Das war wieder typisch Paul, dachte Leo. Anstatt etwas zu tun, dachte er an seine Karriere. Die kam zuerst, danach die Werte. Nach Leos drittem Bier versank die Diskussion in Gegröle und unverständliches Gemurmel. Irgendwann standen plötzlich alle auf, und bevor er wusste, was passierte, fand er sich auf der Straße. „Jetzt gehen wir's an!“, schrie Adrian. Leo wusste nicht was, aber irgendetwas zu tun, anstatt faul herumzusitzen, schien ihm verlockend. „Da, nimm!“ Adrian hatte das Absperrgitter einer Baustelle beiseitegeschoben. Da lag ein Haufen

Pflastersteine. „Guter, alter Granit!“, flüsterte Adrian. Er drückte Leo einen Stein in die Hand. „Mützen!“, flüsterte Adrian. Leo zog sich, wie alle anderen, eine schwarze, dünne Mütze über, die das ganze Gesicht verbarg und nur für Augen und Mund Schlitze freiließ. So was hatten sie für Einsätze immer dabei. Leo hatte seine auf einer Kartbahn mitgehen lassen. Danach ging alles ganz schnell.

Sie bogen um eine Ecke. „Da drin haben sie ihr Hauptquartier“, brüllte einer, und schon flog der erste Pflasterstein. „Los, wirf!“, ermutigte ihn Adrian, und Leo zielte auf ein Fenster im ersten Stock, das erleuchtet und noch nicht zerschlagen war. Der Stein verfehlte das Fenster, prallte von der Hausmauer ab und plumpste vor seine Füße. Er sah um sich. Niemand schien seinen Fehlwurf bemerkt zu haben.

Die Fenster oben öffneten sich, Geschrei drang daraus hervor. „Ihr Schweine!“, hörte er eine Frau schreien. „Ihr verdammten Schweine!“ Ein Pflasterstein flog aus einem der Fenster, Adrian heulte auf. „Ihr habt was verloren!“, schrie eine weibliche Stimme. „Ihr könnt es gern wieder zurückhaben!“ Adrian hielt sich die Schulter und stöhnte. Leo zog ihn am anderen Arm auf die andere Straßenseite. „Ah!“, stieß Adrian hervor. „Die Schweine haben mich erwischt!“ „Lass mal sehen!“ Leo streifte Adrian die Lederjacke ab. „Aua! Vorsicht!“, jammerte der. Hinter sich hörte Leo es erneut klirren. Die Schlacht schien in vollem Gange zu sein. Wahrscheinlich würde bald die Polizei auftauchen, irgendjemand aus der Nachbarschaft hatte sie sicher schon gerufen. Er besah sich Adrians Schulter. „Blut ist jedenfalls keines zu sehen“, sagte er. „Sei nicht so wehleidig!“ „Das zahlen wir ihnen heim!“, zischte Adrian plötzlich. Leo sah nach dem Stein, der Adrian getroffen hatte. „Warte!“, sagte er, hob den Stein auf und strengte sich diesmal mehr an. Es klirrte. Doch da kam von oben wieder etwas geflogen. Er zog den Kopf ein. Oben lachte jemand. „Wir haben noch ein wenig Müll für euch aufgehoben. Müll für Müll!“ Wieder diese Frauenstimme. Irgendwas klebte in seinen Haaren. Braunes Zeug? War das etwa ...? Er roch daran. Kaffeesatz. Die hatten den Biokübel auf sie geleert. Aber immerhin, ihre Fensterscheiben waren hin.

Adrian war wieder neben ihm aufgetaucht. Seine Schulter schien nicht schwer verletzt zu sein, denn er schaffte es, seinen Hosenschlitz zu öffnen, und er begann gegen das Gebäude zu urinieren. Leo wollte nicht zurückstehen, stellte sich neben Adrian und tat es ihm gleich. Die vielen Biere hatten ohnehin schon auf seine Blase gedrückt.

Plötzlich strömte Wasser auf ihn herab. „Wenn ihr schon kein Klo findet, hier habt ihr das Wasser aus unserem!“ Adrian fluchte, wandte sich ab, alle rannten. Leo blickte zum Fenster hoch, während er krampfhaft versuchte, seinen Hosenschlitz zu schließen. Die Gesichter waren im Dunkeln. War jenes dabei, das er heute Vormittag im Hörsaal gesehen hatte? Ein Lichtstrahl fiel auf blondes, langes Haar. War seine Bekanntschaft von heute Morgen da oben oder sah er Gespenster?

Plötzlich ertönten Polizeisirenen. „Weg!“, schrie einer. „Schnell!“ Und Leo rannte. Die anderen waren schneller gewesen als er, er sah niemanden mehr. Blaues Licht zuckte an der nächsten Straßenecke. Leo drückte sich in einen Hauseingang, in dem es nach Hundepisse stank. Dafür war es dunkel. Ein Einsatzwagen brauste an ihm vorüber, bog um die nächste Ecke, hielt dort an. Leo blieb im Hauseingang, das Herz schlug ihm bis zum Hals. Erst jetzt merkte er, wie eiskalt seine nassen Haare am Kopf klebten. Ob noch ein Wagen kam? Ob die Polizisten nach ihnen suchten? Dann konnte jederzeit einer um die Ecke kommen. Doch alles blieb still. War es tatsächlich das Mädchen aus dem Hörsaal gewesen, das von oben herab geschrien hatte? Den Mistkübel auf ihn ausgeleert hatte? Es war schwer, sich vorzustellen, wie ihre Stimme klang, wenn sie schrie. Außerdem hatte sie im Hörsaal nicht mehr als zwei Sätze zu ihm gesagt. Warum bloß sah er immer wieder ihr Gesicht mit diesem spöttischen Lächeln vor seinen Augen? Hatte sie ihn dort im Hörsaal schon ausgelacht? Und jetzt Mist auf ihn geleert? Die würde was erleben, wenn er sie noch einmal zwischen seine Finger bekam.

Leo wagte sich aus seinem Versteck, rannte los. Wo waren die anderen? „He!", hörte er plötzlich. War es Adrians Stimme? Er sah sich um. Gegenüber hatten sich Adrian und die anderen neben einem Lokal mit hell erleuchteter Fassade an die Hauswand gedrückt. „Denen haben wir es aber gegeben!", grinste Adrian. Seine Haare hingen ihm klatschnass ins Gesicht. „Verdammt!", schrie Leo. „Die haben uns Wasser aus ihrem Klo über den Kopf geschüttet!" Gelächter. „Das glaubst du doch selbst nicht!" Adrian schüttelte den Kopf. „So schnell kriegst du doch Wasser aus der Klomuschel gar nicht raus. Die haben einfach ihre Trinkflaschen ausgeleert. Aber wir haben es ihnen gezeigt! Ein für alle Mal!"

„Kommt!" Adrian ging voraus in das Lokal. Trotz seiner nassen Haare, dem nassen T-Shirt ließ sich Leo von der euphorischen Stimmung der anderen anstecken. Noch ein Bier. Immerhin hatten sie heute etwas getan. Etwas, das mehr Sinn machte, als auf den Lederschädel einzuprügeln. Der hatte ihnen nämlich nichts getan. Die Linken, das war etwas ganz anderes. Die galt es, in die Schranken zu verweisen. Adrian hob den gestreckten Zeigefinger. „Und deswegen", lallte er, „gilt es gerade jetzt!" Sein Ellenbogen rutschte von der Tischkante, sodass er aus dem Gleichgewicht geriet. Leo kicherte meckernd vor sich hin. Adrian fing sich wieder. „Gerade jetzt!", wiederholte er. „Zusammenzustehen! Und gegen dieses ganze Gesindel anzutreten! Der deutsche Mann muss sich wieder, muss sich die Herrschaft über sein eigenes Land, sein eigenes Gesindel ..." Er verlor sich in seinem Satz. Leo blickte um sich. Von anderen Tischen wurden sie skeptisch gemessen. Das Thema ihrer Unterhaltung kam anscheinend bei den anderen Gästen nicht besonders gut an. Man musste sich in Acht nehmen. Aber die, so überlegte Leo, würden sich alle noch wundern. Sehr wundern!

Irgendwann fand sich Leo allein auf der Straße. Kalt war es geworden, und er hatte keine Ahnung, wie er in die Nähe der Wohnung von Esther gekommen war. Aber, so dachte er, wo er nun schon einmal da war, konnte er doch ebenso gut auf einen Sprung vorbeischauen. Schließlich war Esther seine Freundin. Sie musste ihn in ihr Bett lassen. Auch wenn Mama dann morgen Früh toben würde, wenn sie sein Zimmer leer vorfand.

Die Tafel mit den Klingelknöpfen verschwamm vor seinen Augen, und er musste die Lider fest zusammenkneifen und sich konzentrieren, um den richtigen zu finden. Zwei Namen standen da, der untere war der Esthers. Er klingelte. Noch einmal, weil sich nichts rührte. Noch einmal. Lang. Schließlich knackte der Lautsprecher der Gegensprachanlage. „Ja? Wer ist da? Es ist mitten in der Nacht!" Es war nicht Esthers Stimme. Esther hatte keinen Akzent. Die da aber schon. Das musste diese Spanierin sein, die seit ein paar Wochen Mitbewohnerin in der WG war. Was hatte eine Spanierin hier zu suchen? Die sollten zu Hause studieren, wie er auch. „Ich will zu Esther! Mach auf!", lallte er. „Madre de Dios!", fluchte die Spanierin. Wenig später summte der Türöffner.

Esther empfing ihn an der Wohnungstür. Rasch zog sie ihn in die Wohnung, schloss die Tür und legte einen Finger vor den Mund. „Leise! Weißt du, wie spät es ist?" Sie schob ihn in ihr Zimmer und schloss die Tür. Das Licht blendete, sodass Leo blinzeln musste. „Ich will zu dir ins Bett!" Er zog den Reißverschluss seiner Jacke auf. „Du bist ja besoffen! Und du stinkst! Glaub ja nicht, dass du in diesem Zustand hierbleiben kannst!", zischte Esther. Leo ließ die Arme sinken. Was bildete sich dieser Trampel denn ein? Sie war seine Freundin! Er hatte jedes Recht, hier zu bleiben und mir ihr zu schlafen, wenn er das wollte. Er griff nach Esthers Unterarmen, umklammerte sie, versuchte, sie in Richtung Bett zu drängen. Esther riss sich los, und plötzlich knallte es. Seine Wange brannte. „Untersteh dich!", flüsterte Esther. „Verschwinde sofort, oder ich schreie. Du weißt, wir sind zu viert. Mit dir werden wir leicht fertig. Und dann hole ich die Polizei!" Die letzten Worte hatte sie ganz nahe an seinem Ohr fast unhörbar gehaucht. Leos Hände zuckten automatisch nach oben. Am liebsten hätte er sie jetzt gewürgt, bis sie still war. Ganz still. Doch ein Blick in ihre Augen genügte, und seine Hände sanken herab. Esther schob ihn aus ihrem Zimmer, aus der Wohnung, ohne dass er imstande gewesen wäre, Widerstand zu leisten.

Fast hätte ich sie erwürgt, dachte er, als er wieder auf der Straße stand. Weil ihm wieder einmal nichts eingefallen war, was er sagen hätte können, um sie umzustimmen. Fast hätte er seine Hände an ihren Hals gelegt, und wer weiß, was dann passiert wäre. Und es wäre allein ihre Schuld gewesen. Er hatte nichts anderes als sein Recht verlangt.

Als er zu Hause ankam, dauerte es eine Zeitlang, bis es ihm gelang, den Schlüssel im Schlüsselloch zu platzieren. Er musste sich mit dem Kopf und dem linken Arm abstützen, um mit dem rechten sein Ziel zu finden. Bevor er Licht im Vorzimmer machen konnte, stolperte er über den Schirmständer, der mit einem lauten Krachen zu Boden stürzte. „Verdammter Mist!“, murmelte er. Seine Mutter würde aber wohl trotz des Krachs nicht aufwachen. Seit sie trank, reagierte sie kaum mehr auf Lärm in der Nacht. Im Wohnzimmer stand die Weinbrandflasche noch auf dem Tisch. Er hob sie auf und hielt sie gegen das Licht. Vielleicht zwei Zentimeter der goldbraunen Flüssigkeit schwappten noch darin herum. Ob sie den ganzen Rest getrunken hatte? Leo trug die Flasche zur Spüle und schüttete sie aus. Mama kümmerte sich um nichts mehr, um gar nichts mehr. Die Anrichte in der Küche war noch unordentlicher als heute Morgen, schmutziges Geschirr, Einwickelpapier, Verpackungsfolien, Brotbrösel, ein einziges Durcheinander. Leo fegte alles mit seinem Unterarm zu Boden. Er konnte diese Unordnung nicht ertragen. Morgen würde sie wenigstens bemerken, dass ihm das Chaos aufgefallen war. Und es blieb ihr gar nichts anderes übrig, als es vom Boden wieder aufzuheben.

Schwer ließ sich Leo auf das Sofa im Wohnzimmer fallen. Es musste etwas geschehen, es musste wirklich etwas geschehen, und zwar schnell. Die Situation mit Esther, die Lage hier zu Hause – das war nicht so, wie er sich sein Leben vorstellte. Es sollte geordnet, sauber, strukturiert sein. Und dazu war es nötig, dass jeder seine Aufgabe an dem Platz erfüllte, an dem er nun einmal stand. Auf dem Couchtisch vor ihm lagen Zeitschriften und Werbeprospekte wild durcheinander, aufgeschlagen, zerknittert. Er trat mit dem Fuß danach, das meiste flatterte zu Boden. Das war offenbar alles, was Frauen interessierte. Schuhe, Kosmetik und neue Kleider. Und da wollten sie in Wirtschaft und Politik mitreden. Lachhaft. Man konnte es ja an seiner Mutter sehen. Und auch an Esther.

Leo zog seine Schuhe aus und schlich wankend in den ersten Stock, öffnete die Tür zum Schlafzimmer seiner Mutter. Das Licht einer Straßenlaterne leuchtete durch die nur zum Teil geschlossenen Läden, auch hier ein Durcheinander. Kleider lagen auf dem Boden, Unterwäsche, Strumpfhosen. Ihn ekelte. Dennoch schlich er zum Bett seiner Mutter, taumelte, fiel beinahe, machte Lärm. Doch Mama schnarchte gleichmäßig weiter. Leo beugte sich über sie. Es wäre ein Leichtes, sie mit dem Kopfpolster, der immer noch unbenutzt auf Papas Seite lag, zu ersticken. Er stellte sich vor, wie er den Polster nahm, auf ihr Gesicht legte, fest drückte, mit beiden Händen, vielleicht sogar mit einem Knie. Sie würde kurz zucken, versuchen, sich aufzubäumen. Es würde ihr nicht gelingen, weil sie besoffen war, nur halb bei Bewusstsein, und ihr würde auch schnell die Luft ausgehen. Wenn sie versuchte, tief einzuatmen, würde sie den

Stoff des Polsters im Mund haben. Ganz schnell würden ihre Bewegungen erschlaffen, und am Morgen würde Leo dem Arzt die leeren Weinbrandflaschen zeigen und ihm erklären, dass seine Mutter sich jede Nacht schwer betrunken zu Bett gelegt hatte. Ihre Leber musste in einem fürchterlichen Zustand sein. Da war es kein Wunder, wenn auch die anderen Organe versagten. Der Arzt würde einen Totenschein ausstellen und keine Fragen mehr stellen.

Leo würde einen Container bestellen, der LKW würde ihn im Garten vom Haken lassen, und Leo würde alles wegwerfen, ihre Kleider, ihre dämlichen Zeitschriften, ihre Bücher, ihre Schnapsflaschen und ihre verdammten Schuhe und Handtaschen. Dann würde es endlich sauber sein in seinem Haus, sauber und ordentlich.

Außer er erwischte einen übereifrigen Arzt, der eine Obduktion durchführen lassen würde. Dann würde man schnell die Fasern in Mamas Lunge entdecken, möglicherweise auch Hämatome im Gesicht oder am Hals. Und auf das Gefängnis hatte Leo keine Lust. Gar keine. Er drehte sich auf Zehenspitzen um und verließ das Zimmer seiner Mutter. Wenn sie in diesem Tempo weitersoff, war sie auch ohne seine Mithilfe in ein paar Monaten tot. Oder erst in ein paar Jahren? Er hätte den Rest des Weinbrands doch nicht wegschütten sollen.

II

„Morgen", verkündet Papa, „gehen wir Skifahren. Ich habe mir extra einen Tag freigehalten, obwohl ..., na, das brauchen wir jetzt nicht zu diskutieren. Wir fahren um halb acht los, damit wir einen Parkplatz nahe an der Seilbahn bekommen."

Ich habe keine Lust, Ski zu fahren. Es ist nicht so, dass ich den Winter nicht mag, aber ich würde lieber den Schneeflocken beim Fallen zuschauen und an den Bäumen rütteln, um zu sehen, wie sie ihre Schneelast abwerfen. Und tiefe Schuhabdrücke im Schnee hinterlassen und dann zurückblicken, um zu sehen, wie tief sie sind und wo ich gegangen bin.

Das alles kann man nicht, wenn man mit Papa Skifahren geht. Da geht es darum, möglichst oft mit dem Lift hinauf- und auf der Piste herunterzufahren. Papa hat eine Uhr, die anzeigt, wie viele Höhenmeter man zurückgelegt hat. „Heute haben wir schon fünftausend geschafft!", erklärt er dann stolz Mama. „Beim nächsten Mal gehen wir die sechstausend an!" Ich würde morgen Früh lieber ausschlafen und dann mit meiner Lego-Eisenbahn spielen. In meinem Zimmer ist es warm und gemütlich, draußen aber, so stelle ich es mir zumindest vor, windig und kalt.

„Aufstehen, aufstehen!" Papa rüttelt mich an der Schulter. Er hat schon seine Skiunterwäsche angezogen. Ich schaue durchs Fenster. Es ist stockdunkel, und ein Ast des Baumes, der vor meinem Fenster steht, wird vom Wind gegen das Fensterglas gepeitscht. „Ich mag nicht!", sage ich. „Ich mag im Bett bleiben!" Lachend reißt mir Papa die Decke weg. „Ich mag nicht, das gibt's nicht! Heute müssen wir raus! Bewegung an der frischen Luft! Das ist gesund! Da wirst du ein ganzer Kerl!“

Es ist Papa sehr wichtig, dass ich ein ganzer Kerl werde, das sagt er immer wieder. Obwohl ich nicht weiß, was das genau ist. Auf jeden Fall hat es viel damit zu tun, dass ich Kälte aushalten muss. Im Sommer muss ich ins eiskalte Wasser und im Winter auf die Berge. Auf die Berge allerdings auch im Sommer. Da geht es darum, dass wir möglichst viele Höhenmeter bergauf zurücklegen. „In deinem Alter“, sagt Papa dann, „da habe ich mit Opa schon mehr als tausend Höhenmeter am Tag gemacht! Und das jedes Wochenende! Und es hat unglaublich viel Spaß gemacht!“

„Ich mag nicht aufstehen! Skifahren ist blöd!“ Ich fange an zu schluchzen, und das macht Papa wütend. „Du stehst jetzt sofort auf!“, zischt er. „Ich muss mir meine Zeit genau einteilen! Sei froh, dass ich mit dir etwas unternehme! Andere Kinder würden sich glücklich schätzen, wenn ...“ Mama steht in der Tür. „Das Wetter ist ... möchtest du es dir nicht noch einmal überlegen?“ Sie sieht zu mir her, und ich erkenne das Mitleid in ihrem Blick. Nur, meistens hilft mir das nicht.

„Ich warte unten. Beim Frühstück. Und wenn er nicht spurt, dann fahren wir eben ohne Frühstück! Wo gibt es denn sowas!“ Papa stürmt aus dem Zimmer. Ich schlucke und würge. „Kannst du nicht mitkommen?“, frage ich Mama. „Ich muss ja, ich muss ...“ Auch sie kämpft mit den Tränen. „Du weißt ja, dass ich das Skifahren schon lange aufgegeben habe. Wegen meinem Knie!“ Sie dreht sich um und geht ebenfalls nach unten. Ich stehe auf und gehe aufs Klo. Mamas Knie ist nur eine Ausrede, ihr macht das Skifahren genauso wenig Spaß wie mir. Aber mir bleibt jetzt nichts anderes übrig, als mich anzuziehen.

Während des Frühstücks sieht Papa dauernd auf die Uhr, aber mir bleibt mein Marmeladebrot fast im Hals stecken. Der Kakao ist auch noch zu heiß. „So!" Papa steht auf. „Wir fahren jetzt. Du kannst ihm ja ein Jausenbrot herrichten, das kann er dann während der Fahrt essen. Die Trödelei ständig, das kann ich nicht ertragen!" Papa wischt sich den Mund und wirft seine Serviette auf den Teller. Dann höre ich ihn im Vorzimmer rumoren. Er packt die Skischuhe ins Auto. Mama steht in der Küche und schmiert ein Brot. „Käse oder Wurst?", fragt sie. Ich habe auf beides keine Lust und sage nur deswegen „Käse", weil sie den zuerst genannt hat. „Schnell jetzt!" Sie drückt mir das in Alufolie gewickelte Jausenbrot in die Hand. „Sonst wird er noch zorniger!"

Es ist immer noch dunkel, als wir unsere Straße hinunterfahren. Ich halte mein Jausenbrot in der Hand, habe aber überhaupt keine Lust, es zu essen. Vielleicht bei der Fahrt nach Hause. Wenn doch nur dieser Tag schon vorüber wäre. Morgen muss Papa wieder in die Firma und kommt wahrscheinlich erst zurück, wenn ich schon im Bett liege. Das wird ein besserer Tag werden. Noch dazu hat er klassische Musik eingeschaltet. Die macht mich ohnehin immer traurig, auch, wenn ich zuvor gut aufgelegt war. Vor den Scheinwerfern treiben Schneeflocken in alle Richtungen, und auch die Fahrbahn ist strahlend weiß. Ich habe noch die winzige Hoffnung, dass die Bergstraße zum Skigebiet gesperrt ist und wir wieder umdrehen müssen. Voriges Jahr ist das nämlich einmal passiert, aber heute scheint die Straße gut geräumt zu sein.

Zu meinem Pech hört der Schneefall auf, und als wir oben ankommen, blinzelt sogar die Sonne durch die Wolken. „Wunderbar! Da siehst du, dass es sich auszahlt, früh aufzustehen! Fast alle Parkplätze noch frei!“ Es steht also fest: Ich muss heute auf die Piste. Dabei habe ich Angst vor den steilen Hängen. Voriges Jahr, ich erinnere mich genau, konnte ich einmal nicht mehr weiter. Der Hang war so steil, und ich wusste einfach nicht, wie ich den nächsten Bogen hinkriegen sollte. Papa stand viel weiter unten, ich hörte ihn kaum rufen. Und noch viel weiter unten der Waldrand mit den Bäumen. Dagegen würde ich gleich krachen, das hatte ich klar vor Augen. „So komm doch! So fahr doch schon! Stell dich nicht so an!“, rief Papa die ganze Zeit. Aber ich hatte meine Stöcke fest in den Schnee vor mir gepflanzt und konnte sie einfach nicht herausziehen. Es ging nicht. Ich weiß gar nicht mehr, wie ich es damals geschafft habe, doch noch den Berg hinunterzukommen.

Es dauert nicht lange, und ich stehe wieder vor dieser Geländekante. Der Hang scheint ins Nichts abzufallen, nur ganz tief unten kann man den Waldrand erkennen. „Komm jetzt! Das geht schon!“ Papa steht schon an der Kante. Ich fahre aber nicht los. Schließlich schüttelt Papa den Kopf, stößt sich mit den Stöcken ab und verschwindet nach unten, in Richtung Waldrand.

Natürlich gibt es später Streit, als eine junge Frau mit mir über den Steilhang nach unten rutscht. Sie bleibt immer nahe bei mir und zeigt mir die Stellen, an denen man den Bogen leichter hinkriegt. Schniefend komme ich bei meinem Papa an. Die Frau klopft mir auf die Schulter. „Gut gemacht!“ Zu meinem Papa sagt sie „So werden Sie ihm das Skifahren nicht beibringen, sondern eher verleiden!“ Der aber schüttelt nur den Kopf. „Der hätte das schon selber hingekriegt. Irgendwann wäre er losgefahren!“ Die Frau will noch etwas sagen, aber als Papa ihr erklärt, sie solle sich um ihre eigenen Angelegenheiten kümmern, fährt sie kopfschüttelnd davon.

Ich hoffe, dass ich heute nicht noch einmal über diesen Steilhang muss. Aber als wir oben aus der Seilbahn aussteigen und ich meine Skier angeschnallt habe, fährt Papa gleich an der ersten Abzweigung links hinunter, genau dort, wo es ins steile Gelände geht. Er bleibt stehen, und als ich ihn einhole, lächelt er. „Sieh mal!“, sagt er und zeigt nach oben. „Die Sonne! Wie gut, dass ich nicht nachgegeben habe. Das wird ein wunderbarer Skitag heute!“ Ich sage nichts. „Wenn man vor etwas einmal Angst gehabt hat, dann muss man es gleich wieder tun. So besiegt man die Angst!“ Ich nicke, um Papa eine Freude zu machen. Immerhin war er jetzt zum ersten Mal heute nett zu mir. Und ich will, dass das so bleibt. Als er losfährt, beiße ich die Zähne zusammen und folge ihm. Der Schnee ist weich vom starken Schneefall in der Nacht, und es ist schwierig, um die Kurven zu kommen. Dann liegt der Steilhang abermals vor mir. Papa ist schon über die Kante verschwunden. Ich muss da jetzt einfach hinunter. Als ich die Kante erreiche, lehne ich mich zum Hang, und meine Skier rutschen weg. Ich schließe die Augen und falle, überschlage mich, bekomme Schnee ins Gesicht, in den Mund, höre nicht auf zu rutschen. Schließlich pralle ich auf etwas Hartes.

„Wie kann man sich nur so ungeschickt anstellen? Was predige ich denn die ganze Zeit? Körper weg vom Hang, nach unten lehnen, außen belasten, sonst greifen die Skier nicht!“ Ich bin gegen Papas Beine gestoßen. Er hat mir die Haube abgenommen und wischt mir den Schnee aus Gesicht und Kragen. Mir ist kalt, der Schnee rutscht durch den Kragen des Anzugs ein Stück den Rücken hinunter. In meinen Augen sammeln sich Tränen, ich beginne zu schlucken. „Na, wegen dem kleinen Rutscher brauchst du nicht gleich zu heulen. Das ist schon ganz anderen passiert. Da beißt man die Zähne zusammen, und weiter geht's!“ Papa hat Haube und Brille geputzt und stülpt mir beides wieder über den Kopf. Mein Daumen schmerzt, aber ich traue mich nicht, es ihm zu sagen. Ich blicke nach unten. Immerhin, den Großteil des Steilhangs habe ich hinter mir, der Waldrand ist schon ganz nahe. Der weiche Schnee hat mich diesmal gerettet, aber Lust, weiterzufahren, verspüre ich nicht. Papa fährt los, aber ich falle gleich beim nächsten Schwung wieder hin. So schnell ich kann, rappele ich mich wieder auf, damit er nicht noch einmal böse werden muss. Irgendwie schaffe ich es, in den Skiweg einzubiegen, der am Ende des Steilhangs nach rechts wegführt.

Als wir zum Mittagessen in die Hütte einkehren, ist Papa wieder ganz nett zu mir. „Siehst du“, sagt er. „Ich hab's ja gewusst! Man muss sich nur etwas zutrauen, dann geht es wie von alleine!“ Ich bin auch ein wenig stolz auf mich, denn ich habe den Steilhang jetzt doch einmal geschafft, ohne hinzufallen. Und weil auch das Wetter besser geworden ist, finde ich das Skifahren nicht mehr ganz so schlimm. Vor allem, weil ich Grillwürstel mit Pommes frites bekommen habe. Ich öffne die Schnallen der Skischuhe, die ein wenig drücken, und beiße in mein Würstel.

Plötzlich kommt die Frau zur Tür herein, die mich heute Morgen den Steilhang hinunterbegleitet hat. Hinter ihr taucht ein Skilehrer der örtlichen Skischule auf. Man erkennt ihn an den Aufschriften auf Skijacke und Helm. „Ah, da ist ja der, der sein Kind allein auf dem Steilhang zurückgelassen hat! Solche wie Sie sollte man eigentlich anzeigen!“ Papa springt auf. „Was bilden Sie sich denn eigentlich ein!“, schreit er. „Das geht Sie einen Dreck an, wie wir skifahren!“ „So?“ Die Frau weicht nicht zurück. „Erstens einmal musste ich Ihren Sohn“, sie zeigt auf mich, „mehr oder weniger aus dem Steilhang bergen, weil Sie sich nicht um ihn gekümmert haben!“ Papa macht eine wegwerfende Handbewegung. „Und zweitens bin ich die Leiterin der hiesigen Skischule und weiß sehr wohl, wie man mit Kindern beim Skifahren umgeht!“ Sie hat jetzt so laut gesprochen, dass sich die anderen Gäste in der Hütte alle nach uns umdrehen. Mir bleibt mein Grillwürstel im Hals stecken.

„Machen Sie sich nur nicht ins Hemd!“ Papa geht einen Schritt auf die Frau zu. „Der wäre von ganz allein hinuntergekommen, wenn Sie sich nicht eingemischt hätten!“

Ich muss plötzlich aufs Klo, flüchte aus der Gaststube und falle mit meinen schweren Skischuhen fast die Treppe in den Keller hinunter, wo sich die Toiletten befinden. Ich sperre mich in eine Kabine ein, schließe die Augen und halte mir die Ohren zu. Nach einer Weile höre ich jemanden rufen. „Leopold? Bist du da drinnen, Leopold? Komm raus, es ist alles in Ordnung.“ Ich halte meine Ohren noch fester zu, aber schließlich schlägt Papa auch noch gegen die Tür. „Komm raus, Leopold, oder ich vergesse mich!" Ich denke gar nicht daran, aufzumachen. Schließlich scheint Papa einzusehen, dass er mich so nicht aus der Kabine herausbringt. „Es ist ja alles in Ordnung. Ich habe mich mit der Frau von der Skischule ausgesprochen. Ich habe mich sogar entschuldigt." Ich nehme die Hände von den Ohren und stehe auf. Papa ist oft so. Zuerst zornig, und dann bereut er alles und versucht es wieder auf die sanfte Tour. Aber man weiß nie, wie lange das anhält. Ich öffne die Tür, und Papa lächelt. „Möchtest du nicht noch deine Pommes frites aufessen?"

Ich muss noch den ganzen Nachmittag fahren, obwohl sich das Wetter wieder verschlechtert. Ich sehe fast nichts, und mein Daumen schmerzt. Davon sage ich Papa aber nichts, denn er würde es sowieso für eine Ausrede halten. Den Skistock halte ich mit vier Fingern, denn den Daumen abzubiegen, schaffe ich nicht mehr. Irgendwann ist endlich Schluss. „Wenn wir uns beeilen, schaffen wir es noch einmal, bevor die Seilbahn schließt!", sagt Papa und deutet aufgeregt auf die gelben Gondeln, die noch immer aus der Station herausschweben. Aber es sind kaum noch Skier in den Halterungen außen an den Gondeln zu sehen. Ich lasse mich in den Schnee fallen. „Ich kann nicht mehr!" Papa sieht auf mich herab. „In deinem Alter hab ich geheult, wenn wir die letzte Gondel verpasst haben!" Ohne ein weiteres Wort fährt er ans Ende der Piste und schnallt seine Skier ab. Gottseidank.

Der Daumen tut höllisch weh, als ich den Handschuh herunterziehe. „Schau mal!", sage ich. Nicht einmal Papa kann abstreiten, dass er verletzt ist. Das obere Glied und das Daumengelenk sind blau angelaufen. Papa sieht hin und will nach dem Daumen greifen, den ich aber so schnell wie möglich zurückziehe. „Nicht angreifen!“ „Ist wahrscheinlich nur ein kleiner Bluterguss!“ Papa öffnet die Heckklappe und wirft unsere Skisachen ins Auto. Ich klettere auf die Rückbank und versuche, mit einer Hand mein Käsebrot auszuwickeln.

„Lass mich das mal ansehen!“ Mama ist ehrlich besorgt. „Aber nur schauen! Nicht berühren!“ Ich finde, der Daumen ist noch blauer geworden als zuvor. „Ich weiß nicht“, sagt Mama. „Das könnte ja auch eine Verstauchung sein. Was, wenn er den Daumen dann nicht mehr bewegen kann?“ „Ach was!“, sagt Papa. „Ein kleiner Skidaumen halt. Ein bisschen Salbe drauf, und gut ist's. Da braucht ihr kein solches Tamtam darum machen.“ Mama sieht mich an und zuckt mit den Schultern. „Vielleicht hat er ja recht!“, gibt sie zu. Ich kann ihr aber ansehen, dass sie lieber mit mir zum Arzt gehen würde. Aber gegen Papas Willen wird sie das nicht tun. So gut kenne ich sie schon, da hilft alles Mitleid nichts. Wenn Papa sagt, dass es nur eine Kleinigkeit ist, dann fügen wir uns.

In der Nacht wache ich immer wieder auf, wenn ich unwillkürlich den Daumen bewege. Dann kann ich lange nicht einschlafen, weil er so schmerzt.

2

Auf dem Weg zur Straßenbahn zog Leo eine Gratiszeitung aus einem Ständer und blätterte sie rasch durch. Nichts von der Auseinandersetzung mit den Linken von gestern. Konnte ja auch noch nicht in der Zeitung stehen, war viel zu spät passiert. Online allerdings ... er suchte nach den neuesten Nachrichten aus Wien. Tatsächlich. Von einer nächtlichen Attacke war die Rede. Die Büros einer Studentenorganisation seien verwüstet worden. Verwüstet? Wegen zwei, drei Pflastersteinen? Von einem Verletzten war die Rede. Hatte sich wahrscheinlich an einem Scherben geschnitten, der Arme. Rechtsradikale Parolen seien gebrüllt worden, hieß es. Er konnte sich an nichts erinnern. Hatten die linken Zecken die Polizei wieder einmal an der Nase herumgeführt und ihnen Lügenmärchen aufgetischt. Und die Presse glaubte das alles natürlich, berichtete darüber, ohne zu überprüfen, ob es auch stimmte. Von dem Geschmier auf der Hauswand bei der Verbindung, da las man natürlich nichts. War ja klar. Leo steckte sein Handy wieder ein und nahm sich vor, überhaupt nichts mehr zu lesen, was in den Mainstream-Medien verbreitet wurde.

Das Mädchen aus dem Hörsaal wollte ihm auch nicht aus dem Kopf. Ohne dass er es wirklich geplant hatte, fand er sich plötzlich in der Straße wieder, in der gestern Nacht die Auseinandersetzung mit den Linken stattgefunden hatte. Ob er herausfinden konnte, ob tatsächlich sie es gewesen war, die von oben auf sie heruntergebrüllt hatte? Sie hatte ihn ausgelacht, als Schwein beschimpft, sie hatte Dreck auf ihn geleert. Sie gab sich mit Leuten ab, die keinen Funken Ehre im Leib hatten. Warum bloß war es ihm wichtig, herauszufinden, ob es sich um die Frau aus dem Hörsaal handelte? War es ihm überhaupt wichtig? Als er in die Straße einbog, zuckte er zurück. Was, wenn ihn jemand erkannte? Er hatte ein paarmal zu den Fenstern hochgeblickt. Nicht auszuschließen, dass es da oben mehrere gab, die jetzt sein Gesicht kannten. Erst nach dem ersten Schreck fiel ihm ein, dass er ja eine Maske getragen hatte. Niemand würde ihn wiedererkennen. Er atmete auf. Schräg gegenüber lag das Haus, in dem er gestern Fensterscheiben eingeschlagen hatte. Es hatte zu regnen begonnen, und so fiel es nicht weiter auf, dass er unter dem Vordach einer Bäckerei Schutz suchte. Er zündete sich eine Zigarette an. Gegenüber parkte der Lieferwagen einer Glaserei. Ein Arbeiter zog eine in Karton verpackte Glasscheibe aus dem Laderaum und schulterte sie. Geschah ihnen recht, dass sie jetzt ihr Geld für neue Fensterscheiben ausgeben mussten. Das bedeutete ein paar dämliche Plakate weniger auf der Uni.

Zweite Zigarette. Er wusste gar nicht, worauf er wartete. Im ersten Stock konnte man den Arbeitern dabei zusehen, wie sie Reste der zerborstenen Fensterscheiben aus den Rahmen lösten. Plötzlich meinte er, hinter einem der Arbeiter eine blonde Mähne huschen zu sehen. Konnte sie das sein? Wahrscheinlich bildete er sich das alles nur ein. Er blickte auf seine Uhr. Wenn er sich jetzt beeilte, kam er noch rechtzeitig zur Vorlesung. Leo warf die Zigarette zu Boden, drückte sie mit der Schuhspitze aus und machte sich auf den Weg zur Straßenbahnhaltestelle. Wenn die Polizei nur nicht auf die Idee kam, dass der Angriff gestern ein Racheakt für das Beschmieren der Hausfassade sein konnte, dann war alles gut. Trotzdem, es war eigentlich eine sinnlose Aktion gewesen, ohne jeden Plan, wie vorzugehen war. Und es würde die linken Gutmenschen nicht davon abhalten, weiterhin jede Menge Freibeuter aus dem Orient ins Land zu lotsen.

Die Türen der Straßenbahn öffneten sich zischend, er stieg ein und setzte sich auf einen Platz gegenüber der Tür. Fast nur Frauen mit Kopftüchern und papageienbunt gekleidete Kinder. Warum waren die nicht in der Schule?

Vor allem hatte man sich gestern nicht überlegt, wo die Aktion hinführen sollte, was die Konsequenzen waren. Adrian war einer, der immer schnell aufs Draufhauen aus war, deswegen hatte er auch schon unliebsame Erfahrungen mit der Polizei gemacht. Paul redete nur und tat gar nichts. Beide lagen sie falsch. Planen, strategisch handeln, die Konsequenzen zuvor durchdenken. Am besten, so dachte Leo, allein.

Gerade, als die Bahn sich anschickte, loszufahren, schlug jemand von außen mit der Hand gegen den Türöffner. Der Fahrer erbarmte sich und ließ die Tür noch einmal aufgleiten. Leo sah schnell weg, so, als ob es draußen auf der Straße etwas Wichtiges zu beobachten gäbe. Es war das Mädchen aus dem Hörsaal, das keuchend die Stufen erklomm und hinten im Wagen verschwand. Sie hatte ihn nicht gesehen. Hoffte er.

Es wäre schon ein ganz besonderer Zufall, wenn sie gerade jetzt und hier auftauchte, ohne mit den Linken was zu tun zu haben. Schade, dass sie sich mit denen eingelassen hatte. Sie war so hübsch. Obwohl, wahrscheinlich ein paar Jahre älter als er. Verstohlen blickte er sich um. Sie saß drei, vier Reihen weiter hinten, hatte Kopfhörer über die Haare gestülpt und las in einem Manuskript. Leo fragte sich, ob sie in die gleiche Vorlesung unterwegs war wie er. Zivilrecht und Verfahrensrecht standen heute auf dem Programm. Professor Mai. Sie ging Leo auf die Nerven, bestand darauf, Teile ihrer Vorlesung auf Englisch zu halten. Genauso sollte bei den Prüfungen verfahren werden. Leo fragte sich, wozu. Schließlich war man hier in Österreich, wo Deutsch gesprochen wurde.

Als sie die Haltestelle der Uni erreicht hatten, drängte Leo zur Tür, um vor dem Mädchen draußen zu sein. Er rempelte beim Aussteigen ein paar Leute an, die nicht rechtzeitig zur Seite traten, hastete ein kurzes Stück Richtung Uni und hielt vor einer Trafik an. Er tat so, als wolle er die dort auf einem Ständer platzierten Zeitungen studieren. Verstohlen sah er sich nach rechts und links um. Tatsächlich kam sie hinter ihm vorbei. Er hätte sich nicht bemühen müssen, ihr nicht aufzufallen, denn sie hatte immer noch die Kopfhörer auf den Ohren, die Augen auf ihrem Handy.

Sie überquerte den Ring hin zur Uni, er folgte in sicherem Abstand, wollte nicht entdeckt werden. In der Uni wandte sie sich allerdings nicht dem Hörsaal zu, in dem Leos Vorlesung stattfand, sondern bog stattdessen um eine Ecke, stieg eine Treppe hinauf und verschwand hinter einer Tür. Leo sah sich um, außer ihm war niemand auf dem Gang. Nichts verriet, was sich in diesem Hörsaal abspielen sollte. Vielleicht kam er mit der Nummer des Raums weiter. Er stieg die Treppen wieder hinunter, blickte auf das große Display, das wie in einem Flughafen angab, was wo und wann stattfand. Tatsächlich fand sich die Nummer des Raums, in dem das Mädchen verschwunden war, auf dem Display. „Gender and Equality Law“ hieß es da. Natürlich. Das hätte er sich denken können. Etwas, das den Emanzen gefiel. Wenn er nur Gender hörte, kam ihm schon die Galle hoch. Lief ja letzten Endes alles darauf hinaus, die Männer völlig zu entmachten und alle Posten an sich zu reißen. Da drinnen waren die Frauen, die nichts als Verachtung für Männer übrighatten.

Plötzlich war ihm nicht mehr nach Vorlesung, und schon gar nicht nach Professor Mai. Wütend trat er im Vorbeigehen gegen einen Mülleimer. Ein paar Leute drehten sich nach ihm um, um zu sehen, woher der Lärm kam. Leo hastete weiter, hinaus in den Park vor der Votivkirche, wo er nach einer freien Bank suchte. Es war sonnig und warm geworden, manche Studenten schienen den Vormittag lieber hier im Park als in muffigen Hörsälen zu verbringen. Ein weiterer Mistkübel musste dafür büßen, dass keine der Bänke in der Nähe frei war. Ein kräftiger Tritt hob ihn aus der Verankerung, er schepperte zu Boden, sein Inhalt verteilte sich auf den Weg. Hoffentlich hatte ihn niemand beobachtet. Leo änderte die Richtung und steckte seine Hände in die Jackentaschen. Dort krampften sie sich zu Fäusten zusammen. Am liebsten wäre er jetzt sofort zur Verbindung gegangen, hätte seinen Säbel aus dem Spind geholt und auf den Trainingsschädel eingedroschen, bis das Leder in Fetzen hing. Dabei wusste er nicht einmal, worauf oder auf wen er so wütend war. Wenn er an das Mädchen dachte, war ihm so, als wolle er sie trotz allem wiedersehen.

Aber da war auch diese Wut, die in ihm kochte. Weil nichts sich so entwickelte, wie er sich das vorstellte. Weil er kein Ziel und keinen Plan fand, dahin zu kommen. Wut. Aber auch Hunger.

Auf den Bänken nur gackernde Studentinnen, die die nackten Beine übereinanderschlugen und sich die langen Mähnen hinter die Ohren strichen. Und wem warfen sie Blicke zu? Den schlampig gekleideten, teils völlig verwahrlosten Burschen auf der Wiese. Struppige Bärte, verfilzte Haare, manche sogar mit dunkler Haut. Er selbst trug, wenn er auf die Uni ging, zumindest immer ein Sakko. Dazu durfte man sich schon einmal Jeans erlauben, aber ein sauberes Hemd war eine conditio sine qua non. Das war auch so ein Problem. Seine Mutter war kaum mehr dazu zu bewegen, Hemden zu bügeln, und wenn sie es tat, war Leo mit dem Ergebnis selten zufrieden. Er selbst hatte es probiert, war aber gescheitert. Außerdem war das Frauenarbeit.

In der U-Bahn-Station nur schwarze Schnauzbärte. Unverständliches Gefasel in allen möglichen Sprachen an den Ständen, wo man etwas zu essen kaufen konnte. Nur Kebab und Chinesen. Auch die Pizza wurde nicht etwa von Italienern, sondern von irgendwelchen Orientalen verhökert, die es sich hier gut gehen ließen und sich über die dämlichen Österreicher kaputtlachten, die ihnen das alles finanzierten. Ob er noch einmal zur Uni zurückgehen sollte, um das Ende der Vorlesung über Gender Equality abzuwarten? Dann würde er sehen, was das Mädchen danach machte. Aber wenn sie ihn entdeckte, was sollte er sagen?

Schließlich fand Leo doch noch einen schmalen Stand, der Leberkäse anbot. Immerhin etwas. Die Verkäuferin allerdings, so musste er feststellen, sprach nur gebrochenes Deutsch mit schwerem

Akzent. Gegen diese Leute sollte man endlich etwas unternehmen. Einfach weg mit denen, ein Zeichen setzen. Und am besten ganz allein, denn sonst wurde wieder alles zerredet, so lange, bis keinem mehr ein Funken Energie dafür übrigblieb, wirklich etwas zu tun. Er biss in die Leberkäsesemmel, aber so richtig tiefe Befriedigung wollte sich nicht einstellen. Das Gebäck schmeckte muffig, der Leberkäse fade. Er warf die halbe Semmel fort, als sein Handy klingelte.

„Du warst gestern ganz schlecht drauf. Eigentlich sollte ich dir furchtbar böse sein. Geht's dir heute besser?" Esther. Sie klang, als wäre sie durchaus bereit, ihm zu verzeihen. „Geht so. Tut mir auch leid, wegen gestern." Leo hatte Lust, mit ihr ins Bett zu steigen, wenn sie ihm schon eine Versöhnung anbot, dann durfte er nicht zögern, darauf einzugehen. „So etwas darf aber nicht noch einmal vorkommen, hörst du? Dann ist es nämlich aus mit uns! Sehen wir uns?", fragte Esther. „Dann hättest du auch gleich Gelegenheit, dich für deinen Auftritt gestern zu entschuldigen!" Fast hätte Leo sie angeschrien, schon wieder krampfte sich seine freie Hand in der Jackentasche zusammen. Doch er schnaubte nur. Besser, er hielt sich zurück. „Ist ja nicht viel passiert!" Er versuchte, locker zu klingen. „War halt eine aufregende Nacht. Ich meine, eine anstrengende", korrigierte er sich. „Warum aufregend?", wollte Esther wissen. Vorwurfsvoller Unterton. „Nichts. Ich erklär's dir, wenn wir uns treffen. Du darfst heute entscheiden, was wir machen!" „Fein!" Sie schien bereits besänftigt. Dachte niemals viel nach, das kannte er.

Esther regte ihn auf. Wenn er an sie dachte, sah er abwechselnd zwei Filme vor sich. Einmal, wie sie vor ihm auf die Knie ging. Wie sie sich wand vor Lust, wenn er sie von hinten nahm. Dann wieder, wie er ihr mit aller Kraft ins Gesicht schlug. Sie danach würgte, bis ihr die Augen aus den Höhlen traten. Sie musste einfach lernen, ihn nicht unnötig herauszufordern.

Sein Handy piepte. Eine Nachricht. „Ich möchte diesen neuen Film aus Südkorea sehen. Soll sehr stark sein. 20 Uhr?" Leo seufzte, bevor er ihr einen Smilie und das Daumen-hoch-Emoji schickte. Ausgerechnet Südkorea.

„Der Türke", dozierte Paul, „ist eigentlich der Deutsche des Orients. Wie die sich damals halb Asien unter den Nagel gerissen haben, das war schon große Klasse!" Leo biss von seinem Kebab ab, beugte sich dabei weit vor, damit ihm das Knoblauchjoghurt nicht auf Hemd und Jacke tropfte. Adrian hatte sich aufgeregt, warum man denn den Imbiss unbedingt beim Türken kaufen müsse. Leo hatte ihm innerlich zugestimmt, weil er unordentliches Essen, bei dem man sich leicht bekleckerte, ohnehin nicht mochte. Er hatte aber den Mund gehalten. Paul hatte seinen Willen wieder einmal durchgesetzt, und jetzt musste er ihn auch noch wortreich mit Argumenten untermauern. Leo nahm einen Schluck aus seiner Bierdose. Paul hob wieder belehrend den Zeigefinger. „Eigentlich ja nicht der Türke, sondern der Osmane, der Vorfahre der heutigen Türken. Schon im vierzehnten Jahrhundert!" Adrian ließ den Verschluss seiner Bierdose zischen und kicherte unkontrolliert. „Vierzehn!", kicherte er. „Vierzehn Dosen! Wär nicht schlecht!" Adrian hatte zwar bereits eine ganze Menge intus, aber sicher nicht vierzehn Dosen. Da würde er platt liegen. Leo sah auf die Uhr. Er durfte keinesfalls den Film mit Esther versäumen. „Weißt du, was mich deine Osmanen können?“, lallte Adrian. Ein weiterer unkontrollierter Heiterkeitsausbruch folgte. „Bist du ein Osmane?“, fragte er danach den Mann im Imbisswagen. Der war, so schätzte Leo, um die fünfzig, glatzköpfig, mit Bierbauch und, natürlich, schwarzem Schnauzer. Der Mann grinste. „Ich, nix Osmane. Ich Bursa. Beste Stadt von ganze Türkei!“ Er lachte dröhnend. Im gleichen Moment legte er ein Handy ans Ohr. Ein nagelneues iPhone. Über tausend Euro. Wahrscheinlich alles von der Kinderbeihilfe für sieben oder acht kleine Türken finanziert. Der Kebabmann unterhielt sich mit irgendwem in unmöglichem, bruchstückhaftem Deutsch, immer wieder unterbrochen von Gelächter, begleitet von weit ausladenden Gesten seiner haarigen Arme. Unglaublich, dachte Leo. Lebt wahrscheinlich schon dreißig Jahre in dieser Stadt und spricht nicht einmal annähernd brauchbares Deutsch. Was trieben diese Leute eigentlich in ihrer Freizeit? Wahrscheinlich türkisches Satelliten-TV, türkische Handyspiele und türkische Zeitungen.

Das wäre eine Aktion nach seinem Geschmack. Einfach weg mit diesem Türken. Und dafür nicht einmal viel riskieren. Die Polizei, ebenso wie die Medien, würden Rätsel raten müssen. Auf jeden Fall würden sich alle fürchten. Vor allem die, die hier nichts zu suchen hatten.

Plötzlich ekelte Leo vor dem Döner. Er warf den Rest in den Abfallkübel an der Seite des Wagens. „Hat nicht geschmeckt?“ Der Verkäufer musste ihn beobachtet haben. „Doch!“, beeilte sich Leo und wischte sich dabei die Hände mit der Serviette. „Aber meine Freundin ... der Knoblauch!“ Er grinste und hasste sich gleichzeitig für die Lüge. Dass der sich in Zukunft seine Döner sonstwohin stecken konnte, das hätte er gerne gesagt.

„Dafür!“, mischte sich Adrian ein. „Nach diesem harten Training – noch eine Runde. Drei Bier, Herr Hassan!“ Adrian war zwar nicht mehr allzu sicher auf den Beinen, aber Bier bestellen und bezahlen konnte er anscheinend immer noch. Eigentlich hatte Leo gehen wollen. Aber eine Einladung ausschlagen, das war auch nicht seine Art.

Wenig später saßen sie auf einer Bank nicht weit von Hassans Kebabwagen. Adrian rülpste, Paul blies Rauch vor sich hin. „Ich finde es nicht richtig, dass wir dieses türkische Essen in uns hineinstopfen“, sagte Leo. „Osmanen hin oder her. Am Schluss erklärst du die Russen zu den Deutschen des Nordens und die Italiener zu den Deutschen des Südens.“ Es kam selten vor, dass jemand Paul widersprach. Der nickte und klopfte mit einem Finger gegen seine Bierdose. „Herr Leopold gibt politische Statements ab. Das ist ja ganz was Neues! Wann fichtst du denn endlich deine erste Mensur? Dann kannst du vielleicht mit uns Männern mitreden, du Grünschnabel!“ „Bald!“, presste Leo hervor und zerdrückte mit der Rechten seine Bierdose. Er kam gegen diesen Paul nicht an. Am liebsten hätte er ihm das restliche Bier über den Kopf geschüttet. Aber bei der Mensur, da würde er es ihm zeigen. Da wollte er Blut sehen.

„Ich muss jetzt gehen!“, sagte Leo und stand auf. Wenn er Glück hatte, dann konnte er sich noch irgendwo Pfefferminzdrops besorgen, bevor er sich mit Esther traf. Man musste ja schließlich nicht stinken wie ein Türke, wenn man sich mit einer Frau traf. Adrian winkte nur schwach und hob nicht einmal den Kopf. Der würde womöglich auf dieser Bank einschlafen. Paul gab ihm nur ein süffisantes Grinsen mit auf den Weg.

Im Billa verirrte er sich auf der Suche nach den Pfefferminzdrops, fand aber wenigstens einen Kaugummi. An der Kasse stand eine lange Schlange von Pensionisten und ausländischen Hausfrauen. Die mussten natürlich alle genau während der Stoßzeit einkaufen, wenn auch die Berufstätigen auf dem Nachhauseweg noch schnell etwas brauchten. Verstohlen ließ er den Kaugummi in seine Jackentasche gleiten und drängte sich an der Schlange vorbei. „Ich hab nichts!" Die Kassiererin blickte nicht einmal zu ihm auf.

„Da bist du ja endlich! Wieso gehst du nicht ans Handy? Wir sind schon spät!" Esther hakte sich bei ihm ein und drückte ihm einen Kuss auf die Wange. Er hatte keine Lust, ihr zu erklären, dass er sein Handy abstellte, sobald Mama ein zweites oder drittes Mal an einem Tag anrief. Aber anscheinend brauchte sie keine Antwort. Sie zog ihn ins Foyer des Kinos, wo es durchdringend nach Popcorn roch. „Ich hab schon Tickets! Kaufst du Popcorn?" Esther drängte ihn in die Schlange vor der Ausgabe. Er hatte weder Lust auf Popcorn noch auf den Film aus Südkorea, aber er musste wohl beides über sich ergehen lassen, um Esther gnädig zu stimmen. Dann fiel ihm ein, dass das Popcorn womöglich gut gegen den Knoblauchgeruch war, und er nahm einen extra großen Kübel. „Wow!", staunte Esther. „Da hast du dir aber was vorgenommen!"

Noch bevor der Film begann, hatte er ein Viertel des Kübels geleert. Esther lehnte sich an seine Schulter und hatte sich noch nicht über Knoblauchdunst beschwert. Die Protagonisten hießen alle Kim oder

Park. Wie alle anderen Südkoreaner wahrscheinlich. Es war eine ziemlich unglaubwürdige Geschichte einer armen Familie, die sich nach und nach bei einer reichen einnistete. Leo drückte Esther an sich und versuchte, seine Hand über ihre Schulter zu ihrem Busen hinunterrutschen zu lassen. Eine Zeitlang ließ Esther ihn gewähren und mampfte in einem fort Popcorn, während er mit den Fingern nach ihrer Brustwarze suchte. Die arme Familie, das waren Parasiten. So wie Herr Hassan und die Verkäuferin im Leberkäseladen. Esther schlug ihn auf die Finger, und er zog seine Hand zurück, die ihm ohnehin schon fast eingeschlafen war. Irgendwann nickte er ein. Bis Esther ihren Kopf an seine Brust drückte und „Oh Gott!" flüsterte. Leo schlug die Augen auf. Im Film floss gerade viel Blut. Die Familien gingen mit Messern und Spießen aufeinander los. Leo drückte Esther an sich und strich ihr begütigend über den Kopf. „Du hast den Film ausgesucht!", grinste er. Die Darsteller sahen sich alle sehr ähnlich, sodass er nun keine Ahnung hatte, wer wen warum umgebracht hatte. Aber so war das eben. Wenn man sich Parasiten heranzüchtete, dann kam es irgendwann zum Eklat, wenn man sie nicht rechtzeitig vernichtete.

„Puh! So grausam hatte ich mir das nicht vorgestellt!" Esther atmete auf, als sie draußen vor dem Kino standen. „Wegen dem bisschen Blut!" Leo lachte auf. Wie kindisch Frauen doch waren. Wegen ein wenig roter Farbe im Film verloren sie gleich die Nerven. „Gehen wir zu dir?", fragte Leo. „Du weißt ja, Mama ..." „Mama, Mama!", ätzte Esther. „Darfst du keine Freundin mit nach Hause bringen? Dreht deine Mami durch, wenn sie sich vorstellen muss, dass ihr kleiner Sohn sogar ein Sexualleben hat? Hält sie das nicht aus?“ Leo räusperte sich und ballte seine Fäuste in den Hosentaschen. Esther hatte immer noch nicht verstanden, dass sie Respekt haben musste, dass sie sich nicht über ihn lustig machen durfte. „Ich bleib nicht mehr lange zu Hause!“, stieß er heiser hervor. „Wirst sehen! Bald sag ich es ihr, dass ich ausziehe!“ Esther lachte schrill auf. „Du hörst dich an wie ein alter Ehemann, der seiner Geliebten erzählt, dass er sich ohnehin bald scheiden lassen wird!“ Sie kitzelte ihn an der Nase. „Lass das!“ Unnötig grob schlug er ihre Hand zur Seite. Im selben Moment zwang er sich zur Beherrschung. Er durfte Esther heute nicht verärgern, auf keinen Fall.

„Pst!“ Sie legte einen Finger vor den Mund, als sie ins Vorzimmer traten. „Consuela ist sicher schon im Bett, sie geht immer früh schlafen! Völlig untypisch für eine Spanierin!“ Sie kicherte hinter vorgehaltener Hand. „Die anderen sind wohl noch nicht zu Hause.“ Esther zog ihn in ihr Zimmer. Während sie miteinander schliefen, stöhnte Esther laut. Er wusste schon, dass sie sich danach meist nicht daran erinnern konnte, wie laut sie gewesen war, aber Consuela würde heute keine ruhige Nacht haben. Schließlich lagen sie schwitzend und erschöpft nebeneinander im Bett.

„Bleibst du heute da?“, flüsterte Esther. Leo legte die Hände hinter den Kopf und starrte an die Decke, ohne zu antworten. Esther wusste ohnehin, dass seine Mutter durchdrehte, wenn sie sein Bett am Morgen unberührt fand. Einmal hatte sie den Onkel in der Firma angerufen, einmal sogar die Polizei, als er mit seinen Kameraden die Nacht durchgemacht hatte. „Schläfst du schon?“, hauchte Esther. Ihre Hand schlich sich unter der Decke zu seiner Brust, weiter hinunter, über den Bauch zu seinem Schwanz. Sie fasste danach und schob ihre Hand auf und ab. „Oder machen wir es noch einmal?“ Sie drängte sich an ihn. Leo drückte ihre Hand weg. „Ich würde ja gern, aber es geht nicht. Das weißt du doch!“ „Geht nicht, geht nicht!“, äffte Esther ihn nach. Leo wurde wütend. „Außerdem richtet sich die Frau nach dem Mann in diesen Dingen! Das ist unanständig, diese Unersättlichkeit! Eine gute Frau tut so was nicht!“ Gerade hatte er noch unterdrücken können, „gute deutsche Frau“ zu sagen. Das hörte er in der Verbindung immer wieder. Was eine gute deutsche Frau tat oder bleiben ließ. Die gute deutsche Frau unterstützte ihren Mann, sie las ihm jeden Wunsch von den Augen ab, erkannte ihn als unumschränkten Alleinherrscher in Haus, Garten und Bett an. Lediglich in der Küche und vor der Wasch- und Nähmaschine gab sie den Ton an. Leo musste an Pauls Lieblingswitz denken. Was war der Unterschied zwischen einer Frau und einem Swimmingpool? Gar keiner, lautete die Antwort. Beide teuer in der Anschaffung, kostspielig im Unterhalt, und man war selten drin. Über Witze wie diesen konnte man sich in der Verbindung stundenlang kaputtlachen.

„Du gehst ja nur immer wieder nach Hause, weil dich deine Mama hinten und vorne bedient! Seift sie dich auch in der Badewanne ein? Und wickelt sie dich danach in ein warmes Badetuch?“ Esther war jetzt auch laut geworden. Consuela konnte sicher jedes Wort verstehen. „Sie macht den Haushalt, weil das die Aufgabe einer Frau ist! Oder hast du dich auch schon mit diesem Genderwahn angesteckt?“ Leo richtete sich auf. Esther saß ihm mit nackten Brüsten gegenüber. „Was soll denn das heißen, Genderwahn? Glaubst du, ich studiere, damit ich danach nur dafür lebe, einem Mann das Leben zu versüßen? Was hast denn du für ein Frauenbild?“ Die letzten Sätze hatte Esther mehr geschrien als gesprochen. So war das also. Die Dame wollte ihr eigenes Leben leben, dass sie sich um ihn und ihre Kinder kümmerte, war anscheinend nicht einmal eine Option, die man in Betracht zog. Was bildete sich die Frau eigentlich ein? Leo biss sich auf die Zunge. Es fiel ihm nichts ein, was er erwidern hätte können.

Fast wie von selbst legte sich sein Arm um Esthers Hals und zog sie an seine Brust. Drückte zu. Sie sollte endlich den Mund halten. Zuhören, und verstehen. „Eine Frau tut, was ihr Mann sich von ihr wünscht. Das ist von der Natur so vorgesehen!“ Esther riss an seinem Arm, kämpfte um Luft. „Das würde dir so passen!“, ächzte Leo, bemüht, sie festzuhalten. „Zuerst ... Aua!“ Er ließ Esthers Kopf los. Das Luder hatte ihn in den Arm gebissen. Blutig gebissen. Sie sprang auf. Würgte, hustete. Stand nackt vor ihm. Riss die Bettdecke vor ihren Körper. „Raus!“, schrie sie. „Verschwinde! Ich möchte dich hier nie wieder sehen!“ Schritte im Vorraum, Schläge an der Tür. „Esther, alles in Ordnung? Du brauchst Hilfe?“ Consuela rüttelte an der Türklinke, doch Leo hatte abgesperrt. Er kam mit der Vorstellung nicht zurecht, dass jemand ins Zimmer kommen konnte, während sie Sex hatten. Er drückte seine rechte Hand auf die Bisswunde. Sie brannte. „Du spinnst ja komplett!“ Esther schüttelte den Kopf und begann zu schluchzen. „Ich hab mich so getäuscht in dir, ich hab gedacht, in dir steckt doch ein guter Kern! Aber du bist nichts anderes als ein Schwein! Ein garstiges, sexistisches Schwein! Du wolltest mich umbringen!“

„Mach doch nicht so einen Krach! Sag ihr, dass alles in Ordnung ist!“, zischte Leo. Er nickte mit dem Kopf zur Tür, hinter der Consuela immer noch tobte. Esther wischte sich schniefend mit dem Unterarm über die Nase. „War doch nicht ernst gemeint!“ Er versuchte ein Lächeln. Consuela hämmerte gegen die Tür. Inzwischen waren sicher die Mieter oben und unten auch schon wach geworden. Er musste aufpassen, dass die Situation nicht eskalierte. „Ich gehe ja schon! Damit du dich beruhigst!“ Er stand auf, richtete die Handflächen beschwichtigend gegen Esther, die immer noch die Bettdecke an sich drückte. „Sag doch was!“ Er deutete nochmals zur Tür. „Consuela!“, krächzte Esther schließlich mit von Tränen erstickter Stimme. „Consuela, es ist alles in Ordnung! Alles gut!“ „Ich hier bleibe, bis ich kann sehen!“, erwiderte die Spanierin. „Sonst ich hole policía!“

Esther maß Leo abschätzig, drängte sich schließlich an ihm vorbei zur Tür und schloss auf. Consuela schoss in einem viel zu großen, roten Pyjama ins Zimmer. Hinter ihr drängte sich Esther durch die nun offenstehende Tür ins Vorzimmer. „Was du Schwein hast gemacht?“ Consuela zitterte vor Wut. Esther war verschwunden. Leo hielt die Hände vor sein Geschlecht, unfähig, zu reagieren. Consuela streckte ihren langen Zeigefinger nach ihm aus. Ihre Fingernägel waren spitz und blutrot lackiert. „Wenn du Esther auch nur biegst ein Haar, dann ich schneide dir ab deine cojones!“ Sie verschwand wie ein roter Blitz aus dem Zimmer. Die Frauen waren alle verrückt geworden. Die eine bildete sich ein, ihn herumkommandieren zu können, und die zweite legte hier einen Auftritt hin, als wäre sie der Teufel persönlich. Leo suchte nach seiner Unterhose, stolperte hinein.

Als er in seine Hosenbeine fuhr, verlor er das Gleichgewicht und plumpste auf das Bett. Immer, wenn man es besonders eilig hatte, ging alles schief. Wo war seine Uhr? Esther bestand immer darauf, dass er seine Uhr ablegte. Mit Uhr war es ihr zu unerotisch. Aus dem Nebenzimmer hörte er Consuela schimpfen, Esther schluchzen. „Ich dir habe immer gesagt, dass Leo ist ein cabron, hijo de puta!“ Esther schluchzte lauter. Er hörte Consuela nochmals laut „policía“ rufen. Er musste machen, dass er hier wegkam. Leo fasste nach seinen Schuhen, schlich auf Socken aus der Wohnung.

In der Straßenbahn fühlte er Blicke auf sich lasten, senkte den Kopf, starrte zu Boden. Was glotzten ihn die alle so an? Er hatte Esther viel zu gut behandelt, viel zu viel zugelassen, sich von Anfang an in dieser Beziehung zu wenig durchgesetzt. Nur so hatte es passieren können, dass sie glaubte, sich alles erlauben zu können. Hätte er doch nur fester zugedrückt. Dann wäre jetzt schon alles vorbei. Und mit der verrückten Spanierin wäre er auch fertiggeworden, die war doch nur eine halbe Portion. Er sah Esther vor sich auf dem Bett liegen, reglos, nackt. Nun hielt sie endlich den Mund. Hätte sie das doch früher getan, dann hätte er gar nicht so weit gehen müssen.

Er wischte mit dem Ärmel über die beschlagene Fensterscheibe, las die Schilder auf den Läden. Noodle Box, Piwka Burgerki, Müldür, Alis Grill, Rani Indian Food, halal chicken. Die Welt war verrückt geworden, nichts war mehr an seinem Platz, an dem Platz, an den es gehörte. Und wer zahlte dabei drauf? Zuerst natürlich Männer wie er, die überall gegenüber den Frauen benachteiligt wurden. Dort musste ein Mann einer Frau den Vortritt lassen, da musste eine Frau eine Professur kriegen, und dann veranstaltete sie gleich eine Vorlesung, in der man besprach, wie die Männer an der Universität gänzlich abgeschafft werden konnten. Und wenn man dann einen Job wollte, dann hieß es wohl, es gebe genügend gleich qualifizierte Frauen, und die müsse man zuerst mit Posten versorgen. Wo die doch lieber zu Hause für ihren Mann und die Kinder da sein sollten.

Und die Frauen interessierten sich mehr für die gut gebauten, feurigen Ausländer, damit möglichst viel fremdes Blut ins Land kam. Er würde etwas dagegen tun. Bald. Das schwor er sich.

Als er die Haustür aufschloss, wurde sie von innen aufgerissen, etwas klatschte gegen seine Wange. Er rieb sich die brennende Stelle. „Wo warst du?", kreischte Mama hysterisch und trommelte gegen seine Brust, um ihm im nächsten Moment schluchzend um den Hals zu fallen. „Ich hab geglaubt, du bist tot! Keine Antwort! Ich hab dich zwanzig Mal angerufen. Auf die Mailbox gesprochen. Dass du dringend kommen sollst!" Sie roch nach Alkohol. Cognac, oder so. Mama drückte ihren Kopf gegen seine Brust und strich ihm über das Haar. Eine peinliche Szene, noch dazu im Freien, wo jeder sie im Licht der Haustürleuchte sehen konnte. Leo schob sie von sich. „Bist du wahnsinnig geworden? Was machst du für ein Theater? Noch dazu vor der Haustür?" Er schob sie ins Haus und führte seine Mutter zu der Bank, auf der sie sich immer die Schuhe schnürten. Kraftlos sank Mama hin und hielt sich die Hand vor die Augen. „Das einzige Kind! Das Einzige, was ich noch habe!", wimmerte sie. Sie war nicht nur betrunken, sondern auch noch durchgedreht. Leo zog seine Schuhe aus.

„Wo warst du? Warum rufst du nicht zurück?“ Er hatte keine Lust zu antworten. Hunderte Male hatte er ihr schon erklärt, dass er erwachsen war, dass er tun und lassen konnte, was er wollte, dass er ihr keine Rechenschaft schuldig war. Es war sinnlos. „Ich gehe ins Bett“, sagte er nur. „Ich muss morgen früh wieder raus. Vorlesung.“ Er ließ Mama auf der Bank sitzen, machte noch einen Abstecher in die Küche, um ein Glas Wasser zu trinken. Eine leere Weinflasche, eine Flasche Weinbrand, in der noch ein Rest der braunen Flüssigkeit übrig war. Leo leerte sie in den Abfluss und warf die Flasche in die Altglaskiste. Hoffentlich hatte Mama das Klirren gehört.

Wenig später lag er mit offenen Augen im Bett. Der Schlaf wollte nicht kommen. Immer noch lauschte er angestrengt in die Nacht hinaus. Zuckte zusammen, wenn weit entfernt die Sirene eines Einsatzwagens aufheulte. Atmete auf, wenn sie sich wieder entfernte. Was würde eigentlich passieren, wenn Esther ihn anzeigte? Oder die verrückte Consuela? Trommelte die Polizei da gegen die Haustür, oder bekam man einfach einen Brief, von einem Rechtsanwalt oder vom Gericht? Er musste noch einmal mit Esther reden. Ihr klarmachen, dass er keine Vorstrafe brauchen konnte. Außerdem, was hatte er schon getan? Es war ein kleiner Beziehungsstreit gewesen, ein Unfall, ein wenig überschießende Energie beim Sex. Ein Sexunfall. Er konnte es so hinbiegen, dass es eine etwas zu leidenschaftliche Umarmung gewesen war. Immerhin waren sie beide dabei nackt gewesen. Und wenn Esther etwas anderes behauptete, dann stand Aussage gegen Aussage. Und die Verbindung verfügte gewiss über irgendeinen alten Herren, der Rechtsanwalt war und helfen konnte, vielleicht sogar darauf spezialisiert, Bundesbrüder gegen haltlose Anschuldigungen zu verteidigen. Vor allem dann, wenn sie von rachsüchtigen Frauen erhoben wurden.

Leo drehte sich auf die Seite. An der Wand zeichnete sich blass der Schein einer Straßenlaterne ab. Als er noch klein gewesen war, hatte seine Mama die Vorhänge offengelassen, damit es nicht gänzlich dunkel in seinem Zimmer war. „Sieh mal, so scheint immer der Mond in dein Zimmer. Da brauchst du keine Angst zu haben.“ Sie hatte einfach die Straßenlaterne zum Mond erklärt. Er war dadurch so an diesen rechteckigen Lichtfleck gewöhnt, dass er bis heute ohne ihn schwer einschlafen konnte. Niemals zog er die Vorhänge zu, niemals ließ er die Jalousie herunter.

Wenn sie doch nur tot wären, alle miteinander. Esther, Consuela, seine Mutter. Sie gingen ihm alle auf die Nerven, waren lästig, nur im Weg. Kaum schloss er die Augen, sah er Esther wieder vor sich. Tot auf dem Bett, völlig reglos, nackt. Sie hatte die Arme neben dem Körper liegen, die offenen Handflächen nach oben gekehrt. Der Brustkorb bewegte sich nicht, Herzschlag und Atem gab es nicht mehr. Ihre Augen waren geschlossen. Seltsamerweise hatte sie keine Würgemale am Hals, ihr Körper war makellos. Man konnte sehen, wie sie langsam erkaltete, wie die Farbe aus ihrem Gesicht wich.

Mama. Was würde sie sagen, wenn die Polizei auftauchte? Was würde passieren, wenn sie sich womöglich besoffen den Polizisten in den Weg stellte? Eine Riesenszene hinlegte, mit Geschrei und Gezeter vor allen Nachbarn? Ohne sie wäre er besser dran. Plötzlich kam ihm eine Idee. Nichts war leichter, als seine Mutter zu beseitigen, ohne dass jemand merkte, dass ein Mord passiert war. Er musste sie einfach bloß die Kellertreppe hinunterstoßen, spätabends, wenn sie betrunken war. Dass er am Morgen nicht nach ihr suchen würde, konnte er jedem plausibel erklären, der danach fragte. Mama stand immer spät auf, sie musste ihren Rausch ausschlafen. Und er musste ja morgens zur Uni. Und wenn er sie dann abends fand, war sie schon längst eiskalt. Wahrscheinlich hatte sie noch eine Flasche Wein aus dem Keller holen wollen. Jeder musste ihm das glauben, jeder, der sie kannte, wusste, dass sie trank. Auf ihn würde nicht einmal der Schatten eines Verdachts fallen.

Und das Beste war, dass er dann dieses verdammte Haus verkaufen konnte, denn das war ihnen geblieben, es war nicht Eigentum der Firma. Papa hatte es so verfügt. Leo konnte mit dem Erlös eine Wohnung kaufen und davon leben, bis er mit dem Studium fertig war. Wahrscheinlich würde sich sogar noch ein Auto ausgehen.

Immer noch konnte Leo nicht einschlafen. Drehte sich auf die andere Seite, zog die Bettdecke fester an sich. Wenn es ganz still war, konnte er Mama schnarchen hören. Seit sie trank, schnarchte sie nachts. Was, so überlegte er, konnte er Consuela antun? Sie sollte nicht sterben wie Mama, nicht schmerzlos, und ohne dass ihr jemand die Gewalt anmerkte. Consuela durfte richtig leiden. Nur sie war schuld, dass er Esther nicht heute Nacht noch hatte beschwichtigen können, sie davon überzeugen hatte können, dass er ihr gar nichts hatte tun wollen. Er hätte sich beruhigt, ihr ganz sanft alles erklärt, sich vielleicht sogar entschuldigt. Nur diese Consuela war schuld daran, dass die Situation derartig eskaliert war. In Gedanken sah ihr Leo in die Augen. Augen, die bereits den unermesslichen Schmerz sahen, den der Körper bald spüren würde. Augen, so voller Angst, dass man gar nicht ans Werk gehen konnte, sich an diesen Augen erst sattsehen musste. Leo kam ihrem Gesicht näher. Warum schrie sie nicht? Warum starrte sie ihn nur voller Entsetzen an? Er ließ die Klinge durch ihre Haut gleiten und schlief ein.

Als er aufwachte, schien bereits die Sonne ins Zimmer. Er hatte geträumt, unangenehmes Zeug, von der Polizei, vom Gefängnis, von dreckigen Zellen mit einem stinkenden Loch als Toilette. Gottseidank blickte er jetzt in die gewohnte, ordentliche Umgebung seines Zimmers. Der einzige Ort im Haus, wo alles an seinem Platz war. Nicht nur im Haus, in der ganzen Stadt. Nicht einmal unter dem Bett konnte sich Staub sammeln, dafür sorgte Leo selbst.

Er riss das Handy an sich. Keine Nachricht von Esther, auch kein Anruf. Auch sonst nichts, keine Polizei, kein Rechtsanwalt, kein gar nichts. Leo atmete auf. Wenn sie nicht gleich zur Polizei gegangen war, dann würde sie es wohl auch heute Morgen nicht mehr tun. Es würde ihr klar werden, dass sie keine Beweise gegen ihn hatte. Consuela hatte zwar etwas gehört, aber nichts gesehen, das als Beweis gegen ihn hätte gelten können. Beruhigt legte er sein Handy wieder auf das Nachtkästchen. Nach und nach fiel ihm wieder ein, was er sich vor dem Einschlafen alles vorgestellt hatte. Was für ein Schwachsinn. Warum sollte er Mama umbringen, warum Esther erwürgen? Warum, vor allem, Consuela aufschlitzen? Das waren nächtliche Phantasien gewesen, der Aufregung zuzuschreiben, dem Ärger über den Verlauf des gestrigen Abends.

Mama war bereits in der Küche, als er hinunterkam. Im Nachthemd, darüber schlampig einen Morgenmantel gezogen. Peinlich, dass sie sich so von ihm sehen ließ. Sie wusste es gar nicht zu schätzen, dass er immer nur makellos gekleidet vor ihr auftauchte, niemals hätte er sich im Pyjama oder schlampiger Freizeitkleidung an den Tisch gesetzt. Es war Leo ein Rätsel, wie sie es schaffte, mit so viel Alkohol im Blut dennoch morgens aufzustehen, ja, wie sie es schaffte, überhaupt noch ein wenig zu funktionieren. „Guten Morgen, mein Schatz!" Sie strich ihm über die Wange. Ihr säuerlicher Atem ekelte ihn. Ihr Gehirn jedenfalls schien nicht mehr ganz zu funktionieren. Auf dem Tisch standen eine Tasse Kakao und ein Marmeladebrot. Das, was er als Zwölfjähriger immer zum Frühstück bekommen hatte. Mama hatte sich wieder einmal nicht gemerkt, dass er inzwischen zum Frühstück einen Espresso trank, sich einen Apfel oder eine Banane schnappte, bevor er das Haus verließ. In letzter Zeit waren allerdings Äpfel und Bananen meist nur dann vorrätig gewesen, wenn er selbst sie besorgte. „Mama, Kakao trinke ich schon seit zehn Jahren nicht mehr!" Er holte eine Espressotasse aus dem Küchenschrank und stellte sie unter den Auslauf der Maschine. „Nicht? Was denn dann?" Leo seufzte. „Ich kann mir nur Vorwürfe anhören, wenn du zu Hause bist. Dabei tue ich doch alles für dich, alles!" Mama setzte sich an den Tisch, stützte den Kopf in die Hände und legte die Handflächen vor die Augen. Während der Espresso in die Tasse rann, begann sie stoßweise zu schluchzen. Leo konnte es wegen des Lärms der Espressomaschine nicht hören, er sah nur, wie ihr Kopf und ihr Oberkörper zuckten.

Es war jeden Tag das Gleiche. Vielleicht sollte er die Idee mit der Kellertreppe doch nicht ganz beiseiteschieben. „Vielleicht denkst du einmal daran, etwas Obst zu besorgen!“, fuhr er sie an. „Und vielleicht denkst du auch einmal daran, hier ordentlich sauber zu machen!“ Leo wies mit großer Geste auf die Spüle, in der sich schmutziges Geschirr stapelte, auf die Küchenanrichte, auf der Besteck, Brotreste und Verpackungsfolien kunterbunt durcheinander lagen. „Ja, ja!“, schrie Mama. „Kritisier du nur! Aber in dir habe ich ja auch keine Hilfe! Dein Papa hat immer alles repariert! Wenn eine Steckdose kaputt war, wenn die Dachrinne verstopft war, wenn die Heizung nicht funktioniert hat! Um alles hat er sich gekümmert! Und du tust nichts!“

Mamas Morgenmantel hatte sich geöffnet, darunter trug sie ein Nachthemd mit tiefem Ausschnitt, Leo konnte den Großteil ihrer Brüste sehen und wandte sich angewidert ab. „Ich geh jetzt. Und denk ans Putzen! Und vielleicht ziehst du zur Abwechslung auch einmal etwas Ordentliches an!“

Als er in der Straßenbahn saß und an einem Dönerstand vorbeifuhr, zuckte er zusammen. Da stand eine nagelneue Mercedes-Limousine, aus deren Kofferraum Hassan Getränkekartons auslud. Und auf der Beifahrerseite stieg gerade eine blonde Frau aus. Das war ja überhaupt das Größte. Sozialleistungen am laufenden Meter kassieren und sich dann eine Luxuslimousine leisten. Gleich mitsamt einer österreichischen Frau. Waren die Kopftuchmamis dem Herrn Hassan doch zu wenig attraktiv? So ein Auto konnte man sich halt nur dann leisten, wenn man mindestens die Hälfte der Döner am Finanzamt vorbei verkaufte. Leo ballte die Fäuste. Es würde ihm schon etwas einfallen, wie er Hassan für diese Unverschämtheit büßen lassen konnte. Leo spürte, wie heiße Wut in ihm aufstieg. Dieser Hassan war doch ein Stellvertreter, ein Stellvertreter für alle die, die er so sehr verabscheute. Und so, empfand Leo, war es auch gerecht, wenn er für alle büßte. Hassan musste weg.

Und dann dachte er wieder an das blonde Mädchen aus dem Hörsaal, das womöglich bei den Linken ein und aus ging. Und Lehrveranstaltungen zu Themen wie Gender Equality besuchte. Vielleicht konnte er herausfinden, wo sie sich sonst noch herumtrieb.

III

Ich sitze hinten im Auto, festgeschnallt, es ist unmöglich, zu entkommen. „Das Ferienlager wird dir gefallen!", erklärt Papa, während Mama schweigt und zum Seitenfenster hinaussieht. Sie wollte nicht, dass ich in dieses Ferienlager geschickt werde. „Das liegt an einem See, da kannst du jeden Tag baden gehen!", versucht sie, mich zu trösten. Wenn ich in dem Lager meine Tage wirklich am Badestrand verbringen kann, wird es vielleicht doch nicht so schlimm. Schwimmen kann ich wenigstens, und es macht mir großen Spaß. „Und in dem Lager werden sie einen richtigen Kerl aus dir machen! Dass du mir nächsten Winter im Steilhang nicht wieder flennst!" Mama wirft Papa einen bösen Blick zu. Und sie hat natürlich recht, genau diese Aussicht macht mir Angst. Wer weiß, was man in so einem Zeltlager unter einem „richtigen Kerl" versteht.

Als wir ankommen, hänge ich meinen Rucksack um und entreiße Mama meine Sporttasche, die sie schon aus dem Kofferraum geholt hat. Ich darf nicht unangenehm auffallen, als Weichling, der sich das Gepäck von seiner Mama tragen lässt. Eine ganze Menge Burschen sind schon auf dem Lagergelände unterwegs, viele von ihnen tragen Uniformhemden. Wir betreten eine Art Rezeption, die aber eher wie ein Mittelding zwischen Büro und Lagerraum aussieht. „Hallo, Leo!" Ein beleibter Mann, der ebenfalls ein Uniformhemd trägt, erhebt sich von seinem Platz hinter dem Schreibtisch und streckt uns seine Hand hin. Papa ergreift sie, die beiden schlagen sich zur Begrüßung sogar auf die Schultern. „Gut siehst du aus!", sagt der Mann. „Du hast ein bisschen zugelegt, scheint mir!", sagt Papa. Beide lachen. „Und du bist dann wohl Leopold der Vierte!" Der Mann streckt auch mir die Hand hin und drückt sie so fest, dass ich am liebsten aufschreien würde. Mama ignoriert er. Dann erklärt Papa dem Mann, dass er hofft, dass man mich hier im Lager ordentlich abhärten wird. Ich kann es schon gar nicht mehr hören. Mama tritt hinter mich und legt mir die Hände auf beide Schultern. Ich merke, dass sie mich am liebsten wieder mitnehmen würde.

„Eurem Leo wird es hier gefallen!", sagt der Mann und lässt sich in den Sessel hinter seinem Schreibtisch fallen. „Geländespiele, Lagerfeuer, Sport, Nachtwachen – eben das, was jungen Burschen so gefällt. Und was ihnen in ihrem normalen Alltag fehlt. Sitzen ja nur mehr vor dem Bildschirm, den ganzen Tag. Lasch!" Mamas Hände auf den Schultern drücken fester zu. Sie weiß, dass ich nicht der Typ bin, dem raue Spiele mit anderen Buben an der frischen Luft besonders gefallen. Papa nickt nur. „Ich war ja auch da. Viermal, glaube ich. So, und jetzt müssen wir!" Er sieht auf seine Uhr. Mama drückt mich kurz an sich, wagt nicht, mir einen Kuss zu geben. Als sie mich loslässt, streicht sie mir kurz übers Haar. „Mach's gut!", sagt sie. Papa ist schon draußen.

Der Mann lässt sein Lächeln blitzschnell fallen. „Zelt 12!", kommandiert er. „Komm mit!" Er führt mich in einen großen, langgezogenen Raum mit Kästchen an den Wänden. „Da tust du deine Sachen hinein! Im Zelt wird nichts aufbewahrt! Schon gar keine Lebensmittel, keine Bücher und so weiter! Verstanden?" Seine Stimme klingt jetzt wesentlich unfreundlicher als zuvor, als er mit Papa gesprochen hat. Ich stopfe meinen Rucksack und meine Tasche in das Kästchen. Sie haben gerade Platz. „So, und jetzt zeige ich dir dein Zelt!“ Er führt mich aus dem Haus, auf eine Wiese hinter einer Hecke. Sechzehn Zelte stehen im Quadrat um einen Fahnenmast und eine Feuerstelle. „Nummer 12!“ Er deutet auf eines der Zelte. „Luftmatratze aufblasen, Decken ausfassen! Um 12:00 allgemeine Begrüßung im Speisesaal!“ Er lässt mich stehen.

Ich sehe mich um. Niemand nimmt Notiz von mir, als ich langsam zu Zelt 12 schleiche. Ich schiebe die Zeltplane beiseite. Drinnen liegen drei Luftmatratzen, eine davon ist schon aufgeblasen. Sie liegt ganz rechts. Anscheinend müssen wir zu dritt hier schlafen. Ich nehme eine Luftmatratze und überlege, ob ich jemanden nach einem Blasebalg fragen soll. Ich sehe mich um und entscheide mich, es ohne zu versuchen. Beim Blasen wird mir schwindelig. Plötzlich taucht ein Bub vor mir auf. „Ich bin der Klaus.“ Er nimmt die Hände nicht aus seinen Hosentaschen. „Und wer bist du?“ Er tritt mit dem Fuß auf meine Luftmatratze. Ich drücke das Ventil fest zusammen, damit die mühsam eingeblasene Luft nicht wieder entweicht. „Leo“, sage ich und stehe auf, ohne die Luftmatratze loszulassen. Klaus ist einen Kopf größer als ich und wahrscheinlich doppelt so breit. Er sieht sehr kräftig aus. „Da schlafe ich, damit du's nur weißt!“ Er deutet auf die linke Seite des Zeltes. „Bleibt für dich nur noch die Mitte!“, grinst er. „Ungemütlich! Wirst schon sehen!“ Mehr als ein „okay“ kommt mir nicht über die Lippen. Ich denke zuerst an Mama, dann an den Badeplatz am See. Dem Klaus, das weiß ich jetzt schon, muss ich aus dem Weg gehen, wo immer es möglich ist.

Um fünf vor zwölf betrete ich den Speisesaal, der schon ziemlich gut gefüllt und sehr laut ist. Ich ziehe mir den erstbesten Sessel heran und werde angeschnauzt. „Das ist nur für Waldläufer! Bist du blind?“ An dem Tisch sitzen lauter grinsende Jugendliche, alle älter als ich. Sie tragen Militärkleidung und haben ihre Köpfe fast kahlgeschoren. Ich zucke zurück, suche ein paar Reihen weiter hinten nach einem freien Platz.

Es dauert nicht lange, und der dicke Mann, der uns begrüßt hat, baut sich vorne auf. „Ruhe!“, brüllt er in den Saal. „Grüß Gott!“, schreit er dann. Der Saal brüllt zurück. „Grüß Gott!“ Anscheinend bin ich hier der Einzige, der sich noch nicht auskennt. Wahrscheinlich ist in dem Gebrüll aber ohnehin niemandem aufgefallen, dass ich stumm geblieben bin. Der Dicke redet über Dinge, die mich nicht interessieren oder die ich nicht verstehe. Schließlich aber erklärt er, dass die Zelte 9 bis 12 die Gruppe „Werwölfe“ bilden, und lässt einen der kahlgeschorenen Jugendlichen aufstehen. „Das ist Michael. Er leitet die Werwölfe, er wird euch durch die zwei Wochen begleiten und stramme Burschen aus euch machen. Wenn ihr die nicht ohnehin schon seid. Nach dem Essen also alle Werwölfe zu den Zelten, dort gibt’s dann euer Programm.“

Das Essen ist ein Matsch aus Reis, Gemüse und vielleicht ein wenig Fleisch. Ich bekomme kaum etwas hinunter, weil ich ständig schlucken muss, um die Tränen zurückzuhalten. Damit das niemand bemerkt, beuge ich mich tief über meinen Teller. Plötzlich stößt mich jemand grob in die Seite. „Na, schmeckt’s nicht? Möchtest du gern heim zur Mama?“

Es ist Klaus. Ich antworte nicht und führe eine Gabel mit Essen zum Mund. Sie kommt aber nicht dort an, weil Klaus sie mir aus der Hand schlägt. Plötzlich taucht Michael neben mir auf. „Das lecken wir aber schon schön auf, nicht? Wir wollen ja der Putzfrau nicht zu viel Arbeit machen!" Eilig stehe ich auf, sehe mich nach der Gabel um und lege sie wieder auf den Tisch. „Und der Reis?", schreit mich Michael an. Ich suche nach den verstreuten Bröckchen von Gemüsereis, sammle sie mit den Fingern auf und überlege, wie ich am besten von hier wieder wegkomme. Vielleicht kann ich einfach flüchten, man wird uns ja wohl in der Nacht nicht einsperren?

Nach dem Essen eilen alle in eine Richtung, und ich höre aus dem allgemeinen Geschrei irgendwas von „Decken ausfassen" heraus. Schließlich reihe ich mich in eine Schlange vor einer geöffneten Tür ein. Dort teilen zwei der kahlgeschorenen Jugendlichen Decken aus. Als ich dran bin, wirft mir einer der beiden zwei in die Arme. Sie riechen muffig. Ich gehe zu meinem Zelt und lege die beiden Decken auf die Luftmatratze. Um nicht aufzufallen, gehe ich zu dem Bach, der nicht weit hinter den Zelten vorbeifließt. Doch schon ruft uns Michael zusammen. „Achtung, Werwölfe!", brüllt er und wedelt mit einem Packen Kopien in der Hand herum. „Hier euer Programm, vorläufig einmal für heute und morgen!" Er gibt jedem der Werwölfe eine Kopie. Wir sind zwölf, die meisten größer und kräftiger als ich. Ein dünner, hochaufgeschossener Bub wirft mir einen ängstlichen Blick zu. Er scheint sich hier ebenso unwohl zu fühlen wie ich.

„Und damit ihr es gleich wisst!", schreit Michael. „In den Zelten der Werwölfe herrscht Ordnung! Da will ich keine nachlässig gefalteten Decken sehen!" Er schlägt ausgerechnet die Plane meines Zeltes zurück. „Ja, was sehe ich denn da? Eine schlampig aufgeblasene Luftmatratze? Und die Decken nicht auf Kante zusammengelegt?" Er deutet gottseidank auf die Matratze rechts. „Wem gehört die?" Ein ziemlich dicker Bub mit abstehenden Ohren zeigt auf. „Na, dann werden wir gleich einmal üben, wie man Decken ordentlich zusammenlegt! Wie heißt du?" Der Dicke stellt sich als Franz vor. Michael drückt ihm zwei Ecken der Decke in die Hände, und zusammen falten sie sie. Es scheint von enormer Bedeutung zu sein, dass die Ecken der Decke exakt aufeinander zu liegen kommen. Niemand fragt, was der Sinn der Übung ist, ich natürlich schon gar nicht. Schließlich werden die beiden Decken exakt aufeinander platziert. Michael streicht darüber, als handle es sich um edle Wertgegenstände. Dabei grinst er. „So möchte ich das jeden Morgen sehen!"

Ich blicke auf meine Kopie. Darauf steht eine Art Stundenplan. 14:00 bis 14:50: Rucksackpacken. 14:50 bis 15:40 Volkslieder. 15:40 bis 16:30 Schwimmen. 16:30 bis 17:20 Lagerbau. Der Text vor meinen Augen verschwimmt, weil mir die Tränen kommen. 50 Minuten schwimmen? Dabei muss man bis zum See doch mindestens zehn Minuten gehen! So habe ich mir das nicht vorgestellt. Das ist ja ärger als in der Schule, da gibt es wenigstens Pausen. Ich überlege mir Fluchtpläne und merke gar nicht, dass ich bald alleine vor den Zelten stehe. „Kommst du jetzt endlich, du Trantüte?" Michael ruft nach mir. Er ist mit den anderen Werwölfen zu einem großen Tisch gegangen, um den vier Bänke stehen. Auf dem Tisch thronen ein paar riesige, militärgraue Rucksäcke. Ich habe keine Ahnung, wozu ich lernen soll, wie man einen Rucksack packt. Außerdem war mir bisher gar nicht klar, dass man so etwas lernen muss. Wozu auch? Während Michael den Inhalt eines Rucksacks auf den Tisch leert und zu schwafeln beginnt, träume ich mich weg. Die Sonne brennt heiß auf meinen Rücken, und in der Ferne kann ich den türkisblauen Wasserspiegel des Sees erahnen. Nach Wien komme ich von hier aus nie, das ist mir schon klar. Aber zu Oma ist es nicht weit. Sie würde mich sicher nicht wieder hierher zurückschicken. Wo wohl die nächste Bushaltestelle ist? Und ob ich überhaupt genug Geld für eine Fahrkarte bis zu Oma habe? Und muss man da nicht mehrmals umsteigen? So genau kenne ich mich in dieser Gegend gar nicht aus. Wenigstens, so tröste ich mich, werde ich heute Nachmittag zum Schwimmen kommen. Wenn es doch schon auf dem Stundenplan steht. Aber plötzlich ist die Hitze auf meinem Rücken weg, die Sonne hat sich hinter dunklen Wolken versteckt. Hoffentlich regnet es in die Zelte nicht hinein.

„Du da, probier es gleich einmal aus!" Michael hat wieder einen Rucksack ausgeleert und deutet auf mich. „Ja, du dort, mit dem Führerscheitel!" Ich habe keine Ahnung, was er damit meint, aber er zeigt eindeutig auf mich. Ich weiß nicht, was zuerst in den Rucksack kommt und wohin, ich habe ja keine Minute aufgepasst. „Ich, ich ...", stottere ich. Michael brüllt gleich wieder los. „Das gibt es hier bei uns nicht, einfach zu schlafen, wenn dir jemand einen Vortrag hält! Hier kriegst du eine Ausbildung mit, das ist was fürs Leben! Das ist was für die Gemeinschaft, für unser ... Ganzes!", schreit er, und ich verstehe immer noch nicht, was er eigentlich meint. Ich stehe auf und greife nach einer grauen Feldflasche. Sie kommt ganz unten in den Rucksack, und es klingt hohl, als sie aufschlägt. „Schon falsch!“, faucht Michael.

Nach dem Rucksackpacken wird in einem stickigen Zimmer neben dem Speisesaal das Lied „Flamme empor“ geübt. Lang und umständlich erklärt Michael, was für eine überragende Bedeutung das Lied für unser Land, unsere Vergangenheit und unsere Zukunft hat. Ich finde es schlicht und ergreifend langweilig. Außerdem bekomme ich kaum genug Luft, um zu singen.

Das Schwimmen ist dann eine einzige Hetzerei. Der Hinweg ist heiß und schwül, Michael treibt uns gnadenlos an. Einen Moment bin ich glücklich, als ich mich ins Wasser stürze und hinausschwimme. Aber das Glück währt nur kurz – schon heißt es, anziehen und zurück. Mein Entschluss, keine Nacht hier zu verbringen, steht damit endgültig fest. Zu meinem Glück habe ich beim Überqueren der Bundesstraße am See einen Bus gesehen, der wenige hundert Meter weiter die Straße hinunter gehalten hat. Er war zwar in die falsche Richtung unterwegs, aber dort muss eine Bushaltestelle sein. Ich trödle ein wenig beim Anziehen, sehe zu, dass ich den Badeplatz als Letzter der Gruppe verlasse. Nach dem Überqueren der Straße kommt mir ein Grundstück zu Hilfe, das von einer dichten Hecke umrahmt ist. Ich drücke mich in den Schatten der Hecke und hoffe, dass mich niemand in der Gruppe vermisst. So gut kennen wir uns ja auch noch nicht. Aber wenn Michael durchzählt ... ich muss sehen, dass ich hier rasch wegkomme.

Ich blicke auf die Straße hinaus und sehe niemanden mehr. Sicherheitshalber wähle ich den Weg in die entgegengesetzte Richtung, weg von der Bushaltestelle. Hoffentlich kommt nicht jetzt gerade ein Bus. Denn so viel weiß ich, dass sie hier höchstens alle zwei Stunden fahren.

Ich finde eine Gruppe von Bäumen, in deren Schatten ich mich erst einmal sicher glaube. Immer wieder luge ich hinter einem Baumstamm hervor auf die Straße, aus Angst, womöglich einen Bus zu versäumen. Doch es hält mich nicht in meinem Versteck. Gerade, als ich mich auf den Weg zur Haltestelle mache, passiert mich ein großer, gelber Bus. Ich fange in Panik an zu laufen, er hält nicht an, fährt und fährt, viel zu weit ist die Haltestelle entfernt. Ich keuche, habe Angst, gleich zusammenzubrechen. Ich winke, und der Bus ist immer noch nicht abgefahren. Ich verfalle in langsameren Schritt, die Atemluft wird knapp, der Bus hupt. In einer letzten Kraftanstrengung erreiche ich das Heck des Fahrzeugs, winke, und die Tür geht zischend noch einmal auf. Gerettet.

„Wohin soll's denn gehen?“, fragt der Busfahrer. Ich kann vor Atemnot kaum sprechen. Ich habe keine Ahnung, wie weit der Bus fährt. Und wohin ich will. Nur weg von hier, so viel ist sicher. „Wie weit fahren Sie denn?“, bringe ich schließlich heraus. „Bis in die Bezirksstadt. Zum Busbahnhof.“ Ich nicke. Ich vermute, dass die Bezirksstadt näher bei Oma ist als das Seeufer hier. Nein, ich bin mir sogar sicher. Ich halte dem Fahrer einen Geldschein hin, er reißt ein Ticket ab, ein paar Münzen rollen aus seinem Automaten. Ich suche einen freien Platz auf der Schattenseite. Flucht geglückt. Der Bus ist spärlich besetzt, und niemand interessiert sich für mich. Auch der Fahrer scheint es nicht für ungewöhnlich zu halten, dass am späten Nachmittag Kinder vom Baden nach Hause fahren.

3

Vor Beginn der ersten Vorlesung war noch Zeit. Leo stieg zwei Stationen früher aus der U-Bahn und ließ sich von der Rolltreppe ans Tageslicht befördern. Schlenderte scheinbar ungezwungen an Hassans Kebabstand vorbei. Keine Kunden. Hassan hatte Zeit, seine Umgebung zu beobachten. Leo durfte ihm nicht auffallen und lehnte sich, zehn Meter vom Stand entfernt, an einen Zaun. Er zündete sich eine Zigarette an. Hier konnte Hassan ihn nicht sehen, der hatte ja nur Aussicht nach vorne, zur Straße hin. Auf dieser Seite gab es eine Tür, die in den Stand hineinführte. Darunter eine Metalltreppe. Vier Stufen. Der Stand selbst war weiß, aber bunt und geschmacklos bepinselt. Jede Menge Kohle, aber nicht den geringsten Sinn für guten Geschmack. Was konnte man auch anderes erwarten. Die Tür zierte die unbeholfene Darstellung eines Kebabspießes. Daneben Werbebotschaften: Döner, Türk Pizza, Pommes. Ganz unten ein dicker, schnauzbärtiger Koch mit einer Sprechblase. „Döner macht schöner." Und das an einer der bedeutendsten historischen Straßen Wiens. Leo blickte nach links und rechts. Es waren nicht viele Menschen unterwegs, der Straßenabschnitt war kaum belebt, zu wenige Geschäfte. Leo fragte sich, warum sich der Stand ausgerechnet hier befand. Vielleicht lag es am Kino gegenüber und am nahen Theater. Das bedeutete, dass hier erst abends wirklich Betrieb war. Eine ideale Situation. Hassan konnte gerne auch am frühen Vormittag sterben, für ihn war das kein Problem.

Er beeilte sich, nicht zu spät zur Vorlesung zu kommen. Europäische Rechtsgeschichte. Ebenso langweilig wie das römische Recht, und der Professor war sogar noch eine Spur unangenehmer als der alte Hörhager. Brandt war Ostdeutscher, und an sein Gesächsle hatte Leo sich bisher nicht gewöhnen können. Deutsch war gut und schön, aber diese Ostdeutschen waren doch mit Vorsicht zu genießen. Garantiert war dieser Brandt einmal Kommunist gewesen, was sollte der ihnen hier in Österreich über europäische Rechtsgeschichte erzählen? Der Hörsaal war noch fast leer, Leo ergatterte einen Randsitz weit hinten. Das bedeutete zwar, dass er immer aufstehen musste, wenn jemand in die Reihe wollte, aber es war ihm immer noch lieber, als eingeklemmt zwischen zwei anderen Studenten zu sitzen.

Kurz bevor die Vorlesung begann, entdeckte er sie. Das blonde Mädchen saß drei oder vier Reihen vor ihm, eher in der Mitte. Rechts von ihr, waren das nicht die beiden Tussis von gestern? Links von ihr saß ein Mann. Ziemlich kurz geschorene Haare, bartlos. Sie unterhielten sich angeregt, der Mann lachte auf, wandte sich ihr zu. Das Mädchen strich sich die Haare hinter die Ohren. Sie trug einen himmelblauen Pullover, um den Hals ein Goldkettchen, das kurz aufblitzte, als sie die Haare mit Schwung über die rechte Schulter warf. Leo hasste den Mann sofort. War das Eifersucht? Wie kam er nur dazu, so etwas zu empfinden? Kurz bevor Professor Brandt den Hörsaal betrat, glaubte er, das Mädchen sprechen zu hören. In einer ihm fremden Sprache. Russisch etwa?

Brandts Stimme plätscherte an ihm vorbei. Es gab ein Skriptum, man musste ihm nicht zuhören. Leo malte Kringel, Trichter und Schleifen auf seinen Notizblock, beobachtete das Mädchen. Sie war Linkshänderin, hatte dem Mann den Rücken zugewandt und saß so etwas schief auf ihrem Sitz. Ihr linker Arm bewegte sich rasch und ununterbrochen. Sie machte sich wohl Notizen zur Vorlesung. Immer wieder rutschten ihre Haare vors Gesicht und womöglich auch auf den Notizblock, den Leo nicht sehen konnte. Dann warf sie die Haare mit einem Schwung ihrer rechten Hand zurück über ihre rechte Schulter. Wo sie nicht lange blieben. Der Mann neben ihr hatte beide Hände um die Ecken seines Notizblocks gelegt, der gerade vor ihm auf dem Pult lag. Er notierte nichts, schien zuzuhören. Ob er Russe war? Was hatten die eigentlich hier verloren? Paul würde ihm sicher erklären, der Russe sei der Deutsche des Ostens. Oder von ihm aus auch des Nordens. Der war ein eingefleischter Putin-Fan, über den durfte nichts Negatives gesagt werden. Überhaupt war das eine völlig schwachsinnige Haltung. Da war man sich eigentlich darüber einig, dass man sich auf das Deutsche und auf die eigene Heimat konzentrieren sollte, und dann wurde ständig darüber gefaselt, welche fremden Länder und Völker nun doch wieder gleich gut und wertvoll wie die Deutschen wären. Manchmal hatte er den Eindruck, dass manche Mitglieder der Verbindung überhaupt keine Prinzipien hatten. Zum Beispiel Paul. Leo war überzeugt davon, dass der, wenn es ihm einen Vorteil verschaffte, sofort die politische Richtung gewechselt hätte.

Leo räumte seinen Platz, noch bevor der Applaus für Professor Brandt verklungen war. Er brauchte jetzt dringend einen Kaffee, auch, wenn es nur einer aus einem Automaten war. Sonst würde er auf der Stelle einschlafen, sobald das Seminar begann. Die Münze fiel durch, klapperte in den Auswurfschlitz. Nochmals. Und ein drittes Mal. Plötzlich tauchte eine Euro-Münze vor seinen Augen auf. Mit rot lackierten Fingernägeln. „Na, kleiner Nazi? Will der Euro nicht so recht? Hättest du lieber die Schillinge zurück?“ Leo zuckte zusammen, fuhr herum. Hinter ihm stand das blonde Mädchen aus dem Hörsaal. Ohne Begleitung. Er stotterte herum, ohne nach dem Euro zu greifen. Das Mädchen stellte sich neben ihn, warf die Münze ein. Sie berührten sich fast, er konnte sie riechen. Sie roch gut, frisch, natürlich, nicht nach Parfum. „Bitte! Sei mein Gast!“ Sie deutete auf das Tastenfeld, Leo drückte, war zu verwirrt, um daran zu denken, dass er auch Zucker wollte. „Danke!“, brachte er noch heraus, bevor sein Becher vollgelaufen war.

Er sah ihr zu, wie sie neuerlich eine Münze einwarf, die Tasten drückte und mit verschränkten Armen auf ihren Kaffee wartete. „Was machst du eigentlich hier?“ Etwas Dümmeres hätte er kaum sagen können. „Na, was glaubst du? Die Hörsäle putzen?“ Sie lachte. Es hörte sich nicht an, als lache sie ihn aus. Ganz im Gegenteil. Leo schüttelte den Kopf. Der fühlte sich heiß an. „Gehen wir ein bisschen zur Seite“, sagte das Mädchen. „Sieh mal an, du wirst ja rot! Doch noch ein Rest Gewissen in dir?“ Er folgte ihr über den Gang. Warum redete sie mit ihm, wenn sie ihn für einen Nazi hielt?

„Setzen wir uns ein wenig da hin?“ Sie deutete auf eine Bank. Leo nickte. Ihm fiel ein, dass er außer seiner dummen Frage noch nichts gesagt hatte. Er räusperte sich und streckte ihr die Hand hin. „Leo“, sagte er. „Entschuldigung.“ Sie nahm seine Hand und schüttelte sie kräftig. „Du brauchst dich für nichts zu entschuldigen.“ Plötzlich hatte er das Bild vor Augen, wie er Pflastersteine gegen die Fenster geworfen hatte. Vielleicht sogar gegen sie? „Ich heiße Marinca. Marinca Marianovic. Ich gehöre zu denen, die eurer Meinung nach ganz schnell hier wieder rausgeschmissen gehören. Oder bestenfalls euren Mist wegräumen dürfen." Leo war verwirrt und nahm einen Schluck Kaffee. Sie sagte das alles so, als wäre es heiterer Smalltalk. Warum redete sie überhaupt mit ihm?

„Ich ..." „Ja?", sagte Marinca. Sie lächelte noch immer. „Hast du Ladehemmung? Lass dir ruhig Zeit!" Sie hob den Kopf, um den letzten Schluck Kaffee aus ihrem Becher zu trinken. Das Kinn, der lange Hals, die Haare, die Hand mit den lackierten Fingernägeln. Leo wusste nicht, wie ihm war. Er hatte so eine Frau noch nie kennengelernt. „Ich ... ich bin gar nicht so, wie du denkst!", brachte er schließlich hervor. Marinca nickte. „Ich würde auch nicht mit dir reden, wenn es keine Chance gäbe, dass du vielleicht aus diesem Sumpf herausfindest. Man soll ja bekanntlich die Hoffnung nie aufgeben. Und du wirkst so düster, so verloren. Ich kann nichts dafür, aber es scheint, als ob ich Typen wie dich anziehe." Leo schluckte. Was sollte denn das heißen? Dass sie sich mit ihm treffen wollte? Dass sie versuchen würde, ihn politisch umzupolen? Er holte Atem, um zu antworten, doch Marinca sprach gleich weiter, ohne ihn zu Wort kommen zu lassen. „Weißt du", sagte sie und beugte sich näher zu ihm, „wir Kroatinnen, wir haben viel Erfahrung mit Faschisten, und mit Machos sowieso. Wir können damit umgehen. Wir müssen damit umgehen. Und du siehst gar nicht wie ein Nazi-Macho aus. Noch nicht!" Sie zog die Stirn in Falten.

„Ich ... also, ich habe schon eine bestimmte, eine ganz konkrete ... ich lasse mich nicht manipulieren!"

Marinca legte ihm die Hand aufs Knie. Es fühlte sich an wie ein elektrischer Schlag. „Du kannst mir bei Gelegenheit gern einmal etwas über deine konkreten politischen Vorstellungen erzählen. Und was das Manipulieren betrifft – wie sollte das denn vor sich gehen, pilicu?“ Sie kniff ihn in den Oberschenkel. „Äh, was heißt das?“, fragte Leo. Er war sich sicher, bereits knallrot angelaufen zu sein. Marinca lachte. „Das darfst du selber herausfinden. Ich muss jetzt. Dovidenja!“

Sie stand auf, entfernte sich. Unter dem himmelblauen Pullover trug sie enge Jeans, schwarze, ziemlich klobige Turnschuhe, über dem Pullover eine braune Jacke. Sie ging sehr aufrecht, stolzierte fast. Nach ein paar Schritten drehte sie sich um, winkte ihm zu und lächelte. Leo blieb reglos auf der Bank sitzen. Was war das jetzt gewesen? Er konnte es immer noch nicht fassen, dass Marinca überhaupt mit ihm gesprochen hatte, dass sie auf die Idee gekommen war, ihn praktisch anzumachen. War es eine Art Mutprobe, hatte sie mit jemandem gewettet, dass sie als Ausländerin einen deutschen Studenten verführen konnte? War das alles Täuschung? Es musste so sein. Aber andererseits hatte sie authentisch gewirkt, so, als wäre sie tatsächlich an ihm interessiert. Leo war zutiefst verstört. Die neunzig Minuten im Seminar zogen vorüber, ohne dass er auch nur einen einzigen Diskussionsbeitrag mitbekam. Gottseidank sprach ihn niemand an.

Er kontrollierte sein Handy. Keine Nachricht von Esther. Auch kein Anruf. Er atmete auf. Hatte sie offenbar doch darauf verzichtet, gegen ihn Anzeige zu erstatten. Es wäre ihr auch nicht gut bekommen, irgendwelche abstrusen Anschuldigungen gegen ihn vorzubringen. War ja eigentlich nur die Schuld dieser durchgeknallten Spanierin, wenn die sich nicht eingemischt hätte, wäre alles gut ausgegangen. Fünf Anrufe in Abwesenheit von Mama. Daran hatte er sich schon gewöhnt. Dennoch – er musste heute Mittag nach Hause. Das, was er vorhatte, geschah am besten in der Intimität seines eigenen Zimmers, wo ihm niemand über die Schulter schauen konnte. Er musste sich überlegen, wie er diesen präpotenten Türken beseitigen konnte, ohne dass man ihm auf die Spur kam. Und zuerst galt es, darüber nachzudenken, mit welcher Waffe man das tun konnte.

Er stieg in die Straßenbahn ein. Viel zu voll. Er musste stehen. Eine dicke Frau mit Kopftuch hatte es sich auf einer Zweierbank bequem gemacht, Einkaufstasche neben sich. War zwar unmögliches Benehmen, dennoch fragte er nicht, ob der Platz frei war. Er wäre ohnehin zu schmal gewesen. Außerdem breitete sich muffiger Geruch im Wagen aus. Wenn man so viele Schichten Kleidung übereinander trug, musste man in der überheizten Straßenbahn ja zu stinken beginnen.

Leo hatte schon viel vom Darknet gehört, unter anderem auch in der Verbindung. Hinter vorgehaltener Hand wurde da geraunt, man könne nicht nur alte Naziorden, SS-Uniformen und dergleichen erstehen, sondern auch Waffen. Leo hatte nie nachgefragt, wenn davon die Rede gewesen war. Nicht, dass noch jemand auf die Idee kam, er, Leo, wolle im Darknet eine Waffe kaufen. Wenn man so etwas tat, dann redete man am besten mit niemandem darüber, gab niemandem auch nur den kleinsten Hinweis, dass man Interesse hatte. Aber er hatte genau zugehört. Wie man ins Darknet kam, das hatte er allerdings aus keiner der Unterhaltungen herausgehört. War wahrscheinlich doch alles nur Angeberei gewesen. Wie immer. Viel reden, nichts tun.

„Kümmerst du dich doch einmal auch tagsüber um mich? Ausnahmsweise?“ Mamas Ton war vorwurfsvoll, als er in die Küche trat. Er verzichtete auf Ausreden. „Ist nicht meine Aufgabe, mich um dich zu kümmern!“, antwortete er. „Ja, ja!“, keifte sie, während sie ein Glas aus dem Schrank holte. „Und am Ende dann steckst du mich ins Altersheim!“ Das, so dachte Leo, würde bei ihrem Alkoholkonsum wohl kaum nötig sein. Er wunderte sich, dass angesichts des Zustandes der Küche überhaupt noch ein sauberes Glas im Schrank war. Auf die Idee, gebrauchte Gläser in den Spüler zu räumen, kam Mama leider nur selten.

Bevor Leo seinen Computer hochfuhr, schloss er die Tür ab. Man konnte nie wissen. Bevor er sich setzte, holte Leo ein Staubtuch aus dem Kasten, wischte Bildschirm, Tastatur und Schreibtischoberfläche sauber. Außer dem Laptop und der Maus befand sich nichts auf dem Schreibtisch. Er richtete das Gerät parallel zur Schreibtischkante aus und legte die Finger auf die Tasten.

Es war doch nicht so einfach, wie er sich das vorgestellt hatte. Irgendwann, nach längerem Herumsuchen, hatte er schließlich eine Liste von Links auf dem Schirm, die viel versprach. „Professional hitmen“ wurden dort zum Beispiel angepriesen. Wer war so dumm, einem angeblich professionellen Killer Geld für einen Mord zu zahlen? Am Ende wurde man von dessen Organisation noch erpresst, ohne dass die Tat überhaupt ausgeführt worden war. Ferner gab es Links zu Drogen- und Waffenhändlern, allerdings war der einzige Link, der auch wohin führte, einer, der einem versprach, original britische Pässe zu beschaffen. Für 1000 Pfund. Leo hatte keinen Bedarf, versuchte, herauszufinden, warum die Links nicht funktionierten. Er stieß auf verschiedene Anleitungen, die alle auf ein recht kompliziertes Verfahren verwiesen, das man durchlaufen musste, um tatsächlich im Darknet zu landen. So schwierig konnte das doch nicht sein, wenn man bedachte, dass Junkies, die sich schon das halbe Hirn weggespritzt hatten, noch in der Lage waren, dort Drogen zu bestellen.

Verärgert und mit trockenen, blinzelnden Augen klappte Leo seinen Laptop zu, legte sich aufs Bett und sah seine Nachrichten durch. In der Gruppe der Verbindung tat sich einiges. Paul hatte einen Witz gepostet. Was geschah mit einem Polen, der Deutscher werden wollte? Leo verzichtete darauf, weiterzulesen. Adrian hatte das Foto einer sehr dicken Frau gepostet, die mit dem ausgestreckten Zeigefinger auf den Fotografen deutete. Darunter stand. „Heute darfst du mich vernaschen!“ Adrian hatte das Foto mit mehreren Smilies garniert, die Tränen lachten. Der glaubte wohl, er musste ihnen erklären, worüber man lachen sollte. Darunter machte Armin seinem Ärger über eine grüne Ministerin Luft. „Ministerin auf -ic“, schrieb er. „Bald haben wir Hülligülli“. Neu war das nicht, Armin empörte sich schon seit Tagen über diese Frau. Ein anderer postete ein Bild von Jörg Haider. „Er hätte diesen Präsidenten verhindert!“, stand darunter.

Leo warf sein Handy aufs Bett, legte die Hände hinter dem Kopf übereinander und starrte an die Decke. Sie taten, was sie immer taten. Reden, reden, reden, jammern, sich lustig machen, Sachen teilen, die sie sich nicht einmal selbst ausgedacht, sondern bloß kopiert hatten. Was sollte man mit solchen Leuten anfangen?

Die Idee, eine Waffe im Darknet zu kaufen, war ohnehin Blödsinn gewesen. Irgendwie konnte man die Spur des Käufers doch verfolgen, dessen war er sich sicher. Die Polizei hatte Leute im Darknet, die alles mitbekamen, was dort lief. Der einzige Vorteil wäre gewesen, dass man mit einer Schusswaffe aus der Ferne töten konnte. Das allerdings müsste man trainieren, zum Schießen in den Wald gehen. Dort gab es wiederum mögliche Zeugen.

Sollte er Hassan ein Messer in den Rücken stoßen? Der Gedanke nahm ihn kurz gefangen, erregte ihn sogar.

Dabei konnte aber Blut an seine Kleidung gelangen, womöglich würde er DNA am Opfer hinterlassen, weil er sich ihm zu sehr genähert hatte. Dabei war es wirklich eine schöne Vorstellung. Die Tür zum Dönerstand leise öffnen, Hassan würde ihn nicht kommen hören. Die Fritteuse zischte, der Kühlschrank brummte. Das Messer ansatzlos in Hassans Rücken rammen, der von einem weißen Hemd bedeckt war. Das Hemd würde sich rot färben, Hassan würde nach einem erstickten Schrei in sich zusammensacken, er würde das Messer aus ihm herausziehen. Das Herausziehen würde das Unangenehmste sein, er stellte sich vor, dass es einen starken Widerstand und ein schmatzendes Geräusch geben würde, mehr Blut würde aus der Wunde hervorquellen. Dann würde er das blutige Messer in der Hand halten, unauffällig wieder durch die Tür und die vier Stufen hinunter auf die Straße treten. Doch dann wäre da das blutige Messer, von dem er seine Spuren entfernen und es dann entsorgen müsste. Das wäre der schwierige Teil.

Es musste noch andere Möglichkeiten geben. Er konnte Hassan mit einem Dönerspieß pfählen. Eine amüsante Idee. Man müsste Gummihandschuhe tragen und den Spieß nach dem Angriff reinigen. Aber war so ein Spieß stabil genug, war er spitz genug?

Was, wenn man eine Methode wählte, bei der gar nicht sofort klar war, dass es sich um Mord handelte? Konnte Hassan nicht etwas trinken, das ihm Speiseröhre und Magen verätzte? Wenn man seine Trinkflasche gegen eine mit Desinfektionsmittel austauschte? Man müsste wissen, was und woraus er trank. Womöglich würde nicht einmal jemand auf die Idee kommen, die Flasche auf fremde Spuren zu untersuchen. Er hatte eben das Desinfektionsmittel in die falsche Flasche gefüllt, irrtümlich daraus getrunken – aus. Kam oft genug vor, man konnte darüber in Zeitungen lesen.

Allerdings – wenn der Mord an Hassan nicht erkannt wurde, dann fehlte auch das Statement – dass sich die Tat gegen diejenigen richtete, die sich hier aufhielten, ohne ein Recht darauf zu haben. Und genau darum ging es ja.

Leo sah auf die Uhr. Er musste zum Training. Und vielleicht war es gut, einmal nicht durch Zuspätkommen aufzufallen. „Ich muss noch weg. Warte nicht auf mich, kann später werden!" Seine Mutter saß vor dem Fernseher, vor sich eine halbleere Flasche Weinbrand, ein Glas mit einem Fingerbreit der braunen Flüssigkeit vor sich. Sie starrte ihn mit glasigen Augen an. „Lass mich du nur auch im Stich. Geh nur! Du wirst schon sehen, was du davon hast!" Ihre Aussprache war schleppend, sie war betrunken. „Spar dir deine

Drohungen", entgegnete Leo. „Merk dir einfach bloß, was ich gesagt habe, und ruf nicht dauernd an!"

Er schloss die Wohnzimmertür. Mama rief ihm noch irgendwas Unverständliches nach. Leo war froh, als er in der frischen Luft vor der Haustür stand. Es war kalt geworden, er zippte seine Jacke zu.

Als er aus der Bahn stieg, sah er auf die Uhr. Endlich einmal rechtzeitig. „He, Leo!" Vor dem Gebäude der Verbindung sprach ihn jemand an. Er wandte sich um. Es war Hans-Jürgen, ein Kommilitone aus Freiburg, der schon mehrere Semester in Wien studierte und gelegentlich auf der Bude auftauchte. Er gehörte in Freiburg zu einer Verbindung, mit der sie eine Art Bruderschaft pflegten. Hans-Jürgen bot ihm eine Zigarette an. „Hast du einen Moment Zeit?" Leo sah nochmals auf die Uhr. „Ich müsste eigentlich ... aber eine Zigarettenlänge?" Hans-Jürgen nickte. „Gehen wir ein paar Schritte!" Leo fragte sich, was Hans-Jürgen von ihm wollte. Er hatte bisher keine zehn Sätze mit ihm gewechselt.

„Ich hab öfter gehört, dass du dich darüber beschwerst, dass nur geredet wird. Und nicht gehandelt." Leo zog an seiner Zigarette und wartete ab. Du wirst dich wundern, dachte er. Wenn erst einmal Hassan tot ist. „Mir geht es ebenso. Und ein paar anderen auch. Ich könnte dich mit einer Gruppe zusammenbringen, in der gehandelt wird. Klare Aktivitäten gegen Volksfeinde, gegen das linke Gesindel, gegen die Invasion aus dem Osten!" Leo nickte. „Red weiter!", sagte er. „Ich bin gerade auf dem Weg zu einem Treffen, also ... wenn dir das Fechttraining auch schon zum Hals heraushängt?" Leo lachte auf, warf die Zigarette weg und trat sie aus. „Ich kann mir ja einmal anhören, was bei dem Treffen passiert. Wenn wieder bloß geredet wird ..." Hans-Jürgen lachte auf und schlug ihm auf die Schulter. „Heute wird geredet, morgen schon wird gehandelt!", versprach er.

Sie fuhren mehrere Stationen mit der U-Bahn, gelangten wieder ans Tageslicht, bogen um ein paar Ecken und standen vor einer geschlossenen Bäckerei. Blinde Scheiben. In der Tür hing ein Schild. „Wir danken unseren Kunden für ihre Treue" stand unter einem pixeligen Brezel, das jemand Ungeschickter im Internet gefunden und ausgedruckt hatte. Es war aufgerollt, vergilbt. Sicher schon Monate, wenn nicht Jahre alt. Hans-Jürgen legte beide Zeigefinger aneinander und hielt sie wie ein Dach über seinen Kopf. „Gleich kommt jemand. Hier ist eine Kamera!" Er deutete auf das alte Bäckereischild über ihnen. Leo hatte keine Zeit mehr, nach der Kamera zu suchen, denn schon öffnete sich die Tür. Ein dunkelhaariger Mann öffnete, gepflegt geschnittenes kurzes Haar, weißes Hemd, dunkle Jeans. Er nickte Hans-Jürgen zu, deutete mit dem Kinn auf Leo. „Wer ist er?" „Verlässlich!", sagte Hans-Jürgen. „Schon lange in der Verbindung. Will mehr als schlechte Witze und ein bisschen Säbelrasseln." Der Mann nickte. Er trat auf Leo zu und streckte ihm die Hand entgegen. „Otho. Nicht mein echter Name. Wir nutzen hier Codenamen. Zur Sicherheit. Denk dir gleich einen aus. Und rechne damit, dass wir dich überprüfen werden. Auch zur Sicherheit." Eine leichte Geste seines Kopfes deutete an, dass sie ihm folgen sollten. Es ging durch den Verkaufsraum in eine Backstube. „Die Bäckerei gehört einem Freund. Sein Vater hat den Laden aufgeben müssen. Das Geschäft mit den Backwaren ist in der Hand der jüdischen Großkonzerne und der Türkenmafia. Da hat ein Deutscher keine Chance mehr. Deswegen ist der Sohn auch zu uns gestoßen."

Mitten in der Backstube standen zwei Biertische, zusammengeschoben. Acht oder neun junge Männer saßen auf Bänken darum herum, Zigaretten zwischen den Fingern, Bierdosen auf dem Tisch. So weit war kein Unterschied zur Verbindung erkennbar, dachte Leo. Alle trugen wie Otho weiße Hemden, waren glattrasiert, ähnelten sich mit der Einheitsfrisur fast wie Brüder. Das gefiel ihm. Hier herrschte Disziplin, und die Leute sahen ordentlich aus. Harmlos, Traumschwiegersöhne. Hans-Jürgen begrüßte alle mit Handschlag, Leo folgte seinem Beispiel. Otho ergriff das Wort. „Bei uns gibt es keine Uniformen, keine Bänder, keine Stiefel, keine seltsamen Mützen, kein gar nichts. Wir fallen nicht auf, indem wir uns neben die Gesellschaft stellen. Wir sind mittendrin. Und wir tun etwas. Schon morgen. Es geht gegen einen Schreiberling, eines dieser Schweine, die alles, was uns heilig ist, in den Schmutz ziehen. Unsere Kultur, unser deutsches Vaterland, unsere Religion." Ein Blonder räusperte sich. „Genauer gesagt, gegen ein Theater, das diesen Schund zeigt. Gegen die Schauspieler, den Regisseur, das Publikum."

„Welches Theater?", fragte Leo. „Und was für ein Stück?" Otho nannte den Namen des Theaters, das sich schräg gegenüber von Hassans Dönerstand befand. Unwillkürlich schüttelte Leo den Kopf. Das passte ihm gar nicht. Wenn er Hassan tatsächlich tötete, davor aber an der Störung eines Theaterstücks teilnahm, konnte eine Verbindung hergestellt werden. „Warum schüttelst du den Kopf?", fragte Otho. „Das Theater!", sprang ihm Hans-Jürgen bei. „Wir kennen es. Wissen, was dort getrieben wird. Wir kommen auf

dem Weg zur Verbindung gelegentlich dort vorbei."
„Ja, genau!" Leo nickte. Ihm fiel ein Stein vom Herzen. Wieder einmal hatte es ihm an Schlagfertigkeit gemangelt, er hätte Otho nichts zu erwidern gewusst und sich dadurch gleich verdächtig gemacht.

Otho schien hier das große Wort zu führen. Keiner der anderen hatte bisher etwas gesagt. „Wir beginnen um 21:00 Uhr. Die Vorstellung beginnt um acht, es gibt keine Pause, dauert etwa bis 22:20. Diesmal wird es eine Pause geben." Er grinste. Nun meldete sich doch einer der anderen. „Was für ein Stück? Ich schau mir ja nicht extra im Schaukasten an, was die bringen." Otho vollführte eine wegwerfende Handbewegung. „Irgendwas mit Flüchtlingen. Es spielen sogar welche mit." Hans-Jürgen schlug mit der geballten Faust in die Hand. „Da könnte man natürlich auch gleich die Darsteller ein wenig aufmischen!" Er grinste, Otho aber schüttelte den Kopf. „Keine Gewalt. Wir stürmen einfach durch die Türen, die müssen wegen der feuerpolizeilichen Vorschriften nämlich offen sein. Von den Platzanweisern lassen wir uns nicht aufhalten, die überrennen wir einfach. Dann auf die Bühne, es gibt links, wo wir hineinkommen, eine Treppe vom Zuschauerraum zur Bühne. Dann das Transparent. Wir rechnen damit, dass Zuschauer gleich mit ihren Handys zu fotografieren beginnen, unser Transparent ist somit in den Medien, ohne dass wir etwas dazu tun." Einer zeigte auf. „Was tun wir, wenn wir angegriffen werden?" Otho nickte. „Das kann natürlich passieren. Ich will keine Gewalt. Wegschubsen maximal, Transparent wieder zusammenrollen, Bühne verlassen. Wir werden denen keine Gelegenheit geben, mit schwerem Geschütz gegen uns vorzugehen. Wenn, dann soll uns nur die Störung der Vorstellung vorgeworfen werden können, weiter nichts."

„Ganz schön lahm!", beschwerte sich einer aus der Gruppe. „Grim, wenn du unsere politische Agenda nicht verstehst, dann hör einfach bei den Versammlungen besser zu. Oder, wenn dir das zu mühsam ist, tu einfach, was ich sage!" Othos Ton klang harsch, genervt. Leo hatte sich das „Handeln" auch anders vorgestellt. Das war ja sogar gegenüber den Pflastersteinen in die Fenster harmlos. Aber er wagte es nicht, einfach zu erklären, die Aktion sei ihm zu zahnlos, und sich zu verabschieden. Er hatte die Gruppe gerade eben kennengelernt, Hans-Jürgen und auch Otho hatten ihn in ihr Vertrauen gezogen, da konnte er sie nicht gleich nach einer halben Stunde enttäuschen.

„Maskieren wir uns?", fragte er. Otho nickte. „Selbstverständlich. Wir werden uns zwar danach im Netz zur Aktion bekennen, wollen aber nicht, dass die Behörden wissen, wer genau daran teilgenommen hat. Viele von uns haben was zu verlieren, wenn sie eine Vorstrafe kassieren." „Wie viele Leute wissen von der Aktion? Außer uns hier?", fragte Leo, mit einer Geste auf die Gruppe verweisend. „Niemand!" Otho schüttelte den Kopf. „Und ich erwarte, dass das auch so bleibt, Männer!" Alle nickten pflichtschuldig. „Grim, auch keines deiner Weiber, verstanden?" Grim schüttelte den Kopf und setzte zu einer Erwiderung an. Schließlich begnügte er sich aber mit einer resignierten Handbewegung und nickte. Leo kannte zwar keinen der Anwesenden, dennoch sah er nicht nur Grim an, dass sie Otho nicht so ernst nahmen, wie der sich das gewünscht hätte.

Der Abend endete in einem Bräuwirtshaus, in dem das Bier auch in Maßkrügen ausgeschenkt wurde. Es war Leo zu laut und zu groß. Aber auch viel zu laut, als dass jemand an einem anderen Tisch hätte mithören können, wie Otho jedem, der es wissen wollte, seine Strategie und seine Ziele erklärte. Selbst Leo saß zu weit entfernt von ihm, um viel verstehen zu können. Der Bursche neben ihm nannte sich Nato. „Eigentlich wollte ich Wotan heißen. Aber Otho hat gemeint, das klingt zu offen nach rechts. Er meint, wenn mich jemand mit Wotan anspricht in der Öffentlichkeit, dann wird man auf uns aufmerksam. Da haben wir es einfach umgedreht." Er nahm einen großen Schluck aus seinem Maßkrug. „Natow. Mit dem W hinten dran. Genial, nicht?" Leo verstand. „Wie wirst du dich nennen?" Leo überlegte. Was war ein passender Kampfname für ihn, der nicht zu viel verriet? Konnte er seinen Namen umdrehen? Oel? Das klang nach Öl, war unpassend. Aber es gab ja Sonnenblumenöl. Er konnte sich Sonne nennen. Oder besser, weil unauffälliger, „Sun". Man musste sehen, ob Otho mit einem englischsprachigen Codenamen einverstanden sein würde. „Nenn mich einfach einstweilen einmal ‚Sun'", sagte er. „Verstehe!", grinste Natow. „Du denkst, dass nach unseren Aktionen manchen ein Licht aufgehen wird?" Kein schlechter Gedanke, fand Leo. Er nickte.

Nach der zweiten Maß Bier wurde er müde. Dazu hatte auch die Riesenportion Spareribs beigetragen, die er sich bestellt hatte. Grim winkte der Kellnerin, um sich noch Bier zu bestellen. Otho stand auf, stellte sich hinter ihn und drückte ihm den Arm hinunter. „Du hast genug, Grim! Du musst morgen in Form sein! Ich kann keine verkaterten Schlappschwänze gebrauchen!" „Lass mich doch, du Arsch!", lallte Grim. „Ich muss doch erst am Abend in dieses Scheißtheater, da bin ich schon wieder fit!" Otho riss ihn von seinem Sitz hoch. „Du tust, was ich dir sage! Sonst bist du schneller aus dieser Gruppe draußen, als du reingekommen bist! Was wir brauchen, ist Disziplin! Wir haben ein Ziel! Um das zu erreichen, muss jeder Höchstleistungen erbringen. Und jetzt geh heim!" Er schob Grim ein Stück Richtung Ausgang. Der wagte nicht zu widersprechen, blieb etwas unsicher auf Kurs und verschwand aus Leos Blickfeld. Otho verdiente Respekt, fand er. Wie er die Gruppe leitete, da wusste jeder, was Sache war. Vielleicht konnte man mit ihm etwas anfangen. Leo leerte sein Bier. Man würde sehen, wie die Aktion morgen lief.

Leo lehnte den Kopf an die Fensterscheibe der Straßenbahn. Es fiel ihm schwer, die Augen offen zu halten. Immer wieder sank sein Kopf auf die Brust hinab. Er hätte doch früher gehen sollen. Seltsame Typen waren das schon. Otho. Nato. Grim. Hans-Jürgen. Wie die sich wohl alle gefunden hatten? Und wie die Aktion morgen verlaufen würde? Ob die Polizei sie aufhalten würde? Einerseits verspürte er ein gewisses Prickeln bei diesem Gedanken, andererseits war da natürlich die Angst vor den Folgen. Ausschluss von der Uni, wenn es ganz schlimm kam. Aber man durfte nicht so negativ sein. Leo stieg aus und schüttelte den Kopf. Die frische Luft tat gut.

Den Tag hatte Leo mit wenig mehr als Warten verbracht. In der Hoffnung, dass sich am Abend endlich etwas tun würde. Dennoch beschlich ihn ein mulmiges Gefühl, als sie sich gegenüber vom Theater, nicht weit von Hassans Kebabstand, versammelten. Einige Kunden warteten vor dem Imbiss, hell angestrahlt von der Innenbeleuchtung. Manche blickten neugierig zu ihnen herüber ins Dunkel. Leo versuchte, sich hinter den anderen zu verstecken. „21 Uhr. Los, Leute!“ Leos Herz klopfte schneller. Wie besprochen überquerten sie unauffällig den breiten Zebrastreifen, näherten sich dem Theater, das steinern grau vor ihnen aufragte. In roter Schrift und grell beleuchtet wurde über dem Eingang das heutige Stück beworben. Otho ging als Erster, er trug in seiner Tasche das aufgerollte Transparent. „Keine Bühne den Volksverrätern“ stand darauf. Grim hatte vorgeschlagen, „Tod den Volksverrätern“ darauf zu schreiben, doch Otho hatte sich durchgesetzt. Er wollte keinen Text, den man als gefährliche Drohung deuten konnte.

Nichts passierte, als Otho die fünf Stufen zur Eingangstür hinaufstieg und sie aufdrückte. „Masken!“, befahl er. Wie vereinbart zog Leo seine Maske in dem Moment über, als er das Theater betrat. Schnell drängten sich alle durch die Tür. Ein Ordner in grauem Anzug trat ihnen mit ausgestreckten Armen entgegen. „Wer sind Sie, was soll das?!“ Er war fett und schnaufte hektisch. Otho schob ihn zur Seite. „He! Halt! Das geht so aber nicht!“ Der Mann taumelte gegen ein Kassenfenster. Das Geschrei musste einen zweiten herbeigerufen haben, der von hinten an Otho herantrat und ihn an der Schulter festhielt, als er gerade eine Tür zum Zuschauerraum öffnete. Grim stieß den Mann grob beiseite, er taumelte, stürzte der Länge nach hin. Schnell drängte sich auch Leo in den Zuschauerraum. Die Bühne erstrahlte in hellem Scheinwerferlicht, das Stück war im Gange, drei oder vier Schauspieler redeten aufeinander ein. Otho schritt zielstrebig auf die seitliche Bühnentreppe zu, langsam wandten sich die Augen aller Zuschauer ihnen zu.

Die Schauspieler hielten inne, einige Frauen im Publikum begannen zu kreischen. Kaum hatte Otho die Bühne betreten, holte er das Transparent aus der Tasche und entrollte es. Wie zuvor geübt, griffen sie alle nach der Stoffbahn und verteilten sich an der Rampe der Bühne. Leo hatte gar keine Zeit, Angst zu haben. Im Gegenteil, er begann sich überlegen zu fühlen. Otho reckte die rechte Faust empor, er tat es ihm gleich. Ein Teil der Zuschauer schrie durcheinander, strömte zu den Ausgängen. Zufrieden beobachtete Leo, wie sich auch bei den Gutmenschen große, starke Männer durchsetzten und andere im Kampf um den Zugang zu den Türen grob beiseitestießen. Manche blieben stehen, zückten ihre Handys und machten Fotos oder Videos, so, wie Otho es vorhergesagt hatte. Alle reckten sie jetzt ihre rechte Faust zu einer triumphalen Geste hoch. Denen hatte man es ordentlich gezeigt. Sieg auf der ganzen Linie, niemand wagte es, sie anzugreifen.

Plötzlich spürte Leo einen Stoß von hinten, der ihn fast über die Rampe gestürzt hätte. „Was machst du da, Trottel!“, zischte jemand. Leo drehte sich um und starrte in das hasserfüllte Gesicht eines schwarzhaarigen jungen Mannes mit olivfarbener Haut. „Verschwinde, Idiot!“, zischte er jetzt. Schwerer Akzent. Man konnte ihn kaum verstehen. Leo packte die Wut. Das hier war sein Land, sein Theater. Es durfte nicht sein, dass ihm so jemand Befehle gab. Ihn gar zum Verschwinden aufforderte. Er stürzte sich auf den Mann, der wich geschickt aus, lief dabei aber Grim direkt in die Arme. Das Transparent war längst auf den Boden gefallen. „Rückzug, Männer!“, rief Otho, als sich eine Frau in Leo verkrallte und versuchte, ihm die Mütze vom Kopf zu ziehen. „Du Schwein!“, schrie sie. „Du Nazischwein!“ Leo hielt die Mütze mit beiden Händen fest, stieß der Frau sein Knie in den Magen. Die ließ ihn los, klappte mit einem dumpfen Seufzer auf dem Bühnenboden zusammen.

Plötzlich sah er sich allein im Scheinwerferlicht, umgeben von Darstellern des Stücks. „Schnell!“, schrie Otho von der Eingangstür her. Leo sprang von der Bühne, direkt vor die erste Reihe, die sich bereits völlig geleert hatte. Die verbliebenen Zuschauer schienen starr vor Schreck, niemand hielt ihn auf, als er den anderen folgte. Vielleicht waren die froh, dass sie verschwanden. Immerhin hatte es auch schon Anschläge gegeben, bei denen Terroristen die Zuschauer mit automatischen Waffen reihenweise niedergemäht hatten.

Leo gelangte als Letzter an die Tür, wo sich ihm nochmals jemand entgegenstellte. „So leicht kommst du mir nicht davon!“, schrie ein schmächtiger Langhaariger und holte nach Leo aus. Der war zu schnell für ihn und stieß den Mann zur Seite. Er jaulte auf, Leo war frei und rannte. Die Fluchtroute war vereinbart und besichtigt worden, das Einzige, worauf Leo vergessen hatte, war, die Mütze abzunehmen. Das hätte er nach der ersten Ecke tun sollen. Dort rannte er Otho in die Arme, der ihm mit einem Ruck die Mütze vom Kopf riss. „Idiot!“, zischte er. „Nicht auffallen jetzt. Ganz gemütlich um das Theater herum, in die Seitengasse. Dann jeder für sich, so, wie wir es uns ausgemacht haben.“ Leo atmete schwer und war nach wenigen Schritten allein, jeder war in seiner eigenen Seitengasse verschwunden. Jetzt erst merkte Leo, wie er vor Stress zitterte. Folgetonhörner waren zu hören, offenbar hatte jemand sofort die Polizei alarmiert. Jetzt galt es, möglichst schnell aus der Gegend zu verschwinden, um nicht der Polizei in die Hände zu fallen. Leo steckte sich eine Zigarette an, inhalierte hastig. Langsam beruhigte sich sein Herzschlag.

Sein Handy kündigte das Eintreffen eines Videos an. Otho hatte sich tatsächlich wieder vor das Theater gewagt. Dort herrschte Chaos, Menschen rannten durcheinander, die Lichter von Einsatzwagen zuckten. Polizisten mit Sturmgewehren im Anschlag. Leo musste lächeln. War denen nicht klar, dass bereits alles vorbei war? Sogar ein Rettungswagen tauchte auf, bevor das Video abrupt endete. Otho hatte noch ein paar Daumen-hoch-Emojis nachgeschickt.

Ziellos streifte Leo durch die Gassen, überlegte, ob auch er noch einmal zum Schauplatz der Aktion zurückkehren sollte. Doch je mehr er sich beruhigte, je weniger Menschen ihm in den einsamen Gassen begegneten, desto mehr ebbte auch seine Euphorie ab. Was war eigentlich erreicht? Würde das Theater das Stück absetzen? Wohl nicht. Ganz im Gegenteil, sie hatten prima Werbung für die Aufführung gemacht, morgen würde jeder im ganzen Land wissen, wer da was aufführte. Und die Leute würden sich um die Karten reißen. Dabei, hatten sie nicht erreichen wollen, dass Schluss war mit dieser Nestbeschmutzung? Nein, der Autor würde noch mehr verdienen an seinem Schund, ebenso wie das Theater, die Schauspieler, und wer wusste, wer noch alles.

Er musste wieder an den Kebabstand denken. Wenn Hassan starb, dann würden sie alle Angst haben. Jeder Fremde, der in der ganzen Stadt seine stinkende Pizza oder seinen ranzigen Döner verkaufte, würde sich fragen, ob er der Nächste war. Und sie würden sich überlegen, ob Anatolien nicht vielleicht eine sicherere Umgebung für sie war. Und keiner würde etwas verdienen daran, wenn er Hassan tötete, für niemanden würde er Werbung machen. Die Menschen würden den Stand meiden, wenn er überhaupt wieder öffnete.

Otho hatte die Anweisung ausgegeben, dass jeder für sich nach der Aktion nach Hause zurückkehren sollte, es würde keine gemeinsame Feier geben. Leo setzte sich in die Straßenbahn. Sein Handy piepte. Eine Nachricht von Esther. Sein Herz begann schneller zu schlagen. „Keine Anzeige vorläufig", schrieb sie. „Bin aber bei Ärztin gewesen, Verletzungen sind dokumentiert. Will dich nie mehr sehen, wenn du Kontakt aufnimmst, gehe ich zur Polizei!"

Sollte das eine Drohung sein? Wollte die dumme Kuh ihn etwa erpressen? Welche Verletzungen denn, was konnte denn der eine oder andere blaue Fleck schon beweisen? Jeder Jusstudent konnte so einen Beweis zerpflücken. Wahrscheinlich hatte sie sich selber Verletzungen beigebracht, oder sie hatte sich von der dämlichen Consuela verprügeln lassen. Leo spürte, wie sich alles an ihm verkrampfte, der letzte Rest von Befriedigung durch die Aktion im Theater war verdampft. Wie es wohl der Schauspielerin ging, die ihn gekratzt hatte? Er rieb sich die schmerzende Stelle am Hals. Erschrocken starrte er auf das Blut an seiner Hand. Er hatte vor lauter Aufregung gar nicht gemerkt, dass er blutete. Schnell ein Taschentuch. Oh, da war noch mehr Blut. Er zog den Kragen seines Polos nach vorne, sodass er ihn sehen konnte. Alles voller Blut. Diese Bestie. Er musste raus aus der Straßenbahn, bevor ihn noch mehr Menschen sahen. Womöglich hatte diese Furie auch noch sein Blut, seine Haut unter ihren Fingern. Damit konnte man ihn identifizieren. Als sich die pneumatischen Türen öffneten, sprang er auf den Gehsteig. „Verdammt!", schrie er das Haltestellenhäuschen an. „Verdammt, verdammt! Verdammte Scheiße!" Nun begann die Wunde auch noch zu brennen.

Vorsichtig steckte er den Schlüssel ins Haustürschloss. Wenn er Glück hatte, dämmerte Mama vor dem Fernseher dem Morgen entgegen. Nichts rührte sich. Im Fernsehen stritten sich ein Mann und eine Frau, so viel konnte er aus dem Wohnzimmer hören. „Glaub ja nicht, dass ich jetzt zu weinen anfange. Wegen dir", sagte die Frau. Der Mann lachte. Dann hörte man eine Tür knallen.

Leo stieg die Treppe hinauf, ging ins Bad und sperrte ab. Er streifte Jacke, Pullover und Polo ab, betrachtete seine Wunde im Spiegel. Die Blutung hatte aufgehört, die Wunde schien nicht tief, aber ziemlich lang zu sein. Was hatte die wohl für Fingernägel gehabt? Er musste den Kratzer desinfizieren. Wer konnte wissen, welchen Dreck diese Schlampe angefasst hatte, bevor sie ihn angegriffen hatte? Er dachte an den dunkelhaarigen, jungen Mann, der ihn in schwerem Akzent Trottel und Idiot geschimpft hatte. Womöglich hatte sie den auch angefasst. Er schüttelte sich vor Ekel.

Irgendwo musste doch ... er kramte im Badezimmerschrank. Die Medikamentenschachteln lagen wild durcheinander, leere Packungen, Beipackzettel, Folienstreifen mit Tabletten, alles Chaos. Da. Ein Fläschchen. Irgendwas mit „sept" stand darauf, der Rest verblasst, das Etikett verschmiert. War sicher schon ewig da drinnen. Er musste es dennoch versuchen. Leo zuckte zusammen, als er die Flüssigkeit auf die Wunde sprühte. Dass es brannte, war wohl ein gutes Zeichen. Zuletzt fand er sogar Pflaster, das groß genug für den Kratzer war. Er wandte sich zum Gehen. Halt, da waren ja noch seine Sachen. Das Polo musste er wegwerfen, wie sollte er Mama das viele Blut erklären? Er würde es vorläufig in seinem Zimmer verstecken. Die Blutspuren am Pullover waren nicht so schlimm, die konnte er erklären. Er warf ihn in die Schmutzwäschetonne.

Vorsichtig trat er ans Treppengeländer. Unten war immer noch der Fernseher an, sonst hörte er kein Geräusch.

Leo setzte sich vor seinen Laptop. Ihre Aktion musste schon einen Widerhall in den Medien gefunden haben. Tatsächlich. Von einem Anschlag war die Rede, anderswo von einer Störaktion, auch von unbekannten Tätern. Gut so. Leo fand ein Video, auf dem die Schauspielerin zu sehen war, die ihn angegriffen hatte. Völlig verheult stotterte sie in die Kamera. Sie sei brutal niedergeschlagen worden, erklärte sie unter Tränen. Aber an ihren Fingern klebte Blut. Sein Blut. Da konnte man wieder einmal sehen, wie verlogen solche Schlampen waren. Keine Rede davon, dass sie ihn zuerst angegriffen und er sich nur gewehrt hatte. Am liebsten hätte er gleich die Redaktion dieses Senders angerufen und die Leute dort mit den Tatsachen konfrontiert. Er hieb vor Wut mit der Faust auf den Schreibtisch. Die konnten die Tatsachen verdrehen, wie sie wollten, und er hatte keine Möglichkeit, sich zu wehren, alles richtigzustellen.

Mit keinem Wort wurden die Schweinereien erwähnt, die auf der Bühne gezeigt worden waren, niemanden schien es zu stören, dass auf den Bühnen Österreichs nicht Grillparzer gespielt wurde, dass sie vielmehr von Flüchtlingen gekapert worden waren, das war nämlich der tatsächliche Skandal. Otho hatte doch versprochen, dass die Gruppe die Verantwortung für die Störaktion übernehmen würde, wo war seine Erklärung? Hatte er darauf vergessen, oder hatten die Medien sie einfach unter den Teppich gekehrt?

Wo waren die Journalisten, die den Leuten erklärten, dass Widerstand geradezu zur Pflicht wurde, wenn die gesamte einheimische Kultur verschwand, schlecht gemacht oder ausgetauscht wurde durch verseuchte Spinnereien, die allesamt Angriffe auf die deutsche Kultur der Heimat waren. Sie hatten heute Abend ihre Pflicht getan, jetzt musste das jemand der Öffentlichkeit erklären. Länger als bis morgen Früh würde er nicht warten, dann würde er das notfalls selber tun.

Und plötzlich fand er sich auf Internetseiten wieder, auf denen alle möglichen Mordwaffen abgebildet und erklärt wurden. Der Plan, Hassan umzubringen, musste ihn ganz unwillkürlich hierhergeführt haben. Er stieß auf eine Waffe, die er ganz einfach selber herstellen konnte und die Hassan innerhalb von weniger als einer Minute töten würde. Die Garotte.

Es war ein einfacher Draht mit zwei Handgriffen, meist aus Holz. So etwas konnte man leicht selber basteln, danach unauffällig entsorgen. Niemand würde je eine Tatwaffe finden, vor allem, wenn man den Draht und die Handgriffe getrennt wegwarf. Die Handgriffe vielleicht sogar verbrannte. Das Internet hielt eine erstaunliche Vielfalt von Bildern zu dieser Waffe bereit. Manche meinten, die Garotte sei eine im 2. Weltkrieg von Widerstandskämpfern hinter den feindlichen Linien verwendete Waffe, andere behaupteten, die Garotte sei eine vom CIA verwendete Nahkampfwaffe gewesen. Es gab auch Werkzeuge, die einer Garotte sehr ähnlich waren und die man um wenige Euro im Onlinehandel bestellen konnte, zum Beispiel einen Käsedraht zum Schneiden von großen Käselaiben. Es gab Ausführungen, bei denen der Draht mit scharfen Zacken ausgestattet war. Damit, fürchtete Leo, würde sehr viel Blut fließen. Allerdings gab es zu dem Werkzeug Kommentare, die der Meinung waren, es handle sich bei dem Ding um eine Astsäge, nicht um eine Mordwaffe.

Leo war gefesselt von den vielen Arten von Waffen, die aus einem einfachen Draht und zwei Handgriffen bestanden. Eine Webseite zeigte Bilder von einem zackenbewehrten Stahlband mit Plastikgriffen, angeblich ein Requisit aus einem verbotenen Computerspiel. Er überlegte, woraus er selber eine solche Waffe basteln könnte. Allzu geschickt im Umgang mit Werkzeug war er nicht, das musste er sich selbst eingestehen.

Aber irgendwo im Haus hatte er Stahldraht schon gesehen, wenn er sich nur erinnern könnte, wo. Leo gähnte, stand auf und klappte den Laptop zu. Noch einmal ins Bad, um nach der Wunde zu sehen und den Verband zu kontrollieren. Auf dem Gang zuckte er zurück. Unten erstarben die Stimmen aus dem Fernseher, das Licht im Wohnzimmer erlosch. Rasch zog er sich wieder in sein Zimmer zurück, sperrte ab, legte sich aufs Bett, hörte seine Mutter die Treppe heraufsteigen. Langsam, schlurfend, plötzlich ein Rumpeln, ein unterdrückter Fluch. Wahrscheinlich war sie gestolpert. Dann wieder Schritte auf den Stufen, und wenig später drückte sie die Türschnalle an seiner Tür hinunter, polterte lautstark gegen die Zimmertür, hatte offenbar nicht damit gerechnet, dass abgesperrt sein könnte. „Bist du da, Leo? Bist du da?“ Weinerlich, undeutlich. Betrunken. Widerwillig antwortete er.

„Warum sperrst du ab, hörst du, warum sperrst du ab? Ich bin deine Mutter!“ „Privatsphäre!“, stöhnte Leo. Sie sollte verschwinden, in ihrem Bett den Rausch ausschlafen. Stattdessen begann sie zu jammern und gegen die Tür zu schlagen. Leo stand auf und schloss auf, sie würde nicht gehen, ohne ihn gesehen zu haben. „Mama, geh ins Bett, es ist spät. Nach Mitternacht! Ich muss auch schlafen, ich habe morgen viel zu tun!“ „Aber du bist doch noch angezogen!“ Sie starrte ihn an. So besoffen, dass sie das übersah, war sie nicht. „Was geht's dich an? Ich muss noch lernen!“ Sie schien unentschlossen. „Verstehst du das?“, fragte Leo nach. Sie nickte, wandte sich ab. „Geh schlafen, Mama!“ Er versuchte es in möglichst ruhigem Tonfall. Sie nickte. Wenig später hörte er aus ihrem Zimmer Schluchzen, das nicht lange anhielt. Danach war es ruhig. Leo legte sich angezogen auf sein Bett, Hände hinter dem Kopf, starrte zur Decke.

Plötzlich fiel ihm ein, wo er Stahldraht gesehen hatte. Draußen an der Hauswand gab es einen Marillenbaum, der seit langem verdorrt war. Papa hatte Stahldraht an die Wand gespannt, um den dünnen Zweigen Halt zu geben, wenn sie Früchte trugen.

Leise stand er auf, holte seine Stirnlampe aus der Schublade und schlich nach unten. Die Haustür knarrte in den Angeln, niemand hatte sich in den letzten Jahren gefunden, der sie geölt hätte. Trotzdem blieb oben alles ruhig. Leo schlich um die Hausecke, schaltete seine Stirnlampe ein. Tatsächlich. Da war der Draht. Nicht einmal verrostet, es schien gute Qualität zu sein. Das war das ideale Material für eine Garotte. Er musste nur noch überlegen, wie man Griffe daran befestigen konnte. Zufrieden nickend kehrte Leo ins Haus zurück. Eine Garotte also.

IV

In der Bezirksstadt steige ich aus dem Bus. Es ist immer noch heiß, und auf dem Gehsteig gibt es kaum Schatten. Das Haltestellenhäuschen ist leer, Zigarettenstummel liegen auf dem Boden, ein paar Pappbecher rollen in der leichten Brise herum. Ich weiß nicht, was ich tun soll. Ob meine Münzen noch reichen, um bis zu Oma zu kommen? Wohl kaum.

Bei Oma bin ich sicher. Sie hat ein gutes Herz. Ich erinnere mich noch gut daran, wie es war, wenn ich als kleines Kind bei ihr war, manchmal sogar eine ganze Woche lang. Sie hat mit Polstern eine Mauer um meinen Kopf gebaut, gegen die Geister, vor denen ich mich so gefürchtet habe. Und dann hat sie mir vorgelesen. Das war besser als Fernsehen. Bei Oma muss ich vor nichts Angst haben.

Ich suche nach einem Fahrplan, kann aber nirgends einen finden. Auf der gegenüberliegenden Straßenseite sehe ich schließlich ein paar Tafeln, die ein Aushangfahrplan sein könnten. Ich überquere die Straße und frage mich, ob im Ferienlager wohl schon aufgefallen ist, dass ich verschwunden bin. Womöglich hat man schon meine Eltern angerufen. Oder sogar die Polizei. Bevor ich noch die Tafeln mit dem Fahrplan erreiche, biegt ein Polizeiauto um die Ecke. Mein Herz bleibt fast stehen, aber das Auto zieht an mir vorbei, ohne seine Fahrt zu verlangsamen. Offenbar sind sie nicht auf der Suche nach mir.

Ich widme mich wieder den Fahrplantafeln, mein Zeigefinger irrt ziellos darauf umher. Endlich finde ich den Namen des Ortes, in dem meine Oma wohnt. In einer halben Stunde geht ein Bus dorthin, wenn ich richtig gelesen habe. Ich fische die Münzen aus meiner Hosentasche und beäuge sie skeptisch. Wenn man bedenkt, wie viel die Fahrt hierher gekostet hat, dann wird das Geld wohl nicht reichen. Ich beschließe, dennoch auf den Bus zu warten. Ich werde den Fahrer einfach fragen, wie weit ich mit meinem Geld komme.

Als ich schließlich in den Bus steige, kann ich vor Angst kaum atmen. Muss man es mir nicht sofort ansehen, dass ich weggelaufen bin? Ein Kind, das in einen Bus steigt und einfach fragt, wie weit man mit den Münzen fahren kann? Ich stehe vor dem Fahrer und krächze den Namen meines Ziels. Er nennt den Preis, und ich werfe die Münzen auf die Schale, die als Kasse dient. „Zu wenig!", brummt der Fahrer. Er hat ein schmales Gesicht mit einer langen Nase und beäugt mich misstrauisch von oben bis unten. Er nennt den Namen einer Stadt auf halbem Weg zwischen der Bezirksstadt und Omas Zuhause. „Bis dahin reicht es." Ich nicke, um nicht sprechen zu müssen. Die Münzen verschwinden in einem Schacht, und eine Fahrkarte rattert aus dem Automaten. Der Fahrer reißt sie ab und reicht sie mir mit einem spöttischen Blick. Ob er Verdacht geschöpft hat?

Ich setze mich auf einen Platz ganz hinten, wo ich im Rückspiegel nicht zu sehen bin. Der Bus ist fast leer, nur vier, fünf andere Passagiere verteilen sich auf die heißen, braunen Plastiksitze. Als wir losfahren, überlege ich, ob ich nicht einfach sitzen bleibe, bis der Bus bei Oma ankommt. Wahrscheinlich würde das dem Fahrer gar nicht auffallen. Mir ist heiß und ich habe Durst. Großen Durst. Ob man schnell stirbt, wenn man bei großer Hitze nichts zu trinken bekommt? Meine Zunge klebt am Gaumen. Mir fallen trotz des Gerüttels die Augen zu. Ich werde erst wieder wach, als jemand schreit. „He, du! Aussteigen! Schwarzfahren, das gibt's hier nicht!" Es ist die Stimme des Busfahrers. Ich bin sofort hellwach, schnappe den Rucksack mit meinen Badesachen und mache, dass ich aus dem Bus komme. Womöglich alarmiert der Mann die Polizei, wenn ich nicht schnell hier verschwinde. Draußen ist es schon dämmrig, die tief stehende Sonne hat sich hinter den Häusern versteckt. Ich laufe los, biege um ein paar Ecken, bis ich den Bahnhof, vor dem der Bus gehalten hat, nicht mehr sehen kann.

Ich stehe vor einem Café, dessen Tür offensteht. Eine Kellnerin trägt gerade ein Tablett mit Getränken und Mehlspeisen zu einem der Tische, die davor auf dem Gehsteig stehen. Ich habe fürchterlichen Durst. Und Hunger. Ob ich da drinnen wohl ein Glas Wasser bekommen kann? Dafür wird man ja wohl kein Geld verlangen. Die Kellnerin geht gerade mit dem leeren Tablett wieder zur Tür zurück und blickt in meine Richtung. Kurz zögert sie. Ich gehe rasch weiter. Nur nicht unangenehm auffallen.

Ich habe keine Ahnung, was ich jetzt machen soll. Die Leute vom Lager haben sicher schon zu Hause angerufen. Ich denke an den dicken Mann, der sofort sein Lächeln fallen gelassen hat, als meine Eltern weg waren. Vielleicht weiß er schon, wohin ich mit dem Bus gefahren bin. Und am Ende sitzt er jetzt in seinem Auto, um nach mir zu suchen. Ich muss weg von der Straße. Irgendwann bin ich zwischen Feldern, die Stadt in meinem Rücken. Ein bewaldeter Abhang, ein schmaler Weg führt hinunter, hier kann mich kein Auto mehr verfolgen und keiner finden. Die Riemen meiner Sandalen schmerzen, wahrscheinlich habe ich schon Blasen an den Fersen. Ich komme an einen Bach. Endlich Wasser! Natürlich habe ich keine Ahnung, ob es sauber genug ist, um es zu trinken. Aber das ist mir völlig egal. Ich wate hinein, ohne mir Sandalen oder Socken auszuziehen, trinke gierig aus meinen Händen. Schütte mir Wasser über den Kopf. Als ich aus dem Bach steige, sehe ich die Sonne gerade über dem Wald untergehen. Bald wird es dunkel sein, aber ich kann wenigstens wieder klar denken. Die Stadt, in der ich aus dem Bus gestiegen bin, und die, wo Oma wohnt, liegen am gleichen Fluss. Mit dem Auto braucht man bloß zehn Minuten, also werden es nicht mehr als zehn Kilometer sein. Die kann man zu Fuß zurücklegen. Und der Bach muss zum Fluss führen.

Wenn ich doch nur schon bei Oma wäre. Ich habe schrecklichen Hunger und muss immerzu an ihre Mohnnudeln denken. Oder an den Apfelstrudel. Sie hat zwei Apfelbäume, und wenn die Äpfel reif sind, dann macht sie jeden Tag Apfelstrudel. Und man darf so viel essen, wie man will. Wenn sie mich dann umarmt, riecht sie als Ganzes nach Zimt, Nüssen und Äpfeln.

Tatsächlich finde ich den Fluss, an dem flussabwärts ein Weg entlangführt. Ich gehe und gehe, manchmal ist der Weg schmal, an anderen Stellen breit mit Traktorspuren. Es wird immer dunkler, und ich habe bald große Angst. Vor allem vor dem, was da im Gebüsch raschelt. Ich kann hier nirgends über Nacht bleiben, das würde ich nicht überleben.

Irgendwann, als es schon ziemlich dunkel ist, komme ich an eine schmale Straße, schließlich überquere ich den Fluss auf einer Fußgängerbrücke. Ich muss jetzt irgendwohin kommen, wo es Menschen gibt.

Ein Radfahrer hält neben mir an, und es dauert nicht lange, bis mich seine Mutter in ihr Auto packt und zu Oma fährt. Nur unter Tränen ist es mir gelungen, ihr die Adresse zu nennen. Ich hätte mich verlaufen, habe ich gelogen. Ich sei Rad gefahren, einem Reifen sei die Luft ausgegangen, und so sei ich von ihrem Sohn an der Straße, weit von zu Hause entfernt, aufgegabelt worden.

Sie lässt es sich nicht nehmen, mich bis zur Haustür zu begleiten. Es ist schon völlig dunkel, als sie an der Tür läutet. Innerhalb von Sekunden kommt Oma an die Tür gestürmt, reißt sie auf und schließt mich in die Arme. Sie schluchzt und zuckt und drückt mir fast die Luft ab. „Er hat eine Fahrradpanne gehabt. Das Rad haben wir leider nicht mehr suchen können." Oma reagiert gar nicht. Sie drückt mich nur noch fester an sich. „Ja, dann ...", sagt die Frau und wendet sich zum Gehen. „Danke!", schluchzt ihr Oma noch hinterher. „Vielen Dank!" Ich reiße mich los und drehe mich um. „Danke!", sage ich auch. Die Frau sieht mich etwas spöttisch an, so, als zweifle sie an meiner Geschichte, und geht zu ihrem Auto zurück.

„Jetzt isst du erst einmal etwas!", sagt Oma. „Du musst ja halb verhungert sein!" Kurze Zeit später stehen ein großes Butterbrot mit Schnittlauch und ein Glas Himbeersaft vor mir. „Deine Eltern haben mich schon angerufen", sagt sie. „Sie haben sich gedacht, dass du womöglich hier auftauchen wirst. Nach Wien ist es ja viel zu weit!" Ich habe noch immer den Mund voll, als mir die Tränen kommen. „Kann ich nicht hier bei dir bleiben? Papa will mich sicher wieder in dieses Lager zurückschicken!" Oma seufzt. „Von mir aus gerne. Aber was wird dein Papa dazu sagen?"

Es dauert nicht lang, und draußen fährt ein Auto vor. Am liebsten würde ich mich auf Omas Dachboden verstecken, doch es ist zu spät. Papa taucht in der Tür auf. Wütend starrt er mich an. Er sagt nichts. Nur sein Adamsapfel zuckt. Ich halte mich an Oma fest und verstecke mich hinter ihrem breiten Rücken, der nach Kuchen duftet. „Komm her zu mir!“, zischt Papa. „Komm nur her! Trau dich nur!“

Mama kommt hinter ihm herein und stellt sich Papa entgegen. „Wenn du ihm auch nur ein Haar krümmst!“, faucht sie und breitet die Arme aus, um Papa daran zu hindern, an mich heranzukommen. „Dann ...“ „Was dann?“ Papa verzieht sein Gesicht zu einer spöttischen Grimasse. „Was dann?“, wiederholt er. Mama stellt sich neben Oma und sucht nach meiner Hand, ohne sich umzudrehen. „Wir setzen uns jetzt an den Tisch!“, sagt sie, ausnahmsweise einmal in bestimmtem Ton. „Hast du Hunger? Hast du Durst?“, fragt sie mich. Ich bleibe hinter Oma, die mir beruhigend über die Wange streicht. Dann deute ich auf das riesige, noch nicht einmal halb aufgegessene Brot. Ich wage mich vor, setze mich hin, sitze sicher zwischen Oma und Mama. Papa wirft uns dreien, die wir nun am Tisch sitzen, giftige Blicke zu. Ich starre auf die Tischplatte. „Eine derartige Schande!“, schimpft Papa. „Ein Weichei! Ein Drückeberger! Was habe ich da bloß aufgezogen! Nie wieder kann ich mich bei den Kameraden blicken lassen!“

„Lass ihn in Ruhe!“, gibt Mama zurück. „Ich war von vornherein dagegen, ihn dorthin zu schicken. Leo ist für so etwas einfach nicht geeignet. Du siehst es ja selber!“ Papa schlägt gegen den Türrahmen, dass ich aufschrecke. „Was ich sehe, ist, dass ihn deine Erziehung völlig verdorben hat! Unbrauchbar gemacht! Ein Versager! Gleich morgen Früh liefern wir ihn wieder dort ab! Und da bleibt er dann die restlichen zwei Wochen!“ Papa setzt sich mir gegenüber auf einen Sessel. „Was glaubst du denn, was die im Lager gemacht haben? Gerade, dass sie nicht die Polizei gerufen haben! Wie die Irren sind wir die ganze Strecke abgefahren, zwischen dort und hier! Und sogar im See haben sie nach dir gesucht!“ „Selber schuld!“, mischt sich Mama ein. „Wenn sich dieser Idiot nicht einmal daran erinnern kann, ob der Leo überhaupt aus dem Wasser herausgekommen ist! Unverantwortlich ist das!“, schreit sie jetzt. Voller Angst starre ich Papa an. „Ich geh dorthin nicht mehr zurück. Und wenn du mich hinbringst, lege ich mich auf den Boden und rühre mich nicht, bis mich wieder wer wegholt!“ Papa schüttelt den Kopf, macht eine abfällige Handbewegung, verlässt die Küche und schlägt die Türe so fest zu, dass die Glasscheiben in der Tür klirren. Ich zucke zusammen. Plötzlich ist es ruhig, Mama hält meine Hand, und Oma wischt mir die Tränen aus dem Gesicht. Sie hat kein Wort gesagt, seit Papa aufgetaucht ist. Endlich kann ich vom Brot abbeißen, ohne dass mir der Bissen im Hals steckenbleibt.

„Ich finde es mutig, dass du weggelaufen bist. Dazu gehört viel mehr Mut als dazu, einfach dort zu bleiben und alles über dich ergehen zu lassen“, sagt Oma. Sie streicht mir wieder über die Wange. „Es wäre nur gescheiter gewesen, hier anzurufen, als in der Dunkelheit da draußen herumzustreunen.“ „Ich habe geglaubt ...“, fange ich an, merke aber, dass ich gar nicht daran gedacht habe, jemanden anzurufen. „Wie bist du denn überhaupt hierhergekommen?“, fragt Mama. Stockend und unterbrochen von Schluchzern erzähle ich ihr die ganze Geschichte. Und auch, warum ich es in dem Lager so schlimm gefunden habe. „Ich gehe nicht wieder dorthin zurück!“, sage ich und muss gleich wieder weinen. „Eher laufe ich noch mal weg!“ Mamas Stimme zittert, als sie mir antwortet. „Du musst dort nicht noch einmal hin. Ich verspreche es dir.“ Ich bin mir nicht sicher, ob sie das Papa gegenüber durchsetzen kann. „Er kann doch ein paar Tage bei mir bleiben“, schlägt Oma vor und drückt meinen Kopf in ihren Schoß.

Daraus wird aber leider nichts. Die Heimfahrt nach Wien verläuft stumm, Papa fährt ruckartig und hektisch, oft viel zu schnell. Normalerweise ermahnt Mama ihn dann, heute sagt sie kein Wort. Später, als ich in meinem Zimmer bin, hole ich mir ein Buch aus meinem Regal, obwohl es schon fast Mitternacht ist. Robinson Crusoe. Manchmal fühle ich mich so wie er. Ganz allein auf einer Insel. Momentan wäre mir das sogar lieber. Keine Uniformhemden, keine Spinner, die mir das Essen aus den Händen schlagen, und keine Decken, die man exakt Ecke auf Kante falten muss.

Ich lege den Robinson beiseite, denn ich fühle mich unruhig, kann mich nicht konzentrieren, bekomme nicht mit, was ich gelesen habe, obwohl ich das Buch fast in- und auswendig kenne. Immer wieder gehen mir die Szenen im Lager durch den Kopf, und Papa. Wie freundlich er zu dem dicken Mann war. Wie er mit mir geschimpft hat. Wie er sich darüber aufgeregt hat, dass ich ganz anders bin, als er sich einen Sohn wünscht. Vielleicht liegt der Fehler ja bei mir. Vielleicht sollte man so sein wie die Waldläufer im Lager. Wild, schmutzig und mit einem ordentlich militärisch gepackten Rucksack auf dem Rücken.

Ich stehe auf und sehe mir die Spielsachen in meinem Regal an. Ein grün-weißes Polizeiauto, das mir Papa einmal von einer Reise mitgebracht hat. Man kann das Blaulicht auf dem Dach oben drehen, um die Vorderräder zu lenken. Es war sicher sehr teuer. Ich werfe es auf den Boden und trete darauf. Noch einmal. Es tut weh. Ich hole einen Schischuh vom oberen Regal in meinem Kasten und schlage damit auf das Auto ein. Ich atme schwer, mache aber weiter. Bis die Einzelteile vor mir auf dem Teppichboden liegen. Die Räder, die Fensterscheiben, das Blaulicht, der Kofferraumdeckel. Alles in seine Einzelteile zerfallen. Ich bin froh, dass das Auto kaputt ist. Irgendwie fühle ich mich leichter.

Mein Buch ist mir auf die Brust gefallen, und ich bin schon ein wenig eingenickt, als ich Lärm von unten höre. Lärm und Türen schlagen, Papa brüllt. Mama kreischt, aber ich kann nicht verstehen, was sie sagen. Muss ich auch nicht. Es kann nur um mich gehen, worum sonst? Ich ziehe die Decke über den Kopf und stopfe meine Finger in die Ohren. Schließlich schlafe ich ein.

Als ich erwache, scheint die Sonne ins Zimmer und es ist still. Papa ist wahrscheinlich schon in die Firma gefahren. Eine Weile bleibe ich noch still liegen. Wenn ich nicht weggelaufen wäre, würde ich jetzt in einem stinkenden Zelt liegen, und der Klaus hätte mich wahrscheinlich schon ein paarmal verprügelt, so zum Spaß. Ich überlege, was ich heute tun werde, und nehme zuerst den Robinson Crusoe wieder zur Hand. Dabei fällt mein Blick auf die Trümmer des Autos, das ich gestern zerschlagen habe. Daneben liegt immer noch der Schischuh, den ich am liebsten gleich aus dem Fenster werfen würde.

Es dauert nicht lange, und die Tür öffnet sich. Mama. „Magst du frühstücken kommen? Ich habe dir schon Marmeladebrote geschmiert!“ Ich nicke und setze mich auf. Mama sieht erstaunt die Reste meines Polizeiautos auf dem Boden liegen, sagt aber nichts. Vielleicht versteht sie, warum ich es kaputtschlagen musste.

Während ich frühstücke, steht Mama am Bügelbrett. Mir fällt auf, dass ihr linkes Auge seltsam glänzt. Nicht nur das Augenlid, auch über und unter dem Auge scheint es so, als hätte sie viel mehr Schminke aufgetragen als sonst. „Was hast du da?“ Ich deute mit dem Finger. „Am Auge?“ „Nichts!“ Mama schüttelt den Kopf, aber ich merke, dass ihr die Tränen kommen. Sie beugt sich über das Bügelbrett, sodass ihr die Haare vors Gesicht fallen. Ich kann ihre Augen nicht mehr sehen.

„Wir müssen heute deine Sachen aus dem Lager holen“, sagt sie schließlich, und ihre Stimme klingt, als ob sie Schnupfen hätte. Ich schüttle den Kopf. „Ich will dort nicht noch einmal hin!“, wehre ich mich. „Dann fahr ich halt allein“, sagt Mama und zuckt mit den Schultern. „Aber meine Meinung werde ich denen dort schon hinterlassen, darauf kannst du Gift nehmen!“

4

Leo wurde durch das Piepen seiner Uhr geweckt, er hatte den Wecker auf halb acht gestellt. Im Haus war es völlig ruhig. Was hatte er da für einen Unsinn geträumt, von einer Mordwaffe in Form einer Drahtschlinge? Sekunden später wurde ihm bewusst, dass er nichts geträumt hatte. Und wieder wenige Sekunden später wurde ihm zu seinem Schrecken klar, dass man auf seinem Rechner keinesfalls Hinweise auf die Recherche nach diesem Instrument, nach der Garotte, finden durfte. Ob man alle Spuren beseitigen konnte? Er musste es zumindest probieren. Noch im Pyjama suchte er nach Verlauf, Chronik, Cookies. So weit kannte er sich aus, das konnte man alles löschen. Ob dennoch etwas auf dem Gerät zurückblieb? Oder beim Internetprovider? Er konnte nichts weiter tun, schwor sich aber, künftig nach keinen Informationen mehr zu suchen, die ihn überführen konnten. Oder er musste zumindest auf den Browser zurückgreifen, den er für seine gescheiterten Versuche im Darknet heruntergeladen hatte.

Leo schloss sich im Bad ein, um zu duschen. Während das Wasser auf ihn herabprasselte, fiel ihm die Aktion von gestern Abend wieder ein. Die Gedanken daran lösten ein Gefühl der Leere aus. Ob die Polizei schon auf der Suche nach ihnen war? Was war es wohl für ein Tatbestand gewesen? Hausfriedensbruch? Oder am Ende sogar gefährliche Drohung? Aber das Theater war schließlich ein öffentlicher Ort. Zumindest würde ein geschickter Jurist wohl so argumentieren. Er erinnerte sich an den dunkelhaarigen Ausländer, der ihn fast von der Bühne gestoßen hatte. Der konnte gern der Nächste sein, wenn er einmal mit Hassan fertig war. Wieder überkam ihn Vorfreude, fast Erregung, als er an das Zuziehen der Schlinge dachte.

Sobald er sich abgetrocknet hatte, setzte er sich vor seinen Laptop. Die Meldung über die Aktion war zwar nicht in den großen Schlagzeilen, aber auf der Hauptseite. Die Gruppe „Patropa" habe sich zu dem Anschlag bekannt. Der Name war Otho eingefallen. Er hatte sich keiner rechtsradikalen Codes bedienen wollen, „Patrioten Europas" war ihm aber zu lang erschienen. Leo hatte sich aus der Debatte über den Namen herausgehalten, es war ihm ziemlich egal, wie die Gruppe heißen sollte. Patropa, so hieß es im Artikel, sei bisher nicht in Erscheinung getreten, die Teilnehmer an der Aktion hätten nicht identifiziert werden können. Leo konnte ein Grinsen nicht unterdrücken, als er über das Entkommen der Eindringlinge las. Leichtes Erstaunen klang durch, als der Autor des Artikels darüber schrieb, dass es keinem der Anwesenden gelungen sei, die Aktivisten an der Flucht zu hindern. Auch von zwei Verletzten war die Rede, es werde wegen Besitzstörung, aber auch Körperverletzung und Nötigung ermittelt. Das war absolut lächerlich. Er konnte doch nicht den Besitz des Staates oder der Stadt gestört haben, das Theater gehörte ja den Bürgern, also auch ihm. Wenn hier jemand störte, dann die Eindringlinge aus dem Orient. Die sollte man von der Bühne jagen, sie waren die wahren Besitzstörer. Und wegen Körperverletzung konnte er ebenso gut klagen. Er fühlte nach der schmerzenden Wunde am Hals. Die Tussi hätte ihn ja nicht zu umklammern brauchen. Was hätte er sonst tun sollen, um sich zu befreien?

Am Ende des Artikels gab es Links zu Berichten über Anschläge rechter Gruppen, hauptsächlich in Deutschland. Ihre Aktion mit gewalttätigen Anschlägen in irgendeinen Zusammenhang zu bringen, das war typisch für die linke Mainstream-Presse. Ein Anschlag war ein Angriff, mit Waffen und Toten, ihre Aktion hingegen war ein kleiner Spaß gewesen. Ein Akt der Notwehr, mehr nicht.

Leo folgte einem der Links und verlor sich in Berichten über die NSU, die in Deutschland mehrere Türken ermordet hatte. Von „Dönermorden" war die Rede. Er hatte zwar schon davon gehört, sich aber nie genauer informiert. Nun aber interessierte ihn das. Schnell fand er heraus, dass die beiden Uwes alle ihre Opfer erschossen hatten. Und für sehr lange Zeit waren sie nicht erwischt worden, die Waffen hatten nicht direkt zu den Tätern geführt. Vielleicht wäre es doch eine gute Idee, sich eine Schusswaffe zu besorgen. Andererseits, er hatte sich schon sehr mit dem Gedanken an eine Garotte angefreundet. Er legte die Hände auf die Armlehnen seines Stuhls, schloss die Augen und sah Hassans Dönerstand vor sich. Wie er, fest zur Tat entschlossen, auf ihn zuging. Selbstverständlich trug er Handschuhe. Die Mordwaffe musste er verbergen, am besten im Papiersack irgendeines Geschäfts, er fand im Haus sicher einen.

Wenn er die Tür öffnete, hing alles davon ab, ob Hassan sich ihm zuwandte oder nicht. Er durfte ihn nicht hören, darauf kam es an. Stufen hinauf, Garotte in die linke Hand, Papiersack wegwerfen. Nicht vergessen, ihn nachher wieder aufzuheben, mitzunehmen. Tür auf, rechte Hand an den zweiten Griff der Waffe, die Schlinge Hassan über den Kopf ziehen und zuziehen. Erledigt. Seine Hände hielten die Armlehnen des Stuhls umkrampft, er schwitzte. Er musste das üben, den ganzen Ablauf, mit der Tür, dem Handhaben der Garotte, dem Zuziehen. So einfach war das sicher nicht, man musste auf alles gefasst sein, viele Variablen einkalkulieren.

Bevor Leo am Montagmorgen zur Uni fuhr, suchte er in der Garage nach passendem Werkzeug. Da lag sogar noch eine Rolle neuen, unbenutzten Stahldrahts in einem Regal, er brauchte sich nicht die Mühe zu machen, den Draht von der Hausmauer abzumontieren. Offenbar war schon lange niemand an diesem Regal gewesen, die Ordnung, die darin herrschte, stammte gewiss noch von seinem Vater. Verstaubt zwar, aber auch alles vorhanden. Er fand Schellen, Schrauben, Schraubenzieher, fein säuberlich der Größe nach geordnet, und im Keller, wo Papa Holzreste aufbewahrt hatte, sogar noch eine Rundleiste. Zwei Stücke davon halbwegs gerade abzuschneiden, war schon eine Herausforderung für Leo, der eine Säge zuletzt im Werkunterricht in der Schule benutzt hatte, und das war beinahe zehn Jahre her.

Leider rutschten die Holzgriffe immer wieder aus den Drahtschlingen, es gelang ihm nicht, sie fest genug zu ziehen. Bis er auf die Idee kam, die Schrauben etwas zu lockern und mit einer Zange das Drahtende anzuziehen. Ja. Nun saßen die Handgriffe fest. Als er seine fertige Garotte in der Hand hielt, wurde ihm erst bewusst, dass er auch diese Arbeit mit Handschuhen hätte erledigen sollen. So blieb nichts anderes übrig, als das fertige Werkzeug gründlich zu schrubben, diesmal mit Silikonhandschuhen aus Mamas Küche. Danach wollte er es einweichen und noch einen Tag zuwarten. Das Holz würde quellen, die Griffe noch strammer sitzen. Mit Stolz betrachtete er seine Arbeit, die da vor ihm im Wassereimer lag. Schade nur, dass man sie nicht mehrmals verwenden konnte, sie musste ja nach dem Anschlag verschwinden. Oder doch nicht? Der Eimer musste noch wo untergebracht werden, wo Mama ihn nicht fand. In seinem Zimmer. Er schloss hinter sich ab, steckte den Schlüssel ein. Sollte sie denken, was sie wollte, sobald sie aufstand.

Während der Vorlesung gelang es Leo nicht, sich auf den Vortrag zu konzentrieren. Obwohl er wusste, dass Professor Markovics einer von ihnen war, sein Foto hing in der Verbindung an der Wand, er war einer der prominentesten alten Herren. Immer wieder sah er die makellos gelungene Garotte vor seinem inneren Auge, er brannte darauf, sie zu benutzen.

„Na, warst du am Freitag auch dabei? Oder bist du schon vernünftiger geworden?“ Wie aus dem Boden gewachsen stand Marinca vor ihm, als er die Treppe hinuntersprang, um endlich aus der Uni hinauszukommen. Er musterte sie überrascht. Sie rührte etwas an in ihm, was, wusste er nicht genau zu beurteilen. „Äh, was meinst du? Freitag?“ Er musste nicht einmal lügen, in diesem Moment fiel ihm gar nicht ein, was sie gemeint hatte. Marinca trug einen roten Pullover, enge Jeans, ein Goldkettchen um den Hals. Zum ersten Mal fielen ihm ihre kleinen Brüste auf. „Sprachlos?“, neckte sie ihn. „Nein!“ Leo räusperte sich. „Ich meine natürlich die Störaktion im Theater, am Freitagabend. So was würde dir doch auch gefallen, nicht?“ Leo spürte, wie sein Kopf heiß wurde, gleichzeitig schüttelte er heftig den Kopf. „Nie im Leben!“, stieß er hervor. Marinca lachte. „Das will ich auch hoffen!“, sagte sie. „Möchtest du dich nicht für den Kaffee revanchieren, den ich dir vorige Woche spendiert habe?“ Er nickte, rang nach Worten und krampfte seine Finger zur Faust zusammen, weil er sich wieder einmal völlig hilflos fühlte.

Marinca ging voraus in die Cafeteria, er musste gar nichts entscheiden. „Ich nehm einen doppelten Espresso“, sagte sie, als sie sich hinsetzte. „Ich bin nicht so der Latte-Macchiato-Typ.“ Sie lächelte. Leo nickte. „Ich auch nicht.“

Als er mit zwei doppelten Espressi zum Tisch zurückkehrte, war Marinca gerade dabei, Nachrichten auf ihrem Handy zu tippen. Sie legte es sofort weg, als er sich setzte. „Entschuldigung. Aber es war wichtig.“ Leo nippte an seinem Espresso und hatte keine Ahnung, was er sagen sollte. Marinca nahm ihm diese Sorge einmal mehr ab. „Sag einmal, warum bist du eigentlich in dieser Verbindung? Ich hab dich schon ein paarmal gesehen, wenn ihr in euren Faschingskostümen hier aufgetaucht seid. Du siehst meist irgendwie ...“, sie nahm einen Schluck Espresso, „teilnahmslos, ja, teilnahmslos aus!“ Sie nickte, wie um sich selbst zu versichern, dass sie recht hatte. Der Haarknoten auf ihrem Kopf wippte. Leo fand diese hoch auf dem Kopf sitzenden Haarknoten, die momentan so modern waren, entsetzlich dämlich, kaum jemand sah gut damit aus. Bei Marinca war das anders. „Du trottest hinterher, als ob dich das gar nichts anginge. Deswegen bist du mir aufgefallen. Ich habe mir gedacht, bei dem kann man noch was machen!“ Sie kicherte.

Leo kam sich dämlich vor, war er denn jemand, der eine Frau brauchte, noch dazu eine Ausländerin, damit sie was mit ihm oder aus ihm machte? Das allerdings konnte er ihr nicht sagen. „Ich ... ich gehe nicht so gern aus mir heraus. Vielleicht ist es deshalb, dass ich diesen Eindruck ..." Marinca ließ ihn gar nicht ausreden. „Nochmals meine Frage: Warum bist du in dieser Verbindung?" Leo fuchtelte hilflos mit den Armen. „Es ist ... da gibt es Werte ... wir sollten, wir sind der Meinung, dass ... es geht ganz einfach um einen Bund fürs Leben, dass man sich gegenseitig hilft, dass man auf immer treu zueinandersteht ..."

„Ja, ja!" Marinca machte eine wegwerfende Handbewegung. „Die üblichen Phrasen. Der einzige Bund fürs Leben, den ich kenne, ist die Ehe!" Sie lachte, ließ ihm aber keine Zeit zu einer Entgegnung. „Warum gibt es dann in eurem Verein keine Frauen? Keine Ausländer? Wollen da nur männliche Bio-Österreicher treu zueinanderstehen?" Eigentlich hätte Leo jetzt aufstehen und gehen sollen. Wie sollte er die Prinzipien seiner Verbindung mit einer Frau vom Balkan diskutieren? Wie kam er dazu, sich hier zu rechtfertigen? Doch er konnte es nicht. Er wollte sie keinesfalls verärgern, vor den Kopf stoßen.

Marinca ließ ihn nicht lange zappeln. „Ich werde dir jetzt etwas erzählen. Meine Eltern kommen aus der Nähe von Osijek. Das ist in Kroatien, nahe an der serbischen Grenze. Mein Vater stammt von einem Bauernhof, sie waren 14 Geschwister. Kein einziges dieser Geschwister lebt heute noch in Kroatien. Ich habe Onkel und Tanten überall in Europa. Wenn ich auf Reisen gehe, brauche ich kein Hotel. Deutschland, Niederlande, Schweden, England, Irland – überall sitzen meine Tanten und Onkel. Und jetzt rate einmal, warum? Glaubst du, es ist so lustig, es ist nur ein Spaß, dass sie alle geflohen sind? Glaubst du, sie haben sich die Entscheidung leicht gemacht und gesagt, na, dann gehen wir eben mal nach Schweden, schauen wir, ob's dort schöner ist als bei uns?“ Sie schüttelte den Kopf. „Die Serben haben unser Dorf überrannt, meine Großeltern haben überlebt, aber meine Großtante, zum Beispiel, und ihre zwei Kinder, die sind von den Serben ermordet worden. So sieht's aus! Und ihr rasselt mit euren Säbeln und tut so, als ob die Slawen und die Moslems über euch herfallen und euch ausrauben würden. Was denkst du denn, wer die U-Bahn und die Krankenhäuser putzen würde, wenn nicht Migrantinnen und Migranten?“

Marinca hatte sich in Rage geredet, ihre Wangen waren gerötet. Leo wollte das alles gar nicht hören, was ging es ihn an? Er nickte. „Trotzdem“, sagte er zögernd. „Wenn dann der Krieg vorbei ist, dann sollten alle wieder zurückkehren, wo sie hingehören. Damit Ordnung ist.“ Marinca lachte zynisch. „Ich würde gerne wissen, wer euch dieses Zeug eintrichtert. Wo gehöre ich denn dann eigentlich hin? Würdest du mich auch zurück nach Osijek schicken? Was, nota bene, mittlerweile zur EU gehört.“ „Ich ... wir ... wir haben eigentlich gegen gar niemanden was, wenn er sich ordentlich aufführt und sich ... integriert!“, stieß Leo hervor, stand auf und verließ fluchtartig die Cafeteria.

Draußen atmete er auf. Was bildete sich diese Göre eigentlich ein? Erzählte ihm da Horrorgeschichten von ihren Urahnen, die ihn einen Dreck interessierten! Jeder Ausländer bastelte sich irgendeine Geschichte zusammen, mit der er dann die gutgläubigen österreichischen Behörden weichklopfte. Dennoch bekam Leo Marinca nicht aus dem Kopf. Ihre schlanken Finger, die mit dem Goldkettchen um ihren Hals spielten. Der glatte, schmale Hals, die einzelnen Strähnen, die sich aus dem Knoten gelöst und um den Hals geschmiegt hatten. Während der gesamten Straßenbahnfahrt nach Hause bemühte er sich, diese Bilder aus seinem Kopf zu verdrängen.

Vorsichtig, mit behandschuhten Fingern, holte Leo die Garotte aus dem Wasser. Er zog am Draht, stellte befriedigt fest, dass alles gut und fest saß. Lange hatte er überlegt, wo er sein Werkzeug ausprobieren, wie er trainieren konnte, wie man mit der Garotte umging. Es durfte dabei keine Zeugen geben, deswegen schieden die Zaunpfosten im Garten aus, die ganz gut geeignet gewesen wären. Wenn sie auch etwas tiefer lagen als der Hals von Hassan. Schließlich hatte er eine alte Stehlampe im Keller gefunden. Der Schirm war hässlich und fleckig, aber etwa so groß wie ein menschlicher Kopf. Er thronte auf einem hölzernen Stiel, an dem Leo mit Klebeband zwei alte Decken befestigte, damit er etwa Halsdicke erreichte. Zufrieden betrachtete er sein Werk.

Die Garotte war inzwischen getrocknet, Leo nahm sie zur Hand, ein Ende in die linke, das andere in die rechte Hand. Den Draht ließ er zwischen Mittel- und Ringfinger hinauslaufen, so hatte er den besten Griff. Er warf den Draht über den Schirm, zog über den Decken zu. So ging das nicht. Der Draht schien zu lang, außerdem musste er, um zuzuziehen, die Arme viel zu weit überkreuzen, es fehlte die Kraft, richtig zuzuziehen. Er musste es anders machen. Den Draht bereits überkreuzt über den Schirm werfen? Dann konnte er nach dem Wurf auseinanderziehen. Er probierte es. Und fluchte. Immer wieder blieb die Drahtschlinge beim Wurf am Lampenschirm hängen. Das durfte im Ernstfall nicht passieren, es gab keine zweite Chance, wenn die Schlinge von Hassans Kopf abglitt. Er würde die Chance haben, sich umzudrehen und zu wehren. Als ihm endlich ein Wurf gelang, stellte er beim Zuziehen fest, dass der Draht immer noch zu lang war, er musste viel zu weit auseinanderziehen, bis sich die Schlinge um die Decken schloss. Das dauerte zu lang, und außerdem war es ein Kraftproblem. Je weiter er seine Arme auseinanderziehen musste, desto geringer die Kraft.

Es machte so keinen Sinn, er musste noch einmal in die Werkstatt. Mindestens zehn Zentimeter. Oder zehn auf jeder Seite? Wäre es dann überhaupt noch möglich, die Schlinge über Hassans Kopf zu werfen? Er überlegte. Natürlich. Er müsste nur beim Wurf die Arme überkreuzen. Mit der Routine, die er beim Bearbeiten des Drahts nun bereits hatte, war das Kürzen schnell erledigt. Auch die Griffe saßen wieder stramm. Zehn, zwölf Würfe, und plötzlich lief alles wie geschmiert. Schneller Wurf, fest zuziehen. Kein Problem. Leos Herz klopfte schneller. Er brannte darauf, es endlich zu tun. Sah auf die Uhr. Für heute war es schon zu spät, er hatte den Mord am frühen Nachmittag geplant. Da war, so hoffte er, die Frequenz an Hassans Kebabwagen am geringsten. Wer zu Mittag etwas wollte, war bereits weg, Leute, die nach der Arbeit vorbeikamen oder abends ausgingen, waren noch lange nicht unterwegs. Trotzdem beschloss Leo, noch einmal die Lage zu sondieren.

Er kratzte nervös an seinen Fingerknöcheln. Gerade noch rechtzeitig hatte er daran gedacht, dass er heute keinesfalls die Kleider anziehen durfte, in denen er morgen Hassan töten wollte. So saß er nun in einer grünen Hose in der Straßenbahn. Der Sweater war grau, die Jacke hellbraun, es passte alles nicht zusammen, es waren alte Sachen, die er sonst kaum mehr trug. Zwei Stationen vor Hassans Wagen stieg er aus. Hier waren eine Menge Menschen unterwegs, es war bereits halb vier, die Stoßzeit schien zu beginnen. Am Pizza- und Dönerstand vielleicht zwei, drei Leute, die anstanden, um etwas zu essen zu kaufen. Ein Zeitungsverkäufer hielt Leo das neueste Nachrichtenmagazin vor die Nase.

Leo machte sich auf den Weg Richtung Hassan. Die Menschen auf den Straßen wurden immer weniger, je näher er dem Wagen kam. Immer wieder zog eine Straßenbahn vorbei, er musste darauf achtgegeben, bei seiner Tat keinesfalls von einer Bahn überrascht zu werden. Es sah immer jemand aus dem Fenster. Dann kam der Imbisswagen in Sicht. Kein Mensch in der Nähe. Hassan hatte sich wirklich keinen guten Standplatz ausgesucht. Zumindest nicht für den Nachmittag.

„He, Sol!“ Zunächst reagierte Leo nicht. „Sol!“ Er drehte sich um. Es war Nato. Den konnte er hier jetzt gar nicht gebrauchen. Wie kam der außerdem auf „Sol“? „Wieso Sol?“, fragte er. „Du wolltest doch ‚Sun?‘ heißen, nicht?“ Leo nickte. Nato steckte sich eine Zigarette an, blies den Rauch durch die Nase. „Otho war nicht begeistert davon. Englisch kommt für ihn nicht in Frage. Ich habe ‚Sol‘ vorgeschlagen, die germanische Sonnengottheit. Da haben sie auch wieder gezuckt, weil es angeblich jüdisch klingt.“ „Jüdisch?“ Er musste Nato möglichst schnell wieder loswerden, fragte sich nur, wie er das bewerkstelligen sollte. „Ja, jüdisch. Abkürzung von Salomon. Dann hat Otho Glenr vorgeschlagen, das ist der Mann von der Sol.“

„Sol ist eine Frau?“ Nato nickte. „Kann auch kein Mensch aussprechen. So bleibt’s vorläufig bei Sol. Ist ja egal!“

„Ich muss dann eigentlich, ich habe noch ...“, versuchte Leo es zaghaft. Nato schlug ihm auf die Schulter. „Für ein Bier ist immer Zeit. Da vorne ist gleich der Türke!“ Er zeigte auf Hassans Stand. Was sollte Leo machen? Eine Ablehnung hätte Nato verärgert, in ihm womöglich Verdacht genährt, so aber würde sich Nato immer daran erinnern – am Tag vor Hassans Tod war er mit Leo hier gewesen. Höchst unangenehm, das Ganze. Widerwillig folgte er Nato, der mit lauter Stimme zwei Bier bestellte, noch bevor sie direkt am Wagen angelangt waren.

Hassan lächelte. Leo sah sein iPhone vor ihm auf der Theke liegen. Ob er es morgen mitnehmen sollte? Das war wohl zu riskant, womöglich konnte man es auch ohne SIM-Karte orten. Und wenn man es bei ihm fand, war er geliefert.

Morgen um diese Zeit bist du tot, dachte Leo bei sich. Es erfüllte ihn mit Befriedigung, fast Stolz, dass er mehr über das Schicksal des Türken wusste als der selbst. Natürlich war es nur einer, aber man musste klein anfangen. Irgendwo musste man anfangen, es war wie bei einem Medikament, einer Impfung. Irgendwo killte der Wirkstoff das erste Bakterium, den ersten Virus, und bald darauf war die Krankheit besiegt. So musste man das sehen. Natos Geplapper schien an ihm vorbeigeplätschert zu sein. „He, ich hab dich was gefragt!“ „’tschuldigung!“ Leo nahm einen Schluck Bier. „War gerade in Gedanken.“ „Wie hast du’s gefunden, Freitag?“ Leo räusperte sich, deutete unauffällig nach Hassan. „Hier?“ Nato nickte. „Gehen wir ein paar Schritte.“ Leo überlegte. Nato die

Wahrheit zu sagen, nämlich, dass sie eigentlich Werbung für das Theater gemacht hatten, war keine gute Idee. Er durfte keinen Widerspruch herausfordern, nichts sagen, was so auffällig war, dass Nato es Otho berichten würde. „Ganz nach meinem Geschmack!“, sagte er deshalb. Nato grinste. „Bald gibt's mehr davon!“

Leo warf seine Dose in einen Abfallkübel. „Ich muss jetzt wirklich weiter! Hab noch zu tun!“ Nato nickte. „Ebenso! Wohin?“ Leo überlegte rasch. „Uni!“, sagte er. „Ist zwar Scheiße, aber manchmal muss auch der Abend dran glauben!“ Hoffentlich schloss sich Nato ihm nicht an. Er hatte keine Ahnung, womit der sich die Zeit vertrieb. „Also!“, sagte Nato nur, zeigte auf die andere Straßenseite und trat auf die Fahrbahn, obwohl weit und breit weder Ampel noch Zebrastreifen zu sehen waren.

Wann, so fragte sich Leo, hatten Otho und die anderen Zeit gehabt, sich mit Nato über seinen Codenamen zu unterhalten? Hatte er über das Wochenende irgendwas verpasst? Oder war man in der Gruppe schon wieder dabei, ihn rauszudrängen? Eigentlich konnte es ihm egal sein. In Wirklichkeit hatte er keine Lust auf dieses „Mehr davon“, das Nato angekündigt hatte. Morgen schon würde kein Mensch mehr über Störaktionen im Theater reden. Und dann gab es ja auch noch diesen unverschämten Ausländer, der glaubte, sich hier als Schauspieler aufspielen zu müssen. Trottel hatte der ihn genannt. Das würde er nicht wieder tun, sicher nicht.

Leo schlief schlecht. Wälzte sich in seinem Bett, schwitzte. Er konnte es kaum mehr erwarten, es endlich zu tun. Er träumte Unsinn, irgendwann kam

Marinca in seinem Traum vor, sie sprach in einer fremden Sprache, wandte sich von ihm ab, hatte ihn gar nicht bemerkt. Als es hell wurde, stand er auf. Es hatte keinen Sinn, noch länger auf Schlaf zu hoffen. Die Garotte lag unter seinem Bett. Er holte sie hervor, umfasste die Griffe, überkreuzte die Arme, holte Schwung. Stellte sich Hassans Schädel vor. Vielleicht hätte er in den letzten Tagen auch ein wenig Muskeltraining machen sollen. Wie fest musste man eigentlich zuziehen? Die Drahtschlinge würde Blut und Atemluft relativ schnell abschnüren, es konnte nicht zu schwierig sein. Im Film jedenfalls sah es in der Regel sehr einfach aus.

Er versuchte, fernzusehen. Starrte auf den Bildschirm, bekam nichts von der Serie mit, die er eingeschaltet hatte. Horchte an seiner Tür, ob irgendwelche Geräusche verrieten, dass Mama aufgewacht war. Nichts. Nahm wieder die Drahtschlinge zur Hand. Schloss die Augen, stellte sich vor, wie er die Schlinge über Hassans Kopf ziehen würde. Zum weiß Gott wievielten Mal. Ihn überkam eine Gänsehaut. Er musste sich ein Bier holen, zur Beruhigung. Sonst trank er nie am Vormittag, aber das heute war eine Ausnahme, eine absolute Ausnahme. Er schlich in die Küche, nahm eine Dose Bier aus dem Kühlschrank, stieg die Treppen wieder hinauf, horchte an der Tür seiner Mutter. Hörte sie schnarchen. Legte sich ins Bett, ließ die Dose zischen, trank. Was sollte diese Unruhe? Es war doch ein Kinderspiel, er war perfekt vorbereitet. Es würde nicht viel schwerer werden, als einen Hasen abzumurksen. Leo stand auf und sah aus dem Fenster.

Planänderung. Er würde Hassan noch vormittags erledigen, er konnte nicht mehr bis zum Nachmittag warten. Wann würde er seinen Wagen öffnen? Nicht vor zehn, halb elf. Bis dahin musste er durchhalten. Uni kam nicht in Frage. Er wollte niemandem begegnen, wollte mit niemandem reden, sich nicht verraten durch irgendein Detail, das er nicht bedacht hatte. Schon gar nicht Marinca in der Hörhager-Vorlesung treffen. Ihr traute er zu, dass sie ihn auf der Stelle durchschauen würde. Sie konnte, befürchtete er, direkt in seine Seele sehen. Ja, das konnte sie.

Leo zog sich an. Schwarze Hose, schwarzes T-Shirt, schwarzer Sweater, schwarze Jacke. Die Kleider würden alle entsorgt, sobald er seine Aufgabe erledigt hatte. Und zwar so, dass niemand sie jemals wiederfinden konnte.

Der gepackte Rucksack wartete schon im unteren Fach des Kastens. Er enthielt Wechselkleidung, damit er nicht noch einmal nach Hause musste, bevor er seine Kleidung vernichtete. Er schulterte ihn. Ein Student mit Rucksack würde niemandem auffallen.

In der Küche musste er nicht lange nach einem Papiersack suchen, in dem er seine Garotte verstecken konnte. Mama räumte selten etwas weg. Er nahm einen von einer Supermarktkette, die sicherlich mehr als hundert Filialen in der Stadt hatte. War möglich, dass ihn jemand mit dem Beutel sah, aber auch den würde nie wieder jemand zu Gesicht bekommen, und niemand würde wissen, was darin gewesen war. Er hatte wirklich alles bedacht. Leo grinste. Niemand würde ihm auf die Schliche kommen.

Bevor er das Haus verließ, würde er noch einen Kaffee trinken. Oder, nein, viel besser. Die Maschine machte zu viel Lärm, er durfte sie nicht einschalten, um Mama nicht zu wecken. Handy auf lautlos, schnell noch einmal hinauf, um es in seinem Zimmer zu deponieren. Zimmer abschließen. Raus. Er würde ans andere Ende der Stadt fahren, sich dort irgendwo einen Kaffee kaufen. Wenn er schon bemerkt wurde, dann sollte es in einer Gegend sein, die absolut nichts mit dem Tatort zu tun hatte und weit davon entfernt war.

Leo setzte sich in die Straßenbahn, verstaute den Sack mit der Garotte im Rucksack. Wechselte in die U1 und fuhr zum Donauzentrum, kaufte einen Kaffee in einer Bäckerei, verließ sie mit dem Pappbecher in der Hand, trank einen Schluck und warf ihn vor der Rolltreppe zur U-Bahn weg. 20 Minuten später tauchte er aus dem Untergrund wieder auf, näherte sich Hassans Stand. Er wechselte auf die andere Straßenseite, passierte den Kebabwagen, vier Fahrspuren zwischen sich und seinem Opfer. Der Stand war bereits geöffnet, Hassan hantierte darin herum. Eine Spaziergängerin mit Hund begegnete ihm. Der Hund hockte sich in den Grünstreifen zwischen Fahrbahn und Gehsteig und kackte. Leo ging schnell weiter, die Hundebesitzerin sollte sich nicht an ihn erinnern. Normalerweise hätte er gewartet, um zu sehen, ob sie den Hundekot auch wegräumte. Er hasste Hundescheiße, seit er als Kind einmal in einen Haufen getreten war. Erst im Auto hatte sich der Gestank so richtig ausgebreitet, und sein Vater hatte ein fürchterliches Theater gemacht, obwohl natürlich Mama den Dreck weggeputzt hatte. Sowohl von seinen Schuhen als auch aus dem Auto.

Leo zog die Kapuze über, es fing leicht zu regnen an. Umso besser. Niemandem würde die Kapuze auffallen. Er nahm einen Weg, der ihn vom Wagen wieder wegführte. War er etwa dabei, zu kneifen? Nie im Leben. Er musste sich nur in Erinnerung rufen, wie überschwemmt seine Heimat bereits von Menschen war, die maximal gebrochenes Deutsch sprachen und ihre Frauen zwangen, sich bis zur Unkenntlichkeit zu verhüllen. Er überquerte die Straße und drehte um. Blieb in der Nähe des Wagens stehen. Auf der anderen Straßenseite ging ein junger Mann vorbei, wie er mit Rucksack, vertieft in den Bildschirm seines Handys. Leo musste lächeln. Zeugen waren heutzutage schwer aufzutreiben. Entweder sie glotzten auf ihr Handy, oder sie unterhielten sich mit ihrem Hund. Oder sie waren Fremde, die ohnehin Kontakten mit der Polizei auswichen, wo es möglich war. Lange durfte er dennoch hier nicht stehen bleiben. Er holte den Papiersack mit der Garotte aus dem Rucksack, schloss ihn und schulterte ihn wieder. Zog auch Brust- und Hüftgurt fest, damit er ihn nicht behinderte.

Dann begannen die Dinge, nicht so zu laufen wie geplant. Langsam schlich sich Leo an den Wagen heran, warf den Papiersack weg, hielt die Garotte vor seiner Brust unter der Jacke verborgen. Drinnen im Wagen war es völlig ruhig. Vorsichtig öffnete er die Tür. Der Wagen war leer. Leo hörte sein Herz bis in die Ohren pumpen. Wo war Hassan? Er musste hier wieder raus. Warum war der Wagen unversperrt? Wo war Hassan? Nichts wie weg! Als er auf der obersten Stufe stand, kam ihm Hassan entgegen. Er zog gerade den Reißverschluss seiner Hose zu. „He, was machst du da?“ Leo blieb wie gelähmt in der offenen Tür stehen. Hassan hatte ihn gesehen. „Gib mir mein Geld zurück! Sofort! Oder du kannst was erleben!“ Der Türke dachte, er hätte die Kasse geraubt. Es blieb keine Zeit zum Überlegen.

Als Hassan auf die erste Stufe trat und mit einem Arm nach Leo langte, warf der ihm die Schlinge um den Hals. Jetzt galt es nur noch, sich selbst zu retten. Hassan fasste nach Leos Sweater, riss am Stoff. Leo zog zu. Zog mit aller Kraft die Arme auseinander. Hassan würgte, starrte ihn an, griff mit beiden Händen nach dem Draht, der um seinen Hals lag. Sie waren im Freien, jeder, der vorbeiging, konnte sehen, was geschah. Die Panik verlieh Leo ungeahnte Kräfte. Er zog, so fest er konnte. Hassan röchelte, würgte. Leo wandte den Blick ab. Lange konnte er den Druck nicht mehr halten. Entweder er oder Hassan.

Es dauerte eine gefühlte Ewigkeit, bis der Körper des Türken schlaff wurde und zu Boden sank. Keine Sekunde länger hätte Leo durchhalten können. War Hassan wirklich tot? Leo zog die Garotte von seinem Hals, Blut klebte daran. Er warf die Drahtschlinge von sich, dorthin, wo auch der Papiersack gelandet war. Hassan lag jetzt im Freien, er war schwer, wie sollte er ihn in den Stand manövrieren? Konnte er das überhaupt? Sobald jemand vorbeikam, war er geliefert.

Er musste so schnell wie möglich hier weg. Es blieb ihm nur wenig Zeit zur Flucht. Leo begann zu rennen, erinnerte sich nach wenigen Schritten an die Garotte und den Papiersack, kehrte um, riss beides an sich und rannte weiter. Ohne darauf zu achten, ob ihn jemand sah. Der Regen war stärker geworden. Am Ende des Zaunes bog Leo in den Park, verbarg sich unter einem Busch und versuchte, die Garotte in den durchnässten Papiersack zu stopfen. Er zitterte so heftig, dass er lange dazu brauchte. Leo fluchte, hatte mittlerweile Blut an den Händen. Schließlich hatte er alles beisammen, stopfte es in den Rucksack. Vorsichtig lugte er am Zaun vorbei Richtung Kebabwagen. Ein Auto war davor stehengeblieben, mit eingeschalteter Warnblinkanlage. Jemand stieg aus. Weg vom Tatort, so schnell wie möglich! Er verließ den Park durch einen anderen Ausgang, dachte erst jetzt daran, dass er immer noch die Kleidung trug, die ihn als Täter identifizieren konnte. Da waren ein paar Mülltonnen, niemand würde auf die Idee kommen, ausgerechnet bei Regen den Müll herunterzubringen. Hastig leerte Leo seinen Rucksack dahinter aus. Gehetzt blickte er um sich. Niemand zu sehen. Beim Anziehen der Hose stolperte Leo, fiel hin, genau aufs Knie, es schmerzte. Das dauerte alles zu lang. Er sollte längst in trockenen Kleidern in der U-Bahn sitzen.

Schließlich verließ er sein Versteck hinter den Mülltonnen in hellbraunen Jeans und einer roten Windjacke. Da war immer noch etwas Blut an seinen Händen. Durch den Zaun eines Parks ragten einige Äste eines Baums, der noch Blätter trug. Nasse Blätter waren nicht ideal, aber gut genug, um die Blutreste von seinen Händen zu wischen.

Am Bahnsteig der U-Bahn hatte Leo das Gefühl, als würden alle ihn anstarren, als würde jeder wissen, dass er gerade einen Mann umgebracht hatte. Ob Hassan wirklich tot war? Hatte der Autofahrer eine Leiche gefunden? Oder wurde er am Ende noch lebend gerade ins Krankenhaus gefahren und beschrieb der Polizei jetzt schon Leos Gesicht? Leo verbarg die Hände in den Hosentaschen, bemühte sich, ruhig zu bleiben und gelassen den Gleisen entlang der herannahenden U-Bahn entgegenzublicken.

Er musste einmal in einen Bus umsteigen, der ihn in einen Vorort brachte. Zuerst war der Bus dicht besetzt, niemand sah sich nach ihm um, aber je näher man der Endstation kam, desto mehr leerte er sich. An der vorletzten Station sprang Leo aus dem Fahrzeug, kurz bevor sich die Türen wieder schlossen. Er wäre neben einer alten Frau in der ersten Reihe der einzige Passagier gewesen. Hoffentlich war er dem Fahrer durch sein abruptes Aussteigen nicht aufgefallen.

Leo hatte nicht bedacht, dass er hier, in einem fast menschenleeren Vorort, viel mehr auffallen würde als im dichten Gedränge der Innenstadt. Was er auch verabsäumt hatte, war, sich über Wege abseits der Hauptstraßen und in den Wald kundig zu machen. Andererseits, er hatte auch nicht zu oft in der gleichen Gegend gesehen werden wollen. Leo folgte der Busroute bis zur Endstation, bog dann in eine schmale Straße ein, die hin zu einem bewaldeten Abhang führte. Der Regen hatte aufgehört, und schon tauchte in einem Garten eine ältere Frau mit Hund auf. Sie hielt einen Rechen in der Hand und beäugte ihn neugierig. „Was der Wind heute wieder Blätter heruntergeholt hat!", seufzte sie und begann zu rechen. Leo hastete weiter. Ob sich die Frau an den unhöflichen Wanderer erinnern würde, der ihre Ansprache nicht erwidert hatte? Wohl kaum. Ihre Aufmerksamkeit galt den Blättern, die sie mühsam zusammenrechen musste.

Leo gelangte in ein Waldstück, die Straße endete, ging in einen steilen Schotterweg über. Er musste sich so weit von den Häusern entfernen, dass Feuer und Rauch dort nicht mehr wahrgenommen wurden. Eine Viertelstunde lang ging es bergauf. Leo atmete schwer, er hatte, abseits des Fechttrainings, den Sport ziemlich vernachlässigt. Wasser tropfte von den Bäumen, der Boden war teilweise nass und schlammig. Ob die Kleider hier auch ordentlich verbrennen würden? Er musste es versuchen, er hatte keine Wahl.

Leo zuckte zusammen, als er in der Ferne Polizeisirenen hörte. Ob ihn jemand beim Umziehen hinter den Mülltonnen gesehen hatte? Aus einem der Fenster in den oberen Stockwerken? Es gab ja Leute, die nichts anderes zu tun hatten, als aus ihren Fenstern auf die Straße zu starren. Und der Busfahrer, ebenso wie die Frau mit dem Rechen. Die konnten der Polizei Tipps geben. Er hatte eine lückenlose Spur durch die ganze Stadt hinterlassen. Aber in Wirklichkeit, so beruhigte er sich, würden sie ihn niemals mit dem Mord in Verbindung bringen, der mehrere Kilometer weit entfernt passiert war. Sie hatten ihn jetzt schon vergessen, er konnte beruhigt weitergehen.

Der Pfad führte nun bergab, in eine Art Senke. Leo fand, dass er weit genug von besiedeltem Gebiet entfernt war. Er schlug sich seitwärts in die Büsche, Wasser tropfte ihm in den Nacken, Dornen scheuerten an seiner Jacke. Er musste sichergehen, nicht beobachtet zu werden. Nicht, dass am Ende noch jemand Neugieriger unterwegs war, der Rauch wahrnahm und nachschauen kam, was da brannte. An einer Stelle, die ihm halbwegs trocken erschien, warf Leo die Sachen auf den Boden, die er verbrennen wollte. Schuhe, Hose, Kapuzensweater. Er holte die Garotte aus dem Papiersack, legte sie beiseite, stopfte die Kleidung hinein. Gottseidank waren zu Hause noch Anzündwürfel für den Griller gelegen. Sie mussten noch von seinem Vater stammen, seit dessen Tod hatte bei ihnen niemand mehr den Holzkohlengrill angeheizt. Trockenes Holz hatte er ebenfalls aus dem Keller mitgenommen, fein gespalten und sauber aufgereiht hatten die Scheiter im Keller gelegen, verstaubt und grau geworden, aber sie würden sicherlich ausgezeichnet brennen.

Als Leo sein Kleiderpaket vorsichtig auf die züngelnden Flammen legte, begann der Sack gleich ordentlich zu rauchen. Zu feucht, wahrscheinlich, aber da konnte man jetzt nichts machen. Leo blickte nach oben. Das noch immer dichte Blätterdach würde schon dafür sorgen, dass der Rauch so verteilt wurde, dass niemand ihn wahrnahm. Er stocherte mit einem Stock ein wenig in den Flammen, und tatsächlich nahm der Rauch ab, je mehr sich das Feuer durch die Kleider fraß. Die Schuhe rauchten und stanken am meisten.

Leos Atem wurde ruhiger, während er in die Flammen starrte. Gelegentlich ließ ihn ein Knacksen im Wald aufschrecken, doch niemand war zu sehen. Entweder der Wind oder irgendwelche Tiere, die im Unterholz herumscharrten.

Er holte das restliche Holz aus seinem Rucksack, um die Flammen noch einmal anzufachen. Es wäre eine gute Idee gewesen, eine Schaufel mitzubringen, dann hätte er die Reste seiner Kleidung einfach vergraben können. Leider hatte er daran nicht gedacht. In seiner Vorstellung war immer nur ein kleines, unverdächtiges Aschehäufchen zurückgeblieben.

Als klar wurde, dass sowohl von den Kleidern, vor allem aber von den Schuhen deutlich erkennbare Rückstände liegen bleiben würden, begann Leo, mit dem Stock ein Loch zu scharren. Der brach zwar mehrmals, er musste immer wieder einen neuen, kräftigeren suchen, aber er hatte ja Zeit.

Er war jetzt ein Mörder. Mehrmals sagte er sich das Wort laut vor. Aber war es nicht Notwehr gewesen? So, wie es jetzt lief, konnte es doch nicht weitergehen! Die vielen Einwanderer, vielleicht ließen sie sich abschrecken, wenn bekannt wurde, dass man in Österreich nicht sicher war? Leo sah Hassans Gesicht vor sich, die Überraschung, so plötzlich angegriffen zu werden. Ob er geahnt hatte, dass das sein Ende war? Ob er verstanden hatte, dass Leo kein gewöhnlicher Räuber war, sondern dass er sterben musste, weil er nicht hierhergehörte? Leo grub hektischer, er versuchte, das Gesicht Hassans nicht mehr vor sich zu sehen. Ob er Angst gehabt hatte? Hatte er Kinder? Man sagte ja, dass in den letzten Momenten vor dem Tod das ganze Leben an einem vorüberzog. Hatte Hassan das erlebt? Wo kam er eigentlich genau her? Unwillig schüttelte Leo den Kopf. Er sollte sich nicht so viele Gedanken um Hassan machen, der war nur ein Mittel zum Zweck, eine Botschaft an alle, die glaubten, sich hier wie die Maden im Speck mästen zu können. Leo sah die Garotte auf dem Boden liegen, bereits halb verdeckt von Blättern. Er nahm die Griffe, hielt den Stahldraht über das Feuer. Vielleicht wollte er sie doch noch einmal verwenden? Das Feuer vernichtete sicher alle Spuren, die daran womöglich haften geblieben waren. Er legte das Werkzeug wieder weg, damit es abkühlen konnte.

Langsam erstarb der Rauch, die Flammen erloschen, Glutnester leuchteten auf, wenn ein Windstoß sie traf. Leo begann, die Reste mit dem Stock in das Loch zu scharren. Die letzten Rauchfäden lösten sich auf, als er Erde und Blätter über die Reste schob. Er betrachtete sein Werk. Dass hier jemand etwas verbrannt hatte, das würde jeder merken, der in den nächsten Tagen hier vorbeikam. Aber würde wer vorbeikommen? Wahrscheinlich nicht. Und wenn, wer würde sich schon für ein bisschen verbrannten Müll interessieren? Regen und Wind würden ein Übriges tun, um zu verhindern, dass jemals jemand die Reste seiner Kleider und Schuhe ausgrub. Er hatte getan, was zu tun war. Er steckte die Garotte in seinen nunmehr leeren Rucksack, kehrte der Stelle den Rücken und zwängte sich durchs Unterholz zu dem Pfad, den er gekommen war.

Auf keinen Fall würde er denselben Weg zurück nehmen, um nicht noch einmal bei der Frau mit dem Rechen vorbeizukommen. An einer Gabelung bog Leo deshalb nach rechts ab auf einen Weg weit oberhalb der Häuser, der teilweise im Wald verlief. Er spürte Nässe um seine Zehen. Seine Schuhe waren für dieses Wetter und diesen Untergrund nicht wirklich geeignet. Keinesfalls aber würde er den gleichen Bus nehmen wie zuvor, das erschien ihm zu riskant. Wenn er Pech hatte, traf er auf den gleichen Fahrer, der sich womöglich an den seltsamen Fahrgast erinnerte. Und daran, dass er mit prall gefülltem Rucksack hinaus-, mit dem leeren aber zurückgefahren war.

Plötzlich stand Leo auf einer Straße. Er folgte ihr nach rechts, bergab. Bald kam er an die Endhaltestelle einer Straßenbahn. Eine gute halbe Stunde später war Leo zu Hause, durchnässt und durstig.

„Wie siehst du denn aus?“ Sogar seiner Mutter fiel auf, dass er verdreckt und in recht ungewöhnlichen Kleidern vor ihr stand. Sie roch schon wieder nach Alkohol. „Wir waren ein wenig draußen, mit der Verbindung. Training und so.“ Seine Mutter schüttelte den Kopf, Leo zog im Bad seine Sachen aus, stopfte sie in die Waschmaschine. Bevor er einschaltete, holte er noch das blutige Polohemd aus seinem Zimmer und steckte es in die Trommel.

In seinem Zimmer sperrte er ab und legte sich in der Unterhose aufs Bett. Er wollte jetzt keine Nachrichten hören. Nichts darüber wissen, was die Medien über den Tod Hassans verbreiteten, nur Ruhe. Die Kopfhörer brauchte er noch, und sein Handy, das den ganzen Tag über in seinem Zimmer gelegen war. Er war ja nicht blöd, sodass man aus seinen Bewegungsdaten rekonstruieren konnte, wo er sich aufgehalten hatte. Er fiel aufs Bett, steckte die Hörer in seine Ohren, schaltete Metallica ein. Befriedigt dachte er daran, dass Mama keine Ahnung haben würde, ob er heute zu Hause gewesen war oder nicht, sollte man sie in ein paar Tagen danach fragen.

Obwohl Leo erschöpft war, blieb er hellwach. Wenn man ihn als Mörder identifizierte, wanderte er für zehn Jahre ins Gefängnis. Mindestens. Wie man dort als Türkenmörder behandelt würde? Kam darauf an, wen man als Zellengenossen bekam. Ein Türke wäre schlecht. Leo versuchte, an Angenehmes zu denken. An seinen letzten Urlaub am Meer. Mit Esther. Leider hatte ihnen beiden das Essen nicht geschmeckt, zu viel Fisch, zu viele Muscheln und Krustentiere. An Esther wollte er lieber nicht noch länger denken. Außerdem tauchte sowieso immer wieder Hassans Gesicht vor ihm auf. Gerötet, sogar schon bläulich angelaufen.

Hätte er es doch nicht tun sollen? Er hätte die Verbindung verlassen können, obwohl man das dort nicht gerne sah, sich um Marinca bemühen, das ganze Thema mit den Ausländern vergessen. Aber wäre das richtig gewesen? Nein, mit seiner heutigen Tat hatte er einen Beitrag geleistet. Damit es mit Österreich wieder aufwärtsging. Und die Fremden waren eine Bedrohung, auch wenn man sich nicht um sie kümmerte. Man konnte davon jeden Tag in der Zeitung lesen. Morgen würde etwas anderes zu lesen sein, darauf war Leo stolz.

Seine Mutter klopfte an die Tür. Er nahm die Stöpsel aus den Ohren. Nein, sie schlug mit aller Gewalt gegen die Tür. Er musste sie der lauten Musik wegen überhört haben. „Leo!“, schrie sie, gedehnt und unsicher. „Leo, was ist mit dir! Holst du uns was zu essen?“

Er stand auf, stellte sich vor die Tür. „Mama, hör auf! Ich bin müde. War ein anstrengender Tag!“ Sie hämmerte weiter gegen die Tür. Ob sie ihn überhaupt gehört hatte? Er schloss auf, öffnete. „Kann ich in diesem Haus nicht einmal eine Stunde Ruhe haben?“ Er schrie, um ihr Heulen zu übertönen. Sie umfasste mit beiden Händen seinen Oberarm, drückte ihren Kopf an seine Schulter. „Ach Leo!“, jammerte sie. „Ich hab gedacht ...“ Sie hatte vergessen, was sie gedacht hatte. Mama wischte sich die Tränen unter den Augen weg. „Leo, ich hab vergessen, einzukaufen. Holst du uns was zu essen?“ Leo seufzte. „Ja, Mama. Wenn du mich loslässt und wieder runtergehst!“ Wenn Mama wüsste, was er heute getan hatte. Sie würde schreiend und Hals über Kopf durch die Haustür flüchten.

Sie schluchzte noch ein paarmal, ließ ihn dann los und nickte. Obwohl sie sich mit beiden Händen am Geländer festhielt, bewältigte sie die Treppenstufen nur schwankend und sichtlich mit großer Mühe. Leo fiel wieder die Kellertreppe ein. Aber nicht heute.

V

Ich sitze auf der Treppe, die zum Garten hinunterführt, und sehe den Spinnen zu, die im Efeu herumkrabbeln. Ich frage mich, ob sie auch mit sieben Beinen noch krabbeln würden. Oder mit sechs. Oder ob sie dann sterben würden, wie ein Mensch, dem man ein Bein abhackt. Wenn ihn niemand verbindet, verblutet er.

Mit Ameisen habe ich es schon probiert. Sie einfach in der Mitte entzweizuschneiden. Manche bewegen sich noch ein bisschen, manche gar nicht mehr. Ich habe sie mit meinen Blicken verfolgt und mir überlegt, ob die Ameise es ahnen oder wissen kann, dass ich sie töten werde. Du darfst noch bis zu dieser Steinplatte krabbeln, denke ich mir, und dann wirst du entzweigeschnitten. Dann musst du sterben. Oder ich nehme mir vor, sie dann zu töten, wenn sie einer anderen Ameise begegnet. Damit eine dabei zuschauen muss. Aber die überlebenden Ameisen kümmern sich meist gar nicht um die Teile ihrer Toten, die da herumliegen. Einmal hat eine Ameise die Hälfte einer toten einfach mitgenommen, so, wie sie Tannennadeln und Teile von Blättern auch mitnehmen. Was sie wohl damit gemacht hat? Ob sie die toten Ameisen auffressen?

Papa mäht gerade den Rasen. Er hat sich einen besonderen Rasenmäher gekauft, einen englischen, wie er sagt, und mäht jeden Samstag. Das ärgert die Nachbarn zwar, die am Samstag gerne auf der Terrasse essen wollen, aber er sagt, er darf das. Und er hat nur am Samstag Zeit. Mama muss dann immer die Rasenkanten stechen, und es gibt fast jedes Frühjahr Streit deswegen. Weil Mama die Kanten nicht gerade genug und nicht exakt genug sticht. „Wenn du das nicht im Gefühl hast, dann musst du dir eben eine Schnur spannen, damit die Kanten gerade werden!“, sagt Papa. Und Mama muss verstohlen ihre Tränen abwischen, wenn er wieder mit seinem Motormäher losgeht.

Ich habe mir zwei Pinzetten geholt. Aus dem Bad. Eine verwendet Mama, um sich die Augenbrauen zu zupfen, und mit der anderen zieht sie mir Zecken aus der Haut, wenn ich mir im Garten eine geholt habe. Mama wird fast hysterisch, wenn ich ihr wieder einmal eine fette Zecke zeige, die sich an meinem Blut vollgesaugt hat. Mit der einen Pinzette halte ich die Spinne fest, und mit der anderen ziehe ich an ihrem Bein. Es geht ganz leicht. Die erste Spinne krabbelt ganz aufgeregt herum, nachdem sie ihr Bein verloren hat, und versteckt sich schließlich hinter einem Efeublatt. Ich muss das wissenschaftlicher angehen, damit ich genauer beobachten kann, was nach der Amputation passiert. Eigentlich ekle ich mich vor Spinnen, aber jetzt muss ich doch unbedingt wissen, wie empfindlich sie sind. Oder ob sie wirklich Überlebenskünstler sind, wie man sagt.

Ich finde eine Spinne mit ganz kleinem Körper, aber langen Beinen. Ein Weberknecht, so nennt Mama sie. Ich habe mir einen Pflanzenuntersetzer aus Plastik aus dem Gartenhaus geholt, darauf will ich den Weberknecht jetzt operieren. Er zappelt sogar mit vier Beinen noch herum, und ich glaube, er ist auch nicht tot, nachdem ich ihm alle Beine ausgerissen habe. Aber die Spinnen, die Weberknechte und die Ameisen werden mir schnell langweilig.

Schön wäre es, wenn ich die gemeinen Kerle aus meiner Klasse auch einfach mit der Pinzette bearbeiten könnte, damit sie Ruhe geben. Einmal habe ich mich zu Hause darüber beklagt, dass mich die anderen Kinder nicht in Ruhe lassen, mir die Sachen wegnehmen und mich herumschubsen. Das hat dann dazu geführt, dass ich ins Sommerlager geschickt wurde, damit ich lerne, wie man sich wehrt.

„Das ist ja lächerlich!“, hat Papa gesagt. „Wenn dir einer blöd kommt, dann haust du ihm einfach eine rein! Dann tut er das nie wieder!“ Aber für mich ist das nicht so einfach, jemandem eine reinzuhauen. Ich glaube, ich bin dazu nicht stark genug, und vor allem fehlt mir der Mut. Ich habe den Verdacht, dass ich das bin, was man einen Feigling nennt.

Dafür bin ich aber schlau. Ich habe viele Bücher gelesen, und Lesen macht gescheit. Behauptet Mama zumindest immer. Natürlich habe ich auch Bücher gelesen, in denen Rache geübt wird. Rache, rein zur Selbstverteidigung. Damit man nicht immer der Schwächere ist, auf dem alle herumtrampeln. So, wie ich Rache an den Spinnen übe, vor allem deswegen, weil sie mich erschreckt und geängstigt haben, als ich noch klein war.

„Leo!“ Mama ruft nach mir. Wahrscheinlich will sie wissen, ob ich schon alle Hausaufgaben erledigt habe. Und außerdem ist es wohl Zeit für den Nachmittagskakao. „Leo!“ Ihre Stimme wird schärfer, ungeduldiger, wenn ich nicht gleich antworte. „Komme gleich!“, sage ich leise. „Verdammt nochmal, Leo!“ Mama ist in letzter Zeit oft ungeduldig, nervös und ungerecht. Viel mehr als früher. Weil ich schlimm bin und schwer erziehbar, sagt sie. Früher hat sie das nie gesagt. Dafür habe ich hinten, beim Zwetschgenbaum, wo Papa nie hinkommt, schon zweimal leere Schnapsflaschen gefunden. Dann, als Mama zum Altglascontainer gefahren ist, waren sie plötzlich wieder weg.

Ich stehe langsam auf. Mama kommt mir auf der Terrasse entgegen und nimmt mich in den Arm. „Fast hätt ich schon geglaubt, du bist mir verloren gegangen." Sie geht in die Knie und schlingt ihre Arme noch fester um mich. Diese Stimmungsschwankungen, von ungeduldig zu liebevoll in ein paar Sekunden, die sind auch neu. Ich bemerke den gleichen Geruch wie von den leeren Schnapsflaschen und hoffe, dass Papa nichts davon merkt. Denn dann gibt es wieder Türenschlagen, Gebrüll und Geschluchze. Ich winde mich aus Mamas Armen. „Lass mich! Dafür bin ich schon zu groß!" „Dafür ist man niemals zu groß!", murmelt Mama. Ich gehe voraus ins Wohnzimmer, nehme mir den Kakao, der auf der Küchenanrichte steht, und gehe hinauf in mein Zimmer. Drinnen drehe ich den Schlüssel um. Ich will meine Ruhe haben. Mama hat den Schlüssel schon zweimal versteckt, seit ich angefangen habe, mein Zimmer zuzusperren, aber sie ist nicht besonders kreativ und hat ihn einfach oben auf den Türstock gelegt. Jetzt verstecke ich ihn selbst, wenn ich ihn nicht brauche. Und ich bin wesentlich geschickter dabei als Mama.

Ich suche ein Buch aus meinem Bücherregal heraus. Es heißt „Gutenachtgeschichten am Telefon", und es enthält eine Geschichte, in der es darum geht, dass die Kinder einer Stadt ein ganzes Schloss samt Inhalt geschenkt bekommen, um es zerstören zu können. Die Kinder lassen sich das nicht zweimal sagen, und am Ende ist das ganze feine Porzellan nicht nur zersprungen, sondern mit dem Hammer zu Staub geklopft worden. Ich kann gar nicht genug von dieser Geschichte bekommen. Ich hätte große Lust, dabei zu sein und mitzutun.

Dass ich mein Polizeiauto zerstört habe, nachdem ich von dem Sommerlager heimgekommen bin, ist mir allerdings nicht gut bekommen. Mama hat Papa die Trümmer gezeigt. Er hat gebrüllt, bis ihm der Kopf rot angelaufen ist, und ich habe genau bemerkt, dass er nur darauf wartet, dass Mama aus dem Zimmer geht, damit er mir ein paar Ohrfeigen verpassen kann. Was ich mir einbilde, was ich glaube, wofür er arbeitet, dass ich ein undankbarer Zwerg bin und so weiter. Ich habe danach acht Wochen kein Taschengeld bekommen, bis das Auto abbezahlt war. Damit ich es mir merke. Aber mir war das egal. Ich brauche kein Taschengeld. Nicht von Papa. Der soll sein Geld ruhig behalten und sich jedes Jahr einen neuen Mercedes kaufen. Glücklich macht ihn das allerdings auch nicht, sonst müsste er nicht die ganze Zeit mit einem ärgerlichen Gesicht herumlaufen und mit mir und Mama schimpfen.

Schon am nächsten Tag kommt es auf dem Weg zur Schule zu einer Konfrontation mit Oskars Gang. „Er schaut schon wieder so blöd!" Oskar spielt mit seinen Freunden in einem Viererabteil im Zug Poker. Freunde. Dass ich nicht lache. Die laufen ihm doch nur nach, um jedes Mal wiehernd zu lachen, wenn er etwas von sich gibt, was er für einen Witz hält. „He, Arschgesicht, warum schaust du denn schon wieder so blöd? Hat dein Alter schon wieder die Ziege ficken müssen, weil die Alte Kopfweh hat?" Brüllendes Gelächter. Ich bin mir gar nicht sicher, ob die alle wissen, was „ficken" überhaupt bedeutet. Als ich weitergehen will, streckt Oskar seinen Fuß in den Mittelgang. Ich stolpere, kann mich aber gerade noch an den Sitzlehnen abfangen, ohne hinzufallen. Brüllendes Gelächter. „Arschgesicht kann nicht einmal richtig gehen! He, Arschgesicht? Warum lernst du's nicht mal? Wir haben noch eine Gehschule zu Hause, von meinem kleinen Bruder, die könnten wir dir schenken!" Ich höre das Gelächter nur mehr gedämpft, durch die Tür, die hinter mir zufällt, als ich ins Raucherabteil stolpere.

Mama hat mir eingeschärft, mich ja nicht in ein Raucherabteil zu setzen. Da kann sie gleich wieder meine Sachen waschen, weil sie stinken, und ungesund ist es auch, den Rauch einzuatmen. Ich lasse mich trotzdem auf einen freien Sitz fallen, es sind nur mehr fünf Minuten bis zu unserer Haltestelle, das wird sie schon nicht riechen. Oskar hat sogar schon einmal Zigaretten mitgebracht, die er angeblich seinem Onkel gestohlen hat. Die haben sie dann – angeblich – auf einer Parkbank in der Nähe der Schule geraucht.

Eigentlich, denke ich mir, ist es genug. Oskar muss einmal dafür bezahlen, dass er mich ununterbrochen quält. Und mir fällt auf dem Weg zur Schule – die ich auf einem wenig begangenen Umweg erreiche – auch gleich etwas ein, das ich so ähnlich auch einmal in einem Buch gelesen habe.

Weil Oskar so schlampig ist, dauert es auch nur bis zu diesem Nachmittag, bis seine Bücher und Hefte am Bach auf unserem Baugrund nur mehr ein Häufchen Asche sind, in dem ich mit einem Stock herumstochere. Mama sagt, Papa hat den Baugrund für seinen Alterssitz gekauft. Er will noch einmal ein Haus bauen, mit allen Schikanen, denn das Haus, in dem wir wohnen, ist sein Elternhaus, und es ist ihm alles zu wenig modern darin. Ich darf zum Baugrund gehen, um dort zu spielen. Seit ich gut schwimmen kann, auch ohne Aufsicht. Der Grund liegt nämlich an einem Bach. Ich habe mir dort eine Hütte gebaut, mit Abfallholz, das ich vom nahegelegenen Sägewerk hierhergeschleppt habe.

Oskar kümmert sich kaum um seine Schulsachen, und damit seine Schultasche nicht so leicht wird, dass er es merkt, habe ich nur die Hausübungshefte und das Englischbuch genommen, das das dünnste von allen ist. In der Pause stürmen alle sofort in den Hof, wenn es schön ist, oder zum Schulbuffet, um sich um eine Jause anzustellen. Ich habe leichtes Spiel gehabt. Dennoch hat es eine gefährliche Situation gegeben, bevor ich mit meiner Beute nach Hause verschwinden konnte.

In der letzten Stunde war Mathematik. Professor Gutleber kontrolliert die Hausübungen immer exakt und genau, wie es auch sonst in seinem Unterricht zugeht. Oskar war schon rot angelaufen, als Professor Gutleber an sein Pult kam. „Ich finde mein Heft nicht!" Der Professor hat sich vor ihm aufgebaut. „Laimer!", hat er den Kopf geschüttelt. „Immer das Gleiche mit dir. Entweder ist dein Heft leer, wenn ich kontrolliere, oder du findest es erst gar nicht! Da wird es wohl demnächst einen blauen Brief geben!" „Nein! Bitte nicht! Mein Vater ..." Oskar hat angefangen zu schluchzen. „Es muss mir jemand gestohlen haben!" Die ganze Klasse hat gelacht, auch seine sogenannten Freunde. Plötzlich, ist mir aufgefallen, schien er keine mehr zu haben. Sogar der Professor hat geschmunzelt. „Was sollte denn jemand mit deinem Heft anfangen, Laimer? In dem nichts drinsteht, außer haufenweise unvollständig hingeschmierte Hausübungen, die du wahrscheinlich abgeschrieben hast!" „Nein!", hat Oskar gebrüllt. „Ich hab sogar Nachhilfe!

Ich hab's wirklich gemacht!" Der Professor hat sich einfach umgedreht. Mein Herz hat bis zum Hals geklopft. Wenn jemand auf die Idee gekommen wäre, in meiner Schultasche nachzusehen ... aber das ist nicht passiert. Oskar hat seine Hausübungen schon so oft vergessen, dass ihm nicht einmal meine Mitschüler seine Ausrede abnehmen.

Natürlich war er nach dem Ende der Stunde besonders schlecht gelaunt. „Ich hab's genau gehört, du hast gelacht, Arschgesicht!" Er hat mir einen Tritt gegen das Schienbein versetzt. Ich habe geschrien, bin zusammengesunken und habe mein Bein mit beiden Beinen festgehalten. „Steh auf, du Waschlappen! Hau mal zurück! Trau dich doch!" Ich hab überlegt, ob ich das wirklich tun soll. Er wäre nicht darauf gefasst gewesen. Aber ich habe seine Hefte gehabt, die waren mehr wert als alles andere, das ich jetzt gewinnen hätte können. Und wenn ich auf dem Boden hocke und heule, dann kommt nicht einmal Oskar auf die Idee, noch hinzutreten. „Da sitzt er, das Arschgesicht, und heult. Müssen wir wenigstens sein Arschgesicht nicht sehen!", hat er noch gehöhnt. „Dafür seine Stinkehaare!", hat ein anderer einen draufgesetzt.

Mal sehen, wie sich Oskar fühlt, wenn der blaue Brief zu Hause eintrudelt, der das „Nicht genügend" im Jahreszeugnis und damit das Durchfallen ankündigt. Mal sehen.

Das Feuer geht langsam aus. Auf einer Seite kann man noch die krakelige Handschrift von Oskar erkennen. Wahrscheinlich warten jetzt zweimal Prügel auf ihn – einmal, wenn seine Eltern entdecken, dass sie ein neues Englischbuch kaufen müssen, und das zweite Mal beim blauen Brief. Recht geschieht ihm.

5

Leo hatte sehr unruhig geschlafen und wachte schweißgebadet auf. Es war erst halb sechs, draußen noch stockfinster. Er musste dringend überprüfen, was die Medien über den Mord an Hassan wussten.

Unwillkürlich breitete sich ein Grinsen auf seinen Lippen aus, als er die erste Schlagzeile des Boulevards las. „Döner-Mord nun auch in Wien?" Damit war zunächst einmal klar, dass Hassan seinen Angriff nicht überlebt hatte. Er konnte niemandem mehr etwas erzählen. Döner-Mord also. Natürlich, sollten sie nur Angst kriegen. Es wusste also niemand, dass er ganz allein gehandelt hatte, dass keine Gruppe, keine Organisation hinter ihm stand. Vielleicht sollte er gleich einen zweiten Türken hinterherschicken, damit klar wurde, was hier los war. Die Türken, so sagte er sich, waren sich ohnehin sicher, ins Paradies zu gelangen, wo ihnen zahllose Jungfrauen zur Verfügung standen. Aus deren Perspektive also eher ein Fortschritt als ein Unglück.

Im Boulevard gab es, alles in allem, zwei weitere Linien, entlang derer spekuliert wurde: Einmal wurden Bandenkämpfe zwischen türkischen Gangs in den Raum gestellt. Es gehe um Einflusssphären im Drogenhandel, Standplätze für Verkaufsbuden und derlei Dinge. Zum anderen wollte eine Webseite wissen, dass Hassan Opfer eines Blutrachemordes geworden war. Seine Familie sei seit Generationen mit einer anderen aus demselben Ort in Anatolien verfeindet. Leo verging das Grinsen nicht. Wenn sich die Presse auf diesem Informationsstand befand, dann musste er keine Angst haben.

Es gab natürlich auch sogenannte seriöse Quellen. Sie berichteten die nackten Tatsachen, enthielten aber weder Auskünfte über das Mordwerkzeug noch über Zeugen, die den Täter gesehen hatten. Sehr gut. Er durfte sich sicher fühlen. Insgesamt hatte er sich allerdings mehr Berichte, längere Stories erwartet. Vor allem hatte er damit gerechnet, dass mehr, viel mehr darüber berichtet würde, dass Ausländer jetzt in Österreich nicht mehr sicher seien. Nur eine Boulevardseite, die mit den Döner-Morden, schien überhaupt in Betracht zu ziehen, dass jemand am Werk gewesen sein könnte, der es prinzipiell auf Ausländer abgesehen hatte.

Auf jeden Fall würde er in Ruhe zu Hause abwarten, wie sich die Lage entwickelte. So konnte er den unvermeidbaren Diskussionen über den Mord ausweichen und jedem Risiko aus dem Weg gehen, sich zu verplappern.

Leo suchte sich eine Serie, die er in letzter Zeit gerne geschaut hatte, ein paar Folgen der gerade aktuellen Staffel waren noch übrig. Kaum hatte das Video gestartet, begannen seine Gedanken zu wandern. Immer wieder sah er Hassans Gesicht vor sich. 51 Jahre alt war er gewesen. Er erinnerte sich, dass er weggesehen hatte, solange Hassan noch geröchelt und gezappelt hatte. Er hatte ihm nicht in die Augen sehen können. Anscheinend war er noch nicht kaltblütig genug. Ein wirklicher Killer hielt Augenkontakt mit seinem Opfer, wenn er ihm schon direkt gegenüberstand.

Plötzlich und unerwartet überkamen Leo Zweifel. Was, wenn er tatsächlich zur Rechenschaft für seine Tat gezogen wurde, wenn man ihn erwischte? Wenn die alte Frau mit dem Rechen Rauch gesehen und die

Polizei alarmiert hatte? Oder wenn jemand ihn beim Umziehen beobachtet hatte? Würden vielleicht bald Personenbeschreibungen auftauchen?

Von seiner Serie hatte er bisher nichts mitbekommen. Er musste etwas gegen seine Angst tun. Sie war lächerlich und unbegründet, er hatte sorgfältig geplant, niemand konnte ihn in einen Zusammenhang mit Hassan bringen. Dennoch konnte er einen kleinen Whisky oder Cognac gebrauchen. Das würde ihn beruhigen, ganz sicher.

Er schaltete die Serie auf Pause, schlich sich aus seinem Zimmer in die Speisekammer. Eine halbleere Flasche Jameson stand ganz vorne, in Augenhöhe seiner Mutter. Er nahm sie mit. Sie würde keine Sekunde darüber nachdenken, ob eine Flasche fehlte. Dafür war ihr Gehirn schon viel zu sehr eingeschrumpft. Leo ließ sich aufs Bett fallen. Nur einen Schluck, nahm er sich vor. Es wurden mehr. Er wachte erst wieder auf, als seine Mutter an die Tür klopfte.

„Leo, was ist los? Geht's dir nicht gut? Musst du heute nicht auf die Uni?" Schlaftrunken nahm er ihre Fragen wahr, ohne zu antworten. Konnte sie ihn nicht einmal in Ruhe lassen? Wenigstens abwarten, bis er richtig wach war? „Ich bleib heute Vormittag zu Hause!", rief er. „Lernen!" Seine Mutter gab keine Ruhe. „Soll ich dir ein Frühstück machen? Was möchtest du denn? Ein Marmeladebrot? Einen Kakao?" Sie nervte schon wieder mit ihrem Kinderfrühstück. „Verschwinde, Mama, ich muss arbeiten, lass mich in Ruhe! Ich komm schon runter, wenn ich was brauche!"

Das Klopfen hörte auf. Stattdessen begann seine Mutter zu schluchzen. Als ob er nicht genug Probleme hatte, musste er sich auch noch mit dieser Alkoholikerin herumschlagen.

Er würde einen oder zwei Tage krank zu Hause bleiben, beschloss er. In den Chat der Verbindung irgendeine flapsige Bemerkung über einen Virus schreiben, den er erwischt hatte. Als er die entsprechende App öffnete, war er überrascht über die hohe Anzahl neuer Nachrichten. Sonst waren die Bundesbrüder eher schreibfaul. Nun hatte fast jeder was über den Mord an dem Türken zu sagen. Unverhohlene Begeisterung klang aus einigen Nachrichten. Natürlich ohne dass die Tat direkt genannt wurde. „Endlich!" mit einem Smilie mit Partyhut hatte Adrian gepostet. „Heute gibt es Eiernockerl! Zur Feier des Tages!", las er. Das war wieder einmal typisch. Selber nichts tun außer Emojis auf dem Handy auszuwählen. So würde das Vaterland nicht gerettet werden. Aber darauf kamen diese Idioten ja nicht, ohne dass es ihnen jemand sagte. Nur wie? Er konnte ja schlecht in die Verbindung gehen und allen erklären, dass er Hassan erledigt hatte. Dass er es für sie alle getan hatte, wenn nicht anstatt ihrer. Paul würde aus Angst um seine Karriere sofort zur Polizei laufen, dieser Schlappschwanz.

Später, als Leo sich einen Kaffee und etwas Obst aus der Küche holte, musste er neuerlich die lästigen Fragen seiner Mutter abwehren. „Nein, Mama, ich gehe heute nicht zur Uni, ja, Mama, ich fühle mich ein wenig müde, nein, Mama, ich brauche keinen Arzt." Er bemühte sich, ruhig und besonnen zu antworten, damit sie nicht wieder durchdrehte. Ihm entging die Wermutflasche mit dem fast leeren Glas daneben nicht. Damit sie Ruhe gab, willigte er ein, ein Aspirin zu schlucken, und nahm die Packung Zwieback, die sie ihm aufdrängte, mit in sein Zimmer. Misstrauisch kontrollierte er sie, nachdem er hinter sich abgeschlossen hatte. Sie war abgelaufen, lange schon. Als Kind hatte er immer Zwieback essen müssen, wenn er krank gewesen war. Er öffnete die Packung, holte eine Scheibe heraus, zerbröselte sie in der aus dem Fenster gestreckten Hand. Es dauerte nicht lange, bis sich Vögel im Gras niederließen und zu picken begannen.

Leo fühlte sich rastlos, eingesperrt, gleichzeitig wollte er nicht unter Leute. Jeder würde es ihm ansehen, dass er es war, der Hassan getötet hatte. Die Leute würden ihm nur ins Gesicht zu sehen brauchen, und schon wüssten sie es. Gedankenverloren stöberte Leo im Internet und landete, ohne wirklich danach gesucht zu haben, auf der Webseite des Theaters, dessen Vorstellung sie dieser Tage ein wenig spannender gestaltet hatten. Ob es da Fotos der Darsteller gab? Es dauerte ein wenig, bis er ein Porträtfoto des Dunkelhaarigen vor sich hatte, der ihn angegriffen und Trottel genannt hatte. Baschar Halabi hieß er, neben seinem Namen stand eine rührende Geschichte seiner Flucht und seines Aufenthalts in Österreich, die Leo nur überflog. So etwas konnte man sich schnell zusammenreimen, um das Mitleid der Gutmenschen zu erregen und abzukassieren. 25 Jahre alt sollte dieser Baschar sein, wahrscheinlich war auch das gelogen. Er sah älter aus, mit seinem ungepflegten Bart. Es hätte Leo nicht gewundert, wenn er schon dabei war, einen hinterhältigen Terroranschlag auszuhecken. Höchste Zeit, dass jemand etwas gegen den unternahm. Auf die Polizei oder die Politik hoffte man da vergeblich.

Das Theater, so las er, würde trotz des Anschlags auf seine Darsteller das Stück weiter im Programm behalten, man überlege sogar, die Autorin zu bitten, es umzuarbeiten, sodass auch die Störung der Aufführung durch Rechtsradikale thematisiert werden konnte. Wieder war von einem Anschlag die Rede, diese Leute konnten gar nicht genug übertreiben. Letztlich hatten sie, wie man auch hier lesen konnte, lediglich dafür gesorgt, dass mehr Leute ins Theater kamen und die Aufführung mehr Aufmerksamkeit bekam, als sie verdiente. Dieser Baschar hatte sich auf jeden Fall seine, Leos, Aufmerksamkeit verdient. Wenn etwas Gras über die Sache mit Hassan gewachsen war, würde er sich um ihn kümmern.

Plötzlich hörte Leo ein Klirren, danach ein Rumpeln von unten. Was hatte seine Mutter jetzt wieder angestellt? Ganz egal, was sie umgeworfen oder zerschlagen hatte, er würde ihr nicht dabei helfen, aufzuräumen. Damit musste sie schon selber klarkommen. Erst nach einer Weile fiel Leo auf, dass es im Haus völlig ruhig geworden war, weder hörte er seine Mutter jammern, noch waren Geräusche zu hören, die bedeutet hätten, dass sie aufräumte. Er konnte ja einmal nachsehen, was passiert war.

„Mama?", rief Leo, noch auf der Treppe. Keine Antwort. Er fand sie in der Küche, reglos auf dem Boden liegend. Neben ihrem Kopf Glasscherben, eine kleine Pfütze. Mehr Sauerei, mehr Unordnung. Und er würde sich darum kümmern müssen. Leo beugte sich über sie. „Mama?" Sie reagierte nicht. An ihren Haaren schien ein wenig Blut zu kleben. „Mama?" Leo fühlte ihren Puls am Hals. Das Herz schlug. Wie ihm schien, normal. Offenbar war sie auf den Kopf gefallen und hatte das Bewusstsein verloren. Das hatte ihm gerade noch gefehlt. Er legte das Ohr an ihren Mund. Sie atmete. Den Alkohol konnte man deutlich riechen.

Was blieb ihm nun anderes zu tun, als sie in die stabile Seitenlage zu bringen und die Rettung zu rufen, und zwar schnell? Alles andere hätte nur Fragen provoziert, ihn verdächtig gemacht. Wenn sie hier starb, würde die Polizei ins Haus kommen, das konnte er nicht brauchen. Obwohl ihn ekelte, fasste er nach Hand und Knie, führte beide zusammen und drehte sie auf die Seite. Den Kopf, so erinnerte er sich, musste man nach hinten überstrecken. Jetzt sah er auch, warum sie ausgerutscht war. Offenbar hatte sie Obst gegessen, und ein Pfirsich war ihr auf den Boden gefallen. Er lag zerquetscht in der Nähe ihrer Füße.

Leo rief die Rettung, der Sanitäter versprach, dass ein Wagen in maximal zehn Minuten vor Ort sein werde. Er solle seine Mutter beobachten, die Atemwege freihalten, eventuell Erbrochenes aus Mund und Rachen entfernen. Leo versprach alles, wollte aber keinesfalls den Mund seiner Mutter ausräumen, falls sie sich tatsächlich erbrach. Anstatt neben ihr zu warten, setzte er sich ins Wohnzimmer. Vielleicht starb sie. Ihm würde sie nicht fehlen. Er konnte dann machen, worauf er Lust hatte, das Haus verkaufen, vom Erlös leben. Er wäre eine große Last los und nicht länger von der Gnade des Onkels abhängig.

Als er das Folgetonhorn des Rettungswagens hörte, lief er zur Haustür, öffnete und bemühte sich um ein möglichst erschüttertes Gesicht.

Es war nicht nur ein Rettungswagen, sondern auch ein Notarztwagen angekommen. Im Laufschritt stürmten der Sanitäter und die Ärztin die Auffahrt herauf. „Wo?", rief die Ärztin. Leo lief voraus, er durfte sich nicht durch Nachlässigkeit oder Teilnahmslosigkeit verraten. Am besten wäre, er würde weinen. Die Ärztin kniete sich neben seine Mutter, prüfte Pulsschlag und Atmung. „So weit okay!", sagte sie, öffnete ihre Tasche und legte ein Blutdruckmessgerät an. Der Sanitäter packte eine Infusion aus. Leo schlug die Hände vors Gesicht und lehnte sich an den Küchenblock. Er musste etwas sagen. „Kommt sie durch?" Das kannte er aus Filmen, es klang falsch. „Keine Angst. Das wird schon!" Er nahm die Hände vom Gesicht. Die Ärztin maß ihn mit skeptischem Blick. Sie schien ihm zu misstrauen. „Sie haben ja alles richtig gemacht", sagte sie dann. „Sie hat Alkohol getrunken, oder?" Die Ärztin deutete auf die Scherben und die Pfütze. Leo nickte. „Wo bringen Sie sie hin?" „Wissen wir noch nicht!" Sie klappte ihren Koffer zu, half dem Sanitäter, Mama auf die Trage zu betten. Sie stöhnte leise. „Wir erreichen Sie unter der Nummer, die den Notruf gewählt hat?" Wieder nickte Leo. Er begleitete die beiden, die Mama trugen. Das gehörte sich so. Hätte er versuchen sollen, ihre Hand zu halten? Sie anzusprechen? Bevor sie in den Wagen geschoben wurde, drängte Leo sich an die Trage und drückte ihre kalte Hand. Das musste die Ärztin doch von seinen Gefühlen überzeugen. Die beiden Wagen fuhren ab, ohne dass Leos Mutter das Bewusstsein wiedererlangt hatte.

Hatte er sich vor der Ärztin verraten? Dem Sanitäter? Beide hatten ihn so seltsam angesehen. Als ob er irgendwas falsch gemacht hätte. Obwohl die Ärztin doch gesagt hatte, dass alles in Ordnung sei. Vielleicht hatte sie ihm doch nicht abgenommen, dass er tief bewegt war. Um seine Mutter bangte. War er zu kühl gewesen? Wenn die eigene Mutter in Lebensgefahr schwebte, musste man da aufgeregter reagieren?

Etwa zwei Stunden später, nachdem er den Kühlschrank vergeblich nach brauchbaren Lebensmitteln durchforstet hatte, kam ein Anruf. Seine Mutter sei im AKH, es gehe ihr gut, sie habe lediglich eine Gehirnerschütterung. Sie leide unter Erinnerungslücken, sei aber sonst wohlauf. Er könne sie gerne besuchen und möge daran denken, Kleidung und Unterwäsche mitzubringen. Leo blieb einsilbig. Als er auflegte, hatte er abermals das Gefühl, er habe alles verbockt und die Anruferin müsse erkannt haben, dass er sich seine Mutter tot wünschte.

Es war ihm unangenehm, in den Schubladen seiner Mutter herumzuwühlen, er warf fast wahllos in eine Tasche, was er finden konnte. Was sollte er ihr sonst noch ins Krankenhaus mitbringen? Schnaps? Ein wenig Schadenfreude konnte er nicht unterdrücken. Im Krankenhaus würde sie wenigstens einmal nüchtern werden. Und vielleicht kam man ja auch darauf, dass sie Alkoholikerin war, und würde sie gleich auf eine Entzugskur schicken. Dann wäre Leo sie für eine Weile los.

Trotzdem war heute alles schiefgelaufen. Zwei Leute waren in seinem Haus gewesen, und sie mussten gemerkt haben, dass er sich seltsam verhielt. Er hatte allen Kontakt zur Außenwelt unterbrechen wollen, bis sich die Aufregung um den Mord an Hassan gelegt hatte, und nun war er bereits am ersten Vormittag im Zentrum der Aufmerksamkeit gestanden, hatte Gefühle heucheln und mit Leuten reden müssen.

In der Straßenbahn klickte er sich durch die wichtigsten Medien. Die meisten Stories hatten sich kaum geändert, doch da! Gerade war unter „Breaking News“ zu lesen, dass es im Fall Hassan Arkan eine Verhaftung gegeben hatte. Ein Konkurrent hatte anscheinend mehrfach Drohungen gegenüber Hassan geäußert, es ging um Streit um die Urheberschaft an bestimmten Gerichten. Der Konkurrent hatte Hassan beschuldigt, seine Ideen zu kopieren, und ihn vor Zeugen mit dem Umbringen bedroht. Leo fiel ein Stein vom Herzen. Diese Entwicklung konnte ihm nur recht sein. Ein Türke tot, ein anderer im Gefängnis. Besser hätte es gar nicht laufen können. Bis ihm wieder einfiel, dass es ganz gegen seine Absichten war, wenn der Mord einem Türken in die Schuhe geschoben wurde.

Leo musste dringend was essen. An der Kasse des Supermarkts, wo er sich einen Wrap aus der Kühlung genommen hatte, standen Blumensträuße. Brachte man sowas nicht mit, wenn man einen Krankenbesuch machte? Er nahm einen billigen Strauß. Seiner Mutter hatte er noch nie Blumen geschenkt. Eigentlich auch sonst niemandem.

Die Krankenschwester, die ihm den Strauß abnahm, um ihn in eine Vase zu stecken, rümpfte die Nase. War mit den Blumen irgendwas nicht in Ordnung? Waren sie vielleicht nicht gut genug für die blöde Kuh? Jedenfalls hatte er die Schwester auf sich aufmerksam gemacht. Sie würde sich an ihn erinnern. Dabei sah sie selber unordentlich aus, der Kragen ihres Kittels hing schlampig und geknickt herab, ihre Haare zeigten zentimeterlangen Nachwuchs in ihrer eigenen Haarfarbe. Wenn schon färben, dann ordentlich. Er ließ seine Blicke über die Sträuße neben den anderen beiden Betten im Zimmer schweifen. Sie waren tatsächlich üppiger als der, den er selber besorgt hatte. Richtig mickrig sah er in seiner Vase aus, und die Blüten hingen schon etwas schlapp zur Seite. Morgen würde er einen besseren Strauß besorgen, der alle überzeugte.

Seine Mutter lächelte. Leo brachte es nicht über sich, ihre Hand zu halten, die sie auffordernd an den Rand des Bettes gelegt hatte. Auch die Frage, wie es ihr ging, brachte er nicht über die Lippen. Sie schien ihm zu abgeschmackt. Wie sollte es ihr schon gehen? „Na?", sagte Mama. „Habe ich dich erschreckt?" Leo nickte. „Ich hab gleich die Rettung gerufen." Was für ein sinnloser Satz. Er dachte daran, dass er die Scherben und die Pfütze noch nicht beseitigt hatte. „Ich kann mich an gar nichts erinnern", sagte Mama. „Und auf einmal bin ich im Rettungswagen aufgewacht. Alle waren so lieb zu mir." Sie hob ihre Hand, langte nach seiner. Widerwillig reichte er ihr die Rechte. Er konnte sich gar nicht mehr daran erinnern, wie lange es her war, dass er die Hand seiner Mutter gehalten hatte. Ewigkeiten. Es war ihm unangenehm. Sie fühlte sich an wie ein totes, kaltes Stück Fleisch. Leo beugte sich zu ihr hinunter. „Du bist gestürzt, weil du betrunken warst!", flüsterte er. Es klang wie ein Vorwurf, nicht wie eine Feststellung. Mama zog ihre Hand zurück. „Sag so etwas nicht. Ich hab mir doch nur ein Schlückchen gegönnt. Zur Beruhigung. Und auch nur wegen dir. Weil du so seltsam warst!"

„Also bin ich schuld, dass du säufst?" Die Frau im Bett neben Mama sah verstohlen herüber. Leo hatte zwar geflüstert, allerdings zu laut. Nicht nur die Bettnachbarin, auch die Notärztin, der Sanitäter, die Schwester, sie alle hatten ihn komisch angesehen. So, als würden sie darüber nachdenken, ob er einem Täter ähnlichsah, dessen Phantombild im Fernsehen gezeigt worden war. Wer konnte es wissen, vielleicht war es schon so weit? Er musste diesen Besuch so schnell wie möglich beenden. „Wie lange musst du bleiben?“, fragte Leo. „Sie haben gemeint, mindestens eine Nacht. Wegen des Schädel-Hirn-Traumas. Ich habe auch Kopfschmerzen.“ Das konnte heiter werden, wenn sie nichts zu trinken bekam. Bis morgen. Womöglich noch länger. Er war gespannt, was sie mit ihr machen würden, wenn sie hier zu randalieren anfing, weil es keinen Alkohol gab.

„Mama, ich muss leider. Uni. Ich hab noch ein Seminar.“ „Ich dachte, du wolltest heute zu Hause bleiben und lernen?“ „Ja, ja!“, antwortete Leo. „Hat sich eben anders ergeben.“ Er verabschiedete sich, ohne die Patientinnen in den anderen Betten eines Blickes zu würdigen. Er wusste, er war schon wieder unangenehm aufgefallen. Alle würden sich an ihn erinnern, alle würden aussagen, dass er sich seltsam benommen habe, gefühlskalt war. Hatte er nicht in einem der Berichte über den Mord an Hassan von einem „eiskalten Killer“ gelesen? In einem anderen war von „kaltblütig“ die Rede gewesen. War er das? Und, woher wollten die Herren Reporter das wissen? Kannten sie ihn? Hatten sie überhaupt eine Ahnung, wer hinter der Tat steckte? Er musste sich abgewöhnen, dieses Geschreibsel ernst zu nehmen.

Am nächsten Tag wachte Leo verkatert auf, es fiel ihm schwer, aus dem Bett zu kommen. Ein leichter Schwindel und ein schaler Geschmack im Mund erinnerten ihn daran, dass er den Jameson abends und nachts noch ausgetrunken hatte. Er hatte wieder schlecht geschlafen, sich unruhig gewälzt, war immer wieder aufgeschreckt, wenn die Scheinwerfer eines Autos über die Wand getanzt waren. Polizeisirenen hatten ihn wachgehalten. Oder hatte er von denen nur geträumt?

Aus dem Krankenhaus hatte sich niemand mehr gemeldet. Mama hatte ihr Handy nicht mit, fiel ihm ein, es lag auf dem Küchentisch. Konnte sie ihn wenigstens nicht mit Anrufen und dummen Fragen bombardieren. Es war ihm ganz recht, dass er auf Nachricht aus dem Krankenhaus warten musste. Wahrscheinlich würde man sie heute entlassen, wenn man ihren Alkoholismus nicht entdeckt hatte.

Leo musste auf die Uni. Er konnte nicht zu Hause sitzen und warten, bis jemand anrief und ihm mitteilte, dass Mama abgeholt werden konnte. Sie sollte sich ein Taxi nehmen, er hätte ja auch nichts anderes tun können.

Marinca stand auf der Rampe der Uni, so, als habe sie auf ihn gewartet. Woher hatte sie wissen können, dass er heute Vormittag hier auftauchen würde? „Hallo!“ Leo murmelte einen Gruß, vermied Augenkontakt. Diese Frau konnte durch seine Augen bis in sein Innerstes sehen, dessen war er sich gewiss. Dann fiel ihm ein, dass sie ja wusste, dass er in die Brandt-Vorlesung ging. Genau vor einer Woche hatte er sie dort gesehen, mit diesem Mann, mit dem sie in einer slawischen Sprache gesprochen hatte. Leo sah sich um. Er schien heute nicht da zu sein. „Kannst du eigentlich Russisch?“, fragte er. Marinca lachte. „Ein wenig. Warum?“ Leo zuckte mit den Schultern. „Nur so!“ Er fragte sich, warum sie ihn hier abgepasst hatte. „Ich hatte gar nicht mit dir gerechnet“, sagte

Marinca. „Ich habe eigentlich auf ganz jemand anderen gewartet." „Auf den Russen?" Marinca schüttelte den Kopf und blickte auf ihr Handy, das ein klackendes Geräusch von sich gegeben hatte. „Hat sich soeben erledigt!" Sie schaute zu ihm auf und strich eine Haarsträhne hinter ihr Ohr. „Was für ein Russe? Wie kommst du darauf?" „Na, letzte Woche!" Er nickte in Richtung des Hörsaals. „Der, mit dem du in der Vorlesung warst." Marinca lachte hell auf und warf den Kopf zurück. „Der? Der ist kein Russe. Sondern Bosnier. Ein Bekannter. Nicht einmal ein Freund, ich kenn ihn kaum." Leo starrte sie wortlos an. „Was ist los mit dir? Du schaust ja förmlich durch mich hindurch? Willst du mich loswerden?" Irgendwie hatte sie den Nagel auf den Kopf getroffen, und durchschaut hatte sie ihn auch. Dennoch wollte er ihr nahe sein. „Nix!", sagte Leo. „Nur ein Virus. Schon besser geworden. Ich bin einen Tag im Bett gelegen." „Und, hast du Zeit genug gehabt, zu überlegen, wohin du mich abschieben willst? Oder zumindest meine Eltern? Die sind ja nicht einmal hier geboren!" Leo versuchte ein Lächeln, tat ihren Angriff mit einer unsicheren Handbewegung ab. „Na ja", sagte sie. „Gehen wir halt zum Brandt. Hilft ja nichts."

Wie selbstverständlich setzte sich Marinca in der Vorlesung neben ihn. „Was sagst du zu dem Mord an dem Kebabverkäufer? Könnte das nicht einer von euch gewesen sein? Würde passen!" Sie sah ihn prüfend von der Seite her an. Leo spürte ein Prickeln wie von tausend Nadeln unter seiner Haut. „Spinnst du?", krächzte er, den Blick abwendend. „Sowas würden wir nie tun!" Er räusperte sich. In diesem Moment betrat Brandt zum Glück den Hörsaal, langsam kam das Getuschel der Studenten zum Erliegen. Marinca holte ihren Notizblock aus der Tasche und tippte mit ihrem Kugelschreiber dagegen. Er musste sich dringend passende Antworten zurechtlegen, wenn die Sprache auf den Mord kam. So, wie er reagiert hatte, das kam praktisch einem Geständnis gleich.

„Kaffee?“, fragte Marinca, als der dünne Schlussapplaus für Brandts sensationell langweilige Vorlesung verklungen war. Leo nickte, obwohl er eigentlich nichts anderes wollte, als so schnell wie möglich von hier zu verschwinden. Was wollte diese Frau eigentlich von ihm?

„Gibt dir das nicht zu denken?“, fragte sie, als sie einander an einem kleinen Plastiktischchen im Unicafé gegenübersaßen. „Ich bin überzeugt, dass der Türke Opfer eines Hassverbrechens geworden ist. Und ich bin auch überzeugt davon, dass der Täter von der allgemeinen Fremdenfeindlichkeit hier inspiriert worden ist!“ Sie umfasste den ganzen Raum mit einer großen Geste, meinte aber nicht nur die Uni, dessen war Leo sich sicher. Und ebenso sicher war er sich, dass sie ihn provozierte, um ihn aus der Reserve zu locken. Womöglich würde sie sofort zur Polizei rennen, wenn er irgendwas sagte, das auch nur annähernd staatsfeindlich war. „Es ist ja schon einer verhaftet worden“, sagte er. „Hast du nicht gelesen?“ Marinca legte eine Hand auf ihren Bauch. „Das war kein Konkurrent!“, sagte sie. „Ich spür das da drinnen!“ Leo konnte seinen Blick nicht von der Hand abwenden. Schlanke, weiße Finger. Knallrote Fingernägel. Darunter der flache Bauch, der sich mit dem Atem leicht hob und senkte. „Sagst du vielleicht auch einmal was?“, fragte sie. Leo schrak hoch. „Ich weiß doch auch nicht“, stotterte er. „Ist doch nicht so wichtig, oder? Jeden Tag wird jemand umgebracht!" Marinca beugte sich vor. „Da hast du recht. Vor allem Frauen, in der letzten Zeit. Was aber nicht heißt, dass man einen solchen Mord als unbedeutend abtun kann. Ich sag dir, da steckt was dahinter!" Sie kam seinem Gesicht ganz nahe.

„Also, eine Frau könnte ich nie umbringen!" Gerade noch rechtzeitig war ihm dieses Ablenkungsmanöver eingefallen. „Einen Mann aber schon?" Marinca setzte ihre Füße nebeneinander und trank ihren Kaffee aus. Leo versuchte es mit einem Lächeln, das aber, das merkte er selbst, falsch und schief geriet. „Ich sag dir was, Leo. Ich kenne mehr als einen Mörder aus dem Bekanntenkreis und sogar aus meiner Familie. Und denen hat man es allen vorher nicht angesehen, dass sie einmal einen Menschen töten würden. Das bringt ein Krieg eben mit sich. Und so traue ich jedem einen Mord zu. Jedem. Auch mir selber."

„Warum willst du eigentlich ständig über diesen Mord reden?", wehrte sich Leo. „Können wir nicht über etwas Angenehmeres sprechen?" Marinca lächelte. „Doch!", sagte sie und strich eine Haarsträhne hinter ihr Ohr. Ein kleiner goldener Anhänger in Form einer Mondsichel glitzerte daran. „Ich hab dich noch nicht aufgegeben. Wir könnten versuchen, einmal miteinander ins Theater zu gehen!" Leos Herz setzte mindestens einen Schlag lang aus. Hieß das, diese Frau war an ihm interessiert? Marinca stützte ihre Ellenbogen auf den Tisch. „Wie wäre es zum Beispiel mit dem Stück, das die Rechtsradikalen dieser Tage gestört haben? Es würde dir guttun, die ganze Flüchtlingsproblematik einmal aus einer völlig anderen Perspektive zu sehen!"

Leo nickte. Das Einzige, woran er denken konnte, war, im Theater neben dieser Frau zu sitzen und ihren Duft einzuatmen, meinetwegen nur ihre Haare und ihr Ohr zu betrachten. Dafür würde er sogar in die Hölle hinuntersteigen. Was konnte ihm schon ein Theaterstück anhaben? Es würde seine Überzeugungen nicht ändern, und er konnte sogar einen genauen Blick auf diesen Baschar werfen. Den Terroristen. Marinca würde ihm noch einmal dankbar sein, wenn er ihn aus dem Verkehr zog.

Sie stand auf. „Also, ich kümmere mich um Karten. Deine Handynummer brauche ich noch, damit ich dich erreichen kann, wenn ich welche habe." Leo zögerte. Was, wenn sie ihn einfach nur umgarnen sollte, um ihn letztlich an die Behörden auszuliefern? Er atmete tief durch und diktierte ihr seine Telefonnummer, die sie gleich in ihr Handy eintippte. Sekunden später dudelte sein eigenes. „Perfekt!", sagte Marinca, beugte sich vor und drückte ihm einen Kuss auf die Wange. Wie betäubt starrte Leo ihr nach, als sie sich umdrehte und auf den Ausgang zuging. Ihre Haare tanzten im Takt der Schritte über ihren Rücken.

Als er in der Straßenbahn saß, bekam Leo Magenschmerzen, ausgehend von einem undefinierten, unangenehmen Gefühl, dessen Ursache er nicht genau ausmachen konnte. Wahrscheinlich, so dachte er, lag es an den Widersprüchen, denen er sich ausgesetzt fühlte. Auf der einen Seite waren da die Tatsachen: Marinca war, wenn überhaupt, darauf aus, ihn auszuhorchen, umzuerziehen, ihn gegen seine Bundesbrüder zu wenden. Da steckte eindeutig eine politische Agenda dahinter. Hatte sie jemand auf ihn angesetzt, oder tat sie das alles aus eigenem Antrieb?

Man durfte nicht vergessen, dass sie womöglich Kontakte zu linken Studentengruppen pflegte. Er wollte immer noch nicht ausschließen, dass er sie in diesem Büro gesehen hatte, vor Tagen, bei dem Krawall. Wahrscheinlich hatte irgendeiner dieser ungepflegten, haarigen Typen angeordnet, dass sie sich um ihn kümmern sollte, praktisch einen Maulwurf in der rechten Szene aus ihm machen sollte. Wahrscheinlich schlief sie mit so einem auch noch. Der Gedanke allein war ekelerregend.

Auf der anderen Seite war da dieses Gefühl, wenn er ihr zusah, wie sie mit den Fingern durch ihre Haare strich, ihr Ohr mit dem glitzernden Mond, ihr natürlicher Geruch. Er sehnte sich danach, das immer wieder zu sehen, ihr nahe zu sein, ihr zuzuhören. Es tat ihm gut, wenn sie sich ihm zuwandte, auch, wenn das, was sie sagte, ihn beunruhigte. Er hatte keine Ahnung, was er machen würde, wenn sie ihn tatsächlich wegen der Karten für dieses Theaterstück anrief.

Gerade, als Leo ausstieg, läutete sein Telefon. Eine unbekannte Nummer. Ob das schon Marinca war? Er hatte ihre ja noch nicht in seinem Speicher. Es meldete sich eine weibliche Stimme. „Herr Rieneck?“ Leo räusperte sich. „Wer spricht, bitte?“ „Dr. Chandra, AKH. Wegen Ihrer Mutter. Sie könnten sie jetzt abholen.“ Leo erklärte der Ärztin, dass er kein Auto habe, die Mutter solle sich ein Taxi bestellen. „Das verstehe ich“, sagte Dr. Chandra. „Es wäre aber dennoch wichtig, dass Sie persönlich herkommen. Ich möchte gerne mit Ihnen sprechen, bevor wir Ihre Mutter gehen lassen. Sie sind der nächste Angehörige?“ „Ich habe aber momentan wirklich keine ...“ Die Ärztin unterbrach ihn. „Bitte, Herr Rieneck. Es wäre wichtig. Wenn Sie's einrichten können. Fragen Sie einfach an der Information nach mir. Dr. Elisabeth Chandra." Sie legte auf.

Was bildete sich die eigentlich ein? Er ließ sich doch nicht so einfach herumkommandieren! Noch dazu von einer Frau mit diesem Namen.

Noch bevor Leo sein Gartentor erreicht hatte, besann er sich eines Besseren. Es war keine gute Idee, unangenehm aufzufallen, womöglich abermals als kalt wahrgenommen zu werden. Schon gar nicht in einer Situation, in die Ausländer involviert waren. Womöglich hatte seine Mutter in ihrer unüberbietbaren Dummheit bereits irgendwem erzählt, dass er Mitglied einer Burschenschaft war. Da war es dann bis zu falschen Schlussfolgerungen nicht weit.

Leo machte kehrt und fuhr ins AKH. Mehrere Fahrten mit Aufzügen und endlose Gänge später stand er vor einer Tür, neben der ein Schild verriet, dass man hier Oberärztin Dr. Elisabeth Chandra vorfinden konnte. Er klopfte. Aus der Tür kam allerdings ein Mann, von oben bis unten in Grün gehüllt, inklusive Maske und Haube. „Ja bitte?" „Dr. Chandra hat mich herbestellt. Rieneck." Der Mann nickte, schloss die Tür, trat wenige Sekunden später wieder heraus. „Sie hat gleich für Sie Zeit. Wenn Sie einen Moment warten würden." Er verabschiedete sich mit einem Nicken, verschwand den Gang hinunter.

Die Tür blieb zu. Jetzt ließ ihn diese unverschämte Kuh auch noch warten. Hatte er denn seine Zeit gestohlen? Gerade hatte sich Leo entschlossen, erneut zu klopfen, als sich die Tür öffnete. „Bitte, Herr Rieneck!" Dr. Chandra lächelte und bat ihn mit einer Geste in ihr Büro. Sie war etwa vierzig, schätzte Leo, hatte schwarze, kurz geschnittene Haare mit einigen grauen Strähnen, dunkle Haut, war sorgfältig geschminkt. Sie bot Leo einen Platz an.

„Ihre Mutter hat sich von dem Sturz so weit erholt, es war ein Schädel-Hirn-Trauma, wir haben abgewartet, ob es Blutungen gibt, haben heute Vormittag noch einmal ein CT gemacht. Alles in Ordnung." Dr. Chandras Gesicht verriet, dass da noch etwas war. „Können wir jetzt gehen?", fragte Leo. „Natürlich!" Dr. Chandra nickte. „Allerdings gibt es da noch ein Problem, auf das ich Sie aufmerksam machen möchte. Sie haben es vielleicht schon gemerkt, oder?" Leo würde auf keinen Fall selbst auf das Thema Alkohol zu sprechen kommen. Er schwieg, Dr. Chandra seufzte. „Sie hat heute Morgen im Schwesternzimmer nach Alkohol gesucht. Natürlich vergeblich. Als sie erwischt wurde, wurde sie aggressiv. Es hat zwei Schwestern gebraucht, um sie festzuhalten, zu beruhigen. Obwohl sie körperlich sehr schwach ist. Das zumindest sollte Ihnen aufgefallen sein." Leo nickte. Zu leugnen oder zu widersprechen würde ihn nur verdächtig erscheinen lassen.

Dr. Chandra stand auf. „Ihre Mutter hat ein Suchtproblem, konkret ein Alkoholproblem. Das gehört behandelt. Dringend. Sie wissen ja. Körperliche Abhängigkeit, Leberschäden, zum Schluss Leberzirrhose. Wenn Ihnen was an Ihrer Mutter liegt ..." Dr. Chandra, so stellte Leo fest, hatte keinerlei Akzent. Wenn, dann klang sie ein wenig nach deutschem Ursprung, keinesfalls nach Indien, wie ihr Name nahelegte. „Bitte sorgen Sie dafür, dass sie adäquate Behandlung bekommt. Das wird nicht leicht sein, denn einstweilen verleugnet sie ihre Sucht noch, zeigt keinerlei Einsicht. Sie müssen hier Verantwortung übernehmen." Sie nahm eine Broschüre von einem

Stapel vom Schreibtisch hinter sich. „Sehen Sie da einmal hinein. Jede Menge Anlaufstellen." Leo nahm die Broschüre und nickte neuerlich, obwohl er sich fragte, mit welchem Recht diese Dunkelhäutige ihn hier an seine Verantwortung erinnerte. Die sollte sich lieber um die Millionen Schwerkranken in ihrer Heimat kümmern, die keine Ärzte hatten.

„Ihre Mutter ist im Zimmer 2119. Sie können sie abholen. Aber vergessen Sie bitte nicht, was ich Ihnen gesagt habe." Leo schwieg, schüttelte die ihm hingestreckte Hand und wandte sich der Tür zu.

Mama lächelte, als er in ihr Zimmer trat. Sie saß auf der Kante des frischgemachten Bettes, in der gleichen Kleidung, in der sie gestern eingeliefert worden war. Ein Pflaster klebte auf ihrer Stirn. „Wie schön, dass du gekommen bist!" Sie stand auf und umarmte ihn. Leo wollte sie wegschieben, erinnerte sich jedoch an die forschenden Blicke der Bettnachbarin, legte seine Hände auf ihren Rücken und wartete ab, bis Mama damit fertig war, ihn zu küssen und an sich zu drücken.

Im Taxi herrschte zunächst Schweigen. Leo hatte keine Lust, vor den Ohren des Taxilenkers darüber zu diskutieren, was die Ärztin gesagt hatte. Obwohl der wahrscheinlich ohnehin kaum Deutsch verstand. Mama konnte ihre Hände nicht bei sich behalten, strich ihm immer wieder über die Wange. „Du bist ein so guter Bub! Dass du mich gleich hier herausgeholt hast. Die waren so hässlich zu mir." Leo schob ihre Hand weg und schwieg. Er hielt immer noch die Broschüre von Dr. Chandra in der Hand. Unauffällig steckte er sie in die Türablage. Wie es schien, hatte seine Mutter ihre Meinung über das Krankenhauspersonal über Nacht radikal geändert. „Soll ich dir ein gutes Mittagessen kochen? Rindsrouladen vielleicht? Die hast du doch so gerne!“ Sie hatte schon seit Jahren keine Rindsrouladen mehr gekocht, überhaupt seit Monaten höchstens Fertiggerichte zustande gebracht. Das schien sie vergessen zu haben. „Keine Rindsrouladen, Mama. Ich muss auch gleich wieder auf die Uni.“ Natürlich hatte Mama weder Bargeld noch Bankomatkarte zur Hand. Seufzend zahlte Leo, als das Taxi vor der Gartentür hielt. Schon, als er auf dem Gehsteig stand, bereute er, mehr als einen Euro Trinkgeld gegeben zu haben. Das einzige Wort, das der Fahrer während der Fahrt gesprochen hatte, war „Arschloch“ gewesen, als sich ein anderer Fahrer rücksichtslos vor ihm in die Fahrspur gezwängt hatte.

Das Erste, was Mama tat, als sie in die Küche kam, war, die Wermutflasche aus dem Küchenschrank zu holen. Die Scherben knirschten unter ihren Sohlen. Da platzte Leo der Kragen. Er riss seiner Mutter die Flasche aus der Hand, drehte den Schraubverschluss auf und leerte den Inhalt in die Abwasch. „Weißt du eigentlich, warum du im Krankenhaus warst?“, brüllte er. Seine Mutter schlug sofort die Hände vor das Gesicht und begann zu schluchzen. „Weil du im Suff gestürzt bist, hier in der Küche! Und im Krankenhaus hast du nichts anderes zu tun, als im Schwesternzimmer herumzuschnüffeln, ob du vielleicht was zu trinken findest!“ Seine Mutter heulte laut auf. „Das ist alles gar nicht wahr! Ich habe nicht geschnüffelt! Ich habe doch nur fragen wollen, ob ...“ „Und dann hast du randaliert, als dich zwei Schwestern erwischt haben!“ Mama nahm die Hände vom Gesicht. „Wie die Furien haben die sich auf mich gestürzt! Ich habe gar nichts sagen können! Und jetzt brauch ich ... zur Beruhigung ...“ Sie warf sehnsüchtige Blicke in Richtung Wohnzimmer, wo in einer Vitrine sicher noch ein paar Flaschen standen. Wenn sie sie nicht schon ausgetrunken hatte.

Leo versuchte, ruhig zu bleiben. „Mama, du bist Alkoholikerin. Du brauchst eine Behandlung. Du musst in eine Entzugsklinik oder so was. Das hat auch die Ärztin gesagt, mit der ich gesprochen habe." Mama kicherte wie irr. „Die wollen mich wegsperren! Du willst mich wegsperren! Dass du hier wüste Orgien veranstalten kannst, das ist es doch!" Mit Leos Ruhe war es vorbei. Er holte aus und klatschte seine flache Hand gegen Mamas Wange. Er hatte sich gerade noch so weit beherrschen können, dass er nicht mit der Faust zuschlug. Er atmete heftig. Mama starrte ihn an. Griff mit der linken Hand nach ihrer Wange. Schluckte. „Du schlägst deine eigene Mutter? Wirst du wie dein Vater? Du bist ja ein Verbrecher!" Sie sank auf einen Küchenstuhl und begann zu wimmern, die Hand immer noch an ihrer Wange. Leo deutete auf die Scherben, die immer noch, nun weiter verstreut, auf dem Boden lagen. „Und das kannst du auch gleich wegputzen!" Er trampelte die Stiege hinauf, schlug die Zimmertür hinter sich zu. Einen Verbrecher hatte sie ihn genannt. Wie kam sie nur darauf? War es möglich, dass sie von Hassan wusste? Aber wie denn? Das hätte sie nicht sagen dürfen, sie war selbst schuld, dass ihm die Hand ausgerutscht war. Und überhaupt, was sollte das heißen? Wie dein Vater? Nur dort, wo die Handschrift seines Vaters noch sichtbar war, herrschte Ordnung in diesem Saustall.

Er ließ sich aufs Bett fallen. Was sollte er nur mit Mama machen? Nie im Leben würde sie sich dazu bereit erklären, auf Entzug zu gehen. Und was würde dann geschehen? Sie konnte noch zehn Jahre so leben, immer mehr verkommen, sich um nichts mehr kümmern. Und er würde dafür geradestehen müssen, bezahlen müssen, für alles, auch, wenn er sein Studium abschloss und längst Geld verdiente.

Leo musste raus. Wenn es sein musste, noch einmal zur Uni. Oder vielleicht in die Innenstadt, irgendwo ein Bier trinken. Er konnte sich auch in der Verbindung mit ein wenig Fechttraining abreagieren, es wurde ohnehin Zeit, er hatte es in den letzten Tagen sträflich vernachlässigt. Als Leo aus seinem Zimmer trat, lauschte er, ob unten etwas zu hören war. Alles still. Er schnappte sich seine Tasche, zog unten an der Garderobe leise seine Schuhe an. Kein Laut aus Küche oder Wohnzimmer. Erleichtert ließ er die Haustür hinter sich zufallen und atmete auf.

Schon auf dem Gehsteig vor dem Haus der Verbindung traf er auf Paul. „Ja, Leo! Sieht man dich hier auch wieder einmal!“ Paul schüttelte ihm die Hand, legte die linke auf seine Schulter und lächelte ebenso schief wie falsch. „Training? Wurde auch Zeit. Aber!“ Er zog Leos Kopf näher an sich heran. „Wir sollten reden. Es gibt da einiges ...“ „Was sollte ich mit dir zu besprechen haben?“ Leo riss sich los. Paul packte ihn am Unterarm. „Nicht so schnell, mein Freund. Ich lade dich auf ein Bier ein. Oder zwei. Das wirst du doch einem alten Freund nicht abschlagen?“ Leo konnte das süffisante Grinsen Pauls nur schwer ertragen, musste aber einsehen, dass der sich nicht abschütteln lassen würde. „Meinetwegen!“, gab er schließlich nach.

Paul ging voraus, wie Leo schnell merkte, in die Gastrozeile am Naschmarkt. „Warm für November, findest du nicht?!“, fragte er und zeigte auf einen schmalen Tisch an einer grün gestrichenen Wand eines Markstandes. Darüber glühte ein Heizstrahler. „Wir können heraußen sitzen!“ Leo schwieg, bis das bestellte Bier auf dem Tisch stand. Paul faselte über das Wetter und lästerte über einen Professor, den Leo nicht kannte. „Was willst du, Paul?“, fragte er schließlich, als sein Bierglas schon fast leer war.

Der hörte nicht auf zu lächeln, starrte in sein Glas und drehte es zwischen seinen Fingern. Schließlich hob er seinen Blick. „Du bist gesehen worden.“ Leo meinte, ein würgendes Gefühl im Hals zu spüren. Sprach Paul von dem Vormittag, an dem er Hassan erledigt hatte? Er zuckte mit den Schultern. „Und? Weiter?“ „Mit einer Person“, fuhr Paul fort. Er nahm einen Schluck Bier, schnippte mit den Fingern nach dem Kellner. „Noch zwei!“, rief er ihm zu, als dieser sich kopfschüttelnd nach Paul umdrehte. Er atmete tief aus. „Mit einer unliebsamen Person. Einer Person, mit der du dich nicht abgeben solltest.“ Paul konnte nur Marinca meinen. Sie war die einzige Person, mit der Paul ihn gesehen haben konnte. Oder meinte er Hans-Jürgen, den Deutschen, der Leo zu Othos Gruppe gebracht hatte? „Du weißt, sie kommt aus einer Familie.“ Paul erläuterte nicht näher, was er damit meinte, doch Leo verstand die Betonung auf dem Wort „Familie“. Also doch Marinca. Leo schwieg, gespannt darauf, was Paul noch sagen würde. „Eine attraktive Blonde. Wahrscheinlich eine Linke. Eine Ausländerin. Was, glaubst du, will die von dir?“ Leo zuckte wieder mit den Schultern. Er würde Paul einfach weiterreden lassen. Der Kellner stellte zwei Gläser Bier auf den Tisch. Etwas heftiger, als man das erwarten konnte. Leo wunderte sich nicht. Mit den Fingern zu schnippen, um den Kellner auf sich aufmerksam zu machen, das war nicht die feine Art. „He!“, rief Paul, als etwas Bier auf den Tisch schwappte. „Was soll das?“ „Entschuldigung, der Herr! Wird nicht wieder vorkommen!“ Der Kellner grinste. Er hatte starken osteuropäischen Akzent.

„Der soll froh sein, dass er hier arbeiten darf!“, schimpfte Paul ihm hinterher. „Wenn es nach uns ginge, dann ...“ Er ließ seinen Satz unvollendet. „Was willst du eigentlich genau von mir?“, fragte Leo, dem dieses Spiel nun bereits zu lange dauerte. Paul wandte sich ihm zu. „Die Frau will dich aushorchen, womöglich nach strafrechtlich relevanten Fakten. Oder sie will dich rüberziehen. Oder beides. Noch nie etwas von einer honey trap gehört?“ „Seit wann redest du Englisch?“, schnappte Leo zurück. „Das passt doch gar nicht zu dir!“ Paul zischte verächtlich. „Du kannst auch Honigfalle sagen. Jedenfalls, ein ausländisches Weib, das sich an dich heranmacht, das kann nichts Gutes bedeuten. Triff dich nicht mehr mit ihr!“ Leo fuhr hoch. „Das ist doch wohl meine Sache, mit wem ich mich treffe! Das geht dich einen Scheißdreck an!“ Gäste an anderen Tischen wandten sich nach Leo um.

„Ganz ruhig!“ Paul flüsterte, gestikulierte beruhigend. „Natürlich kannst du machen, was du willst. Aber glaub nicht, dass die Verbindung dann noch die Hand über dich hält! Und glaub nicht, dass du dann nach deinem Studium irgendwo Unterschlupf findest, wo die Verbindung mitzureden hat, wenn es um die Vergabe von Posten geht!“ Er nahm einen Schluck Bier und lehnte sich zurück. Daher also wehte der Wind. Man wollte ihn unter Druck setzen, damit er sich nicht mehr mit Marinca traf. Dabei dachte er nicht im Traum daran, mit ihr über Angelegenheiten der Verbindung zu reden, aber das brauchte er Paul gar nicht erst zu erzählen, der hatte schon seine festgefügte Meinung.

„Woher weißt du überhaupt davon, dass ich diese Frau getroffen habe? Beobachtest du mich?" Paul grinste, streckte die Beine aus und faltete die Hände über dem Bauch. „Wir haben unsere Augen und Ohren überall. Du hast dich ja nicht gerade unauffällig verhalten. Im Uni-Café. In der Vorlesung vom Hörhager. Intimes Gekuschel. Das fällt vielen auf. Vor allem solchen, die der Meinung sind, dass es auch genügend deutsche Mädel gibt, die einem Mann Vergnügen bereiten können."

Leos Zorn war während des Geplappers von Paul immer mehr angefacht worden. Nun sah er rot. „Du bist nichts als ein kleines, karrieregeiles Arschloch, Paul. Und was ich tue und mit wem ich mich treffe, das geht dich genau gar nichts an. Ich habe mich ja auch mit dir getroffen, obwohl du, wie schon gesagt, ein Arschloch bist. Du würdest die Verbindung wegen des kleinsten persönlichen Vorteils sofort verraten, du kennst doch keine Skrupel." Kurz war Leo versucht, Paul den Rest seines Bieres ins Gesicht zu schütten, beherrschte sich aber, der Beobachter an den anderen Tischen wegen. Er zog einen Zehner aus seiner Gesäßtasche und warf ihn Paul hin. „Den Rest kannst du behalten! Und noch was: Leute wie du, die reden nur. Oder kommentieren bestenfalls irgendwas auf WhatsApp. Aber für unsere Sache etwas zu tun, das ist Typen wie dir viel zu anstrengend." Er beugte sich zu Paul hinunter. „Ihr redet ständig vom Reinhalten der Rasse, vom Volk, das sich nicht vermischen soll, das nicht ausgetauscht werden soll. Und was genau hast du bis jetzt getan, um das zu verhindern? Bier gesoffen in der Verbindung? Na, danke!" Ohne einen Blick zurück verließ Leo den Naschmarkt.

Was sollte er nun tun? Er warf einen Blick auf sein Handy. Kein Anruf von Marinca. Zehnmal lieber würde er bei ihr sein, als mit Leuten wie diesem Paul länger zusammenzusitzen.

Ohne wirklich genau zu wissen, wohin er wollte, war Leo in der Opernpassage gelandet. Das Gehen beruhigte. Er musste was zu essen kaufen. Und dann, wie er eigentlich vorgehabt hatte, eine Weile unauffällig in seinem Zimmer abwarten, was weiter geschah. Ob Paul auch mit anderen in der Verbindung über ihn gesprochen hatte? Ob es da ein Netzwerk gab, das ihn beobachtete? Er musste künftig vorsichtig sein. Er hatte offensichtlich Feinde. Womöglich sollte er sich doch stärker an Otho und seine Gruppe binden. Was aber, wenn die von Marinca erfuhren?

Leo hatte zwei Pizzas und ein paar Croissants dabei, als er wieder nach Hause kam. Sosehr ihm Mama auf die Nerven ging, er konnte sie nicht verhungern lassen. „Ich habe Pizza mitgebracht!", rief er, so aufmunternd, wie es ihm nur möglich war. Keine Antwort. Er fand Mama auf dem Sofa im Wohnzimmer schnarchend vor. Neben ihr auf dem Couchtisch eine leere Flasche Weinbrand. Sie hatte also schon wieder gesoffen. Musste sie sich die Pizza eben aufwärmen.

Kaum hatte Leo es sich mit dem Pizzakarton und einer Dose Bier in seinem Bett bequem gemacht, läutete es an der Tür. Er schrak zusammen, packte die Pizza weg, um aufstehen und aus dem Fenster sehen zu können. Draußen stand ein schwarzer Skoda Kombi, den er nicht kannte. Wer mochte das sein?

Anscheinend hatte das Läuten Mama geweckt, er hörte Gemurmel von unten. Schließlich rief seine Mutter nach ihm. Auch der Besucher würde an ihrer Stimme erkennen, dass sie getrunken hatte. Ein unangenehmes Gefühl beschlich Leo, als er die Stiege hinunterging. „Da ist jemand für dich! Polizei!" Anklagender Ton. Er begann zu zittern, krampfte seine Hand um das Treppengeländer.

Unten kam ein Mann in Sicht, etwa fünfzig, grauhaarig, grauer Anzug. „Ich komm schon runter", rief Leo. Er fühlte sich aber angespannt, wie vor einer großen Herausforderung. Diesen Polizisten würde er nach Hause schicken, ohne dass er einen Erfolg verbuchen konnte. Suchte man denn noch nach einem Täter? Da war doch dieser Türke, den sie schon verhaftet hatten. Leo spürte Schweiß auf der Kopfhaut. Von ihm würde die Polizei nichts erfahren, gar nichts.

„Ich würde ohnehin gerne in Ihrem Zimmer mit Ihnen sprechen", sagte der Mann. „Wenn die gnädige Frau das gestattet." Er lächelte Mama zu, die seinen Mantel über ihren Arm gelegt hatte. Mamas Haare waren zerrauft, die Augen glasig, aber sie lächelte, und Leo war es fast so, als hätte sie einen Knicks hingelegt. Der Mann nickte ihr freundlich zu, stieg zwei Stufen hinauf und streckte Leo die Hand hin. „Weiß. Oberleutnant Lukas Weiß. Landespolizeidirektion Wien. Ich möchte gerne mit Ihnen sprechen. Unter vier Augen. Gerne in Ihrem Zimmer, wie schon gesagt." Leo bemühte sich um einen festen, sicheren Händedruck.

Mama machte Anstalten, Weiß zu folgen. Der drehte sich um. „Gnädige Frau, Sie brauchen sich nicht zu bemühen. Sie können gerne unten warten. Oder Ihren Beschäftigungen nachgehen." Er lächelte.

Mama zögerte. Schließlich drehte sich Leo um und stolperte die Stufen hinauf zu seinem Zimmer.

„Schön haben Sie's hier!", sagte Weiß, als er hinter Leo das Zimmer betrat und sich umsah. „Und so ordentlich!" Es roch, fand Leo, aufdringlich nach Pizza. Er öffnete das Fenster. „Sie müssen entschuldigen, ich war gerade beim Essen." Er legte den Pizzakarton auf den Schreibtisch und bot Weiß seinen Drehstuhl an. Weiß nickte und setzte sich. „Setzen Sie sich ruhig aufs Bett!", meinte er lächelnd, als Leo ratlos vor ihm stand. Sobald er saß, musste er zu Weiß aufblicken. Sicher Taktik. Erst jetzt fiel Leo auf, dass Weiß einen Aktenkoffer bei sich hatte. War eine Durchsuchungsgenehmigung drin? Leo dachte an die Garotte in der Garage. Er hatte sie zwar gut versteckt, aber die Polizei würde sie sicher finden. So weit waren sie aber noch lange nicht. Dennoch musste er an gestreifte Sträflingsanzüge denken, wie man sie aus amerikanischen Filmen kannte.

Weiß stellte den Aktenkoffer auf seine Knie, öffnete ihn und entnahm ihm eine Mappe. „Herr Rieneck, was machen Sie so? Ich meine, beruflich?" Leo war verunsichert. Worum ging es hier eigentlich? Um sein Studium? Er räusperte sich. „Ich studiere Jus. Rechtswissenschaften. Im dritten Semester." Weiß lächelte. „Ausgezeichnete Wahl! Schon einmal überlegt, zur Polizei zu gehen?" Leo schüttelte den Kopf, versuchte sich in einem zaghaften Lächeln. „Eigentlich nicht. Aber ..." „Aber vielleicht doch, wie?" War Weiß gekommen, um mit ihm Smalltalk zu betreiben? Gewiss nicht. „Und in der Freizeit?", bohrte Weiß weiter. „Momentan", sagte Leo und zögerte. Über die Verbindung wollte er mit Weiß nicht reden. „Momentan habe ich viel zu lernen. Keine Zeit für was anderes." Weiß nickte. „Gut. Sie werden sich sicher fragen, was ich von Ihnen will?" Leo hob die Arme in einer fragenden Geste. „Gut, gut!", sagte Weiß und tippte auf ein Blatt in seinem Ordner. „Sehen Sie, Herr Rieneck, ich hätte von Ihnen gern Auskunft darüber, wo Sie sich am Freitag, dem 22. November aufgehalten haben. Und zwar abends, so zwischen 20 und 23 Uhr." Leo spürte, wie sich seine Anspannung löste. Weiß war also wegen der Theatergeschichte da, nicht wegen des Mordes an Hassan. „Hier. Zu Hause", sagte er. „Ich habe gelernt. Wie ich schon gesagt habe, viel zu tun momentan."

Weiß stand auf, näherte sich Leos Bücherregal. Zielsicher zog er einen Titel aus einem Regalbrett auf Augenhöhe. „Ein angehender Jurist also. Hm!", sagte er und begann, das Buch durchzublättern. „Die Islamisierung Deutschlands. Interessieren Sie sich für Politik, Religion?" Er lächelte, stellte das Buch zurück und setzte sich wieder. Leo schwieg. „Nicht, dass ich das missbilligen würde, es ist schließlich Ihre Sache. Aber da gibt es einige Titel, die manche auf die Idee bringen würden, Sie würden sich für rechte Ideen oder Verschwörungstheorien interessieren." Leo schüttelte den Kopf. „Ich ... wollte mich nur informieren. Die Mainstreammedien ..." Er räusperte sich. „So, so", sagte Weiß und schlug die Beine übereinander. Eine seiner Schuhspitzen kam Leo gefährlich nahe. Weiß trug sauber geputzte, schwarze Halbschuhe, die wie neu aussahen. Er beugte sich ein wenig vor. „Auch diese Diktion ... wer sagt schon ‚Mainstreammedien', außer jemandem, der sich der rechten Szene zugehörig fühlt. Sie sind ja auch in einer schlagenden Verbindung, nicht? Nicht, dass ich was dagegen hätte, man möchte nur wissen, mit wem man es zu tun hat. Wegen vergangenem Freitag: Kann Ihre Mutter das bezeugen, dass Sie zu Hause waren? War sonst noch jemand da?“

Leo versuchte sich in einem Lächeln. „Meine Mutter ... Sie haben es ja sicher schon gemerkt, sie ist nicht allzu zuverlässig, ich meine ihr Gedächtnis. Ich habe sie heute erst aus dem Krankenhaus abgeholt, sie ist gestürzt.“ „Also kein Alibi für die fragliche Zeit“, konstatierte Weiß mit einem Kopfschütteln. Aber auch keinen Beweis für etwas anderes, dachte Leo. Er fühlte sich sicher, fast überlegen. Zudem ging ihm Weiß auf die Nerven, mit dieser Art, alles in die Länge zu ziehen, vom Thema abzuschweifen, was sollte das? „Brauche ich denn eines?“, fragte er deshalb.

Weiß schüttelte erneut den Kopf und öffnete seine Mappe. „Möglicherweise!“ Er schloss die Mappe wieder. „Wollen Sie mir nicht endlich sagen, worum es hier eigentlich geht?“ Leo verlor langsam die Geduld. „Gerne!“ Weiß klappte die Mappe wieder auf. „Kennen Sie einen Gernot Harms?“ Leo schüttelte den Kopf. „Einen Hans-Jürgen Freyler?“ Leo zögerte. Das war ein Fehler. Weiß stieß sofort nach. „Den kennen Sie also?“ Leo stotterte. „Äh, da gibt’s einen Hans-Jürgen, glaub ich, auf der Uni. Keine Ahnung, wie der mit Familiennamen heißt.“ „Woher ist denn dieser Hans-Jürgen, den Sie kennen?“ Weiß ließ ihm kaum Zeit, nachzudenken. „Äh, ich weiß nicht ... Deutscher, wohl ...“

Weiß schlug die Mappe mit einem lauten Knall zu. „Schluss jetzt mit diesen Spielchen, Herr Rieneck! Sie kennen diesen Hans-Jürgen, und Sie kennen auch die Herren, die sich Otho, Nato und Grim nennen! Sie waren nämlich Donnerstagabend bei einem Treffen, an dem diese Herren ebenfalls teilgenommen haben! Wahrscheinlich kennen Sie sie nur unter ihren Codenamen. Und muss ich Ihnen sagen, wo dieses Treffen stattgefunden hat, oder sagen Sie es mir selber?“

„Was ist denn los?“ Leo hörte seine Mutter auf der Stiege. Weiß stand auf, verließ den Raum und beugte sich übers Treppengeländer. „Nichts, gnädige Frau. Sie brauchen sich keine Sorgen zu machen!“ Leo atmete kurz durch, bevor Weiß zurückkam, die Tür schloss und sich wieder setzte. „Sie haben sich in einer seit langem geschlossenen Bäckerei in der Selzergasse getroffen.“ Leo zuckte mit den Schultern. Es war zwecklos, zu lügen, wenn Weiß ohnehin alles wusste.

„Ist ja kein Verbrechen, sich wo zu treffen.“ „Sie waren also da?“ „Keine Ahnung, ob das in der Selzergasse war. Ich war zuvor noch nie dort.“ Einer der Anwesenden musste ein Spitzel gewesen sein. Wie hatte Leo nur so dumm sein können, mit diesen Leuten etwas zu machen? Es war wohl die Aussicht darauf gewesen, dass endlich mehr passieren würde als nur Gerede, die ihn verlockt hatte. Und nun kam die Polizei ins Haus. Mit welchen Idioten hatte er sich da eingelassen? „Worüber wurde bei dem Treffen gesprochen?“, fragte Weiß, beugte sich vor, während er einen Ellenbogen auf sein Knie setzte und sein Kinn in die Handfläche stützte. Leo zuckte wieder mit den Schultern. „Kann mich nicht mehr erinnern. Wir haben Bier getrunken und so.“

Weiß stand auf. „Gut!“, sagte er. „Wir können das Ganze auch mit einer Vorladung erledigen. Auf der Landespolizeidirektion. Sind Sie einverstanden mit einem Termin morgen, um acht Uhr früh? Richten Sie sich darauf ein, dass es den ganzen Tag dauern kann!“ Leo schloss seine feuchten Hände umeinander. „Nein, warten Sie! Ich erinnere mich wieder! Die anderen …“ Weiß setzte sich wieder. „Ich war das erste Mal da. Die anderen kannten sich schon. Es war davon die Rede, dass man Aktionen setzen soll. Gegen diese Überschwemmung mit Islamisten. Aber nichts Konkretes, das nicht.“ Weiß lächelte. „Ich teile diese Problemeinschätzung ja mit Ihnen. Aber immer auf legale Weise, natürlich. Waren die Aktionen, über die Sie gesprochen haben, legal?“ „Es ist überhaupt nichts konkret …“

Weiß öffnete die Mappe, zog ein großformatiges Foto daraus hervor und hielt es Leo vor die Nase. „Diese Störaktion hat am Freitagabend stattgefunden.“ Leo sah sich selbst auf der Bühne des Theaters, ganz links, er hielt ein Ende des Transparents. Weiß deutete auf die Gestalt in der Mitte. „Das ist Gernot Harms. Er konnte bereits identifiziert werden. Anzeige auf freiem Fuß. Verhaften tun wir wegen solcher Delikte keinen, zumal kein Haftgrund vorliegt. Hausfriedensbruch, Nötigung.“

Weiß deutete auf Leo. „Der hier, der könnten Sie sein. Größe und Statur würden passen.“ Leo schüttelte den Kopf. „Ich war da nicht dabei. Ich war zu Hause. Ich hab davon nichts gewusst. Außerdem, das ist voll unscharf.“ Ob seine Stimme überzeugend genug klang?

Weiß hielt ihm ein weiteres verschwommenes Foto vor die Nase. Es zeigte Leo, wie er gerade sein Knie einer Schauspielerin in den Magen rammte. Die Frau hatte die Augen weit aufgerissen, beide Hände an Leos Mütze, er selbst hielt mit beiden Händen krampfhaft die Mütze fest. „Das könnten auch Sie sein“, sagte Weiß. „Körperverletzung. Vielleicht kriegen wir das Foto so scharf hin, dass wir Sie anhand Ihrer Hand identifizieren können." Leo atmete schwer und sagte nichts.

„Sie wirken geschockt. Warum?" „Was würden Sie sagen, wenn Sie so ungerecht beschuldigt werden? Wenn Sie völlig unschuldig zu Hause sitzen und essen, und plötzlich kommt ein Polizist, bedroht Sie und wirft Ihnen Sachen an den Kopf, von denen Sie noch nie gehört haben! Da wären Sie auch geschockt!"

Weiß lächelte und steckte die Fotos wieder ein. „Gut gebrüllt, Löwe. Sie schwitzen!" Er deutete auf die dunklen Flecken unter Leos Achseln. „Weil ich mich aufrege! Zu Recht! Anstatt die Rechte der Einheimischen zu schützen, kümmern Sie sich lieber um die Ausländer, die uns überrennen! Da ist es doch total wichtig, dass es Patrioten gibt, die aufzeigen, dass in diesem Land alles falschläuft!" Das, fand Leo, hatte er gut gemacht. Die Empörung des unschuldig Verfolgten – das konnte seine Reaktionen, ob willkürlich oder unwillkürlich, überzeugend erklären.

Weiß grinste. „Sie sympathisieren also mit den Leuten, die diese Theatervorstellung gestört haben?" Leo zischte verächtlich. „Ich bitte Sie! Das ist doch eine Lappalie, eine Kleinigkeit! Den Zuschauern war wahrscheinlich eh schon fad, da ist so eine kleine Abwechslung höchstens willkommen! Die Leute ..." Gerade hatte Leo sagen wollen, dass die Leute im Publikum wie wild fotografiert hatten. So dämlich, sich auf diese Weise zu verraten, war er aber nicht.

Weiß lächelte. „Den Zuschauern war also fad." Leo durchzuckte ein Stromschlag. „Eine Schlussfolgerung, keine Beobachtung!", fügte er hastig hinzu und versuchte, Weiß mit einem gelassenen Lächeln zu überzeugen. Der stand auf und streckte ihm die

Hand hin. „Rechnen Sie damit, dass Ihnen in nächster Zeit nicht fad wird, das darf ich Ihnen garantieren. Wir kommen bei Gelegenheit auf Sie zu. Auf Wiedersehen." Weiß öffnete die Tür, stieg die Treppe hinunter. „Auf Wiedersehen, gnädige Frau!" Danach fiel die Haustür hinter ihm ins Schloss.

Leo war insgesamt zufrieden. Keine Beweise, Weiß hatte unverrichteter Dinge abziehen müssen. Nicht einmal für eine Vorladung hatte es gereicht. Er ging zum Fenster, lugte vorsichtig hinaus. Weiß kam in Sicht, drehte sich zu ihm um und hob grüßend die Hand. Leo zuckte zurück.

Mama stand in der Tür. „Wer war denn das?", fragte sie, anklagend. Leo zuckte mit den Schultern. „War nichts. Geht dich auch nichts an. Wollte nur ein paar Auskünfte, hatte nichts mit mir zu tun." Mama trat nahe an ihn heran. „Wenn die Polizei in mein Haus kommt, das hat nichts mit dir zu tun?" Leo spürte Speicheltröpfchen im Gesicht. Sie griff mit beiden Händen nach ihm, verkrallte sich in sein Hemd. „Ich sage dir, wenn du ..." Weiter kam sie nicht. Leo hatte sie mit einem kräftigen Stoß beider Arme gegen seinen Kasten geschleudert, wo sie wimmernd niedersank.

„Was ist jetzt mit dem Schularbeitenheft?“, herrscht mich Professor Gutleber an. „Du hättest es schon vorigen Freitag abgeben müssen!“ Er nimmt es mit dem Einsammeln der Schularbeitenhefte sehr genau. Pünktlich eine Woche, nachdem wir von ihm die benotete Schularbeit bekommen haben, will er die Hefte wieder zurück, mit Unterschrift der Eltern und Verbesserung. Am Freitag habe ich mich noch irgendwie herausreden können, doch heute ist eine Strafarbeit fällig. Ich krame mit hochrotem Gesicht in der Schultasche. „Da war doch ... ich hab es doch ...“, murmle ich undeutlich. Professor Gutleber grinst, als ich zu ihm aufsehe. „Haben wir den Fünfer wohl noch nicht hergezeigt, was? Da kann ich dir helfen! Ich rufe heute Nachmittag einfach bei dir zu Hause an!“ „Bitte nicht!“, jammere ich. „Morgen! Ganz sicher! Ich hab es doch nur ... es liegt auf meinem Schreibtisch, zu Hause. Schon unterschrieben! Meine Mutter wollte nur noch einmal ...“ Professor Gutleber nickt. „Gnadenfrist. Bis morgen. Dann ist Schluss. Und da hast du deine Strafaufgabe. Schadet dir ohnehin nicht.“ Er lässt eine Kopie mit Übungsbeispielen auf meinen Platz fallen. Wie ich ihn kenne, werden die ein paar Stunden in Anspruch nehmen.

Ich habe es noch nicht gewagt, den Fünfer in Mathematik zu Hause herzuzeigen. Wenn es nur der eine wäre! In Englisch habe ich auch einen Fünfer zurückbekommen, am gleichen Tag. Professor Wimmer nimmt es Gott sei Dank nicht so genau mit dem Einsammeln der Hefte, und er verteilt auch keine Strafaufgaben. Heute werde ich Mama nicht mehr hinhalten können. Sie weiß ja genau, wann die Schularbeiten waren. Und dass die Lehrer bei der Rückgabe mehr als eine Woche überziehen, nimmt sie mir nie ab. Nie!

Nach der Schule irre ich in der Innenstadt herum. Zuerst fahre ich mit der Straßenbahn zwei Stationen in die falsche Richtung, danach kaufe ich mir ein Eis. Es schmeckt mir überhaupt nicht. Obwohl Erdbeer sonst meine Lieblingssorte ist. Ich habe Magenschmerzen, und die kommen sicher nicht vom Eis. Wie wird es weitergehen? Zwei Fünfer in Hauptfächern, und das in der vierten Klasse Gymnasium? Was ist, wenn ich durchfalle? Was wird Papa mit mir machen? Er darf einfach nichts davon erfahren.

Ich stehe von der Bank auf, wo ich mein Eis gegessen habe, und marschiere los, ohne zu wissen, wohin. Plötzlich stehe ich mitten auf der Brücke über den Donaukanal. Die Schularbeiten müssen verschwinden. Wenn ich sie nicht mehr habe, kann Papa die beiden Fünfer auch nicht sehen. Ich hole die Hefte aus meiner Schultasche. Zuerst Mathematik. Ich reiße kleine Stücke des grauen Umschlagkartons ab, lasse einen Fetzen nach dem anderen in das Wasser hinunterrieseln. Die Möwen stürzen sich darauf, weil sie die Papierfetzen für Futter halten. Eine schnappt sich ein Stück Heftumschlag, fliegt damit auf. Wird von anderen kreischend verfolgt, lässt den Fetzen fallen. Das dauert alles zu lang. Ich blicke nach links. Ein Pärchen nähert sich. Ich lasse das ganze Heft fallen, bevor sie auf mich aufmerksam werden. Es flattert viel zu langsam hinunter, bis es, kaum hörbar, auf dem Wasserspiegel auftrifft. Nachdem das Pärchen vorbei ist, fliegt das Englischheft hinterher. Es treibt mit dem Namensschild nach oben langsam stromabwärts. Mich durchzuckt ein Gedanke. Mein Name steht da drauf. Was, wenn es jemand herausfischt? Und der Schule meldet, dass ich es im Donaukanal entsorgt habe?

Und außerdem. Wenn ich die Hefte nicht zurückgebe, wird irgendwann alles auffliegen. Aber immerhin, ich habe Zeit gewonnen. Vielleicht fällt mir was ein. Vielleicht kann ich die Schularbeiten nachschreiben, wenn die Hefte nicht mehr auftauchen.

Irgendwann stehe ich dann doch mit klopfendem Herzen vor der Haustür. Ich stecke den Schlüssel ins Schloss. Hoffentlich kann ich mich in mein Zimmer schleichen, bevor Mama merkt, dass ich nach Hause gekommen bin. Doch kaum drehe ich sachte den Schlüssel, öffnet sich die Tür.

„Wo kommst du her? So spät? Was denkst du dir eigentlich?“ Ich senke den Kopf, um ihr nicht in die Augen blicken zu müssen. „Was ist mit den Schularbeiten? Hast du die endlich zurückbekommen?“ Ich würge und bringe keinen Ton heraus. Dann zucke ich mit den Schultern. Meine Mutter zerrt mich ins Vorzimmer und wirft die Tür zu. „Was ist denn mit dir los? Seit wann lügst du? Was haben wir dir denn beigebracht?“ Sie schlägt mich mit der flachen Hand über den Hinterkopf. Es tut nicht weh. Mama beginnt zu schluchzen und wendet sich von mir ab. Sie sinkt auf einen Sessel in der Küche.

„Ich habe heute in der Schule angerufen. Weil ich einen Termin für die Sprechstunde wollte, bei Professor Wimmer. Dabei habe ich mich beschwert, dass er die Schularbeit noch nicht zurückgegeben hat.“ Sie sieht zu mir auf. Mehr braucht sie nicht zu erklären. Ich sage nichts. „Zeig mir die Hefte!“, schreit sie plötzlich. Ich zucke mit den Schultern. „Hab ich nicht", flüstere ich. „Was soll denn das bitte heißen?" Mama ist aufgestanden und hat sich mir genähert. Diesmal senke ich den Blick nicht. „Warte nur, bis Papa nach Hause kommt!" Das ist die ultimative Drohung. Wenn Mama nicht weiterweiß, dann übergibt sie die Bestrafung an Papa. Obwohl sie dann natürlich selber mit drinhängt, denn meine Erziehung ist ihre Aufgabe, und wenn ich schlechte Noten bekomme, dann ist Mama natürlich mit schuld. Weil sie nicht die richtigen Erziehungsmethoden angewandt hat. Und die richtigen, das sind Härte, Ordnung und Pünktlichkeit.

Als Papa dann tatsächlich heimkommt, liege ich in meinem Zimmer im Bett und sehe fern. Es dauert keine zwei Minuten, und er steht in der Tür. „Auf!", donnert er. „Und den Fernseher, den kannst du gleich ganz vergessen!" Ich reagiere nicht, oder zu langsam, schon hat Papa sich die Fernbedienung geschnappt und gegen den Bildschirm geschleudert. Sie zerspringt in ihre Einzelteile, der Fernseher läuft weiter. Papa reißt mich am Arm, sodass ich aus dem Bett falle und mich hochrappeln muss. Mit in die Hüften gestemmten Fäusten steht er da, und ich warte, was als Nächstes passieren wird. „Hinunter!", schreit er und dreht sich um. Ich habe kein Wort gesagt. Erstens, weil mir nichts einfällt, und zweitens, weil ihn jedes Wort von mir sowieso nur wütender machen würde.

Ich bleibe in der Wohnzimmertür stehen und schlucke. Plötzlich habe ich fürchterlichen Durst und glaube, kein Wort hervorbringen zu können. Papa sitzt breitbeinig auf dem Sofa. „Also!", herrscht er mich an. „Was ist jetzt mit den Noten auf die Schularbeiten?" „Nicht genügend", krächze ich, kaum hörbar.

„Lauter!", verlangt Papa. Mama sitzt neben ihm und wischt sich die Nase mit einem Papiertaschentuch. Ihre Augen sind nass. Ich versuche, lauter zu wiederholen, was ich gesagt habe. Nach dem „Nicht" kann ich nicht mehr weiter. Ich schlucke wieder. Und ich muss dringend aufs Klo. „Wo sind die Hefte?", drängt Papa. „Verloren", würge ich hervor. „Was heißt *verloren*? Wie kann man denn Hefte verlieren? Bist du zu doof, um sie in deine Schultasche zu stecken und nach Hause zu tragen?" Ich zucke mit den Schultern und schweige.

„Deine Erziehung", schreit Papa mit einem Blick zu Mama. Die schluchzt laut auf und schüttelt den Kopf. „Aber er hat doch gelernt!", wimmert sie. „Er hat jeden Tag gelernt!" Papa schüttelt unwillig den Kopf. „Für so ein Versagen gibt es nur zwei Gründe. Entweder er ist zu blöd oder er ist zu faul für die Schule." Er spricht gar nicht mehr mit mir, sondern über mich. Das macht er oft. So, als ob ich gar nicht da wäre. Als ob ich gar nicht zählen würde. „Er kann gleich hinaufgehen und seinen Fernseher in mein Arbeitszimmer tragen", schnauzt Papa Mama an. „Da sperre ich ihn ein. Denn jetzt werden andere Saiten aufgezogen!" Diese Drohung hat Papa schon oft ausgesprochen. Was er genau damit meint, ist mir bis jetzt unklar geblieben. „Gegen die Dummheit kann man nichts machen. Aber gegen die Faulheit. Ab jetzt gibt es kein Taschengeld mehr, kein Fernsehen. Dafür Nachhilfe. Da hat er ja dann Zeit dafür. Damit kommt sogar der Dümmste im Gymnasium durch. In meiner Firma gibt es einen Haufen Idioten, die haben alle Matura. Das muss der Bub auch schaffen, hörst du?" Je lauter er schreit, desto mehr wimmert Mama in ihr Taschentuch. Papa steht auf, stößt mich zur Seite und verlässt das Wohnzimmer. Kurz darauf höre ich die Haustür knallen.

Mama wimmert weiter. Ich kann es nicht mehr ertragen. Als ich mich umdrehe, heult sie auf. „Jetzt geht er wieder zu dieser Hure! Und du bist schuld!" Ich gehe zur Spüle und lasse mir ein Glas Wasser herunter. Das Heulen von Mama wird immer lauter. Ich halte mir die Ohren zu. „Kein Wunder, dass er geht!", schreie ich. „Hier kann man es ja auch nicht aushalten! Hier wird man wahnsinnig!"

Meine Jacke hängt an der Garderobe. Ich knalle die Haustür hinter mir zu, genau wie Papa zuvor. Endlich Ruhe. Ich gehe, laufe. Zuerst ein Stück den Berg hinunter, dann geht es wieder bergan. Es ist schon dunkel, die Straßenlaternen leuchten den Gehsteig nur dürftig aus. Ich gehe. Dreiunddreißig Schritte von einem Lichtkegel zum nächsten. Mein Herz schlägt so heftig, dass ich jeden Schlag in den Ohren spüren kann. Wieder dreiunddreißig. Ich werde immer so weitergehen. Niemals wieder zurück. Plötzlich stolpere ich über einen Stein. Verdammt, wer hat hier auf dem Gehsteig einen Stein liegen lassen? Hat ihn wer geworfen? Der Zorn packt mich, ich hebe den Stein auf und schleudere ihn gegen die nächste Straßenlampe. Es klirrt, und die Lampe erlischt. Ich habe getroffen. Sonst gelingt mir das nie, meine Schneebälle sind immer ins Leere gegangen. Schnell weg! Der Knall der berstenden Lampe hat mich erschreckt, abgelenkt. Aber er hat auch gutgetan.

Mein Zorn ist noch lange nicht besänftigt. Da steht eine Altpapiertonne vor einem Haus. Ich werfe sie im Vorbeigehen um, der Inhalt der Tonne verteilt sich auf der Fahrbahn. Rasch gehe ich weiter. Plötzlich stehe ich auf einer Brücke, die über eine Straße führt. Eine breite Straße, vier Spuren, die Autos rauschen schnell unter der Brücke hindurch. Ich könnte doch ...

Ich drehe um. Das Papier liegt noch immer auf der Straße. Zeitungen, Pappkartons. Ich nehme ein paar der Kartons. Schuhschachteln, Versandkartons. Wieder auf der Brücke. Ich stehe im Dunkeln, die nächste Straßenlaterne ist weit entfernt. Die Straße hell ausgeleuchtet. Der erste Karton segelt von der Brücke. Ein dumpfer Knall. Er hat ein Auto getroffen. Wütendes Hupen. Noch ein Karton. Diesmal quietschen auch Bremsen. Der Fahrer hat wohl gedacht, dass etwas Schweres auf ihn zukommt. Ist ja in Sekundenbruchteilen kaum zu erkennen, im Scheinwerferlicht, was da von oben herabfällt. Noch ein Karton. Bremsen, dann ein Knall. Schleifen von Metall. Ich ducke mich, blicke durch die Gitterstäbe. Ein schwarzer Kombi hat gebremst, ein weißes Taxi ist hinten drauf gefahren. Der Taxifahrer schaltet die Warnblinker an, steigt aus, schreit, gestikuliert. Auch aus dem vorderen Wagen steigt jemand. Es ist eine Fahrerin mit langen blonden Haaren. Sie deutet auf die Brücke, direkt auf mich, geht zum Taxifahrer, schüttelt den Kopf. Deutet wieder hoch zu mir. Der Taxifahrer dreht sich um. Schaut ebenfalls herauf. Ich laufe geduckt weg, sehe vom Rand der Brücke noch einmal zurück auf die Straße. Hinter den beiden Unfallfahrzeugen hat sich ein Stau gebildet. Alles bremst, blinkt, hupt. Ich muss erst wieder an meine schlechten Noten denken, als ich in unsere Straße einbiege.

Am nächsten Morgen schleiche ich mich heimlich in Papas Büro und klicke auf seinem Computer durch die Schlagzeilen. Die Polizei sucht einen Vandalen, der Straßenlaternen zerstört und Kartons auf die Fahrbahn geworfen hat. Gott sei Dank, so heißt es im Bericht, sei nur Sachschaden entstanden. Zeugen des Vorfalls werden gesucht.

Ich habe niemanden gesehen.

6

Im Foyer des Theaters fühlte sich Leo wie in einem fremden Land. Marinca hatte ihn förmlich durch die Eingangstür gezogen, so sehr hatte er gezögert. Es war das erste Mal gewesen, dass sie ihn an der Hand genommen hatte.

Er sah seine schlimmsten Befürchtungen bestätigt. Es waren praktisch nur Ausländer im Foyer, Wortfetzen in allen möglichen Sprachen schwirrten durch den Raum, kaum ein deutsches Wort war zu hören. Marinca hatte ihn wieder losgelassen, sie schien Leute zu kennen, nickte in die eine Richtung, hob grüßend den Arm in die andere. Leo kam sich völlig verloren und fehl am Platz vor. Ein langer Kerl mit unordentlicher Frisur umarmte Marinca, redete auf sie ein. Er trug einen ausgebeulten braunen Pullover und verwaschene Jeans. So, wie der aussah, hatte er wahrscheinlich Läuse. Plötzlich zog ihn Marinca wieder an der Hand zu sich hin, direkt vor diesen Kerl. „Das ist Leo", sagte sie. „Ich kenn ihn von der Uni. Er wollte unbedingt einmal hierher, da hab ich ihn eben mitgenommen." Sie lachte. War das als Scherz gedacht gewesen? Der Lange nickte ihm zu und kraulte sich skeptisch seinen dünnen Kinnbart. Weder stellte er sich vor, noch grüßte er Leo.

„Trinken wir noch was, bevor es anfängt?", fragte Marinca. Leo nickte. „Dort wäre die Bar!" Sie erwartete also, dass er sie einlud. Eigentlich unverschämt, dachte er zunächst, als er sich ans Ende der Schlange stellte. Aber irgendwie gehörte es sich auch so, vor allem, nachdem sie sich um die Karten gekümmert hatte. Leo sah sich um. Viele Menschen mit dunkler Haut in allen Schattierungen. Sogar Frauen mit

Kopftuch waren da. Er war froh, als sie endlich ihre Plätze erreicht hatten und es im Zuschauerraum ruhig wurde. Da bestand wenigstens keine Gefahr mehr, dass er in eine Unterhaltung mit Leuten gezwungen wurde, mit denen er gar nicht reden wollte.

Er musste an den gestrigen Abend denken. Mama hatte gar nicht wieder aufstehen wollen, nachdem sie an seinem Kasten zu Boden gesunken war. „Mein Sohn schlägt mich!", hatte sie gejammert. Womit sie das verdient habe. Und dass er genau wie sein Vater werde. Das Gejammer hatte gar nicht mehr aufgehört. Leo war hinuntergegangen, hatte von der Pizza gegessen, die Mama kaum angerührt hatte. Dabei hatte er sie nicht geschlagen, bloß daran gehindert, ihn selbst anzugreifen. Sie hatte nach seinem Hemd gegriffen, daran gerissen, da hatte er doch jedes Recht, sich selbst zu verteidigen. Es war immer das Gleiche. Die Frauen provozierten einen so lange, bis man unweigerlich die Nerven verlor.

Widerwillig folgte Leo dem Geschehen auf der Bühne. Es wurde geschrien, getrampelt, Menschen sanken zu Boden. Während die ganze Bühne im Dunkel versank, war ein Scheinwerfer auf eine auf dem Boden kauernde Frau gerichtet, die mit starkem Akzent ihre Leidensgeschichte erzählte. Sie habe alles verloren, ihre Eltern, ihren Mann, ihre Kinder. Geschlagen und ausgeraubt sei sie geworden, einer Vergewaltigung nur knapp entgangen. Leo wollte es nicht hören. Das waren doch alles zusammengeschusterte Märchen, die dazu dienten, Leichtgläubige zu beeindrucken, die dann bereitwillig ihre Geldbörsen öffneten. Und das in einem österreichischen Theater. Es war widerwärtig.

Nach etwa einer halben Stunde betrat Baschar die Bühne. Er beugte sich zu der immer noch auf dem Boden kauernden Frau hinunter, sie begannen ein Gespräch über ihren Heimatort, entdeckten, dass sie nicht weit voneinander entfernt zu Hause gewesen waren. Im Hintergrund wurden Bilder von zerstörten Häusern an die Wand projiziert. Das war sicher schlimm, aber was hatte er, Leo, damit zu tun? Hatte er etwa Bomben abgeworfen? Soviel er wusste, schlachteten sich die da unten gegenseitig ab. Baschar blickte ins Publikum, deutete mit großer Geste über alle Zuschauer hinweg. Blickte sie direkt an. Etwa Marinca? Leo fühlte seinen Hass auf den Mann wieder aufwallen. Der hatte kein Recht, hier zu stehen, Marinca anzustarren, über sie hinweg zu gestikulieren, sich wichtig zu machen. Ob er wusste, dass heute jemand im Publikum saß, den er „Trottel" genannt hatte? Er würde es noch zu spüren bekommen, dass man das mit ihm, Leo, nicht machte. Wenn ihm die Garotte den Hals zuschnürte, würde er sich wünschen, wieder in Syrien zu sein, zerbombte Häuser hin oder her.

Leo sah zu Marinca hinüber, sie hatte sich vorgebeugt, ihr Kinn in die Hand gestützt, folgte aufmerksam dem Gespräch auf der Bühne. Immer wieder rutschten Haarsträhnen nach vorne, die sie mit einer automatischen Handbewegung wieder hinter ihr Ohr zurückschob, in dem der Mond glitzerte. Er musste sich gut überlegen, wie er nach der Aufführung auf ihre Fragen reagierte, denn die würden kommen. Wenn ihm irgendwas an Marinca lag, dann würde er lügen müssen.

Man konnte sie nicht mit den Leuten auf der Bühne vergleichen, ihr Deutsch war einwandfrei, vielleicht sogar besser als seines. Sie war sogar hier geboren. Und Christin war sie außerdem. Es war Unsinn, sie mit den Flüchtlingen in einen Topf zu werfen, wie Paul das tat. Der hatte keine Ahnung. Leo versuchte, im dunklen Zuschauerraum Gesichter auszumachen, herauszufinden, ob jemand da war, den er kannte. Wahrscheinlich war es nicht, kein einziger Zuschauer sah so aus wie die Leute in der Verbindung oder in Othos Gruppe. Er selbst musste hier als seltsam auffallen, er hätte sich anders kleiden sollen. Auch die Frauen sahen völlig anders aus. Hier würde ihn niemand aus der Verbindung vermuten oder gar erkennen.

Applaus riss ihn aus seinen Gedanken. Marinca richtete sich auf, der Vorhang schloss sich. Offenbar gab es eine Pause. Viele standen auf, Marinca blieb sitzen. „Möchtest du noch was trinken?", fragte Leo. Sie schüttelte den Kopf. „Ist mir jetzt draußen zu hektisch. Bleiben wir lieber hier und reden ein bisschen!"

Leo konnte deutlich einen Knoten im Hals spüren. „Kannst du dir jetzt vielleicht vorstellen, wie es Menschen zumute ist, die alles aufgeben müssen, alles, und die gezwungen sind, ins Ungewisse aufzubrechen?" Er räusperte sich. „Ja, schon. Verstehe ich schon." Das klang nicht überzeugend genug. Marinca musterte ihn skeptisch. „Das ist alles?", fragte sie. „Mehr fällt dir zu dem, was du gesehen und gehört hast, nicht ein?" „Ich ...", stotterte Leo. „Ich tu mich schwer, es in Worte zu fassen. Es hat mich schon ... beeindruckt!", fiel ihm schließlich ein. „Beeindruckt!", wiederholte Marinca mit einem ironischen Lächeln. „Na, mehr Gefühl aus dir herauszuholen ist anscheinend unmöglich. Noch!" Leo atmete auf. Sie dachte, er tue sich schwer, Gefühle in Worte zu fassen. Stimmte ja auch. Nur täuschte sie sich in Bezug auf die Gefühle, die er zu diesem Stück hatte. Aber sie hatte „noch" gesagt. Das machte Hoffnung darauf, dass sie vorhatte, sich weiterhin mit ihm abzugeben. Marinca lehnte sich zurück. „Mir sagt es viel. Mehr, als ich von meinen Eltern weiß. Sie reden nicht gern über die Flucht. Ich glaube, sie fürchten, dass es uns zu sehr belastet. Meine Geschwister und mich."

Leo legte seine Hand auf ihren Unterarm. In seiner Handinnenfläche spürte er seidig weichen Flaum. Marinca sah ihn mit großen Augen an, schob nach kurzem Zögern seine Hand wieder weg. Das ironische Lächeln fand zurück in ihre Augen. „Na, da glaubt wohl jemand, einen schwachen Moment bei mir ausnutzen zu können. Bloß, weil ich dir ein wenig von mir erzählt habe, darfst du nicht glauben, dass du dir gleich Vertraulichkeiten erlauben kannst!" Er räusperte sich, zog wie elektrisiert seine Hand zurück. Zumindest hatte sie ihn nicht grob zurückgewiesen.

„Erzähl lieber mal du etwas über dich!", sagte sie und schlug ihre Beine übereinander. Leo ließ seine Blicke auf ihrem bloßen Knie ruhen. „Wie bist du da eigentlich hineingerutscht, in diese Burschenschaft?" Leo war irritiert. Was für einer war er in Marincas Augen, dass er dort nicht hinpasste? Am besten, so überlegte er, eignete sich eine rührselige Geschichte. So wie in dem Stück. Darauf fuhr Marinca anscheinend ab.

„Es hat wohl mit dem Tod von meinem Vater angefangen." Er schluckte. Marincas Mundwinkel zuckten. „Du Armer! Wann ist er denn gestorben?" „Ich war vierzehn", sagte Leo. „In der vierten Klasse. Es ist … er ist bei der Arbeit gestorben. In seinem Büro einfach zusammengesackt." Jetzt war es Marinca, die Leo ihre Hand auf den Arm legte. Der allerdings war nicht nackt wie ihrer. „Woran denn?", fragte Marinca. Es konnte nicht schaden, ein wenig dick aufzutragen. „Er hat viel Stress gehabt. War auch zuckerkrank. Sagt zumindest meine Mama. Mein Opa ist auch früh gestorben, an einem Schlaganfall. Mit fünfundvierzig. Vielleicht hat er da was geerbt. Auf dem Totenschein ist bloß gestanden ‚Peripheres und zentrales Herz- und Kreislaufversagen'." Leo wunderte sich selbst, dass ihm diese Einzelheit einfiel. Er hatte es damals kaum verstanden, später aber gemerkt, dass das keine Todesursache, sondern eine Beschreibung des Todes an sich war. Marinca gab keinen Kommentar ab, drückte seinen Unterarm. Leo hoffte, sie würde ihre Hand dort lassen. „Ich hab wenigstens meine Eltern noch. Und meinen Opa."

„Ich war danach ziemlich schlecht in der Schule", erzählte Leo. „Und da war dieser Freund von Papa, der mit ihm in der Verbindung war." „Also erblich vorbelastet!", kommentierte Marinca mit einem Lächeln. „Aber davon kann man sich ja befreien, nicht?"

Leo zuckte mit den Schultern. „Der Freund von Papa, der hat sich gleich an meine Mutter herangemacht, als Papa tot war. Irgendwie hat er mich dazu gekriegt, dass ich in so eine Schülerverbindung eingetreten bin, ich weiß selber nicht mehr, wie." Das hatte er clever gemacht. Gegenüber Marinca durfte er nicht zugeben, dass ihm die Gruppe, das Nicht-mehr-allein-Sein, sogar das gemeinsame Saufen zumindest anfangs unheimlich gutgetan hatte. In der Verbindung gab es wenigstens Freunde, die zu ihm standen.

Und etwas mit ihm unternahmen. Und wenn sie nur alle Mistkübel im Stadtpark umgedreht hatten.

„Und deine Mutter?“, fragte Marinca. In diesem Moment verdunkelte sich der Saal, und der Vorhang hob sich. Leo konnte seine Antwort auf später verschieben.

Der zweite Teil des Stückes verlief ähnlich dem ersten, es war so langweilig, dass Leo zuweilen auf seine Uhr sah. Die Zeit verging im Schneckentempo. Als er merkte, dass Marinca ihm Blicke zuwarf, wenn er wieder einmal seinen Arm hob, um die Uhrzeit abzulesen, ließ er es bleiben. Sie durfte nicht denken, dass er nur darauf wartete, dass das Stück zu Ende war.

Zu seinem Glück ersparte er sich Antworten auf schwierige Fragen nach dem Fallen des Vorhangs. Marinca schob ihn vor sich her in das Theatercafé, alles war voll, laut, die Menschen um sie herum wechselten ständig die Plätze, kamen und gingen, in mehreren Sprachen wurde durcheinandergeschrien. Marinca schien sich mehr für den Langen mit dem zerzausten Bart zu interessieren als für ihn. Als ihn eine dunkelhäutige Frau auf Englisch ansprach und wissen wollte, wie ihm das Stück gefallen habe, nickte er, sagte „very nice“, stand auf und tippte Marinca auf die Schulter. „Ich muss schnell mal ...“ Sie nickte beiläufig, wandte sich dann wieder ihrem Gesprächspartner zu.

Auf dem Gehsteig vor dem Theater atmete Leo durch. Ob Marinca heute noch mit ihm allein sein wollte? Er hatte wenig Hoffnung. Außerdem war die Situation ohnehin verfahren. Zu ihm nach Hause konnten sie nicht, allein schon wegen seiner Mutter.

Und die Plakate und Bücher in seinem Zimmer, die würden Marinca schockieren, es würde zu Diskussionen kommen, sie würde keine Lust darauf haben, mit ihm ins Bett zu gehen. Und sie selber? Wahrscheinlich wohnte sie in einer verkommenen WG, wo bloß Matratzen auf dem Boden lagen und sich der Staub in den Ecken breitmachte. Und wo alle aus- und eingingen, wie es ihnen passte.

Plötzlich öffnete sich eine Tür, ein paar Meter weiter unten an der Straße, jemand trat heraus. Leo sah nur die Silhouette, aber es konnte dieser Baschar sein. Leo sah auf die Uhr. War ja nicht uninteressant, wann der ging, und vor allem, wohin. Der Mann steckte sich eine Zigarette an. Das passte. Jammern, dass man in der Fremde gestrandet sei und nichts mehr habe als sich selbst, dann aber das Geld, das man von den Österreichern bekam, für Zigaretten ausgeben. Da sollte, fand Leo, der Staat sparen. Ein Flüchtling musste nicht rauchen, vor allem nicht von seinem, Leos Geld. Fehlte gerade noch, dass dann der Lungenkrebs auch auf seine Kosten behandelt wurde.

Der Mann wandte sich in seine Richtung, sah aber an Leo vorbei. Im Licht der Straßenlaterne konnte Leo deutlich Baschars Gesicht erkennen. Er wandte sich wieder ab, holte ein Handy aus der Hosentasche, entfernte sich von Leo. Geld für ein Handy war also auch vorhanden. Dafür beklagte man sich im Theater, noch dazu auf der Bühne, dass einem alles genommen worden sei. Was für ein verlogenes Pack. Und Marinca imponierten diese Typen auch noch. Es war zum Verzweifeln. Ein Grund mehr, was zu tun. Weiterzumachen. Vielleicht hätte er diesem Baschar gleich nachgehen sollen. Herausfinden, wo er sich aufhielt, wohin er ging, wo er wohnte.

Jetzt allerdings musste er noch einmal hinein, zu Marinca. Er war schon viel zu lange weg gewesen, als dass ein einfacher Klobesuch als Erklärung ausreichte. Sie war nicht mehr an dem Tisch, an dem Leo sie verlassen hatte. Nach einigem Suchen fand er sie an der Bar, im Gespräch mit einer Frau, die ein Kopftuch trug. Das hatte gerade noch gefehlt. Entschlossen trat er hinter Marinca, beugte sich zu ihrem Ohr, damit sie ihn im Lärm des Lokals überhaupt hören konnte. „Was meinst du?“, fragte er. „Wollen wir los? Hier ist es mir einfach zu laut!“ Sie sah ihn belustigt an. „Ich unterhalte mich gerade mit Basima.“ Sie zeigte auf ihre Gesprächspartnerin. „Hallo!“, sagte die und streckte Leo ihre Hand hin. „Basima heißt übrigens ‚die Lächelnde‘.“ Leo nahm unwillkürlich ihre Hand und schüttelte sie. Er war sich eigentlich sicher gewesen, dass Frauen mit Kopftuch fremde Männer nicht einmal ansehen durften. Basima lächelte, war hübsch, hatte große, schwarz umrandete Augen, volle Lippen. Nicht einmal einen Akzent. Warum versteckte ein solches Mädchen ihren Kopf unter einem hässlichen Schleier?

„Also, ich bleibe noch ein bisschen. Möchtest du noch was zu trinken?“ Leo schüttelte den Kopf. Leise flüsterte er Marinca zu: „Es ist wegen Mama. Ich habe ein schlechtes Gewissen, wenn ich sie die halbe Nacht allein lasse. Vielleicht ein anderes Mal mehr darüber!“ Er ließ seine Hand ein paar Sekunden sanft auf Marincas Schulter ruhen. Sie sah ihn überrascht an, dann wandte Leo sich ab.

Das hatte er gut gemacht. Sich mit einem kleinen Geheimnis umgeben, sich als fürsorglicher Sohn deklariert, das musste Marinca gefallen. Es war wichtig, den richtigen Eindruck zu hinterlassen. Damit man nicht auffiel. Den ganzen Nachhauseweg über musste Leo daran denken, wie Baschar im Dunkel verschwunden war. Und was passiert wäre, wenn er abgewartet hätte, bis auch Marinca nach Hause wollte.

In der darauffolgenden Nacht stand Leo wieder vor dem Theater. Er hatte sich genau gemerkt, wann Baschar aus der Tür getreten war. Die Nacht war regnerisch, gelegentlich kam jemand aus dem Theatercafé, um zu rauchen, manche machten sich auch auf den Heimweg. Leo versuchte, sich auf dem Gehsteig wie jemand zu bewegen, der ein bestimmtes Ziel hatte, nicht zu langsam, vor allem aber auch nicht zu schnell. Und möglichst nicht die Tür aus den Augen verlieren, durch die Baschar gekommen war.

Den Tag hatte er damit verbracht, Kleider zu kaufen. Möglichst unauffällig, in möglichst großen Läden mit möglichst vielen Leuten. Er hasste diese Geschäfte wie die Pest, wo man sich durch enge Gänge an schwitzenden Kunden vorbeidrängen musste und so wie im Theater kaum Deutsch hörte. Es waren furchtbar viele Leute unterwegs gewesen, er hatte nicht bedacht, dass heute der erste Einkaufssamstag vor Weihnachten war. Überall waren Weihnachtslieder aus den Lautsprechern gedudelt, auf den Straßen trugen die Leute Stanitzel mit gerösteten Maroni und Glühweinbecher in den Händen.

Es hatte gedauert, bis er Hosen in seiner Größe gefunden hatte, dann hatte er das erstbeste graue Outfit zusammengerafft. Die Kassiererin war so beschäftigt gewesen, dass sie kaum zu ihm aufgeschaut hatte. Sie würde ihn garantiert nicht wiedererkennen. Natürlich hatte er bar bezahlt. Eine graue Hose, ein graues T-Shirt, einen grauen Kapuzensweater, billige weiße Sneakers vom Diskonter. Er musste alles verbrennen, sobald er Baschar aus dem Weg geschafft hatte. Diesmal nahm er sich keine Zeit für tagelange Vorbereitung. Es sollte schnell gehen. Die Garotte steckte in einem neuen Rucksack, ebenfalls vom Diskonter. In einem Papiersack vom selben Unternehmen. Nichts davon fiel auf, alles gab es tausendfach in dieser Stadt. Dann noch ein Fläschchen Benzin und neue Kleidung, vorsichtshalber in einen Müllsack gewickelt, damit sie keinen Benzingeruch abbekam.

Den ganzen Tag über hatte er nicht nur an Baschar, sondern auch an Marinca gedacht. Immer wieder holte er sein Handy hervor, um nachzusehen, ob sie ihm eine Nachricht geschickt hatte. Doch da war nichts. Schließlich textete er „Danke für gestern. War schön.“ Dazu setzte er noch einen Smilie und ein Herz. Löschte das Herz wieder. Schickte ab. Keine Antwort.

Der Regen wurde etwas heftiger, mischte sich mit vereinzelten Schneeflocken. Leo zog seine Kapuze über. Er würde Baschar folgen müssen. Einen Ort finden, wo er ihm rasch und ohne Zeugen die Schlinge über den Kopf werfen konnte. Schade, dass Baschar nicht erkennen würde, wer ihn tötete. So würde er nie erfahren, dass man einen wie Leo nicht ungestraft einen Trottel hieß.

Wieder einmal wechselte Leo die Straßenseite, um nicht dadurch aufzufallen, dass er vor dem Theater zu oft auf und ab ging. Vor ihm stand Hassans Kebabwagen. Geschlossen. Bisher hatte sich wohl niemand gefunden, der das Unternehmen weiterführen wollte. Vielleicht aus Angst, dass ihm dasselbe passieren würde wie Hassan. Leo lächelte. Im gleichen Moment hörte er von drüben ein Geräusch. Tatsächlich, jemand war aus der Tür getreten. Baschar? Man konnte es von hier aus nicht erkennen. Rasch überquerte er die Straße, versuchte, den Schatten von Bäumen und Mauern zu nutzen, um nicht in den Lichtkegel der Straßenlaterne zu gelangen. Tatsächlich, es musste Baschar sein. Die buschigen Haare, der Gang, die O-Beine. Wie gestern hielt er in der Linken eine Zigarette, in der Rechten sein Handy. In einem fort murmelte er in sein Gerät, er war so abgelenkt, dass Leo keine Angst haben musste, entdeckt zu werden. Wie aber nahe genug an ihn herankommen? Würde Baschar nicht spüren, dass ihn jemand verfolgte? Sich im entscheidenden Moment umdrehen?

Plötzlich blieb Baschar stehen, sah sich suchend um. Leo konnte sich gerade noch in einen dunklen Hauseingang drücken. „Hier!“, rief Baschar plötzlich. „Ich bin da!“ Leo schob seinen Kopf vorsichtig aus dem Eingang und zuckte gleich wieder zurück. Eine Frau kam von der anderen Straßenseite auf Baschar zugelaufen. Leo hörte Kussgeräusche, leises Lachen, Murmeln. „Warum hat es heute so lange gedauert?“ Die Frau sprach ohne Akzent. Eine Österreicherin. Da sah man es wieder! Die Flüchtlinge lebten nicht nur von seinem Geld auf großem Fuß, nein, sie stahlen ihnen auch noch die Frauen. Leo drückte die Fingernägel in die Handflächen, um nicht aufzuschreien. Es hätte nicht viel gefehlt, und er hätte sich auf Baschar gestürzt. Aber er musste seine Wut im Zaum halten. Jetzt waren sie zu zweit, er konnte nicht zuschlagen.

Andererseits aber würden sie ihn nicht entdecken, wenn er den beiden folgte. Sie waren zu sehr mit sich selbst beschäftigt, als dass sie einen vorsichtigen Verfolger wahrnehmen konnten. Als die Stimmen leiser wurden, wagte Leo sich aus seinem Versteck. Die beiden entfernten sich eng umschlungen. Trotz des Regens trug die Frau keine Kopfbedeckung. Sie hatte langes, dunkles Haar und schlanke Beine, die in engen Jeans steckten, war etwas größer als Baschar. Ihre Absätze klackten laut auf dem Straßenpflaster. Beide stießen dann und wann Rauchwolken aus, Leo konnte auch die winzigen Glutpunkte ihrer Zigaretten wahrnehmen. Gut, dass seine Schuhe so gut wie keine Geräusche verursachten.

Womit er nicht gerechnet hatte, war, dass die beiden in der nächsten U-Bahn-Station verschwanden. Sie waren schon am unteren Ende der Rolltreppe, als Leo oben ankam. Er durfte sie nicht verlieren, musste zumindest herausfinden, wo Baschar wohnte. Es war viel zu riskant, noch einmal vor dem Theater aufzutauchen. Scheinbar gelassen ging Leo die Rolltreppe hinunter, begann zu schwitzen vor Aufregung. Er wollte laufen, durfte nicht. Musste auf zufällige Beobachter völlig entspannt wirken. Die beiden nahmen den Bahnsteig, der nach Westen führte. Ganz knapp hinter ihnen schlich Leo vorbei, stellte sich ans Ende des Bahnsteigs. Die Frau hatte den Kopf an Baschars Schulter gelegt. Wie konnte sie sich das antun? Jemand, der nichts hatte, nichts war und nichts werden würde? Am Ende noch verlangte, dass sie ein Kopftuch trug und seinen Befehlen Folge leistete? Es war widerlich.

Im Zug wurde Leo klar, dass er näher an die beiden heranmusste, um nicht zu verpassen, wo sie ausstiegen. Aber sie schienen so mit sich selbst beschäftigt, dass sie ihre Umwelt gar nicht wahrnahmen.

Als sie ausstiegen, saßen nicht mehr viele Leute im Zug, es war einfach, den beiden zu folgen. Die

Treppen hinunter, ein paar Straßen kreuz und quer durchs Viertel, Leo war noch nie hier gewesen. Plötzlich blieb Baschar stehen, drehte sich um. Schon begann Leo zu erstarren, als ihm klar wurde, dass er weitergehen musste, um nicht aufzufallen. „Lost my cigarettes“, murmelte Baschar, seine Jackentaschen abklopfend, als Leo vorbeihastete. Was nun?

Das Glück war auf Leos Seite, zu seiner Rechten öffnete sich eine Passage mit Schaufenstern. In einem davon blinkte eine Lichterkette. Er drückte sich in die hinterste Ecke, um nicht davon beleuchtet zu werden, presste sich gegen das Glas, sah die zwei vorübergehen, ohne dass sie ihn beachteten. Leo wagte sich wieder hinaus. Nur zwei, drei Minuten später blieben Baschar und die Frau vor einem Haustor stehen. Die Fassade des Hauses war von einem Baugerüst verdeckt. Leo trat einen Schritt zurück in einen Hauseingang, konnte die beiden nicht sehen, hörte einen Schlüsselbund klimpern, danach das Knarren des sich öffnenden Tores. Mit einem dumpfen Knall schloss sich das Tor wieder. Kurz darauf studierte Leo den Eingang, in dem Baschar mit seiner Freundin verschwunden war. Ein altes Holztor, schäbig, abgeblättert. Der aus Steinen gemauerte Torbogen beschmiert mit Graffiti. Zerrissene Planen schwankten im leichten Wind über ihm. „Smile!“, stand auf einer Seite, darunter „Fuck Austria“. Das sah denen ähnlich. Bekamen alles hinten hineingesteckt, und dann pfiffen sie auf das Land, das sie gerettet hatte. Erst, als er die Straße überquerte, dämmerte es Leo, dass auch der Fußballverein damit gemeint sein konnte.

Leo betrachtete das Haus vom gegenüberliegenden Gehsteig aus. Unauffällig und grau stand es in der

Reihe ganz ähnlicher Häuser. Im ersten Stock hingen Strohsterne an einem Fenster, ein weiteres war von einer Lichterkette umrahmt. Im dritten Stock fehlten Fenster, war der Putz abgeschlagen. Wahrscheinlich wurde dort gerade gebaut. Im zweiten Stock teilweise blinde Scheiben, nur wenige Fenster erleuchtet. Kein Mensch auf der Straße. Neben dem Eingang ein paar überquellende Mistkübel. Leo hatte genug gesehen. Hier würde es schwierig werden, Baschar unauffällig abzupassen, aber er würde einen Versuch wagen. Zumindest einen.

Mama schlief, als er nach Hause kam. Ein Glück. Er stellte seinen Rucksack in eine Ecke seines Zimmers. Morgen durfte er nicht vergessen, abzusperren. Seine Mutter durfte den Rucksack keinesfalls finden, wer konnte wissen, was sie sich dazu ausdenken würde. Er legte sich aufs Bett, nahm sein Handy zur Hand, das natürlich zu Hause geblieben war, und sah seine neuen Nachrichten durch. Belangloses Geschwätz in der Gruppe der Verbindung, eine persönliche Nachricht von Paul, der ihn ermahnte, endlich wieder das Training aufzunehmen. Keine Nachricht von Marinca. Leo spürte einen leichten Schmerz in der Magengegend. Hatte er sich im Theater falsch verhalten? Wollte sie nichts mehr mit ihm zu tun haben? Sollte er ihr schreiben? Heute nicht mehr. Das klang sicher zu verzweifelt.

Schon hatte Leo Google Maps geöffnet, um Baschars Adresse zu recherchieren, als ihm einfiel, dass es besser war, das bleiben zu lassen. Nur keine digitalen Spuren hinterlassen.

Als er aus dem Schlaf hochfuhr, erinnerte er sich dumpf daran, dass er von Marinca geträumt hatte. Oder, besser, dass er sie gesucht hatte. Gesucht, aber nirgends gefunden. Baschar hatte ihm zugelächelt. Er schüttelte den Kopf, wie um die Träume davonzuschleudern.

„He!" War er gemeint? Leo drehte sich um. Marinca kam auf ihn zu. Er ermahnte sich, freundlich dreinzusehen. Zu lächeln. Immerhin hatte er den ganzen Sonntag lang im Bett gelegen und an sie gedacht. Sie musste ihm ansehen, dass er sich freute, sie wiederzusehen. „Du hast mir gar nicht geantwortet, auf meine Nachricht, ich habe gedacht, du ..." Marinca stieß ihn in die Seite. „Ich hab's lieber persönlich anstatt digital. Hast du das Theaterstück schon verarbeitet?" Sie hatte ihn auf dem falschen Fuß erwischt. Er hatte sich nicht überlegt, was er zu dem Thema sagen konnte, falls sie sich wieder trafen. Marinca redete aber ohnehin gleich weiter. „Lust auf einen Kaffee? Ich hab vor meinem Seminar noch Zeit!" Leo nickte. Als er auf einem der orangen Plastikstühle Platz nahm, fiel ihm ein, dass sie sich immer zu ihren Bedingungen trafen. Niemals wurde etwas vereinbart, immer tauchte sie einfach plötzlich dort auf, wo auch er war. Ob das Zufall war?

„Na, red schon!" Marinca lachte. „Heraus damit. Hat dich das Stück schockiert?" Leo zuckte mit den Schultern. „Schockiert nicht. Aber ... ich bin mir nicht sicher, ob ..." Er hielt inne. Konnte er Marinca gegenüber zugeben, dass er die dramatischen Fluchtgeschichten allesamt für die Produkte orientalischer Phantasie hielt? „Ob was?", fragte Marinca, während sie eine Falte auf ihrer Stirn zog. „Ob ich wirklich der Typ für's Theater bin." Leo atmete auf, dass ihm diese Ausrede eingefallen war. „Man sitzt dort so lange, wie es dauert, hat keine freie Entscheidung, ob man zum

Beispiel was essen oder trinken will, kann nicht aufs Klo ..." Marinca seufzte. „Weißt du, das sind schon recht kleinliche Einwände. Aber wenn man nur das Serienschauen gewöhnt ist ..." Sie ließ das Ende ihres Satzes in der Luft hängen. Leo musste einlenken. „Vielleicht ... man muss sich an diese Art, diese Art von Kultur", stotterte er, „auch erst ein bisschen gewöhnen. Ich meine, wenn man das öfter ... und vielleicht auch verschiedene Themen ..." Marinca nickte. Sie schien zufrieden mit seiner Antwort und nahm einen Schluck Kaffee. „Nimmst du mich einmal mit zu deinem Verein?", fragte sie. „Ich würde wirklich gerne sehen, was ihr da so treibt. Vielleicht finde ich es sogar spannend." Leos Herz setzte einen Moment aus. Er musste an Pauls Warnung denken. Obwohl Marinca blond war, sogar blaue Augen hatte, wusste man in der Verbindung, woher sie kam. Und Paul war mehr als deutlich gewesen. Er schüttelte den Kopf. „Das würde dir ... also, das ist nichts ..." Er wusste nicht weiter. „Haben die ein Problem mit Menschen mit Migrationshintergrund?", fragte sie und trank ihren Kaffee aus. „Immerhin bin ich blond und weiß. Und einer meiner Großväter war sogar ein Ustascha-Faschist. Qualifiziert mich das?" Leo suchte nach einer Antwort, sah an Marinca vorbei und erstarrte.

Esther stand in der Tür, sah sich suchend um, hatte ihn schon erblickt. Leo senkte seinen Blick, fixierte die Wand. „Was hast du? Einen Geist gesehen?" Marinca hatte es gemerkt. Momente später stand Esther an ihrem Tisch. „Guten Morgen!", sagte sie. „Willst du mich der Dame nicht vorstellen?" Leo brachte kein Wort hervor. Marinca hob verwundert die Augenbrauen. Esther ließ ihm auch nicht lange Zeit zu reagieren. „Ist auch nicht nötig. Ich weiß, wer er ist, du weißt es hoffentlich auch, und mehr brauchen wir nicht." Sie wandte sich Marinca zu. „Aber bei dem musst du ein bisschen aufpassen. Er wird leicht gewalttätig, wenn er nicht kriegt, was er will. Da kommt er dann auch schnell einmal auf die Idee, dich zu würgen. Ich wollte es nur gesagt haben!" Sie drehte auf dem Absatz um, ging dem Ausgang zu.

Marinca schüttelte den Kopf. „Was war das jetzt? Kannst du mir das erklären?" Leo fuchtelte unsicher mit den Händen in der Luft herum. „Das war Esther. Eine ... meine ehemalige ..." „Deine Ex?", fragte Marinca in sein Gestammel hinein. „Stimmt das, was sie sagt? Du hast sie gewürgt?" Leo spürte Hitze in sein Gesicht schießen, schüttelte energisch den Kopf. „Natürlich nicht!", krächzte er. „Das hat die alles ... wahrscheinlich erfunden, um ..." „Wahrscheinlich erfunden?", fragte Marinca nach und beugte sich über den Tisch. „Hat sie's nun erfunden oder nicht? Das ist doch keine Frage der Wahrscheinlichkeit, oder?" Leo schüttelte wieder den Kopf. „Erfunden, natürlich. Sie ist ... bestimmt eifersüchtig, weil sie mich mit einer anderen ... mit dir ..." Marinca lehnte sich wieder zurück, nahm einen Schluck von ihrem Kaffee. „Was hat sie denn damit gemeint, dass du auszuckst, wenn du nicht bekommst, was du willst?" „Das war, das war nur so dahingesagt, wir haben uns ... also, wir haben viel gestritten, es hat nicht mehr gepasst, da habe ich ... ich habe mich einfach nicht mehr gemeldet bei ihr, da hat sie wahrscheinlich ..." Leo war selbst klar, dass dieses Gestammel unsicher wirkte, nicht geeignet war, Verdachtsmomente zu zerstreuen.

„Du hast sie also sitzen gelassen? Ohne dich klar darüber zu äußern, dass du nicht mehr mit ihr zusammen sein möchtest? Ohne ein klärendes Gespräch? Feig!" Marinca knallte ihre Tasse auf den Untersetzer. Leo jedoch war über diese Entwicklung froh. So brauchte er nur zustimmend zu nicken. „Du weißt ja, das mit dem Reden ..." Er hob in einer hilflosen Geste die Arme. Marinca lachte hell auf. „Ja, das glaube ich gerne, dass in eurem Verein das Reden ein bisschen zu kurz kommt. Wahrscheinlich sammeln sich dort hauptsächlich die kommunikativ Gestörten!" Wieso eigentlich ließ Leo es zu, dass sich Marinca beständig über seine Verbindung mokierte? Er sollte sich das viel entschlossener verbitten, aber es gelang ihm nicht. Ihm fiel selten etwas Passendes ein, mit dem er kontern konnte.

Marinca trank ihren Kaffee aus. „Ich muss dann auch. Aber sag einmal, wie kommt die wirklich darauf, dass du sie gewürgt haben sollst? So etwas fällt einem doch nicht aus heiterem Himmel ein?" Leo schluckte. „Es hat ... da war schon ein ziemlich heftiger Streit. Und da hab ich gesagt ... vielleicht hab ich gesagt, dass ich sie am liebsten erwürgen ... Wie man das halt so sagt, im Zorn." „Im Zorn?", fragte Marinca. „Wo starrst du eigentlich hin?" „Entschuldige, ich ..." Leo hatte gerade ein ganz anderes Bild vor Augen gehabt. Die Schlinge um Baschars Hals zog sich zu, der griff danach, würgte, röchelte. „Ich hab gerade ... war in Gedanken." Marinca stand auf. Wieder erschien die steile Falte auf ihrer Stirn. „Hoffentlich hast du nicht daran denken müssen, wie du sie gewürgt hast!" Sie schüttelte den Kopf. „Du bist mir immer noch ein Rätsel, weißt du das? Ich habe keine Ahnung, warum ich mich überhaupt mit dir abgebe!" Sie kehrte ihm den Rücken zu, winkte kurz und verschwand, ohne sich noch einmal umzudrehen.

Leo versuchte, das Bild in sich zu behalten. Wie sie gewinkt hatte, ihre blonden Haare auf dem Rücken hin und her getanzt waren, einzelne Strähnen an ihrem Pullover festklebten. Er wollte sie wiedersehen. Aber ihr nachlaufen? Sicher nicht. Marinca würde noch nachdenken über Esthers Auftritt. Er konnte nur hoffen, dass sich die beiden nicht treffen würden, sodass Esther Einzelheiten über ihre letzte Auseinandersetzung erzählen konnte.

Als Leo abends nach Hause kam, schnarchte seine Mutter auf der Couch im Wohnzimmer. In der Küche das übliche Chaos aus leeren Flaschen, Gläsern, schmutzigem Geschirr und Essensresten. Anscheinend hatte Mama sich Essen beim Chinesen bestellt, ein Karton enthielt klebrige Reste von irgendwas, das nach Sojasauce roch. Leo wandte sich angeekelt ab, rührte nichts an und zog sich in sein Zimmer zurück. Mama musste mit diesem Saustall selbst klarkommen. Und wenn das nächste Mal die Rettung kam, dann sollten die ruhig sehen, wie sie lebte. Vielleicht würden sie sie dann gleich im Krankenhaus behalten oder direkt von dort in eine Entzugsklinik einweisen. Oder von ihm aus gleich in die Psychiatrie, dort gehörte sie nämlich hin.

Leo packte seinen Rucksack noch einmal aus, um sicherzustellen, dass er alles hatte, was er für seinen Plan brauchte. Die Ersatzkleidung samt einem Schal, mit dem er sich maskieren würde, fein säuberlich in einem Papiersack verstaut. Er prüfte. Nichts roch nach Benzin. Das Benzinfläschchen, sorgfältig verschlossen. Die Garotte, in einem Beutel vom Diskonter. Leo holte sie noch einmal hervor, umfasste die Griffe mit behandschuhten Fingern, spürte Erregung in sich aufsteigen, wenn er daran dachte, wie sich das Metall um Baschars Hals zuziehen würde.

Er sah auf die Uhr. Gestern war Baschar etwa um elf bei seinem Wohnhaus eingetroffen. Er musste es heute noch einmal versuchen, hoffentlich war Baschar diesmal ohne Begleitung. Wenn die Frau wieder an seiner Seite war, hatte er Pech gehabt. Dann musste er eben überlegen, ob er sich nicht überhaupt ein neues Opfer suchen sollte.

Leo war knapp davor, aufzugeben. Halb zwölf, und immer noch war niemand zu sehen. Ihm war kalt. Er rieb sich die Hände, streckte und dehnte die Arme, um auf seinen Angriff vorbereitet zu sein. Wenn er noch lange hier herumstand, würde er jemandem auffallen. Zweimal war schon jemand aus Baschars Haus herausgekommen, junge Männer in Kapuzensweatern. Wahrscheinlich alles Islamisten, die sich hier Bombenanschläge ausdachten. Wahrscheinlich wäre es das Beste, gleich die ganze Bude in die Luft zu jagen, aber dafür fehlten Leo die Mittel. Noch. Man konnte ja zumindest darüber nachdenken. In zehn Minuten, beschloss Leo, würde er das Feld räumen und andere Pläne schmieden.

Doch dann hörte er jemanden kichern und schob seinen Schal hoch über Mund und Nase. Tatsächlich waren es Baschar und seine Freundin, die die Straße herunterkamen. Beide trugen lächerliche rote Weihnachtsmannmützen, deren unterer Rand mit blinkenden Sternen dekoriert war. Leo drückte sich an die Hauswand, um nicht gesehen zu werden. Scheiße, dachte er. Er war wieder nicht allein. Mussten die jede Nacht vögeln? Und die Mütze war auch im Weg. Doch diesmal verschwanden die beiden nicht sofort durch das Haustor. Sie umarmten und küssten einander, Leo konnte nur das Blinken der Mützen sehen, Geseufze und liebestrunkenes Gemurmel drangen bis zu ihm vor.

Er musste abwarten, bis beide verschwunden waren, vorher konnte er sich nicht aus der Deckung wagen. Doch dann geschah Überraschendes. Die Frau verschwand nach rechts um eine Ecke, Baschar machte sich mit seinem Schlüssel an der Tür zu schaffen. Leo holte die Garotte aus seinem Papiersack, schloss seine Finger fest um die Holzgriffe. Jetzt hieß es schnell sein. Hoffentlich war Baschars Begleiterin bereits weit genug weg. In dem Moment, als Leo aus seinem Versteck trat, rief Baschar ein Wort, das Leo nicht verstand, wohl ein arabischer Fluch, und verschwand um die gleiche Ecke wie zuvor seine Begleiterin. Im Licht einer Straßenlaterne konnte Leo sehen, dass er Ohrhörer eingestöpselt hatte. Ohne Kabel, die teuren. Natürlich.

Was war jetzt los? Ratlos ließ Leo seine Waffe sinken. Wieder nichts. Doch es dauerte nur eine halbe Minute, bis Baschar wieder auftauchte, ohne Mütze diesmal, Handy und Schlüssel in der Hand. Wahrscheinlich hatte seine Freundin sein Handy in der Handtasche mitgenommen. Als Baschar sich der Tür zuwandte, sprang Leo aus dem Schatten. Der Idiot würde ihn gar nicht bemerken, wenn er Musik hörte. Tatsächlich reagierte Baschar nicht, als sich Leo von hinten näherte. Summte nur leise eine Melodie mit.

Als Baschar die Tür öffnete, warf ihm Leo die Schlinge über den Kopf und zog zu. Baschar röchelte, lehnte sich nach vorne und riss Leo mit. Zusammen stürzten sie durch die offene Haustür. Im Gang schaltete sich automatisch Beleuchtung ein. Baschar versuchte, nach der Schlinge um seinen Hals zu greifen, seine Arme aber erschlafften, bevor er sie erreichte. Leo war auf ihm zu liegen gekommen, sein Ellenbogen schmerzte, er war auf dem harten Steinboden aufgeschlagen.

Jetzt blieb nicht viel Zeit für die Flucht. Leo löste die Garotte von Baschars Hals, es klebte Blut daran. Irgendwo öffnete sich eine Tür. Als Leo aus der Haustür trat und sich umsah, fuhr ein Auto vorbei. Der Fahrer konnte ihn, da er immer noch im Schatten des Baugerüsts stand, wohl nicht sehen. Schnell weg! Leo nahm die Richtung, aus der er und auch Baschar gekommen waren. Er erinnerte sich an den Gang mit Schaufenstern, in dem er sich gestern versteckt hatte, fand ihn, bog ein und ging ganz nach hinten. Garotte in den Papiersack, Papiersack in den Rucksack. Sollte er sich hier schon umziehen? Keine gute Idee. Er war zu nahe am Tatort, und die Lichterkette leuchtete die Passage fast gänzlich aus. Und wenn das Geräusch, das er gehört hatte, wirklich eine Tür gewesen war, dann war es möglich, dass Baschar schon gefunden worden war. Vermutlich wimmelte es hier in wenigen Minuten von Polizei. Er musste rasch weg, so weit wie möglich.

Leo hastete los. Immer, wenn sich ein Fahrzeug näherte, drückte er sich in den Schatten. An einer Ecke sah er sich plötzlich einem jungen Paar gegenüber, fast hätte er sie umgerannt. „Spinnst du?“, schrie der Mann ihm nach. Das war knapp gewesen, zum Glück war es stockdunkel, die beiden würden ihn sicher nicht wiedererkennen. Leo fluchte, hastete weiter. Sollte er seinem Plan treu bleiben? Sich möglichst weit vom Tatort zu entfernen, um dort seine Kleider zu verbrennen? Es gab wohl keine Alternative. Er musste sich zusammenreißen. Mehr wie jemand aussehen, der von einem späten Lokalbesuch auf dem Weg nach Hause war. Schlendern, nicht rennen. Außerdem ... er verfluchte sich dafür, nicht früher daran gedacht zu haben. Der Plan war ja gewesen, den Schal, den er beim Überfall getragen hatte, gegen eine Baseballkappe auszutauschen, die im Rucksack lag. Auf die hatte er vergessen, sie hätte sein Gesicht bei der Begegnung mit dem Pärchen wohl besser verborgen als der auffällige Schal vor Mund und Nase. Er riss ihn herunter und setzte die Kappe auf. Langsam, redete er sich selbst gut zu, langsam.

Polizeisirenen in der Ferne. Leo zuckte zusammen. Eine Stunde, so sagte er sich, eine Stunde würde er in die gleiche Richtung gehen. Dann würde er weit genug vom Tatort entfernt sein, und niemand würde eine brennende Mülltonne mit dem Mord in Zusammenhang bringen. Ob Baschar wirklich tot war? Es war so schnell gegangen. Leo hatte mit mehr Gegenwehr gerechnet. Die Kraft war so schnell aus diesem Körper gewichen. Ob Baschar noch gemerkt hatte, was mit ihm geschah? Ob es ihm bewusst gewesen war, dass sein Leben hier, in dieser Stadt, in diesem Hauseingang endete? Hoffentlich hatte er wenigstens noch daran denken können, dass er zu Hause bei sich in Syrien womöglich sicherer gewesen wäre als hier. Das hatte er nun davon. Und andere Flüchtlinge würden zu überlegen beginnen. Mussten zu überlegen beginnen. Das war Leos Botschaft: Hier gibt es jemanden, der sich um euch kümmert. Der sich um die kümmert, die hier nichts verloren haben. Die weg gehören.

Leo sah auf seine Uhr. Noch zwanzig Minuten. Gott sei Dank war er keinen weiteren Menschen mehr begegnet. Er war auch vorsichtig gewesen. Hatte zuerst um Ecken gelugt, bevor er Straßen überquert hatte. Kam er an geöffneten Lokalen vorbei, hatte er die Straßenseite gewechselt. Noch zehn Minuten. Er musste sich eine Gegend suchen, wo wirklich überhaupt nichts los war, keine Lokale, keine Menschen.

Als die Stunde um war, stand er vor einem Haus, in dem kein Licht brannte. Gegenüber ein Altpapiercontainer. Hinter dem Container ein winzig kleiner Park. Ein Traum! Wer hatte ihm bloß diesen Platz geschenkt? Zu allem Überfluss war auch noch die Straßenlaterne direkt gegenüber dem Container defekt, er lag im Dunklen.

Leo drückte sich in den Park, zog zuerst Handschuhe an, holte seine Wechselkleidung heraus und zog sich um. Kleider in den Container, Benzin darüber. Ein Lappen mit ein wenig Benzin getränkt, das Feuerzeug. Verdammt. Der Lappen flatterte zu Boden. Der nächste Versuch aber gelang. Eine Flamme züngelte hoch, keine Stichflamme, wie er befürchtet hatte, aber sie nährte sich gut von Papier und Kleidern. Flammen schossen höher und höher aus dem Container, im Haus ging ein Licht an. Nichts wie weg.

Leo verlor die Orientierung, wusste nicht mehr, wo er eigentlich hinwollte. Hörte Alarmsirenen der Feuerwehr. Musste mehrmals die Richtung ändern, um Feuerwehrautos auszuweichen. Rannte im Zickzack. Langsam, Leo, langsam. Nicht auffallen. Du bist auf dem Nachhauseweg von einem Lokal. Vielleicht nicht mehr ganz nüchtern. Du gehst gemächlich. Noch langsamer. Schließlich wurden auch die Sirenen der Einsatzfahrzeuge wieder spärlicher, verstummten ganz.

Langsam wurde Leo ruhiger, sein Atem, sein Puls normalisierten sich. Erst jetzt merkte er, dass er die ganze Zeit unter Hochspannung gestanden hatte. Doch es hatte sich gelohnt. Einer weniger. Er war gespannt darauf, was die Medien morgen berichten würden. Jetzt musste doch endlich klar sein, dass er in dieser Stadt aufräumen wollte, jetzt musste es klar werden, dass sich alle fürchten sollten, die sich hier aufhielten, ohne ein Recht darauf zu haben. Bald würden sie alle ihre Koffer packen, mit dem Zeug, das ihnen vom Staat finanziert worden war, und würden aufbrechen, viele wieder zurück nach Hause, wo sie hingehörten, andere vielleicht weiter, in eine andere Stadt.

Vielleicht, überlegte Leo, musste er bei der Auswahl seiner Opfer künftig vorsichtiger sein. Baschar war schon ein Grenzfall gewesen, er hatte ihn zwar nicht persönlich gekannt, aber mehrmals Kontakt mit ihm gehabt. Wenn es ganz dumm lief, konnte jemand eine Verbindung zu ihm herstellen. Vor allem dann, wenn alle anderen Spuren im Sand verliefen. Doch das war unwahrscheinlich – er hatte an alles gedacht, war der Polizei im Planen, Denken und Ausführen weit voraus. Er zuckte zusammen, als plötzlich ein Polizeifahrzeug um eine Ecke bog, auf ihn zukam. Keine Sirene, kein Blaulicht. Weitergehen. Warum sollten sie einen einzelnen Fußgänger aufhalten? In einer Gegend, in der heute absolut nichts passiert war? Das Auto zog vorbei, Leo zwang sich, seine Blicke geradeaus zu richten, nicht nach den Insassen zu sehen.

Als Leo zu Hause ankam, war er so abgekämpft, dass er sich sicher war, sofort einschlafen zu können. Im Haus war es zunächst still, doch im Obergeschoß hörte er Mamas Schnarchen. Leo zog sich sofort aus, legte sich ins Bett, beschloss, den morgigen Vormittag vorübergehen zu lassen, ohne dass er sich aus seinem Zimmer bewegte.

Der Schlaf aber wollte nicht kommen, trotz aller Erschöpfung. Immer wieder zogen die Bilder an ihm vorbei, sobald er die Augen schloss. Baschar, wie er überrascht zusammenzuckte, als sich die Schlinge um seinen Hals legte. Wie sie zusammen nach vorne fielen, beinahe entdeckt worden wären, als sich irgendwo eine Tür geöffnet hatte. Leo griff nach dem Ellbogen, auf den er gestürzt war. Er war dick geschwollen, und jetzt plötzlich begann er zu schmerzen. Leo prüfte, ob er das Gelenk bewegen konnte. Er musste einen Schmerzensschrei unterdrücken, als er versuchte, den Arm ganz auszustrecken. Wieso hatte er die Verletzung bisher überhaupt nicht gespürt? Leo schaltete das Licht noch einmal ein und besah sich die verletzte Stelle. Eine leichte Schürfwunde, die bereits verschorft war. Mehr Sorgen machten ihm die Schmerzen und die Schwellung. Er würde einmal abwarten. Vielleicht war es morgen schon besser.

Und wenn er einen Arzt brauchte? Er konnte sagen, dass er gestürzt war. Zum Beispiel in der U-Bahn, auf einem nassen Fleck, wo wieder einmal einer dieser pakistanischen Putzmänner viel zu viel Wasser zum Aufwischen verwendet hatte. Woher sollte ein Pakistani auch wissen, wie man ordentlich putzte? Zuhause lebten sie auf dem Erdboden, da wurde wahrscheinlich nie aufgewischt. Leo kicherte innerlich. Vielleicht würde er sogar eine Anzeige gegen die U-Bahn einbringen, es war schließlich nicht seine Schuld, dass man dort überall ausrutschen konnte. Das wäre ein Spaß. Womöglich noch eine

Entschädigung für einen Sturz zu kassieren, den es gar nicht gegeben hatte. Nein, Angst vor einem Arztbesuch musste er jedenfalls nicht haben. Es war ja schließlich keine Schusswunde, die auf einen nächtlichen Kampf hindeutete. Leo schaltete das Licht ab, aber auch jetzt wollte sich Schlaf nicht einstellen. Er versuchte, an Marinca zu denken, doch wenn er sich vorstellte, wie er sich ihr langsam näherte, um ihren Pullover von den Schultern zu streifen, zeigte sie mit ausgestrecktem Finger auf ihn. „Du warst das!", sagte sie. Die Falte auf ihrer Stirn war länger und tiefer als je zuvor. „Du warst das!" Hinter ihr stand Baschar und nickte. Er hatte die Garotte noch um den blutigen Hals.

Paul tauchte hinter ihm auf, legte ihm eine Hand auf die Schulter. „Ich habe es dir ja gesagt!", grinste er. „Die ist nichts für dich. Ich habe es dir ja gesagt." Leo konnte sich nicht wehren, nichts fiel ihm ein, was er hätte sagen können. Plötzlich war Marinca verschwunden, er musste ihr nach, über eine Rolltreppe. Oben, am Ende der Rolltreppe, stand Esther. Sie zeigte, ebenso wie Marinca zuvor, mit ausgestrecktem Finger auf ihn. „Du warst das!", schrie sie. „Du hast mich gewürgt. Ich sage es allen, allen sage ich es!" Leo sah an sich hinab. Er war nackt, hatte vergessen, wo er seine Kleider abgelegt hatte, wusste nicht wohin. Eine Polizeisirene! Direkt vor ihm hielt ein Wagen mit zuckenden Blaulichtern, Paul stieg aus, Otho stand auf einmal neben ihm, beide trugen sie Polizeiuniformen. Prüfend betrachteten sie den nackten Leo. Schweigend.

VII

„Wir kriegen sie!“ Papa sticht mit seiner Gabel in die Salatschüssel. „Wegen seiner Schularbeiten!“ Er blickt zu Mama, spricht wieder einmal über mich, ohne mich anzusehen. „Ich habe mit einem Juristen in der Firma gesprochen. Kein Schularbeitenheft, kein Prüfungsprotokoll, also keine Note. Keine Fünfer!“ Er grinst und säbelt ein Stück von seinem Schnitzel ab. Er richtet die Messerspitze auf mich. „Ich hab mich erkundigt. Wenn es drauf ankommt, gibt es eine kommissionelle Prüfung. Und dabei wirst du glänzen! Dafür wird dein Nachhilfelehrer sorgen!“

Mama seufzt. „Ich weiß nicht, ob das so eine gute Idee ist, Leopold. Wenn man sich mit den Lehrern anlegt …“ „Du hältst dich da ganz raus!“, fährt er Mama an, dass sie zurückzuckt. „Du hast ja keine Ahnung von diesen Dingen! Wenn ich nicht wäre, würde er“, er zeigt wieder mit dem Messer auf mich, „immer noch mit Teddybären spielen!“ In Mamas Augen taucht feuchter Glanz auf. „Wir werden Einspruch einlegen. Und wenn das nichts hilft, dann eine Dienstaufsichtsbeschwerde. Von mir aus auch gegen den Direktor. Das wäre ja noch schöner!“ Papa grinst und schmatzt. Ich denke an die Hefte im Donaukanal. Was, wenn Papa es ernst meint? Wenn er wirklich in die Schule geht und die Lehrer beschuldigt, sie hätten meine Schularbeitenhefte verschlampt?

Papa besteht darauf, dass ich beim Gespräch mit meinen Lehrern dabei bin. Damit ich lerne, wie man mit solchen Leuten umgeht. „So!“, freut er sich, als er auf dem Lehrerparkplatz einparkt. „Jetzt werden wir denen einmal ordentlich einschenken!“ „Hier darfst du nicht parken!“, erkläre ich ihm. „Nur für Schulpersonal!“ „Ich darf alles! Komm jetzt und hör auf zu raunzen!“

Ich habe Bauchweh und bin mir sicher, dass ich gleich ganz dringend aufs Klo muss, als wir vor der Direktion auf unseren Termin warten. Mir ist, als würde ich kurz vor einem Todesurteil stehen. Es ist ja schließlich möglich, dass alles herauskommt. Wenn jemand meine Hefte gefunden hat? Womöglich sind sie bei der Polizei gelandet, weil man vermutet, dass ein Schüler in den Donaukanal gesprungen ist? Am Ende sitzt sogar schon die Polizei im Direktionsbüro und wartet nur darauf, mich mitzunehmen.

„Bitte, Herr Diplomingenieur!“ Die Tür öffnet sich, der Direktor bittet uns in sein Büro. Er ist ein gütiger Mann mit weißem Haar und einem ebenso weißen Rauschebart. Am 6. Dezember gibt er in der Schule immer den Nikolaus. Er führt uns zu einem Besprechungstisch, an dem Professor Gutleber und Professor Wimmer bereits Platz genommen haben. Mit ernsten Gesichtern stehen sie kurz auf und begrüßen meinen Vater.

„So!“, sagt der Herr Direktor. „Worum geht es nun eigentlich? Sie haben mir ja in unserem Telefongespräch nicht viel verraten.“ Papa räuspert sich, nimmt einen Kugelschreiber aus der Brusttasche seines Sakkos und dreht ihn zwischen den Fingern. Während er spricht, sieht er hauptsächlich seinen Kugelschreiber an und blickt nur kurz hoch. „Es geht um die beiden Schularbeiten meines Sohnes“, er deutet mit dem Kugelschreiber kurz auf mich, „in Englisch und Mathematik, die angeblich mit ‚Nicht genügend‘ beurteilt wurden.“ Ich betrachte meine Hände, die ich zwischen die Oberschenkel gelegt habe. „Was soll denn das heißen?“ Professor Wimmer braust auf. „Angeblich?“ Der Direktor mischt sich ein. „Geduld, Kollege. Hören wir uns zuerst an, was der Herr Diplomingenieur zu sagen hat.“ Mein Vater ergreift wieder das Wort, erklärt, ich hätte diese Schularbeiten nie zurückbekommen, die Hefte würden von den Lehrern aus ihm unbekannten Gründen zurückgehalten, er behalte sich weitere Schritte vor. Jedenfalls gäbe es keine Schularbeiten, die negativ beurteilt worden wären.

Professor Wimmer ignoriert die beschwichtigenden Gesten des Direktors. „So einen Blödsinn brauche ich mir nicht anzuhören!“, poltert er und knallt sein Notizbuch auf den Tisch. „Ich habe die Hefte vor Zeugen zurückgegeben. Die ganze Klasse war dabei. Zusätzlich habe ich natürlich die Protokolle gespeichert. Können Sie jederzeit haben!“ Professor Gutleber nickt. „Ich schließe mich an. Genauso war es auch bei mir. Sie werden doch nicht glauben, dass in zwei Fächern die Hefte desselben Schülers einfach so verschwinden!“

Mein Vater grinst. „Sie glauben wirklich, dass Sie Zeugen auftreiben, die zweifelsfrei bestätigen können, dass mein Sohn das jeweilige Heft erhalten hat? Und Protokolle, Punktelisten, all das kann man auch fälschen!“ „Jetzt reicht es! Ich werde dieses Gespräch nicht weiterführen!“ Professor Wimmer springt auf. „Und bitte gehen Sie davon aus, dass ich mich gegen Vorwürfe, ich hätte irgendwas gefälscht, gerichtlich zur Wehr setzen werde!“ Er stürmt zur Tür, wirft sie hinter sich zu. „Ich schließe mich dem Kollegen an!“ Professor Gutleber steht ebenfalls auf und verlässt das Direktionszimmer. Er schließt die Tür leise. Ich würde am liebsten im Erdboden versinken. Nie mehr werde ich diese Schule betreten, sobald ich hier heraus bin. Niemals.

„Ja, Herr Diplomingenieur", seufzt der Direktor. „Ich kann die beiden Kollegen nicht dazu zwingen, weiter mit Ihnen zu diskutieren. Sie haben zwar das Recht, Informationen über Ihren Sohn zu erhalten, aber darüber hinaus ... Und ich muss schon sagen, dass auch mir Ihre Vorwürfe sehr weit hergeholt klingen!" Papa klopft mit dem Kugelschreiber auf den Tisch, sieht aber den Direktor nicht an. „Ich will für meinen Sohn nur sein Recht!", sagt er. „Keine Hefte, keine Noten, keine Nicht genügend!" Er blickt auf. „Nun!", sagt der Direktor. „Wenn Sie es denn darauf ankommen lassen wollen ... Mir reichen die Erklärungen meiner Lehrer und ihre Protokolle über die Beurteilung der Schularbeiten. Ich werde also nichts unternehmen." Stille.

Plötzlich wendet sich der Direktor an mich. „Was sagst du eigentlich zu der ganzen Angelegenheit, Leo?" Ich starre meine Hände an. Ich habe keine Ahnung, was ich sagen könnte. Was immer ich auch sage, es ist auf jeden Fall falsch und wird mich nur noch weiter in diese Katastrophe hineinreiten. „Hast du denn die Hefte bekommen?", fragt er. Plötzlich fällt mir ein, dass ich ja mit meinem Sitznachbarn über die Fünfer gesprochen habe. Und nicht nur mit ihm. Es gibt ein paar in der Klasse, die bezeugen könnten, dass ich die Hefte bekommen habe. Ich lege zuerst meine Hände an die Ohren, um nichts mehr hören zu müssen, dann springe ich auf und folge meinen beiden Lehrern. Ich renne den Gang entlang, zur Tür hinaus, über den Parkplatz hinweg, auf den Gehsteig, die Straße entlang, bis ich nicht mehr kann. Atemlos bleibe ich stehen. Was wird mein Vater noch alles anstellen?

Ich versetze einem Plakatständer einen Tritt, sodass er in sich zusammenklappt und umfällt. Ein paar Leute drehen sich um, interessiert daran, woher der Lärm und die Staubwolke kommen. Niemand aber beschwert sich darüber, dass der Plakatständer jetzt flach auf dem Boden liegt.

Am nächsten Morgen bin ich krank. Ich erkläre, dass ich Bauchweh habe, und ziehe mich aufs Klo zurück. „Was ist denn mit dir los, Leo?" Mama steht vor der Klotür. Wahrscheinlich hat sie schon wieder Tränen in den Augen. „Wenn es dir schlecht geht, dann müssen wir zum Arzt! Wir müssen doch wissen, was du hast!" Ich antworte nicht, schließe auch die Tür nicht auf. Irgendwann wird sie schon weggehen.

Als ich wieder in meinem Bett liege, kommt sie nochmals die Treppe herauf. „Ich hab in der Schule angerufen, dass du heute nicht kommst." Wie soll ich ihr erklären, dass ich gar nicht mehr in diese Schule gehen werde, weil Papa mich dort so furchtbar blamiert hat? „Soll ich dir einen Tee machen? Einen Verdauungstee?" Ich schüttle den Kopf. Mama verschwindet, taucht aber wenige Minuten später wieder auf. „Was hast du denn gestern gegessen? Ich meine, beim Abendessen hast du ... und Papa und ich haben es ja auch ... und uns geht es gut ...?" Ich ziehe die Decke über den Kopf. Warum kann sie mich nicht endlich in Ruhe lassen? Nach einer Weile schiebe ich die Decke wieder weg und höre Mama unten schluchzen.

Als Papa heimkommt, dringen eine Zeitlang aufgeregte Stimmen zu mir herauf. Dann beginnt Papa zu schreien, Mama zu weinen. Papa kommt die Stiege heraufgetrampelt. Die Tür fliegt auf. „Ich habe dich von der Schule abgemeldet. Lauter Trottel dort. Ab morgen gehst du in ein anderes Gymnasium. Ich habe es schon ausgesucht und dich dort angemeldet!“ Ich sage nichts, starre ihn nur an. „Und keine Widerrede!“, fügt Papa vorsichtshalber hinzu, obwohl ich gar nicht vorgehabt habe, ihm zu widersprechen.

7

Ärgerlich schüttelte Leo den Kopf, nachdem er sich im Bett aufgesetzt hatte. Mehr als einmal war er nachts aufgestanden und hatte aus dem Fenster gesehen, um zu kontrollieren, ob nicht schon die Polizei vor seinem Haus stand. Jetzt, bei Tageslicht, kamen ihm diese Ängste lächerlich vor. Sein Ellenbogen war weiter angeschwollen, er konnte das Gelenk weder ganz ausstrecken noch stark beugen. Zumindest nicht ohne Schmerzen. Vorsichtig tastete er daran herum, aber außer, dass es wehtat, konnte er nichts feststellen. Ein blauer Fleck hatte sich gebildet, an der Stelle, an der er aufgeprallt war.

„Leo!" Mamas schrille, brüchige Stimme. „Leo, komm, du musst mir helfen!" Sie klang verzweifelt. Was war jetzt schon wieder los? Er öffnete die Tür einen Spalt. „Mama, ich kann jetzt nicht. Was willst du denn? Kannst du das nicht selber machen?" „Leo!" Die Stimme klang jetzt weinerlich. „Bitte!"

Mama stand am Fuß der Treppe, die rechte Hand emporgereckt. Ein blutiger Verband hing in Fetzen daran. „Ich brauch einen neuen Verband!", jammerte sie. „Ich krieg's alleine nicht hin!" „Verdammt nochmal, was hast du denn jetzt schon wieder gemacht!", platzte es aus ihm heraus. Was er jetzt am wenigsten brauchen konnte, war, seine Mutter verarzten zu müssen. Er wollte doch die Reaktionen auf den nächtlichen Mord lesen, sehen, was die Medien zu dem Fall brachten, wie er eingeordnet wurde.

Er zog Mama am gesunden Arm in die Küche. Sofort sah er, was passiert war. Chaos überall. Glasscherben unter dem Tisch, Blutspuren auf dem Tisch, darunter, in der Spüle. Und nicht wenig. Ein Wunder, dass sie nicht verblutet war. Leo würgte. „Zeig mal!“ Er drückte seine Mutter auf einen Sessel, setzte sich ihr gegenüber hin. „Leg den Arm auf den Tisch!“ Als er begann, den Verband abzuwickeln, zuckte seine Mutter zusammen, schrie gelegentlich auf. Die inneren Schichten waren völlig durchgeblutet, der Verband an der Wunde kleben geblieben. „Ich brauch eine Schere. Was hast du gemacht?“, fragte Leo. „Ich hab nur ... mir ist etwas hinuntergefallen, und dann hab ich mich beim Zusammenkehren geschnitten, und ...“ „Weil du besoffen warst!“, zischte Leo. „Dir ist deine Schnapsflasche runtergefallen, und beim Wegräumen hast du dich geschnitten, weil du schon völlig dicht warst!“ Leo zuckte zusammen, als er unwillkürlich den rechten Arm zu weit ausstreckte und damit das Ellenbogengelenk beleidigte. Seine Mutter hatte die Schwellung und den blauen Fleck nicht einmal bemerkt, so beschäftigt war sie mit sich selbst.

„Aber das stimmt doch gar nicht!“, jammerte Mama. „Wo hast du eine Schere, verdammt!“, schrie Leo. „Die gehört an die Hakenleiste, wo man sie jederzeit findet!“ Er schlug gegen die wenigen dort aufgehängten Küchengeräte. Als er das letzte Mal aufgeräumt hatte, waren sie ordentlich, der Größe nach aufgereiht, dort gehangen. Und eine Schere mit orangen Griffen war dabei gewesen, dessen war er sich sicher. „Vielleicht in einer Lade!“, murmelte Mama. In den Schubladen war das Chaos zwar noch schlimmer als an der Hakenleiste, dennoch fand Leo eine Schere. Eine alte, etwas angerostete zwar, aber immerhin.

In der Spüle lagen Reste einer Flasche mit Etikett. Weinbrand. „Aha! Und woher kommt die zerbrochene Flasche in der Abwasch? Wenn du gar nicht getrunken hast? Hat die der Weihnachtsmann dagelassen?" Mama schluchzte. „Ich muss ja, wenn du die ganze Nacht weg bist, und nicht ans Telefon gehst, da muss ich mich ja irgendwie beruhigen!" Leo schnitt den Verband vorsichtig ab, sodass nur noch der Teil an der Hand blieb, der festklebte. Am besten, sie wäre verblutet. Dann bliebe ihm nur noch, den Bestatter zu bestellen. Jetzt musste er ... ja, was eigentlich? Mama schrie auf, als er ein wenig am Rest des Verbandes zog. Sofort quoll wieder Blut aus der Wunde. Sie reichte fast bis zum Handgelenk. Ob seine Mutter versucht hatte, sich die Pulsadern aufzuschneiden? Jedenfalls musste die Wunde behandelt werden, so konnte sie nicht bleiben. Wenn sie sich entzündete und er erst dann mit ihr ins Krankenhaus fuhr, gab es Fragen, Verdächtigungen, Probleme.

„Mama, du musst ins Krankenhaus. Das muss man nähen. Wenn es noch geht." „Nicht ins Krankenhaus, bitte nicht!" „Warum nicht? Weil du dort nichts zu saufen kriegst?" Leo hatte endgültig genug von ihr, genug von den Problemen, die sie ihm machte. Andere Mütter buken Kuchen für ihre Kinder, luden sie zum Essen ins Restaurant ein. Alles, was er von ihr hatte, waren Kakao, Marmeladebrote und Fahrten ins Krankenhaus. Er hatte es so satt.

Die ganze Zeit über, während sie auf den Rettungswagen warteten, jammerte seine Mutter. Leo trat vor die Haustür, um ihr wenigstens nicht zuhören zu müssen, als sie plötzlich verstummte. Als Leo in die Küche zurückkehrte, war sie verschwunden. Leo hörte die Scharniere der Vitrine im Wohnzimmer knarren. War es denn tatsächlich möglich?

Mit ein paar schnellen Schritten war er im Wohnzimmer. Tatsächlich hatte Mama eine Flasche aus der Vitrine geholt, versuchte gerade, mit der gesunden Hand den Schraubverschluss zu öffnen, während sie sich die Flasche zwischen die Beine geklemmt hatte. Mit zwei Schritten war Leo bei ihr, riss ihr die Flasche aus der Hand, holte mit der freien Hand aus und schlug ihr gegen die Wange, dass ihr Kopf nach hinten flog. Gleichzeitig stöhnte er auf, weil ein greller Schmerz den verletzten Ellenbogen durchzuckte. „Du bist wohl komplett verrückt geworden!", schrie er. Schon hatte er mit der Flasche ausgeholt, um sie ihr gegen den Kopf zu schlagen, als er die Kontrolle über sich zurückerlangte und innehielt. Schwer atmend stellte er sie auf dem Wohnzimmertisch ab. Mit schreckgeweiteten Augen starrte Mama ihn an.

„Mach bloß kein Theater!", zischte Leo. „Und den Rettungsleuten sagst du, dass du über den Teppich gestürzt bist!" Er schlug den Wohnzimmerteppich ein wenig zurück. Jede Menge Dreck hatte sich darunter angesammelt. Mama schniefte. „Kein Wort darüber, ist das klar?" Leo beugte sich über sie. „Sonst lass ich dich in der Psychiatrie verschwinden, für immer!" Mamas Gesicht war tränenverschmiert, ausdruckslos. Leo hörte, wie vor dem Haus ein Auto anhielt, Türen schlugen.

„Meine Mutter sitzt im Wohnzimmer. Eine schlimme Schnittwunde. Und sie ist über den Teppich gestürzt." Die junge Sanitäterin nickte. Gott sei Dank eine andere als zuletzt. „Gehen Sie vor?" Leo führte die Sanitäterin ins Wohnzimmer. Hinter ihr trat ein pickeliger, hochgeschossener Junge in den Raum, wahrscheinlich ein Zivildiener.

Die Sanitäterin trat auf Mama zu. „Ich bin Iris. Was ist passiert?" Sanfte, eindringliche Stimme. Mama hielt ihr die rechte Hand hin. Iris nahm sie sanft in ihre eigene. „Das ist aber nicht heute passiert?“ „Sie hat sich gestern Abend geschnitten. An den Scherben einer Schnapsflasche.“ Leo hatte seine Antwort so betont, dass Iris mitbekommen musste, worum es hier ging. Sie warf Leo einen Blick zu. „Warum haben Sie gestern nichts unternommen?“ Leo zuckte mit den Schultern. „Ich war nicht zu Hause. Als ich gekommen bin, hat Mama geschlafen. Ich habe es erst heute gemerkt.“ Iris legte die Hand unter Mamas Kinn, hob es an. Über dem Backenknochen sah man deutlich rote Striemen. „Woher stammt das?“ Sie sah Leo forschend an. Der deutete auf den Teppich. „Um ganz ehrlich zu sein, ich wollte den Verband wechseln. Sehen Sie ja. Als ich kurz rausgegangen bin, ist Mama ins Wohnzimmer, wollte sich Nachschub holen.“ Er deutete auf die Flasche auf dem Wohnzimmertisch. „Dabei ist sie über den Teppich gestürzt.“ Leo wies auf die umgeklappte Ecke des Teppichs. „Stimmt das?“, fragte Iris, zu Mama gewandt. Die nickte. „Kleiner Unfall!“, murmelte sie.

„Was haben Sie eigentlich da? Auch über den Teppich gestürzt?“ Sie wies auf Leos Ellenbogen. Der Sarkasmus in ihrer Stimme war nicht zu überhören. Leo winkte ab. „Nichts, ist schon beim Abheilen. Kleine Trainingsverletzung.“ „Sieht schlimm aus!“, meinte die Sanitäterin mit einem abschätzigen Lächeln.

„Warum fahren Sie Ihre Mutter nicht selbst ins Krankenhaus?“, fragte Iris. Leo wurde die Sache zu bunt. „Hören Sie, Sie sind doch nicht gekommen, um hier jemanden zu verhören! Meine Mutter hat eine Schnittwunde, die muss offenbar genäht werden, wenn es nicht schon zu spät ist. Wollen Sie sie nicht endlich ...“ „Ich weiß schon, was ich tue!“, schnitt ihm Iris das Wort ab. „Können Sie gehen, Frau Rieneck? Oder sollen wir den Tragestuhl holen?" „Geht schon!" Mit Iris' Hilfe richtete Mama sich auf. Humpelte, eingehängt bei der Sanitäterin, zur Haustür. Ein böser Blick traf Leo. Warum humpelte sie eigentlich? Mit ihren Füßen war ja wohl alles in Ordnung. Wahrscheinlich, um Mitleid zu erregen. Bei der Sanitäterin schien es zu klappen.

Kurz danach fiel die Haustür ins Schloss, ohne dass weitere Worte gewechselt worden wären.

Mama machte ihm nichts als Ärger. Wegen ihr hatte er es immer wieder mit Menschen zu tun, die er lieber nicht kennenlernen wollte. Die ihm misstrauten, ihn von oben bis unten taxierten und gewiss Lügen über ihn verbreiten würden. Das konnte er gerade jetzt nicht brauchen. Aber Mitleid zu heucheln, das war nicht sein Ding. Mama war schließlich selber schuld. Und jetzt musste er dringend nachsehen, was die Medien über Baschar zu berichten hatten.

Was Leo fand, traf ihn wie ein Keulenschlag. Nichts. Die Medien berichteten nicht über den Mord an Baschar. Das war doch nicht möglich? Er hatte ihn in einem Hauseingang zurückgelassen, der Erste, der hinein oder heraus wollte, musste praktisch über ihn gestolpert sein. Und es gab keine Berichte? Was sollte das? Nach langem Suchen fand Leo schließlich doch eine kleine Nachricht über Baschars Ableben in einem sogenannten Qualitätsmedium. Möglicherweise. Denn es hieß nur, dass ein syrischer Staatsbürger nahe seinem Wohnort tot aufgefunden worden war. Über die Todesursache sei nichts bekannt.

Frustriert versetzte Leo seinem Laptop einen Faustschlag, der das Display nach hinten kippen und erlöschen ließ. Ein Fußtritt gegen den Schreibtisch brachte ihn wieder zur Besinnung. Seine Hand schmerzte. Er ließ sich aufs Bett fallen, nahm seine rechte Hand in die linke. An der Außenkante, dort, wo der kleine Finger ansetzte, hatte er die Kante des Bildschirms getroffen. Der Abdruck war auf seiner Handkante deutlich als roter Strich sichtbar. Verdammt. Nicht nur der Ellenbogen, jetzt auch noch die Hand.

Was war da los? Bei der Polizei mussten ja alle Alarmglocken läuten! Zwei Morde an Ausländern innerhalb weniger Tage, auf die gleiche Art und Weise ausgeführt! Waren die Polizisten blind und taub? War die Botschaft nicht klar genug?

Aber Leo hatte einen Verdacht. Natürlich. Genau diese klare Botschaft durfte in der Öffentlichkeit nicht ankommen, niemand durfte wissen, dass es jemanden gab, der unter den Ausländern aufräumte. Sie sollten sich nach wie vor sicher fühlen, ohne dass die einheimische Bevölkerung endlich zum Sturm gegen diese Invasion aufrief. So war das, nicht anders konnte es sein. Angst hatten sie, dass weitere seinem Beispiel folgen würden, dass die Österreicher endlich anfangen würden, die Ausländer zu vertreiben.

Wenn die Medien nichts dafür taten, dass seine Botschaft ankam, dann musste er das selber tun. Irgendeine Möglichkeit würde er finden, damit alle mitbekamen, was er für seine Heimat tat.

Was konnte er tun? Ein Video aufnehmen, wie alle es taten, die der Welt etwas mitzuteilen hatten, und die Menschen damit aufrütteln? Doch dabei entstanden zwei Probleme – erstens durfte er ein Video nicht von einem Computer aus hochladen, der zu ihm selbst nachverfolgt werden konnte. Und zweitens durfte man auf dem Video keinesfalls ihn oder eine Einzelheit seiner Umgebung erkennen.

Ob er nicht doch lieber eine Nachricht an jemanden schickte, eine Botschaft verfasste? Die konnte man ohne Absender per Post verschicken. Aber eine einfache Nachricht, bloß Worte auf Papier? Das würde niemanden aufrütteln. Ein Video im Internet würde tausendfach angeklickt und weiterverbreitet werden. Und er war schlau genug, um die Polizei dumm dastehen zu lassen und alle aufs Glatteis zu führen. Das war er.

Leo hob seinen Laptop auf, drückte auf den Einschaltknopf. Nichts. Na super. Jetzt hatte er den auch noch ruiniert. Heute lief wirklich nichts nach Plan. Sooft und solange er auch drückte, der Bildschirm blieb dunkel.

Er würde das Video mit seinem Handy aufnehmen. Am besten unten im Keller. Schmucklose weiße Wände, die genau gar nichts verrieten, gab es in fast jedem Haus, niemand würde Rückschlüsse auf den Ort der Aufnahme ziehen können. Er musste sich nur um eine solide Maskierung bemühen, zusätzlich noch seine Augen abschatten, das war alles. Ein schwarzes T-Shirt? Leo probierte es aus. Man konnte gut durch den Stoff sehen, es hinten irgendwie zusammenbinden. Das machte Sinn. Er würde dennoch zwei schmale Schlitze hineinschneiden, für die Augen, das sah sicher dramatisch aus. Eine Kappe noch, eine, die ihn keinesfalls verraten konnte. Er fand eine passende mit der Werbeaufschrift einer bekannten Bank, mit einer Biene in Schwarz-Gelb auf dem Schirm. Er hatte sie wohl als Werbegeschenk bekommen. Er zog das T-Shirt über, setzte die Kappe auf. Perfekt. Er betrachtete sich im Spiegel. Würde man ihn also den Sumsi-Mörder nennen. Leo lachte laut auf. Der Sumsi-Mörder. Und die Polizei würde er an der Nase herumführen. Oder am Stachel.

Zunächst aber musste ein neuer PC her. Leo war sich recht sicher, dass ein Upload von einem Handy aus leicht rückverfolgbar gewesen wäre. Am besten, er besorgte sich einen gebrauchten Laptop und zahlte bar. Dann würde er das Video über einen öffentlichen WLAN-Hotspot hochladen.

Als Leo vor dem Laden stand, staunte er. Er hatte zwar bewusst nach etwas gesucht, das möglichst unseriös aussah: knallige Werbung im Internet, viele verdächtig aussehende Werbelinks auf der Seite. Aber der Laden hier sah nicht danach aus, dass man funktionierende PCs kaufen konnte. Völlig verstaubte Auslagenscheiben, ein paar vergilbte Plakate waren von innen an die Scheiben geklebt. Die meisten in Türkisch, einst sicher bunte Abbildungen von Handys, Spielkonsolen, PCs. Leo ließ seine Blicke den Gehsteig auf und ab wandern. Nur dunkle Gesichter, rauchende Männer, die vor Hauseingängen auf Bierkisten saßen. Wahrscheinlich alles Drogendealer. Er fasste sich ein Herz und trat ein. Ein junger Mann mit Schirmkappe und tätowierten Unterarmen saß hinter einem desolaten Schreibtisch. Er war fast kahlgeschoren. Natürlich ein Türke, was sonst. In seinen Ohren steckten Goldringe.

„Ich brauch einen Laptop. Ich hab da Angebote gesehen, auf eurer Webseite." Der Junge grinste, nickte und stand auf. Dann verschwand er für eine Weile hinter einer Tür und kehrte mit einem Karton zurück. „Unser bestes Modell!" Er ratterte eine ganze Liste von technischen Spezifikationen herunter, die Leo alle nicht interessierten. „Ist Windows schon drauf?“, fragte er. „Alles drauf, alles, Mann!“, versicherte ihm der Verkäufer. „Macht 700!“ Er schob den Karton über seinen Schreibtisch. Leo legte ihm fünf Hunderteuroscheine hin. „Fünfhundert!“, sagte er. Der Junge schüttelte den Kopf. „Was glaubst du, wo du hier bist? Das ist nicht der Basar von Istanbul!“ Leo merkte, wie er sich verkrampfte. Sein Arm zuckte. Er war nahe daran, auszuholen und dem Typen eine zu verpassen, die er nie vergessen würde. Er zwang sich, seine Hand in die Hosentasche zu schieben. Was bildete sich dieses Arschloch ein? Ihn abzuzocken? Kam ja gar nicht in Frage.

„600“, sagte der Junge schließlich. Leo nickte und legte einen Schein zu den fünfen. Der Junge streifte das Geld ein. „Weil du es bist, Mann!“ Leo nahm den Karton. Keine Rechnung, kein Kassenbon. Er konnte nur hoffen, dass das Ding auch funktionierte.

Er bebte vor Wut, als er den Laden verließ. Wenn der Junge gewusst hätte, mit wem er hier redete! Er hätte sich vor Angst in die Hosen geschissen. Aber Leo würde zurückkommen. Ob der immer allein in dem Laden war? Solange er sich darin aufgehalten hatte, war niemand gekommen. Die Schaufensterscheiben waren beklebt oder blind. Und damit war sein nächstes Opfer gefunden. Die Vorstellung befriedigte ihn, ließ die Wut abklingen, machte ihn heiter, erfüllte ihn mit Vorfreude.

Zuhause schaltete Leo den Laptop ein, konnte sich problemlos mit dem Router verbinden, alles schien einwandfrei zu laufen. Wahrscheinlich Hehlerware. Konnte ihm nur recht sein, der Verkäufer hätte sicher keine große Lust, mit der Polizei zu sprechen. Wenn man ihn überhaupt jemals nach einem Kunden wie ihm fragte.

Plötzlich stach Leo eine Schlagzeile ins Auge. „Regisseur klagt an“. Tatsächlich ging es in dem Artikel um Baschar. Der Regisseur des Stücks, in dem er mitgespielt hatte, zeigte sich überzeugt, dass Baschars Tod kein Zufall gewesen war. Er stellte Verbindungen zur Störung des Theaterstücks her. Das war nicht gut, aber natürlich zu erwarten gewesen. Der Regisseur faselte auch von ausländerfeindlichen Kräften, die das Klima im Land vergifteten und gewaltbereite Strömungen stärkten. Insgesamt schien er den rechten Parteien im Land die Schuld für Baschars Tod zuschieben zu wollen. Leo las den Artikel mehrmals genau durch. Es gab keinerlei Hinweis darauf, dass der Reporter oder der Regisseur Details über den Tod von Baschar wussten, also zum Beispiel, wie er zu Tode gekommen war. Aber wer der Tote war, das war immerhin bekannt. Man durfte auf Reaktionen gespannt sein.

Leos Handy zeigte den Eingang einer Nachricht an. Es war Marinca. Sie hatte ihm den Link zu genau dem Artikel geschickt, den er gerade gelesen hatte. „Furchtbar, nicht?“, hatte sie daruntergeschrieben. Und ein weinendes Emoji hinzugesetzt. Jetzt durfte er keinen Fehler machen, musste so reagieren, dass sie nicht daran zweifelte, dass auch er geschockt war. „Schreckliche Geschichte!“, antwortete er. „Kann mir nicht vorstellen, wer sowas tut!“ Er grinste. Das war gut. Verriet natürlich auch nicht, dass er mehr wusste, als in der Zeitung stand.

Leo atmete tief durch und machte sich daran, sein Video vorzubereiten. Auf einem Blatt Papier kritzelte er an dem Text herum, den er vorlesen wollte. Es war gar nicht so einfach. Klar, kurz und eindeutig musste die Botschaft sein. Er musste Worte finden, die die Wahrheit aufdeckten, die sorgsam vor den Menschen verborgen wurde. Das würde alle draußen überzeugen.

„Man muss Dinge tun und nicht nur reden. Man muss dem Gesindel, das nicht hierhergehört, zeigen, dass es nicht willkommen ist. Auf Worte hören sie nicht, sie lachen nur darüber. Daher muss man handeln. Zwei Menschen haben mit ihrem Leben dafür bezahlt, dass sie Warnungen nicht ernst genommen haben. Sie haben hier wie die Maden im Speck von unserem Geld gelebt. Weitere werden ihnen folgen. Niemand ist mehr sicher, der nicht hierhergehört."

Das war schließlich seine Botschaft. Sie enthielt alles, was gesagt werden musste. Und sie dauerte höchstens fünfzehn Sekunden, das war gerade richtig.

Im Keller gab es nur eine weiße Wand. Mama hatte Papas Weinsammlung verkauft, an einen Händler, wahrscheinlich viel zu billig, und die Regale im Ofen verheizt. Nie wieder war seither etwas an diese Wand gekommen. Er würde das Video mit seiner Handykamera aufnehmen, einfach wie ein Selfie. Danach musste er noch die Stimme bearbeiten. Das konnte er, es gab da Tools, mit denen man die Stimmen auf Handyvideos verändern konnte. Irgendwann hatten sie in der Verbindung damit gespielt und sich selbst Donald-Duck-Stimmen verpasst. Er war sich sicher, dass er das hinkriegen würde.

Eine Stunde später war das Video fertig, und Leo war ausgesprochen stolz auf sich. Niemand würde ihn oder seine Stimme erkennen. Er hatte auch noch eine alte Skijacke gefunden, die er bis über das Kinn zugezippt hatte, zusätzlich eine Sonnenbrille aus irgendeiner Schublade. Von der weißen Wand konnte man ohnehin kaum etwas sehen. Das Einzige, was ihn behindert hatte, war sein immer steiferer, schmerzender Ellenbogen gewesen.

Wo würde es nicht auffallen, wenn man mit seinem Laptop auf den Knien irgendwo herumsaß und auf ein öffentliches WLAN zugriff? Die Antwort war logisch. Er musste zum Hauptbahnhof. In der Masse der Menschen würde dort keiner auffallen, und er schon gar nicht. Er musste nur darauf achten, eine Schirmkappe zu tragen, damit sein Gesicht nicht auf Überwachungsvideos auftauchen konnte.

Leo packte seinen Laptop in den Rucksack und machte sich auf den Weg. In den Wartezonen, das stellte er schnell fest, würde es schwer werden, zu arbeiten, ohne dass jemand einen Blick auf seinen Bildschirm werfen konnte. Er ging weiter zur Gastrozone, dort gab es kleine, etwas erhöhte Tische, und es waren nicht alle davon besetzt. Aber er musste etwas konsumieren. Eine Leberkäsesemmel und ein Cola. Tatsächlich fand er ein Tischchen, an dem er allein war. Es würde nicht lange dauern, das vorbereitete Video hochzuladen. Dann würde er sofort wieder von hier verschwinden.

Als er sich gerade bei Youtube anmelden wollte, wurde ihm klar, dass das so nicht ging. Er brauchte eine neue, anonyme Emailadresse und mit dieser Adresse ein neues Konto bei Youtube. Das würde seinen Aufenthalt hier verlängern, aber es war nicht zu ändern. Von zu Hause aus wäre all das zu riskant gewesen.

Eine Viertelstunde später war alles geregelt, Leo machte sich auf den Weg nach Hause. Er hatte sich den Benutzernamen „Targaryen“ verpasst, ein Charakter aus einer Serie, die er gerne sah. Die Polizei würde sich abarbeiten daran, zwischen dem Täter und dem Benutzernamen Verbindungen zu suchen, die es nicht gab. Den Mailaccount würde er auf keinen Fall ein zweites Mal verwenden. Es gab eben doch Leute, die schlauer waren, als die Polizei das gerne hatte. Jetzt musste er nur noch abwarten, was passierte.

Das Spiel hatte begonnen.

Als er zu Hause sein Handy neben dem Laptop ablegte, sah er, dass er drei Anrufe verpasst hatte. Von einer unbekannten Nummer. Wer konnte das sein? Ob es mit Mama zusammenhing? Er konnte ja zurückrufen und gleich auflegen, wenn es ein unliebsamer Anruf gewesen war.

„Ja? Dr. Chandra? Mit wem spreche ich?“ Leo räusperte sich. Er konnte nicht auflegen. Die kannte seine Nummer, wusste, wer er war. „Rieneck“, sagte Leo. „Leo Rieneck. Meine Mutter ...“ Dr. Chandra atmete hörbar tief ein und aus. „Herr Rieneck. Wenn Sie sich bitte die Zeit nehmen würden, hierher zu kommen. Es geht um Ihre Mutter.“ „Was ist mit ihr?“, fragte er. „Das möchte ich gerne hier mit Ihnen besprechen. Wie ich schon letztes Mal sagte, es wäre wichtig. Außerdem ist sie jetzt schon sechs Stunden hier bei uns, wir können sie nicht stationär aufnehmen, nicht wegen dieser Verletzungen.“ „Okay“, antwortete Leo. „Okay. Ich komme. Bis in einer Stunde ... schneller geht es nicht.“ „Gut“, sagte Dr. Chandra. „Sie wissen, wo Sie mich finden.“

Was für eine blöde Kuh. Warum steckte sie Mama nicht selbst in irgendeine Entzugsklinik? Das musste doch möglich sein, noch dazu nach ihrem zweiten

Spitalsaufenthalt wegen Selbstgefährdung, oder so. Was hatte er damit zu tun?

Bevor Leo losfuhr, warf er noch einen Blick ins Internet, er musste herausfinden, wie die Reaktionen auf sein Video waren. Obwohl er vermutete, dass es riskant war, er hielt es einfach nicht länger aus.

Zumindest war das Video noch da, als er es aufrief. Was Leo enttäuschte, war die geringe Anzahl von Likes, die es bisher bekommen hatte, nur sieben waren es, dafür gab es sechzehn Mal den Daumen nach unten. Einen Kommentar hatte noch niemand abgegeben, aber es war ja kaum mehr als eine halbe Stunde vergangen, seit das Video online war.

Als Leo das Haus verließ, war ihm klar, dass er vor lauter Ungeduld einen schweren Fehler begangen hatte – er hätte das Video doch nicht bei sich zu Hause aufrufen sollen. Sicher konnte man zurückverfolgen, wer es wann gesehen hatte. Er kehrte noch einmal zurück, löschte den Verlauf im Browser seines Laptops und versteckte das Gerät im Schlafzimmer seiner Mutter, unter der Unterwäsche. Dann stellte er den alten, defekten wieder auf seinen Schreibtisch. Sicher war sicher. Man konnte nie wissen, was passierte.

Dr. Chandra empfing ihn mit verärgerter, gleichzeitig etwas ängstlicher Miene. Neben ihr saß ein Mann in weißer Arbeitskleidung. „Herr Rieneck, das ist Herr Maisel, ein Pfleger aus meiner Abteilung. Ich habe ihn als Zeuge zu unserem Gespräch hinzugebeten.“ „Zeuge? Wozu?“, fragte Leo überrascht. „Nehmen Sie erst einmal Platz.“ Leo zog den Stuhl zurück, auf den Dr. Chandra wies, und setzte sich. Der Gesichtsausdruck des Pflegers war abschätzig, fast verächtlich. Was war hier los?

„Herr Rieneck, zuerst einmal zur Schnittwunde. Ihre Mutter ist erst mehr als zwölf Stunden nach der Verletzung hier eingeliefert worden, können Sie uns das erklären?“ „Das hab ich doch der verdammten Sanitäterin schon erklärt!“, fuhr Leo wütend auf und schlug mit der flachen Hand auf den Tisch vor sich. Waren diese Leute denn blöd? Oder einfach unverschämt? Dr. Chandra zog die Augenbrauen hoch und warf dem Pfleger einen vielsagenden Blick zu. Der rückte näher an den Tisch heran. So, als wolle er Leo daran hindern, ihn nochmals zu berühren.

Leo lehnte sich zurück, atmete tief aus, bemühte sich um einen sachlichen Ton. „Ich war auf der Uni“, sagte er und schluckte. „Später essen, dann noch mit Kommilitonen einen trinken. Jedenfalls, als ich zu Hause angekommen bin, hat Mama geschlafen. Ich habe sie schnarchen gehört. Ich hatte keinen Grund, sie aufzuwecken und zu kontrollieren, wie es ihr geht!“ Er hatte lauter als nötig gesprochen. Es war aber auch eine Frechheit, was die beiden hier aufführten. War er etwa bei einem Verhör?

„Ihre Mutter hat auch eine Verletzung im Gesicht. Können Sie uns dazu was sagen?“ „Das habe ich doch auch schon ...“ Leo beugte sich vor, hob die Arme, zog sie wieder zurück, ließ sie sinken. „Sie ist über den Teppich gestolpert. Hab ich auch schon erklärt. Warum muss ich Ihnen alles zweimal sagen? Ich wollte eine Schere holen, glaub ich, um den Verband zu erneuern. Während ich im Bad war, ist sie anscheinend ins Wohnzimmer gegangen. Sie wollte sich wohl ... also, sie wollte einen Schluck Schnaps trinken. Auf dem Weg ins Wohnzimmer ... der Teppich ... sie ist drübergestolpert. Ich hab ihr aufgeholfen. Dann ist auch schon der Rettungswagen gekommen. Aber das wissen Sie ja alles schon. Wenn Sie den Sanitätern überhaupt zuhören."

Dr. Chandra holte tief Luft. „Herr Rieneck, Ihre Mutter bestätigt diese Version. Wir vermuten allerdings, dass sie geschlagen wurde. Die Abdrücke auf ihrer Wange könnten gut von Fingern stammen, aber kaum von einem Teppich. Außerdem haben wir keine Textilfasern im Bereich der Wunde gefunden."

Leo sprang auf. „Das ist ... ungeheuerlich! Wie können Sie ... Ich habe meine Mutter nicht geschlagen! Ganz im Gegenteil! Ich habe versucht, ihr zu helfen!"

Dr. Chandra seufzte neuerlich, während der Pfleger neben ihr seine Hände verschränkte und die Fingergelenke knacken ließ. Sollte das eine Drohung sein? „Bitte setzen Sie sich, Herr Rieneck!" Dr. Chandra deutete auf den Stuhl. Leo tat, wie ihm geheißen. „Wir würden vorläufig von einer Anzeige gegen Sie absehen. Die Hinweise sind uns dafür nicht eindeutig genug. Im Gegenzug dafür kümmern Sie sich darum, dass Ihre Mutter einen Entzug macht." Leo setzte zu einer Antwort an, mit einer Handbewegung gebot ihm Dr. Chandra Einhalt. „Eigentlich müssten wir Sie anzeigen, wir gehen hart an die Grenzen unserer eigenen Richtlinien, nur im Interesse Ihrer Mutter. Aber ich möchte Ihnen eine Chance geben. Das Zusammenleben mit einer Alkoholikerin kann manchmal sehr starken Stress auslösen, nicht alle kommen damit zurecht. Wir können auch Ihnen Hilfe ..." „Ich brauche keine Hilfe!", wehrte Leo ab. „Und ich verwahre mich gegen Ihre Unterstellungen!"

„Wie auch immer!" Dr. Chandra stand auf. „Ich gebe Ihnen eine Woche Zeit. Dann werde ich Sie wieder anrufen. Wenn ich Sie nicht erreiche oder Ihre

Mutter bis dahin nicht in Behandlung ist, hole ich die Anzeige nach. Auf Wiedersehen!" Sie verließ den Raum durch die Tür, durch die Leo ihn betreten hatte. Er war mit dem Pfleger allein. „Sie können Ihre Mutter mitnehmen", sagte der. Leo vernahm einen drohenden Unterton in seiner Stimme. „Aber Vorsicht!" Der Pfleger musterte ihn mit zusammengekniffenen Augen. Leo versuchte, es zu übersehen.

Im Taxi nach Hause herrschte Funkstille. Leo verspürte nicht die geringste Lust auf eine Unterhaltung mit seiner Mutter. „Ich muss in einer Woche noch einmal zur Kontrolle kommen", sagte sie schließlich in die Stille hinein. „Und in zwei Wochen werden dann die Fäden gezogen. Es bleibt eine Narbe, haben sie gesagt." Leo blieb stumm. Er wollte dem Taxifahrer kein Schauspiel bieten.

„Du musst dich behandeln lassen", sagte Leo schließlich, als die Haustür ins Schloss fiel. „Die wissen, dass du Alkoholikerin bist. Und in einer Woche werden sie dich fragen, ob du schon in Behandlung bist. Wegen dem Saufen."

„Ich bin doch keine Alkoholikerin!", brauste seine Mutter auf. „Wie kannst du nur so hässlich zu mir sein? Jetzt, wo ich doch verletzt bin und mir nicht helfen kann!" Leo nickte. „Okay. Dann helfe ich dir jetzt dabei, den ganzen Schnaps in den Abfluss zu schütten. Weil du ja allein die Flaschen nicht aufkriegst."

Er trat in die Küche, riss alle Türen auf. Fast hinter jeder stand eine angebrochene Flasche. Alles war da. Wodka, Weinbrand, Gin, Obstschnaps. Wahrscheinlich von allem das billigste Angebot. Mama begann zu wimmern, als er eine Flasche nach der anderen öffnete und in die Spüle goss. Es stank erbärmlich.

„Dieser eklige Fusel!“, beschwerte sich Leo. „Dass man sowas überhaupt trinken kann!“

„Bitte lass eine übrig! Eine! Ich brauch doch ... nur ein Gläschen ... wenn ich mich so aufregen muss, ohnehin nur wegen dir!“ Mit einem Fluch warf Leo die letzte Flasche in die Altglaskiste, dass es klirrte. Es war ohnehin sinnlos. Wenn sie Alkohol wollte, dann würde sie welchen finden. Als er die Küche verließ, merkte er, wie Mamas Hände zitterten.

Bevor sie auf die Idee kam, in ihr Schlafzimmer zu gehen, um dort nach versteckten Flaschen zu suchen, holte Leo den Laptop aus der Schublade mit ihrer Unterwäsche. Wo konnte er ihn sonst verstecken? Ach was, niemand würde mit einem Durchsuchungsbefehl hier aufkreuzen. Leo steckte ihn unter seine Matratze.

Er musste weg, von einem öffentlichen Hotspot aus das Video checken, Nachrichten lesen, um am Ball zu bleiben. Jetzt musste sich schon etwas getan haben. Leo fuhr ein paar Stationen mit der Straßenbahn, loggte sich vor einem Fast-Food-Restaurant in dessen WLAN ein und fand sein Video nicht mehr. Er probierte es wieder und wieder, nahm einen Browser anstatt der App. Versuchte es mit anderen Videos, die liefen problemlos. Nur seines war weg. Leo fluchte. Wie konnte das passieren? Was hatte er falsch gemacht?

Er machte sich planlos auf den Weg in die Innere Stadt. Es dauerte nicht lang, bis es ihm dämmerte. Das Video war von Youtube gesperrt worden. Immerhin enthielt es Drohungen, vielleicht sah man darin auch Gewaltaufrufe. Lächerlich. In jedem Rap-Song wurde öfter zu Gewalt aufgerufen als in seinem Video. Es enthielt ja bloß eine Warnung. Jeder konnte auf diese Warnung reagieren, wenn er sich fürchtete. Er brauchte sich nur davonzumachen. Das war wieder einmal typisch für diese Mainstream-Medien. Jede freie Meinungsäußerung wurde gnadenlos unterdrückt, alles, was nicht ins Schema passte, zuerst an den Rand gedrängt und dann vernichtet.

Allerdings musste doch jemand sein Video gesehen haben, bevor es gelöscht worden war. Auf einer Nachrichtenseite stand etwas darüber, es sei ein Bekennervideo des Täters aufgetaucht, der Hassan ermordet habe. Ein weiterer Mord an einem Asylwerber, Baschar H., so konnte man lesen, durfte damit wohl demselben Täter zugeschrieben werden. Die Polizei gebe keine Auskünfte, hieß es, wolle weder bestätigen noch dementieren, ob die Delikte zusammenhingen. Nicht einmal, ob Baschar H. tatsächlich ermordet worden war.

Immer noch kannte die Presse anscheinend keine näheren Umstände der Taten, aber immerhin war das Video im Umlauf. Der Journalist, der die Meldung verfasst hatte, hatte es wohl heruntergeladen und gesichert. Die Polizei hielt sich bedeckt, aber Leo war sich sicher, dass bald einmal irgendjemand plaudern würde und Details an die Öffentlichkeit gelangten. Das war schließlich immer so. Er war gespannt, wie es weitergehen würde.

Eine Nachricht von Marinca. Sie wollte ihn morgen treffen, mit ihm reden. Die Sache mit Baschar, schrieb sie, ging ihr nahe. Ob er mit ihr einen Kaffee trinken gehen wolle. Oder vielleicht essen. Leo war unsicher. Was wollte Marinca tatsächlich von ihm? Ihn wieder einmal aushorchen, herauskriegen, was er mit der Sache zu tun hatte? Es hieß, vorsichtig zu sein. Andererseits, wenn er an ihre Ohren mit den Monden dachte, an ihre Lippen, an die kleinen Brüste, die sich hinter einem flauschigen Pullover verbargen, konnte er nicht anders, als seinem Begehren nachzugeben, sie zu sehen. Egal, was sie von ihm wollte. „Melde mich morgen, verlässlich!“, textete er zurück. „Bin gerade beschäftigt.“

Als Leo nach Hause kam, war es bereits dunkel. Im Licht der Straßenlaterne vor seinem Haus stand ein schwarzer Skoda Kombi. Kurz hielt Leo inne, überlegte, ob er umkehren sollte, gab sich aber schließlich einen Ruck und ging am Wagen vorbei durch die Gartentür. Sie hatten nichts gegen ihn in der Hand, keine Beweise, keine Zeugen, gar nichts. Alles, was ihn verraten hätte können, war verbrannt. Die Garotte hatte er sorgfältig im Garten vergraben, unter einem Strauch. Man konnte nicht einmal erkennen, dass dort gegraben worden war. Was also wollten die spätabends von ihm?

Dennoch klopfte ihm das Herz bis zum Hals, als er die Tür aufschloss. Er schluckte. „Hallo?“, fragte er ins Vorhaus hinein. Er hörte seine Mutter kichern, Gesprächsfetzen. Was hatte sie mit Weiß zu lachen? Er trat in die Wohnzimmertür und grüßte mit einem leichten Nicken. Im Wohnzimmer saßen nicht nur Weiß und seine Mutter vor einer Tasse Kaffee, sondern auch eine blonde Polizistin in Uniform. Sie stand auf, als sie Leo sah. „Gruppeninspektorin Hell“, stellte sie sich vor.

Weiß erhob sich ebenfalls, ohne Leo die Hand zum Gruß hinzustrecken. „Wir haben noch ein paar Fragen an Sie“, sagte er und deutete einladend auf das Sofa, wo seine Mutter saß. „Wenn Sie uns ein wenig allein lassen wollen, gnädige Frau? Das wäre nett!

Und bitte nicht an der Tür lauschen!" Er lächelte und drohte scherzhaft mit dem Finger. Mama kicherte erneut. Sie schien wegen des neuerlichen Besuchs der Polizei nicht beunruhigt und schlingerte bedenklich, als sie auf die Küchentür zuging.

„Ja!", begann Weiß, nachdem er sich wieder gesetzt hatte. „Wie gesagt, es haben sich da noch einige Fragen ergeben. Und auf die hätten wir natürlich gerne Antworten." Leo blieb reglos. Was hätte er auch sagen sollen?

Weiß schlug einen Aktenordner auf. „Am 22., am Freitag, da sind Sie zu Hause gewesen. Ihre Mutter bestätigt das, kann sich allerdings an keine Details erinnern. Sie scheint ein wenig unsicher." „Sie haben noch keine Frage gestellt", erinnerte ihn Leo. Dieser behäbige Typ, dessen war er sich sicher, konnte ihm nicht gefährlich werden. Aber wozu hatte er eine uniformierte Partnerin mitgebracht? „Dann frage ich Sie jetzt. Waren Sie tatsächlich zu Hause?" Leo nickte. „Wie ich schon gesagt habe, als Sie vor ein paar Tagen hier waren." Weiß nickte ebenfalls, Hell lehnte sich zurück und schlug die Beine übereinander.

„Nun", sagte Weiß und blätterte um. Leo konnte nur den Rücken des Aktenordners sehen. „Gehen wir vier Tage weiter. Zum Dienstag, den 26. Wo waren Sie da? Und zwar vormittags, so zwischen neun und elf?" Da hatte er Hassan umgebracht. „Um neun war ich noch zu Hause. So um Viertel nach habe ich mich auf den Weg zur Uni gemacht. Vorlesung. Professor Hörhager. Römisches Recht. Um zehn. Cum tempore." „Cum tempore, so so", wiederholte Weiß, nickte und kritzelte mit einem Kugelschreiber in seinem Aktenordner herum. Natürlich stimmte das nicht, denn Leo hatte nach der Tat am anderen Ende der Stadt seine

Kleider verbrannt. Wenn Weiß die Studenten an der Uni befragte, würde er allerdings nichts als Widersprüche ernten – die einen würden schwören, er sei in der Vorlesung gewesen, die anderen, er habe gefehlt. Die meisten würden sich an überhaupt nichts erinnern. Er war sicher. „Zeugen?", fragte Weiß. Leo nickte. „Ungefähr 250 Studenten. Ich war allerdings ein wenig in Eile, bin knapp gekommen, danach gleich wieder gegangen, es gibt momentan viel zu lernen. Keine Ahnung, ob sich jemand an mich erinnert. Müssen Sie halt alle fragen." Leo konnte ein Grinsen nicht unterdrücken. „Keine Freunde, Freundinnen getroffen?" Leo schüttelte den Kopf, Weiß seufzte.

„Wieso erinnern Sie sich eigentlich so genau an den 26.?", fragte die Polizistin plötzlich. „Sie mussten gar nicht überlegen. Ist ja schon eine Weile her." „Notizen. Notizen von der Vorlesung. Ich schreib da immer das Datum dazu. Und weil ich jetzt nach diesen Notizen lerne, stolpere ich jeden Tag darüber. Mehrmals." Leo war über sich selbst erstaunt, dass er diesen Angriff aus dem Hinterhalt so souverän pariert hatte. Hoffentlich wollten sie seine Notizen nicht sehen. Dennoch musste er vorsichtiger sein, so ein Lapsus durfte nicht noch einmal passieren. „Warum fragen Sie eigentlich nach diesem Tag?"

„Ja!", sagte Weiß und schlug den Aktenordner zu. „An diesem Vormittag ist ein Mann ermordet worden, schräg gegenüber von dem Theater, in dem Sie mit Ihren Freunden diese Störaktion veranstaltet haben." „Ich war an keiner Störaktion beteiligt." Weiß wedelte beruhigend mit der Hand. „Sind ja auch nur Peanuts. Kennen Sie den Dönerstand gegenüber von diesem Theater?" Leo zögerte kurz. Er war mehrmals dort gewesen, machte keinen Sinn, es abzustreiten. Er nickte. „Waren Sie am Tag vor diesem Mord, am 25., an diesem Stand?“ Leo legte die Hand an die Stirn, wie um nachzudenken. „Kann sein!“, nickte er dann. „Ich hab jemanden getroffen, der wollte auf ein Bier gehen.“ Weiß nickte. „Das wissen wir. Wir wissen auch, wer das war. Aber warum, das fragen wir uns noch!“

„Das war reiner Zufall“, konterte Leo ausnahmsweise einmal mit der Wahrheit. „Zufall?“, fragte Weiß. „Was machen Sie zufällig in dieser Gegend? Die Uni ist weit weg.“

Leo zuckte mit den Schultern. „Es gibt da einen Park, ganz in der Nähe. Gehe ich gerne zum Lernen hin, ist meistens leer, ruhig. Außerdem ist meine Studentenverbindung um die Ecke.“ Weiß nickte. „Studentenverbindung. Waren Sie auf dem Weg von dort oder dorthin?“ Leo schüttelte den Kopf. „Hab ich in letzter Zeit etwas vernachlässigt. Ich wollte in den Park, um zu lernen.“ „Das Wetter war aber nicht so ... ich meine, um sich in einen Park zu setzen.“ Er war dieser sinnlosen Fragerei müde. „Was wollen Sie eigentlich von mir? Was soll das Ganze? Ich hab doch meine Zeit nicht gestohlen!“

„Richtig!“, nickte Weiß. „Haben Sie am Tag vor diesem Mord irgendwas Verdächtiges um den Stand herum wahrgenommen? Jemand, der ihn beobachtet hat? Der vielleicht mehrmals vorbeigefahren ist, sich auffällig verhalten hat?“ Leo schüttelte den Kopf. „Ich war nicht lang dort.“ „Der Herr, der sich Nato nennt, hat der irgendwas geäußert? Irgendwelche Hinweise, die darauf schließen lassen könnten, dass er einen Anschlag plant?“ „Kein Wort!“ Leo war fast erleichtert. Es ging also hier nicht vordringlich um ihn, sondern um Nato. Den hatte man anscheinend in Verdacht.

„Sind wir dann fertig?“, fragte er. Weiß nahm wieder seinen Aktenordner zur Hand. „Nicht ganz. Ich möchte Ihnen noch was zeigen.“ Er legte ein Foto vor Leo auf den Tisch. Es zeigte ihn, Leo, wie er neben Marinca im Theater saß. Das Bild war zwar nicht sehr scharf, aber man konnte ihn eindeutig erkennen. „Diese Vorstellung hat am Freitag, den 29., stattgefunden. Erkennen Sie sich wieder?“ Leo nickte. „Das Theater befindet sich, wie schon erwähnt, schräg gegenüber von dem Kebabstand, der dem Ermordeten gehört hat. Wer ist übrigens die Dame?“ Leo konnte sich ein Lächeln nicht verkneifen. „Das werden Sie wahrscheinlich wissen. Sie wissen ja alles.“ Weiß starrte ihn aus zusammengekniffenen Augen an, während seine Kollegin missbilligend den Kopf schüttelte.

„Na ja, ist ja egal. Viel interessanter ist das.“ Er legte ein Foto von Baschar auf den Tisch. Leo hüstelte in die hohle Hand. „Kennen Sie den?“, fragte Weiß. Leo zögerte. Dann nickte er. Es war sinnlos, in diesem Fall zu leugnen. „Ich glaube, der hat mitgespielt. In dem Stück. Keine Ahnung, wie der heißt. Kennen wäre übertrieben. Ich hab ihn halt auf der Bühne gesehen.“

Weiß seufzte. „Sehen Sie, und jetzt ist er tot. Junger Mann, Sie geben mir Rätsel auf. In Ihrem Umfeld passiert zuerst die Störung einer Theateraufführung, dann werden zwei Menschen ermordet. Zwei mit sogenanntem Migrationshintergrund. Dann wiederum sehen Sie sich in Begleitung einer jungen Dame, wie ich bemerken möchte, mit Migrationshintergrund, ein Theaterstück an, das einem wie Ihnen, einem aktiven Burschenschafter – schlagend noch dazu, wie mir wichtig erscheint – wegen seiner Thematik sicher nicht gefällt. Gleich darauf wird ein Darsteller dieses Stücks ermordet. Sagen Sie mir, was soll ich davon halten?“ Er nahm die beiden Fotos, steckte sie wieder in seinen Aktenordner. „Ich habe keine Ahnung. Keine Ahnung von den Morden, halt davon gehört, in den Medien. Von einem!“, korrigierte sich Leo sofort. „Über diesen Schauspieler habe ich nichts gehört.“

Weiß steckte seinen Aktenordner in eine abgegriffene Ledertasche, die er neben sich auf den Boden gestellt hatte. „Junger Mann, passen S’ mir auf Ihre Mutter auf. Zweimal in so kurzer Zeit im Krankenhaus. Es scheint ihr nicht so gut zu gehen.“

„Ich bin schon dabei, eine Therapie für sie zu finden“, entgegnete Leo. Er verzichtete darauf, Weiß darauf hinzuweisen, dass seine Mutter ihn einen Dreck anging. Weiß stand auf, Hell folgte ihm. Als er die Hand schon an der Türklinke hatte, drehte Weiß sich noch einmal um.

„Sie werden sich fragen, warum ich Frau Gruppeninspektor Hell mitgebracht habe.“ Leo lächelte. „In Krimis kommen Polizisten immer zu zweit.“ Weiß lachte laut auf. „Ja, im Krimi! Sie sind mir aber einer!“ Er drohte Leo spielerisch mit dem Finger, wurde aber sofort wieder ernst. „Frau Hell, sagen Sie’s ihm!“ Hell verschränkte die Arme vor der Brust. „Ich bin unter anderem für Datenforensik zuständig. Wir haben heute ein Video erhalten, in dem jemand die Verantwortung für zwei Morde übernimmt. Also sozusagen ein Bekennervideo. Es wird auch mit weiteren Taten gedroht. Wissen Sie etwas darüber?“ Leo schüttelte den Kopf. „Nie im Leben! Wie käme ich auf eine so dämliche Idee?“

Weiß legte ihm die Hand auf die Schulter. „Kommt darauf an, kommt ganz auf die Perspektive an, junger Mann. Aus wessen Perspektive es eine dämliche und aus wessen Perspektive es eine gute Idee war. Der Mann auf dem Video könnten Sie sein.“ „Ich bin's aber nicht!“, sagte Leo.

„Dürften wir einen Blick auf Ihr Handy werfen? Nur, damit wir ganz sichergehen?“ Leo hätte sich ohrfeigen können. Er hatte nicht darauf geachtet, das Video mithilfe einer sicheren Quelle aufzunehmen. Der Fehler konnte ihn jetzt alles kosten. „Verloren!“, sagte er. Musste sich räuspern. „Leider. Wenn ich's wieder finde, gerne!“ „So, so. Verloren. Na, da kann man wohl nichts machen.“ Weiß grinste. „Wiedersehen, Herr Rieneck. Und wünsche, wohl zu ruhen. Vielleicht sehen wir uns ja bald wieder!“ Frau Hell nickte ihm mit undurchdringlicher Miene zu, als sie hinter Weiß das Haus verließ.

Leo stieg die Treppe hinauf, warf sich in seinem Zimmer aufs Bett und verzichtete darauf, dem Auto hinterherzusehen. Verdammt. Er hätte niemals gedacht, dass ihm die Polizei so schnell nahekommen würde. Aber andererseits – wenn sie tatsächlich etwas gegen ihn in der Hand hatten, dann hätten sie ihn gleich mitgenommen, im Polizeipräsidium verhört. Dass er noch hier lag, bewies doch, dass er alles richtig gemacht hatte. Es gab keine Beweise gegen ihn. Das, was Weiß erzählt hatte, das waren alles nur Täuschungsmanöver gewesen, Versuchsballone, die ihn dazu bringen sollten, sich zu verraten. Aber dafür war er viel zu clever. Mit einer Ausnahme. Das

Handy. Das musste jetzt so schnell wie möglich weg. Ob Weiß ihn beschatten lassen würde? Dafür reichten die Verdachtsmomente sicherlich nicht aus. Trotzdem musste er vorsichtig sein, wenn er wieder aus dem Haus ging.

Mama öffnete die Tür, ohne zu klopfen. „Was hast du angestellt? Sag es mir, ich bin deine Mutter, mir kannst du alles sagen!" „Du bist eine Säuferin, und dir kann man gar nichts sagen! Weil du alles gleich ausplauderst, wenn du es nicht sofort vergisst!" Nicht nur um sein Handy musste Leo sich kümmern, auch um Mama. Binnen einer Woche musste irgendwas geschehen, sonst saß ihm diese Ärztin wieder im Nacken, die konnte er nicht gebrauchen.

Und noch etwas musste geschehen, heute noch. Er musste ein weiteres Ausrufezeichen setzen. Dann würde es nicht mehr möglich sein, die Ereignisse unter den Teppich zu kehren.

Leo schaltete sein Handy aus, zog die SIM-Karte heraus, schnitt sie in zwei Teile und spülte sie im Klo hinunter. Er konnte nur hoffen, dass sein Handy nicht bereits überwacht wurde. Wenn die Polizei herausbekam, dass es genau zu dem Zeitpunkt abgeschaltet wurde, als Weiß mit seiner Assistentin sein Haus verließ, dann war er geliefert. Leo trug das Gerät in den Keller, nahm einen Hammer von der Werkzeugwand und schlug darauf ein. Das Gerät war zäher, als er gedacht hatte. Ihm stand schon der Schweiß auf der Stirn, als ein Haufen mehr oder weniger kleiner Teile vor ihm auf der Werkbank lag. „Was machst du denn da, Kind?", hörte er Mamas Stimme von oben. „Nichts!", gab Leo zurück. „Nichts, um was du dich kümmern müsstest!" Am besten war, wenn er überhaupt nicht mehr ins Internet ging, vor allem nicht von zu Hause oder vom Handy aus. Womöglich überprüfte die Polizei bereits alle Seiten, die er aufrief. Man konnte nie wissen.

Er würde sich morgen früh bei einem Diskonter eine neue SIM-Karte besorgen, das zumindest stimmte mit dem überein, was er Weiß erzählt hatte. Leo ließ die Teile des Handys in ein Plastiksäckchen gleiten, kehrte ein paar Splitter vom Boden auf und trug das Säckchen mit sich nach oben. Schade, dass Marinca ihn nun nicht mehr erreichen konnte. Ob er sie wiedersehen würde? Er musste den Handyschrott heute noch entsorgen, solange es dunkel war. Er würde die Teile in einen Bach streuen, der ein paar Straßen weiter zwischen den Häusern floss.

Und er musste sich Zugang zu Nachrichten verschaffen, und zwar, ohne das Internet zu benutzen. Er griff zur Fernbedienung des Fernsehers. Immerhin gab es da Teletext. Und als er die Schlagzeilen sah, hatte er endlich das Gefühl, seine Anstrengungen hätten Sinn gehabt.

„Zwei Garotte-Morde in Wien", las er da. Die Story hinter der Schlagzeile war zwar nur drei Seiten lang, hatte aber alles in sich. Die Opfer wurden nicht beim Namen genannt, aber es war von einem Gastronomen und einem Asylwerber die Rede. Beide seien mit einer Garotte ermordet worden. Es folgte eine Erklärung, was das überhaupt war. Ein solches Instrument sei in den letzten Jahrzehnten in Österreich nie verwendet worden, hieß es. Man hoffe, dem Täter aufgrund dieser Eigenheit auf die Spur kommen zu können. Leo lachte in sich hinein. Wie denn? Der Innenminister hatte bereits Stellung genommen und schloss einen terroristischen Hintergrund aus. Der würde sich noch wundern. Ihm aber konnte es egal sein, ob der Minister ihn für einen Terroristen hielt oder nicht. Auf jeden Fall war jetzt etwas in Bewegung gekommen, bis in die Regierungsspitze hinauf musste man sich mit Leo beschäftigen.

Es war gerade zehn, und Leo schaltete auf die Fernsehnachrichten um. Hinter dem Sprecher sah er Fotos von Hassans Kebabstand und von dem Theater, in dem Baschar aufgetreten war. Mit bitterer Miene sprach der Redakteur in die Kamera. Es handle sich allem Anschein nach um politische Morde, deren einziger Zusammenhang darin bestehe, dass die Opfer Ausländer seien und dass offenbar die gleiche Methode gewählt worden war. Die Polizei verfüge über ein Video, in dem sich jemand zu den Morden bekenne, es sei dem Sender bisher aber nicht bekannt und könne daher nicht beurteilt werden.

Der Sprecher gab an eine Kommentatorin weiter, die sehr besorgt über die Anschläge war, der Täter müsse wohl in der rechten Szene gesucht werden. Mehr könne man einstweilen beim besten Willen nicht sagen. Es folgte eine kurze Stellungnahme des Innenministers, darauf folgte eine Oppositionsführerin, die darlegte, dass die Regierung auf dem rechten Auge traditionell blind sei und nicht wahrhaben wolle, dass die wirkliche Gefahr für unser Gemeinwesen von rechts ausgehe.

Leo war von einem Gefühl der Zufriedenheit, ja, der Begeisterung erfüllt. Mit jedem Wort, das auf dem Schirm gesprochen wurde, fühlte er sich größer und freier. Die Dame von der Opposition allerdings, die irrte sich gewaltig. Denn seine Aktion war der erste Schritt dazu, dass in diesem Land alles wieder ins Lot kommen würde. Er allein würde die Ausländer davonjagen, wie die Hasen würden sie die Flucht ergreifen. Aber nur, wenn er weitermachte. Zwei waren nicht genug.

Wie sehr es ihn juckte, den Laptop herauszuholen und auf den Seiten der Boulevardmedien zu surfen, da gab es sicherlich noch viel aufregendere Geschichten als die trockenen Tatsachen aus den Fernsehnachrichten.

Als Leo aus dem Haus trat, sah er vorsichtig in alle Richtungen. Kein unbekanntes Fahrzeug, niemand auf dem Gehsteig. Kurz bevor er die Brücke über den Bach erreichte, tauchte ein Radfahrer auf. Leo schritt ohne zu zögern weiter, überquerte die Brücke, kehrte um, sobald der Radfahrer außer Sicht war. Innerhalb von Sekunden waren die Brösel des alten Handys in der Strömung verschwunden.

Morgen würde er weitersehen.

Papa ist tot. Ich stehe am Fenster in meinem Zimmer und kann es nicht fassen. Papa ist tot und wird nicht wieder nach Hause kommen. Nie wieder. Ich schlucke, doch es kommen keine Tränen.

Frau Watzek hat aus der Firma angerufen. Sie ist Papas Sekretärin. Obwohl das Telefon im Vorzimmer steht, habe ich ihr Geschrei bis in die Küche gehört. „Der Herr Diplomingenieur!“, hat sie geheult und vor lauter Aufregung nichts weiter herausgebracht. „Der Herr Diplomingenieur!“, hat sie wieder gejammert, und ich habe noch vor Mama begriffen, dass etwas Schreckliches passiert sein muss. Frau Watzek hat Mama dann unter Tränen erklärt, dass sie Papa leblos in seinem Büro aufgefunden hat, obwohl sie doch eine Viertelstunde davor noch mit ihm gesprochen hat. Und plötzlich ist er nicht mehr ans Telefon gegangen. Irgendjemand hat anscheinend Wiederbelebungsversuche gemacht, bis die Rettung gekommen ist, aber es war schon zu spät. Sie haben Papa gar nicht mitgenommen, denn Tote dürfen nicht von der Rettung transportiert werden.

Mama hat aufgelegt und ist auf dem Stuhl, der neben dem Telefontischchen steht, zusammengesunken. Ich habe nachmittags, als ich von der Schule gekommen bin, schon gemerkt, dass sie nicht ganz nüchtern war. Man riecht es, außerdem spricht sie viel lauter und bemüht sich besonders um eine deutliche Aussprache, wenn sie sich schon vormittags mit ein paar Schnäpsen getröstet hat. Eigentlich müsste sie froh sein, dass sie Papa los ist. Sie hat ja früher, ich erinnere mich daran, immer behauptet, dass sie gar nicht verstehen könne, warum Frauen bei einem

Mann bleiben, der sie schlägt. Aber Papa hat sie geschlagen und sie ist geblieben. In den letzten Monaten hat sie mehr als einmal irgendeinen blauen Fleck mit Makeup abdecken müssen.

Ich habe mich in meinem Zimmer versteckt, als ich begriffen habe, was los ist. Das Schlimmste wäre, mit Mama darüber sprechen zu müssen, dass Papa tot ist. Ich habe keine Ahnung, wie man sich da richtig verhält, oder wie ich Mama trösten könnte.

„Ich muss zu ihm!“, hat sie plötzlich gerufen und ist aus dem Haus gestürmt. Auf mich hat sie völlig vergessen. Ich habe dann nur mehr den Motor laut aufheulen gehört, und sie ist verschwunden. Hoffentlich gerät sie nicht in eine Polizeikontrolle.

Nun stehe ich am Fenster und habe keine Ahnung, was ich tun soll. Das Leben wird jetzt ohne Papa weitergehen. Niemand mehr, der mir jeden Tag sagt, was falsch und was richtig ist, und vor allem, was in meinem Leben anders werden muss. Niemand mehr, der einen richtigen Kerl aus mir machen will. Niemand mehr, der ständig davon redet, dass andere Saiten aufgezogen werden müssen und mit dem Verhätscheln endlich Schluss sein muss. Niemand mehr, der mich in die Schischuhe zwingt oder über schlammige Waldwege schleift, weil das so gesund ist.

Ich habe Hunger und schleiche mich in die Speisekammer. Obwohl, das Schleichen könnte ich mir sparen. So schnell wird Mama nicht zurückkommen. Und ihr würde auch niemals auffallen, wenn ein Beutel Chips in der Speisekammer fehlt. Ich nehme mir eine Flasche Cola, was ich eigentlich nicht darf, und die Chips und lege mich damit ins Bett. Was ich natürlich auch nicht darf. Im Bett wird nicht gegessen und nicht getrunken. Aber ich glaube, dass es von nun an ziemlich egal ist, was man darf und was nicht. Plötzlich fällt mir ein, dass Papa ja unser ganzes Geld verdient hat. Woher werden Mama und ich das Geld bekommen, um zu überleben? Das Haus kostet viel Geld, und der Mercedes auch. Und das zweite Auto.

Ich gehe ins Wohnzimmer hinunter und schalte den Fernseher ein, um mich abzulenken. Es sind einfach zu viele Gedanken, die plötzlich auf mich einstürmen. Ob mich Alex immer noch Vollpfosten nennen wird, wenn ich wieder in die Schule zurückkomme, wo alle schon wissen, dass mein Vater gestorben ist? Wahrscheinlich werden sie mich ignorieren, so wie vorher auch schon, wenn sie mich nicht gerade quälen. Und die Lehrer werden eine todtraurige Miene vor sich hertragen, was mir sicher auch nicht hilft. Die Lehrerinnen werden mir über den Kopf streichen und mich ein armes Kind nennen. Davor fürchte ich mich jetzt schon.

Ich bin vor dem Fernseher eingeschlafen, mit den Chips auf dem Bauch. Als ich den Schlüssel im Schloss knirschen höre, schrecke ich hoch, stehe abrupt auf und verschütte die Chips auf dem Wohnzimmerteppich. Mama kommt ins Wohnzimmer, als ich gerade hektisch versuche, die Krümel vom Boden aufzusammeln. Doch sie merkt gar nicht, was mir passiert ist, und lässt sich auf das Sofa fallen.

Fast sofort fängt sie zu schluchzen an. Ohne dass sie sich die Hände vor die Augen hält. Ohne dass sie mich ansieht. „Papa ist tot!“, wiederholt sie, was ich schon lange weiß. Ich nicke. „Du bist jetzt eine Halbwaise“, fügt sie hinzu. Ich habe diesen Ausdruck noch nie gehört, kann mir aber vorstellen, was er bedeutet. „Ich weiß nicht, was ich jetzt tun soll!“, heult Mama. Sie sieht mich immer noch nicht an, und ich verdrücke mich in die Küche, um mir ein Glas Wasser herunterzulassen. In Filmen, so fällt mir plötzlich ein, bekommen Leute, denen es schlecht geht, immer ein Glas Wasser. So lasse ich auch eines für Mama volllaufen und stelle es vor sie hin. Sie blickt nicht auf.

Ich überlege, was ich tun soll, als es an der Tür läutet. Mama rührt sich nicht, und so gehe ich zur Tür. Ein Mann in Schwarz steht draußen, so viel kann ich auch durch die Tür erkennen. Ich öffne. Ein grauhaariger Herr in Anzug und Krawatte beugt sich zu mir herunter. „Schindlecker“, stellt er sich vor. „Bestattung Schindlecker und Sohn. Ich bin der Sohn.“ Er lächelt. Möglicherweise war das ein Witz. Er schüttelt mir die Hand, wobei er die linke auf meine rechte legt, um sie mit beiden Händen schütteln zu können. „Mein tief empfundenes, aufrichtiges Beileid. Ein schlimmer Tag für deine Familie, Leopold. Ein schlimmer Tag!“ Bei fast jedem Wort schüttelt er meine Hand nochmals und will gar nicht mehr loslassen. „Du musst jetzt tapfer sein. Dein Vater ist von uns gegangen, viel zu früh! Viel zu früh!“ Endlich lässt er meine Hand los und richtet seine Blicke gen Himmel. Ich frage mich, warum er alles wiederholt, was er sagt.

Ich muss daran denken, dass Papa jetzt in seinem Anzug auf einer Bahre im Geschäft des Herrn Schindlecker liegt und darauf wartet, in einen Sarg umgebettet zu werden. Wahrscheinlich ist der Mann gekommen, weil meine Mama einen Sarg aussuchen muss. Plötzlich taucht sie hinter mir auf. „Grüß Gott!“, sagt sie, geht an mir vorbei und schüttelt Herrn Schindlecker die Hand, während sie mit der anderen mit einem Taschentuch ihre Augen trocknet.

Meine Mama hat die üblichen Floskeln auf die Partezettel schreiben lassen. Von einem geliebten

Ehemann ist da die Rede, und dass wir in tiefer Trauer wären. Ich spüre aber nichts. Ich versuche, tief in mich hineinzuhorchen, aber da ist nichts, was Tränen aus mir herausholen könnte. Vielleicht hat Papa recht gehabt. Vielleicht muss ich doch ein ganzer Kerl werden, dem niemand so leicht wehtun kann. Und vielleicht ist es schon ein Anfang, dass ich nicht herumheule wie Mama. Schließlich bin ich ja jetzt der Mann im Haus.

Und damit ich gleich auch wirklich was Sinnvolles tue, leere ich Mamas Schnapsflaschen in den Abfluss, als sie zur Post fährt, um die Kuverts mit den Partezetteln aufzugeben. Ich bin nicht blöd, und so finde ich auch die Flaschen, die sie im Nachtkästchen an ihrem Bett und in ihrem Badezimmerschrank versteckt hat. In beiden fehlt ein wenig. Die Flaschen werfe ich in die Altglaskiste. Es macht mir gar nichts aus, wenn sie die richtigen Schlussfolgerungen zieht, wenn sie die Kiste mal wegbringt.

Bei Papas Begräbnis empfinde ich so etwas wie Stolz, dass so unglaublich viele Leute gekommen sind, um ihm die letzte Ehre zu erweisen. So hat Herr Schindlecker das in den Besprechungen mit meiner Mama formuliert. Ich muss fast lachen, als sie da alle anmarschiert kommen, mit ihren dicken Bäuchen und den todernsten Gesichtern. Was mich allerdings nervt, sind die ganzen Leute, denen ich die Hände schütteln muss. Manche schwitzen, wieder andere tragen Handschuhe. Viele der Frauen weinen, und manche streichen mir tatsächlich über den Kopf und sagen so Sachen wie „Du armes Kind!“ oder „Du musst jetzt tapfer sein!“ Ich frage mich, ob sie wirklich glauben, dass mir das hilft. Zuletzt zucke ich schon zurück, als wieder eine kommt, ihren Arm hebt und in Richtung meines Kopfes führt. Sie hält inne, aber ich ernte zumindest einen bösen Blick von ihr. Anscheinend muss man Mitleid auch entsprechend würdigen, damit so ein Begräbnis den Leuten wirklich gefällt.

Plötzlich kommt der dicke Mann aus dem Sommerlager auf mich zu. Das Sommerlager, aus dem ich gleich am ersten Tag weggelaufen bin. Ich erkenne ihn zunächst nicht, weil er keine Uniform trägt, aber sein wiegender Gang erinnert mich schnell. Wie freundlich er zu Papa war, und wie schnell sich sein Ton geändert hat, als er mit mir allein war. Zunächst steuert er direkt auf mich zu, als ich den Kopf senke, wechselt er die Richtung und schüttelt Mama die Hand. Er faselt was von Treue und ewiger Kameradschaft, und mehrmals nennt er Mama eine gnädige Frau. „Schüttle dem Herrn Ingenieur die Hand!“, fordert Mama. „Er war einer der besten Freunde von Papa!“ „Seit der Studienzeit. Ich denke gerne an die Jahre in der Verbindung zurück.“ Ich verstecke meine Hände hinter dem Rücken und wende mich ab. Da schon die nächsten Trauergäste warten, hat der Mann gar keine Zeit, sich länger mit mir zu beschäftigen.

Später im Gasthaus wird viel getrunken und gelacht. Die Männer erzählen sich Geschichten aus ihrer Studienzeit, vor allem solche, bei denen auch Papa eine Rolle spielt. Ich muss mit Mama bei ihnen sitzen, sie haben uns nach dem Essen an ihren Tisch geholt. Immer wieder stoßen sie auf Papa an, die meisten von ihnen sind übergewichtig und puterrot im Gesicht. Wahrscheinlich, so denke ich mir, wird es nicht lange dauern, bis sie sich wieder einmal bei einem Begräbnis begegnen.

„Es ist uns eine Ehre“, säuselt der dicke Mann meiner Mama zu, „gnädige Frau, uns um Sie zu kümmern. Sie können immer auf uns zählen! Das sind wir unserem Kameraden und Bundesbruder schuldig!“ Er rückt so nahe an Mama heran, dass ich mir gut vorstellen kann, was er mit „kümmern“ meint. Mama starrt ausdruckslos vor sich hin, manchmal nickt sie, manchmal sogar verzieht sie den Mund zu einem Lächeln, aber ich kann sehen, dass ihre Augen nicht mitlächeln.

Am nächsten Tag muss ich wieder zur Schule, und es kommt genau so, wie ich es mir vorgestellt habe. Die meisten meiner Mitschüler tun so, als ob nichts passiert wäre, was heißt, dass sie mich ignorieren. Die Lehrer ziehen traurige Gesichter und versuchen, meinen Blicken auszuweichen.

Alex aber muss es doch einmal probieren. Er ist der Rädelsführer und immer wieder hinter mir her. Aber ich bin vorbereitet. Ich habe begriffen, dass ich jetzt auf mich selber aufpassen muss. Papa hat Videokassetten gekauft, auf denen erklärt wird, wie man sich auch gegen Größere und Stärkere verteidigt. Man muss den Überraschungseffekt ausnutzen. Typen wie Alex rechnen nicht damit, dass sich jemand wehrt, man kann sie leicht überrumpeln.

„Na, Vollpfosten?“ Er kommt auf mich zu, die Daumen in den Gürtel eingehakt. „Hat deine Alte schon einen neuen Stecher gefunden?“ Er hat die Frage noch nicht einmal zu Ende gestellt, da hat er schon meine Finger im Auge. Man muss sie fest zusammenpressen und anspannen, damit nicht ein einzelner umknickt, und den Gegner überraschen, bevor er reagieren und den Kopf senken kann. Alex reagiert überhaupt nicht, sondern schreit auf, hält sich die Hände vor sein rechtes Auge und sackt zusammen. Es hat funktioniert. Genau wie im Video. „Mein Auge, mein Auge!“, schreit er. „Er hat mir mein Auge ausgeschlagen, ich bin blind!“ Er brüllt so, dass er die Aufmerksamkeit eines Lehrers erregt. „Was ist denn hier los?“ Er tritt auf mich und Alex zu. „Er hat mir ein Auge ausgeschlagen!“, wimmert Alex. „Ich habe mich nur gewehrt!“, sage ich.

Der Lehrer zieht Alex hoch. „Nimm mal die Hand weg!“ Als Alex nicht reagiert, zieht der Lehrer an Alex' Händen. Aus seinem Auge rinnt Blut. Die Lider sind geschwollen, man kann den Augapfel gar nicht sehen. „Das sieht nicht gut aus!“, meint der Lehrer. „Da brauchen wir wohl einen Arzt! Und du kommst auch mit!“ Er deutet auf mich.

Während Alex ins Schularztzimmer gebracht wird, werde ich zum Direktor geschleppt. Der ist leider kein so angenehmer Mann wie der Nikolaus in meiner alten Schule. Ich darf mich ihm gegenüber hinsetzen. Er erklärt mir lang und breit in gereiztem Tonfall, dass es in dieser Schule eine Null-Toleranz-Politik bezüglich Gewalt gibt. Sein Vortrag dauert lange, er wiederholt das mit der Null-Toleranz mindestens viermal. Ich sage nichts und hoffe, dass es bald vorbei ist. „Wenn dieser, wie heißt er nochmal?“ Ich helfe aus. „Alex. Wenn der eine schwere Verletzung erlitten hat, wenn er gar blind auf dem Auge wird, dann geht die Angelegenheit zur Polizei! Was das für den Ruf unserer Schule bedeutet, davon machst du dir gar keine Vorstellungen!“ Es geht also nicht um Alex' Auge, sondern um den Ruf der Schule. Der Direktor steht von seinem Sessel auf, geht um seinen riesigen, fast leeren Schreibtisch herum und baut sich drohend vor mir auf. „Und du gehst jetzt am besten nach Hause! Du bist suspendiert! Vorläufig!“ Ich weiß nicht genau, was suspendiert heißt, aber nach Hause gehe ich nicht. Dort wartet eine angetrunkene, heulende Mutter auf mich, mit der ich nichts anfangen kann. Ich streune durch die Stadt, gebe mein Taschengeld für Imbisse und Getränke aus und nehme erst am späten Nachmittag eine Straßenbahn nach Hause.

Mama hängt gerade am Telefon, als ich die Tür aufsperre. „Gottseidank!“, ruft sie in den Hörer. „Er ist gerade gekommen!“ Sie legt auf, kommt auf mich zu und zischt mich an. „Was denkst du dir denn, einfach abzuhauen! Ich bin fast gestorben vor Sorge! Und überhaupt – wie kommst du dazu, einem Mitschüler das Auge auszuschlagen? Plötzlich brennt meine Wange. Mama hat mir eine Ohrfeige verpasst. Ich halte meine Hand gegen mein Gesicht. Den Gefallen, in Tränen auszubrechen, den tue ich ihr nicht. Ich gehe in mein Zimmer und sperre hinter mir ab.

Letztlich geht die Sache für mich glimpflich aus. Anscheinend hat niemand genau beobachtet, was passiert ist, und Alex glaubt sowieso kein Mensch. Er ist bekannt dafür, dass er immer wieder auf andere losgeht. Und ich habe in dieser Beziehung eine weiße Weste, wie man so sagt. Noch dazu den Bonus, dass mein Vater gerade gestorben ist. Man billigt mir anscheinend das Recht zu, etwas unausgeglichen zu reagieren. Außer ein paar erhobenen Zeigefingern und etwas Kopfschütteln habe ich keine Konsequenzen zu tragen.

Alex ist ein paar Tage nicht zu sehen, kommt dann mit geschwollenem, aber sehendem Auge in die Schule zurück und ignoriert mich.

8

Als Leo aufwachte, tasteten seine Finger vergeblich nach dem Handy auf dem Nachtkästchen. Nach ein paar Versuchen richtete er sich auf. Erst jetzt erinnerte er sich an die Ereignisse des gestrigen Abends. Die Brösel seines Handys waren inzwischen wahrscheinlich in der Donau angekommen.

Bevor er sich zu dem Computerladen aufmachte, musste er sich überlegen, welche Botschaft er hinterlassen wollte. Ihm war klar geworden, dass er deutlicher werden musste, damit sein Anliegen auch wirklich ankam. Sollte er einen Zettel hinterlassen? Das war wohl zu plump, zu wenig raffiniert. Eine Landkarte, die deutlich zeigte, wo das Opfer wirklich hingehörte? Aber woher nehmen? Wobei, es gab doch ein klares Symbol für jedes Land! Eine Fahne. Die türkische Flagge konnte er beim Opfer hinterlassen. Damit war klar: Dort gehörst du hin! Und er war sich sicher, dass er solche Fähnchen schon gesehen hatte, flatternd im Wind vor türkischen Läden, die so ziemlich alles verkauften, was man brauchen konnte. Oder eben auch nicht. Mama schnarchte, als er an ihrem Zimmer vorbeiging. Gut so. Er musste ja noch die Garotte aus ihrem Versteck im Garten holen, ohne dass sie ihn dabei beobachten konnte.

Leo nahm einen Umweg, der ihn in eine Fußgängerzone in einem der Außenbezirke führte. Dort gab es viele Läden, die von Ausländern betrieben wurden. Wohl fühlte er sich in dieser Gegend nicht, man hörte kaum ein deutsches Wort. Vielleicht sollte hier einmal jemand mit einer Maschinenpistole aufräumen. Leo hatte Glück. Nach nicht einmal fünf Minuten stand er vor einem türkischen Supermarkt, neben dessen Eingang Fähnchen im Wind flatterten. Vier Euro zwanzig. Um nicht allzu sehr aufzufallen, nahm Leo noch einen Karton Wassermelonen-Eistee und eine Packung türkischen Käse mit. Der bärtige Kassier lächelte und hob das Fähnchen vom Förderband. „Du bist Fan von Galatasaray?“ Leo verstand zunächst nicht. „Morgen, Fußball in Praterstadion!“ Der Mann zog das Fähnchen über den Scanner. „Ja, Fan!“, stimmte Leo nickend zu. Er zahlte und machte, dass er so schnell wie möglich wegkam.

Es dauerte eine gute Stunde, bis Leo neuerlich vor dem Computerladen stand. Das Handy würde er nachher besorgen. War keine gute Idee, eines mit sich herumzutragen, wenn man etwas vorhatte, von dem die Polizei keinen Wind kriegen sollte. Er sah an sich hinab. Dieses Mal war er ein wenig nachlässiger gewesen. Er hatte einfach etwas Altes aus dem Schrank herausgesucht, danach würde er die Kleider wie üblich verbrennen.

Leo sah nach links und rechts. Einige Männer standen in einem Hauseingang und rauchten, keiner davon nahm von ihm Notiz. Vorsichtig streckte er nochmals seinen Ellenbogen durch, zog ihn wieder an. Die Bewegung schmerzte zwar noch, aber wenn er sich zusammenriss, würde er es schon schaffen. Auch die Hand, die er gegen den Bildschirm seines Laptops geschlagen hatte, bereitete ihm noch Sorgen. Er zog einen schwarzen Handschuh über und hoffte auf das Beste.

Er drückte sich an die Eingangstür, holte seine Maske heraus und zog sie über den Kopf. Als er das Geschäft betrat, erschrak er. Es saß nicht der gleiche Junge wie letztes Mal hinter dem Schreibtisch, sondern ein junges Mädchen mit langen, dunklen Haaren. Ihre Augen schienen hinter einer schwarz gerahmten Brille ungewöhnlich groß. Sie riss sie auf und begann sofort zu kreischen. Leo stürzte auf sie zu, sie musste unbedingt zu schreien aufhören, sonst war er geliefert. Passanten auf der Straße konnten sie hören, und vielleicht war auch der Bursche von gestern nicht weit. Das Mädchen sprang auf, hastete unter unablässigem Geschrei in den hinteren Teil des Geschäftes. Leo holte sie ein, warf die Schlinge, verfehlte den Kopf des Mädchens, weil sie mit einer Hand eine fahrige Abwehrbewegung vollführt hatte. Leo fiel auf sie, ihre Schreie erstarben, wahrscheinlich bekam sie wegen des Sturzes nicht mehr genug Luft. Leo ließ die Garotte fallen, krallte seine Hände um ihren Hals. Sie durfte nicht mehr dazu kommen, weiter zu schreien. Sie würgte, begann zu röcheln, schlug mit den Armen nach ihm. Schließlich erlahmten ihre Bewegungen.

Plötzlich hörte Leo irgendwo eine Tür schlagen, rappelte sich auf, schnappte seine Garotte, flüchtete zur Eingangstür, stieß sie auf. Links, rechts. Niemand war auf ihn aufmerksam geworden. Im Laufen stopfte er die Garotte zurück in ihren Beutel, beeilte sich, schnell um ein, zwei Ecken zu biegen, stand vor einem Zaun. Er hatte vergessen, seine Maske abzunehmen, riss sie vom Kopf, stopfte sie hastig in den Rucksack. Warum hatte er die Gegend vorher nicht besser ausgekundschaftet? Er musste auf die andere Seite. Leo warf seinen Rucksack und den Beutel mit der Garotte über den Zaun, kletterte am Maschendraht hoch, ließ sich auf der anderen Seite fallen, schrie auf. Er war auf seinem verletzten Arm gelandet. Das Grundstück war von Büschen bewachsen, weiter vom Zaun entfernt ein paar Sandhaufen, eine Baugrube.

Er musste weiter weg, konnte jetzt noch nicht riskieren, sich umzuziehen. Er kam wieder an eine Straße, wandte sich nach rechts, das würde ihn weiter vom Computershop wegführen. Er passierte eine Tankstelle mit Waschanlage, daneben lag ein großes Firmengebäude mit einem Parkplatz hinter einer Schranke. Er bog auf den Parkplatz ein, fand an dessen Ende einen Durchschlupf zu einem weiteren unbebauten Grundstück, gelangte wieder an eine Straße und fühlte sich sicherer, sobald er einen Abschnitt erreicht hatte, an dem Geschäfte in den Häusern und Menschen auf der Straße waren. Entfernt waren Polizeisirenen zu hören. Er musste sich dringend irgendwo umziehen, hastete in die Filiale einer Fast-Food-Kette. Niemand achtete auf ihn, als er sich in der Toilette einschloss. Er ließ sich auf dem Toilettensitz nieder, merkte, dass seine Kleider völlig durchgeschwitzt waren. Sein Herz klopfte wild. Die Flucht war anstrengend gewesen, aber er hatte genial reagiert, instinktiv das Richtige getan. Hier war er schon mindestens zwei Straßen vom Schauplatz des Geschehens entfernt. Die Polizei suchte ganz woanders.

Was, wenn diese blöde Kuh gar nicht tot war und ihn wiedererkannte? Trotz Maske? Ob er fest genug zugedrückt hatte? Lange genug? Das war das Risiko, das man einging, wenn man schnell und überraschend zuschlug. Er hatte keine Zeit für große Vorbereitungen gehabt. War er leichtsinnig geworden? Möglicherweise. Dennoch, wenn er sich weiterhin geschickt verhielt, drohte keine Gefahr. Am Tatort konnten kaum Spuren von ihm zurückgeblieben sein, dafür hatte er gesorgt. Und wenn – die Polizei würde keine Faserspuren finden, die sie zum

Vergleich benutzen konnte. Zum Glück hatte er nicht gesprochen, sie konnte ihn also, wenn sie überlebte, nicht an der Stimme erkennen.

Leo beeilte sich mit dem Umziehen. Zu lange auf der Toilette, und er würde die Aufmerksamkeit anderer Besucher oder des Personals auf sich lenken. Er wusch sich sorgfältig die Hände, stellte sich in die Schlange derer, die etwas bestellt hatten. Bemühte sich um langsames, genussvolles Kauen, als er seinen Burger in Händen hielt.

Die Aktion war nicht so abgelaufen, wie er es geplant hatte. Aber Fehler passierten, jedem. Die Frage war nur, ob er sich Fehler leisten konnte. Er musste jetzt etwas tun, das niemand vorhersehen konnte. Haken schlagen wie ein verfolgter Hase. Aber wohin konnte so ein Haken führen? Diesmal auf jeden Fall kein Feuer, dessen war er sich sicher. Die Polizei würde auf jedes noch so kleine Feuerchen aufmerksam werden, wenn ein Anschlag vorhergegangen war. Und man würde womöglich etwas finden, das nicht gänzlich verbrannt war. War nicht ein Altkleidercontainer die beste Lösung? Niemand kümmerte sich darum, was darin landete, und ein paar Tage später landete der Inhalt in einem Riesenhaufen auf einer Deponie, in dem niemals mehr jemand etwas finden würde. Und er würde zu Fuß gehen. Viel zu oft schon hatte er Öffis benutzt, wo in allen Stationen Kameras hingen. Das war leichtsinnig gewesen. Er machte sich zu Fuß auf den Weg, immer darauf bedacht, nicht den direkten Weg nach Hause zu wählen.

In einem kleinen Park rastete er auf einer Bank. Er schloss die Augen und sah sofort die erschrockenen Augen des Mädchens vor sich. Hatte sie gewusst, dass er sie töten wollte, oder hatte sie nur Angst um die

Kasse gehabt? Wahrscheinlich war sie die Schwester des Jungen von gestern. Und so, wie sie ausgesehen hatte, war es ohnehin nur eine Frage der Zeit, bis sie einem Ehrenmord zum Opfer gefallen wäre. Eine, die so aussah und kein Kopftuch trug, die war wahrscheinlich viel zu unrein für ihre türkische Familie. Was für Idioten!

Leo hatte noch immer kein Handy. Er würde in einen Diskontladen gehen, wo es neben Billighandys auch gleich SIM-Karten zu kaufen gab. Neben ihm auf der Bank lag eine Tageszeitung. Leo nahm sie, sah auf die Titelseite. Er war vorne drauf. Natürlich nicht er selbst, mit einem Foto. Aber die Headline galt ihm. „Der Mörder mit der Schlinge", stand in großen Lettern auf der Titelseite. Darüber zwei weitere Anreißerzeilen: „Auftragsmörder im Bandenkrieg?" und „Zwei Opfer – Wie viele noch?" Leo fühlte sich wie ein Sieger. Ihm gehörte die Schlagzeile der größten Zeitung des Landes, und die Polizei tappte offenbar völlig im Dunklen, ebenso wie diese Schreiberlinge der Sensationspresse. Sollten sie nur nach türkischen Mafiosi suchen, ihn würden sie dabei sicher nicht finden.

Weiter hinten im Blatt fand sich noch eine rührselige Geschichte über die Witwe und die Kinder Hassans, die mit traurigen Dackelaugen in die Kamera blickten. Vielleicht würden die wenigstens so viel Hirn haben, dorthin zurückzukehren, wo sie hergekommen waren. Da war wieder die blonde Frau, die er in Hassans Mercedes gesehen hatte. Aygül hieß sie. War wohl doch keine Österreicherin. „Er war der beste Mann!", wurde sie zitiert. „Arbeitete von früh bis spät. Wir wollten uns später ein Häuschen am Meer in der Türkei leisten." Das hätte er früher machen sollen, der Herr Hassan. Dann wäre er noch am Leben. „Ich weiß nicht, wovon wir jetzt leben sollen!“, hatte ihr der Reporter noch in den Mund gelegt. Das war einfach zu beantworten. Ab in die Türkei, da gab es sicher einen riesigen Clan, der sich um sie und die Kinder kümmern konnte.

Er sah wieder die Augen des Mädchens im Computerladen vor sich. Größer noch, als sie in Wirklichkeit gewesen waren. Sie sah ihn an. Ein seltsames Gefühl beschlich ihn. Wenn sie nicht geschrien hätte, hätte er sie verschonen können. Sie als Geisel nehmen, bis der Junge zurückkam, den er eigentlich hatte aus dem Verkehr ziehen wollen. Dazu aber hätte er eine Waffe gebraucht, zumindest ein Messer. Vor seiner nächsten Attacke musste er sich besser ausrüsten.

Leo kramte in seinem Rucksack nach dem Eistee aus dem türkischen Laden. Das Fähnchen. Er hatte es nicht am Tatort platziert, seine Botschaft nicht abgeliefert. Aber auch die Aktion selbst war ja nicht ganz nach seinem Geschmack gelaufen. Der Eistee schmeckte grauenhaft.

Geld wurde schön langsam zu einem Problem, sein Konto war nahezu leergeräumt. Er musste einen Weg finden, auf Mamas Geld zuzugreifen.

Ein paar Straßen weiter hatte er in einem Diskontladen Glück. Eine Verkäuferin holte ihm ein Handy aus einer verschlossenen Glasvitrine, sie hatte es so eilig, dass Leo den Eindruck hatte, sie sah ihn gar nicht wirklich an. Die Schlange bei der Kasse war lang, die Kassierin schob die Artikel rasch über das Band, ohne zu ihm aufzusehen. Gut gelaufen.

Es war einfach genug, auf einem Parkplatz einen Altkleidercontainer zu finden. Warum hatte er sich bisher bloß die Mühe mit dem Verbrennen gemacht? Unauffällig war es ja nicht gerade gewesen. Und diese Kleider hier, die würden auf Nimmerwiedersehen verschwinden, kein Ermittler der Welt konnte sie je wiederfinden.

Leider gelang es ihm nicht, das Handy in Betrieb zu nehmen. Der Akku war nicht geladen. Ein Abstecher in ein weiteres Fast-Food-Lokal löste das Problem. Während er seine Apfeltasche kaute und den Kaffee trank, hing das neue Gerät an der Steckdose. Das Lokal war voll, schreiende Kinder, gelangweilt zum Fenster hinaussehende Pensionistinnen. Niemand schenkte ihm Beachtung. Noch bevor er aufgegessen hatte, war er im Internet.

Sein Überfall auf den Computerladen war bereits in den Nachrichten, die Verkäuferin sei vom Täter gewürgt und verletzt worden. Von einem Zusammenhang mit seinen anderen beiden Aktionen war nicht die Rede. Hatte das Mädchen die Garotte nicht gesehen? Zu seinem Glück hatte er eine Maske getragen, nicht das zusammengebundene T-Shirt vom Video. Oder war das gar kein Glück? Er hatte es doch eigentlich darauf angelegt, dass die Tat als Teil einer Anschlagsserie wahrgenommen wurde. Aber zunächst musste einmal Gras über die Sache wachsen, er würde sich mit der nächsten Aktion Zeit lassen, diese wieder gründlich vorbereiten. Zunächst wollte er den Kontakt mit Marinca wiederherstellen. Er musste sie einfach wiedersehen. Ihre Telefonnummer war mit dem Handy den Bach hinuntergeschwommen, er hätte daran denken sollen, sie aufzuschreiben.

Mama war im üblichen Zustand, als er in der Abenddämmerung nach Hause kam. Sie saß vor dem

Fernseher und verfolgte mit glasigen Augen irgendeine Talkshow. Noch ein Problem, das er angehen musste. Wenn er sich nicht darum bemühte, eine Therapie für sie zu finden, saß ihm diese Ärztin aus dem Krankenhaus im Nacken, und die konnte er gar nicht gebrauchen. Er musste versuchen, seine Mutter so zu bearbeiten, dass sie kooperierte. „Mama, magst du etwas zu essen?" Sie blickte kurz zu ihm auf. „Warum kommst du so spät? Du hast den ganzen Tag nicht angerufen. Und dein Handy ist immer auf Mailbox." Leo setzte sich neben sie und legte ihr eine Hand auf den Unterarm. Dürr und irgendwie ledrig fühlte sich der an.

„Ich hab mein Handy verloren. Und ein neues gekauft. Wenn du mir deines gibst, dann speichere ich dir gleich die Nummer ein." Sie bedachte ihn mit einer wegwerfenden Handbewegung. „Kannst du dir sparen. Rufst mich ja doch nie an." Leo verzichtete darauf, ihr zu widersprechen. „Wo hast du denn dein Handy?" Mama wies mit einer fahrigen Geste Richtung Küche.

„So!", sagte Leo und legte ihr Handy neben die Weinflasche. „Jetzt kannst du mich wieder erreichen. Magst du jetzt was zu essen? Ich könnte Pizza bestellen. Oder was vom Chinesen. Was hast du denn heute schon gegessen?" Es dauerte, bis er eine halbwegs vernünftige Antwort aus seiner Mutter herausbekam. Sie wollte etwas mit Hühnerfleisch vom Chinesen. Leo gelang es nur unter größter Kraftanstrengung, beherrscht und freundlich zu bleiben. Nach dem Essen würde er mit ihr über eine Therapie reden.

Das Hühnerfleischgericht schien Mama etwas zu entspannen, sie lächelte ihm sogar zu und lobte es. Leo nahm sich ein Herz. „Mama, wir müssen ernsthaft darüber nachdenken, wie wir dich vom Alkohol wegbringen. Ich möchte, dass du zu einer Beratungsstelle gehst. Ich begleite dich auch hin, kein Problem!“ Wenn Mama wüsste, wie viel Kraft es ihn kostete, ihr nicht einfach die Weinflasche um den Schädel zu schlagen. Sie versteifte sich sofort. „Ich kann jederzeit damit aufhören. Außerdem, das bisschen. Und ich brauche es nur zur Beruhigung, weil du mich vernachlässigst.“ Sie stand auf, schwankte. Das hatte er nun schon zahllose Male gehört, und die Ausrede wurde durch die Wiederholungen nicht glaubwürdiger.

„Wo willst du hin, Mama?“ „Ins Bett! Mit dir kann man ja nicht reden! Du willst mich nur aus dem Haus haben, damit du alles verscherbeln kannst, was wir aufgebaut haben!“ Leo atmete tief durch. Jetzt durfte er nicht aufgeben. „Mama, das stimmt nicht. Ich möchte hier mit dir zusammen friedlich leben, ich kann mir gar nichts anderes vorstellen. Aber mit Alkohol geht es nicht friedlich. Ich versprech dir, wenn du mit mir zur Beratung gehst, wird alles anders. Dann rufe ich dich auch jede Stunde einmal an, damit du dich nicht so allein fühlst. Und wir könnten vielleicht auch wieder manchmal etwas unternehmen, am Wochenende. Boot fahren gehen, oder in den Zoo. So wie früher.“ Er merkte, dass Mama unschlüssig wurde. Er würde zwar lieber sterben, als mit ihr in den Zoo zu gehen, aber wenn er ihr das Angebot machte, wieder ihr Kind zu sein, vielleicht würde sie dann nachgeben. „Setz dich wieder her, Mama!“

Sie setzte sich neben ihm auf das Sofa, da, wo er mit der Hand hingeklopft hatte. „Meinst du?“, fragte sie. Ihre Augen flackerten unstet, nur ganz kurz hielt sie Blickkontakt mit ihm, blickte dann wieder zum Fernseher, zum Fenster hinaus. „Es ist zwar nicht nötig, ich hab das unter Kontrolle, aber wenn du dir das so sehr wünschst …" Wenn er sie in die Beratungsstelle bekam, würde er sogar Kakao trinken und ein Marmeladebrot essen.

Er blieb neben Mama sitzen, bis sie auf dem Sofa einschlief und leise zu schnarchen begann. Die Talkshow war von einer Krimiserie abgelöst worden, als er aufstand und in sein Zimmer ging. Getreu seinem Vorsatz, das Internet zu Hause nicht zu benutzen, verzichtete er auf die Suche nach Berichten über den Überfall auf den Computerladen. Stattdessen vertrieb er sich die Zeit mit einer Netflix-Serie. Das war gewiss harmlos. Er war viel zu aufgekratzt, um schon schlafen zu können.

Zwei Stunden später wurde die Tür zu seinem Zimmer aufgerissen. Mama stand mit wirren, aufgelösten Haaren vor ihm. „Du willst mich in eine Klinik stecken!", schrie sie. „Ich hab dich durchschaut! Ich werf dich aus dem Haus! Dann kannst du sehen, wo du bleibst!" Sie atmete schwer. Hatte sie noch weiter getrunken?

Leo schoss von seinem Bett auf. Das musste er sich nicht gefallen lassen. Er versetzte seiner Mutter einen heftigen Stoß gegen die Brust, sodass sie gegen den Türrahmen taumelte. „Weißt du, was ich mit dir mache? Ich lasse dich zwangseinweisen, in die Psychiatrie! Wegen Selbstgefährdung! Was glaubst du denn! Zweimal schon im Krankenhaus, zweimal hast du dich selber verletzt, im Suff! Glaubst du im Ernst, das reicht nicht für eine Einweisung?" Leos Hände zuckten, es kostete ihn unglaubliche Selbstbeherrschung, sie nicht um Mamas Hals zu legen und zuzudrücken. Mit schreckgeweiteten Augen starrte sie ihn an. Fast wie das Mädchen im Computerladen.

Als Leo sich ins Bett legte und das Licht abschaltete, begann er zu zittern. Er hob die Finger vor sein Gesicht, und im fahlen Licht der Straßenlaternen konnte er es sogar sehen. Seine Hände bewegten sich unkontrolliert, wie im Schüttelfrost. Dabei war ihm weder heiß noch kalt. Er schaltete den Fernseher wieder an. Vielleicht konnte er eher einschlafen, wenn er sich eine langweilige Serie reinzog. Manchmal wäre es wirklich gut, Drogen zur Verfügung zu haben. Etwas, das einen wachhielt, wenn es nötig war, und das einen runterkommen ließ, wenn man schlafen wollte. Musste. Morgen war Donnerstag. Brandt-Vorlesung.

Vielleicht konnte er dort Marinca treffen, ihr erklären, warum er sich nicht gemeldet hatte. Wenn sie das überhaupt interessierte.

Als er am nächsten Tag auf der Uni ankam, war nichts von Marinca zu sehen. Obwohl es nur noch eine Viertelstunde bis zum Beginn der Vorlesung war. Unschlüssig lief er Gänge auf und ab, Treppen hinunter und wieder hinauf.

„Hallo!“ Jemand schlug ihm kräftig auf die Schulter. An der Stimme erkannte er, dass es Marinca war. Warum fand immer sie ihn, und nie er sie? Seltsam war das. Ob sie ihm auf dem Weg in die Uni schon gefolgt war? Und warum? Sie hauchte ihm zwei flüchtige Küsse auf die Wangen, er sog gierig ihren Duft ein. „Was ist los mit dir?“, fragte sie. „Du warst auf Tauchstation.“ Leo nickte. „Ich hab mein Handy verloren. Sperren lassen, ich hab ein neues. Und deine

Nummer ...“ „hast du dir nicht gemerkt!“, schloss Marinca seinen Satz ab. Leo nickte. Marinca schüttelte den Kopf. „Was ist das bloß mit euch Männern. Nicht einmal eine einfache Telefonnummer könnt ihr euch merken. Oder wolltest du sie dir gar nicht merken?“ Sie drohte ihm scherzhaft mit dem Zeigefinger. „Doch, natürlich!“, stotterte er.

Während der Vorlesung starrte er hauptsächlich auf Marincas Beine, die in engen Jeans steckten. Auf ihre Hand, die über das Papier flog, die andere, die immer wieder Haarsträhnen hinter die Ohren schob. Sein Verlangen nach ihr wuchs. Wie sollte er es bloß anstellen, näher an sie heranzukommen? Sie gab sich freundschaftlich, aber eher so, wie man einem Bruder gegenübertrat. Ein Flirten konnte er nicht erkennen. Wahrscheinlich wollte sie gar nichts von ihm, außer vielleicht ein wenig Smalltalk. Und den Triumph, einen Rechten umerzogen zu haben. Vielleicht reizte manche Frauen das.

„Ich muss mit dir reden!“, sagte sie nach der Vorlesung. „Nicht hier, zu viele Leute. Im Park.“ Wegen des regnerischen Wetters war der Park heute fast leer. Leo zog, ebenso wie Marinca, die Kapuze seiner Jacke über.

„Ich habe mich länger mit Esther unterhalten“, eröffnete Marinca das Gespräch, blieb stehen und fasste Leo am Arm, sodass er sich ihr zuwenden musste. „Was hast du zu deiner Verteidigung zu sagen?“ Ihre Miene war ernst. Ein paar nasse Strähnen klebten auf ihrer rechten Wange. „Dazu müsste ich erst einmal wissen, was sie dir erzählt hat!“, gab sich Leo trotzig. „Du hättest sie gewürgt, weil sie nicht mit dir schlafen wollte. Und sogar geschlagen. Dann hättest du sie mehr oder weniger vergewaltigt. Und wenn das stimmt, dann gehörst du ins Gefängnis!" Ihre Augen schienen grimmige Pfeile abzuschießen. Leo sah weg. Er versuchte, sich an die bewusste Nacht zu erinnern.

„Also, das mit der Vergewaltigung, das ist Blödsinn. Der Streit ist nämlich erst gewesen, nachdem wir ... und das war einvernehmlich." Leo war es peinlich, vor Marinca über den Sex mit einer anderen Frau zu sprechen. „Weiter?" Marinca verschränkte die Arme vor ihrer Brust. „Dann hat es Streit gegeben. Ich weiß nicht mehr, worum genau. Wir haben ein wenig gerangelt. Dann hat sie mich gebissen. Willst du sehen?" Marinca nickte. „Gerne!" Trotz des Regens zog Leo seine Jacke aus, schmiss sie auf eine nasse Bank und schob den Pulloverärmel hoch. „Hier, siehst du?" Allzu deutlich war der Abdruck nicht mehr, der Schorf der Wunde war schon abgefallen. „Dann hat sich diese Spanierin eingemischt, die bei Esther wohnt. Sie hat einen Riesenzirkus veranstaltet. Sie muss uns gehört haben, wie wir ... eben, wie wir am Werk waren." „Am Werk!", zischte Marinca. „Kriegst du nicht einmal die richtigen Worte heraus? Habt ihr miteinander geschlafen oder nicht?" Leo räusperte sich, blickte sich um, ob jemand sie hören konnte. „Ich ... es fällt mir nicht so leicht, mit dir über Sex zu reden, weil ..." Leo sah sie an. An seinem Gesichtsausdruck musste sie erkennen, was in ihm vorging.

Marinca schüttelte den Kopf. „Ich weiß einfach nicht, wem ich glauben soll. Eigentlich müsste ich Esther vertrauen und dich in die Wüste schicken. Aber ..." Sie hob theatralisch die Arme und drehte sich im Kreis. „Irgendwas an dir ... ich weiß nicht ... vielleicht ..." „Glaubst du mir?" Marinca zuckte mit den Schultern. „Diese Esther ist ein verrücktes Huhn, mit einiger Fantasie. Und wenn du sie sitzengelassen hast, da kann es schon sein, dass sie dich nicht im besten Licht dastehen lassen will. Vor allem, wenn sie denkt, ich sei ihre Nachfolgerin. So was habe ich auch schon gemacht." „Was?", fragte Leo. „Einen Ex angeschwärzt. Gegenüber seiner neuen Flamme. Ein bisschen Rache muss schon sein!" Sie lächelte.

Leo zog sie am Arm zu sich heran, suchte nach ihrem Mund, versuchte sie zu küssen. Marinca reagierte unerwartet, drehte sich weg, begann zu kichern. Leo spürte Wut in sich aufsteigen. Lachte sie ihn aus? Das konnte sie mit ihm nicht machen. Er begann zu zittern, seine Fäuste krampften, als sie sich wieder ihm zuwandte. Sie zog ihn zu sich heran und strich mit einer Hand sanft über seinen Kopf. „So weit sind wir noch nicht!", flüsterte sie und drückte ihm einen Kuss auf die Stirn. „Mit mir musst du Geduld haben. Und mir erst beweisen, dass du es wert bist." Leo wollte sie an sich reißen, war knapp davor, grob an ihrer Jacke, ihren Armen zu zerren, als sie sich mit einer Drehung aus seinen Armen befreite. „Nicht so stürmisch!", drohte sie ihm mit erhobenem Zeigefinger. Frauen wie sie, dachte Leo, riskierten viel. Man durfte Männer nicht zu sehr reizen, vor allem nicht ihn. Er ließ sich nicht vorführen, niemals.

„Sag einmal, Leo, ganz was anderes: Hast du schon von dem Überfall auf den Computershop gehört? Das Mädchen ist Türkin, der Täter hat anscheinend versucht, sie umzubringen. Das wäre die Dritte gewesen, in so kurzer Zeit! Was sagst du dazu? Sind deine Freunde von der Verbindung irgendwie verwickelt in die Verbrechen? Oder wissen was? Vielleicht könntest du der Polizei wertvolle Tipps geben?"

Wenn Marinca wüsste. Er würde der Polizei sicher keine Tipps geben, ganz im Gegenteil, er hatte das Duo Weiß und Hell ganz schön auflaufen lassen. Und auch Marinca konnte er ruhig auf eine falsche Fährte locken, wenn nur der Boulevard bald begreifen würde, was wirklich passierte. Jetzt gerade.

„Da war wahrscheinlich einer auf die Kasse aus", sagte Leo. „Würde mich nicht wundern, wenn es auch ein Türke war. Einer, der gewusst hat, wie viel dieser Laden umsetzt, und was davon abhaben wollte." Marinca rümpfte die Nase. „Denk doch mal nach! Drei Anschläge auf Ausländer, zumindest auf Migranten. Dreimal wird gewürgt, zwei sind tot. Und das soll ein Zufall sein?" Leo zuckte mit den Schultern, er hatte zu diesem Thema nichts mehr zu sagen. Es reichte ihm, die aufgerissenen Augen des Mädchens vor seinem inneren Auge zu sehen. Die hatte sich wirklich gefürchtet.

„Ich muss dich jetzt allein lassen", sagte Marinca. „Ich hab noch ein Seminar." So schnell konnte Leo gar nicht reagieren, dass er noch Gelegenheit gehabt hätte, sie zurückzuhalten, um ein neuerliches Treffen zu vereinbaren.

Als er sich auf den Weg zur U-Bahn machte, trat plötzlich Paul hinter einem Kiosk hervor und stellte sich ihm in den Weg. Er trug Anzug, Mantel und einen schwarzen Schirm. Leo zuckte zusammen. Was wollte der denn von ihm? Hatte er Marinca und ihn beobachtet? Paul grinste. „Wie schon gesagt, du bist gesehen worden. Auch heute wieder. Du spielst ein gefährliches Spiel, Leo." Der sollte sich bloß nicht so wichtigmachen. Wenn er Lust darauf bekam, würde Leo auch ihn seine Garotte spüren lassen, dann wäre es mit dem arroganten Gehabe schnell vorbei. „Lass mich vorbei!“, brummte er, wollte ausweichen, aber Paul machte einen Schritt zur Seite, verstellte ihm den Weg.

„Nicht so schnell! Ich habe dir was Wichtiges zu sagen!“ Verblüfft sah Leo zu ihm auf. Paul war tatsächlich um einiges größer als er selbst. „Was solltest du mir schon zu sagen haben!“, zischte Leo. „Das interessiert mich einen Dreck!“ Er drängte sich an Paul vorbei. „In deinem eigenen Interesse!“, rief Paul ihm nach. Was sollte denn das heißen? Leo drehte sich um. „Red schon. Aber mach schnell, ich hab zu tun!“, brummte er.

„Siehst du, Leo, über meinen Vater habe ich hervorragende Beziehungen zum Innenministerium.“ Er hob belehrend den Zeigefinger seiner freien Hand, der in einem schwarzen Lederhandschuh steckte. „Beziehungen, die dir, wie man weiß, fehlen!“ „Jetzt reicht's aber!“ Leo drehte sich erneut um. Paul hielt ihn am Ärmel zurück. „Wenn du keine unliebsamen Überraschungen erleben willst, dann hörst du mir jetzt zu!“ Pauls Stimme war scharf geworden. „Du bist selber eine unliebsame Überraschung, von oben bis unten!“, gab Leo zurück. Paul blieb bei seinem gefroren scheinenden Grinsen. „Also erstens: Du solltest dich fürs Erste nicht in der Verbindung sehen lassen. Für jemanden, für den sich die Polizei so brennend interessiert, haben wir momentan keinen Platz. Wir müssen da, meiner Meinung nach, etwas diplomatischer vorgehen.“ Aus dem eisigen Grinsen wurde ein schiefes. „Diplomatischer!“, wiederholte Leo. „Du kannst mich diplomatisch am Arsch lecken, du eingebildeter Affe!“ Regen tropfte ihm ins Gesicht. Er kam sich dem unter dem Schirm geschützten, trockenen und geschniegelten Paul gegenüber unterlegen vor.

„Wie dem auch sei“, fuhr Paul unbeirrt fort. „Die Polizei interessiert sich für dich. Und für andere Spinner wie dich, ich sage nur: Bäckerei!“ Langsam fragte sich Leo, woher Paul seine Informationen hatte. „Bäckerei? Gut!“, sagte Leo. „Ich hab Hunger!“ Er grinste. Vielleicht konnte man diesen Typen mit seinen eigenen Waffen schlagen. Paul beugte sich ein wenig vor und flüsterte. „Man hat dich ja auch schon in Zusammenhang mit den Garotte-Morden befragt, wie ich aus verlässlicher Quelle weiß. Lehn dich also nicht zu weit aus dem Fenster! Und lass dich nicht mehr bei uns blicken, du bist ein Sicherheitsrisiko!“ Damit drehte Paul sich um und ließ ihn stehen. Leo lief es kalt über den Rücken. Woher wusste dieser Arsch das alles? War er am Ende ein Polizeispitzel, ein Informant des Innenministeriums, der alles, was in der Verbindung besprochen wurde, brühwarm an die Behörden weitergab? Aber warum hatte er ihm dann den Kontakt zur Verbindung untersagt? Er musste doch hoffen, auch von ihm Dinge zu erfahren, die die Behörden interessierten. Auf jeden Fall, dessen war er sich sicher, würde Paul nur das tun, was seiner eigenen Karriere förderlich war, nichts sonst. Er musste aufpassen, diesem Typen nicht wieder über den Weg zu laufen.

In der U-Bahn-Station stach ihm die Schlagzeile einer der Boulevardzeitungen ins Auge. „Sex-Attentat!“ stand da in großen Lettern, und darunter ... war das nicht ein Foto des Mädchens aus dem Computerladen? Er riss ein Exemplar der Zeitung vom Stapel und warf dem Verkäufer zwei Euro zu. Der Dunkelhäutige nickte. Leo las den Text, der mit der Wirklichkeit nur sehr wenig zu tun hatte. Ein Vermummter sei in das Geschäft eingedrungen, habe sich auf die Verkäuferin gestürzt und sie unsittlich berührt. Was für ein Unsinn. Als „Unhold“ und „Sexmonster“ wurde er in dem Bericht bezeichnet. Er sei gerade dabei gewesen, dem Mädchen die Kleider vom Leib zu reißen, als ihr Bruder, der sich im Lager befunden habe, Geräusche gehört habe. Der vermummte Attentäter sei daraufhin geflüchtet. Die Polizei erbitte Hinweise. Darunter fand sich noch ein Foto des schäbigen Ladens mit den blinden Fensterscheiben, von außen aufgenommen. Im Eingang stand der Bruder des Mädchens in Machopose.

Man sah wieder einmal, wie wenig man sich auf die Medien verlassen konnte. Nichts als Lügen, Verdrehungen, Übertreibungen. Außer an Klicks im Internet und an Auflage waren diese Blätter an nichts interessiert. Wie viel mochte das Blatt den beiden bezahlt haben, dass sie derartige Lügen verbreiteten? Wenn die Tat nicht mit den beiden anderen in Zusammenhang gebracht wurde, dann war sie sinnlos gewesen. Die Botschaft war nicht angekommen. Er musste sich etwas Neues überlegen.

„Nicht so schnell!“ Als er die Treppen aus der U-Bahn hinaufstieg, trat ihm von oben jemand in den Weg. Leo musste wohl oder übel stehen bleiben, sonst hätte er den Mann umgerannt. „Du hier? Was willst du?“ Es war Otho. „Mit dir reden. Du machst dich rar“, sagte der. Leo zuckte mit den Schultern. „Die Aktion war ja kein so großer Erfolg. Ich hatte keine Zeit, und ...“ „Gehen wir ein wenig spazieren“, unterbrach ihn Otho. „Ich möchte dir einen Vorschlag machen.“ Er blickte nach links und rechts. „Aber nicht hier. Komm!“ Er nickte mit dem Kopf in Richtung Ausgang. Leo folgte ihm. Als sie nach draußen traten, waren die Straßen noch nass, der Regen aber hatte aufgehört. Ein kalter Wind blies Leo die Haare ins Gesicht, er setzte seine Kapuze auf. „Hier lang!“, entschied Otho mit einer Geste.

Sie befanden sich in einer Wohngegend mit alten, abgewohnten Mietskasernen aus dem vorigen Jahrhundert. Oder dem vorvorigen. Schmutzige Kinder in bunten Kleidern kickten Bälle oder Dosen über den nassen Asphalt. Dicke Mütter, deren Speckfalten aus den billigen T-Shirts hervorquollen, schoben Kinderwägen vor sich her. In der Rechten das Handy, in der Linken eine Zigarette. Gezeter in unbekannten Sprachen. Alles Ausländer, mutmaßte Leo. Oder Leute, die sich die Staatsbürgerschaft erschlichen hatten, ohne auch nur einigermaßen Deutsch zu können. Warum brachte ihn Otho hierher? Das war nicht mehr sein Land, seine Heimat. Otho musste Leos Gedanken wohl erraten haben. Er grinste. „Hier hört uns niemand zu. Und wenn, dann verstehen sie uns nicht.“

„Die gehören alle weg!“, zischte Leo. „Die haben hier nichts verloren, versauen alles, machen nur Dreck!“ Otho grinste und steckte sich eine Zigarette an. „Auch?“ Er bot Leo die Packung an. Der griff nach einer Zigarette und entzündete sie an Othos Feuerzeug. Obwohl er gerade gar keine Lust gehabt hatte, zu rauchen. Doch der erste Zug tat gut. „Ich habe dir einen Vorschlag zu machen“, sagte Otho. „Diesmal kein kleines Theater. Burgtheater. Da spielen sie ein Stück einer linken Nestbeschmutzerin. Voller Hass auf Österreich, auf alles, was unsere Werte darstellt. Auf Familie, Männlichkeit, Kirche, Tradition.“

Leo kickte eine Energy-Drink-Dose gegen einen dürren Baum, dessen Rinde großteils abgeschält war. „Und was für eine Aktion stellst du dir da vor?“, fragte

Leo. „Wieder bloß ein Transparent und ein bisschen Fausthochrecken? Glaubst du, das erschreckt irgendwen?“ Otho zog an seiner Zigarette. „Zu wenig radikal?“, fragte er dann. „Du weißt, ich bin kein Freund von Gewalt. Mehr für intellektuelles Aushöhlen.“ Leo blieb stehen. „Das ist Quatsch, Mann! Diese Leute muss man spüren lassen, was ihnen blüht, wenn sie weitermachen wie bisher! Diese Emanzen mit ihrem Gelaber von gleichen Rechten, gleicher Bezahlung, gleichen Pflichten. Spüren!“, wiederholte er. „Wie stellst du dir das vor?“, fragte Otho mit einem gelassenen Grinsen im Gesicht. Leo würde auf keinen Fall mit Otho über seine Pläne und Aktionen reden, so viel war sicher. Wer konnte wissen, was der wirklich im Schilde führte. „Aufmischen!“, sagte er stattdessen. „Wo immer du auf sie triffst. Diese Frauencafés, die Frauenbuchläden, da einmal hineingehen und ihnen ordentlich Angst machen!“ In Leos Kopf blitzte ein Bild von Marinca auf, sie war wohl eine Frau, die sich an solchen Orten aufhielt. Warum bloß zog er plötzlich so gegen Frauen los? Hatte Otho das ausgelöst?

Otho wiegte den Kopf, zog ein letztes Mal an seiner Zigarette und warf sie genau vor die Füße eines kleinen Mädchens, das gerade nach einem Ball griff, der vor ihr auf dem Boden lag. Mehr erstaunt als erschreckt sah sie zu ihnen auf. „Das hat was, durchaus, was du sagst. Man müsste allerdings dafür sorgen, dass man jedenfalls unerkannt bleibt. So wie dieser Garottemörder!“ Otho warf ihm einen Blick zu, der Leo verriet, dass er etwas wusste. Oder zumindest ahnte. Vielleicht war es nicht schlecht, einen kleinen Rückzieher zu machen. „Diese Geschichte mit dem Burgtheater, wann soll das steigen?“ „Also doch interessiert?“, fragte Otho. „Drehen wir um!“

Leo hörte kaum zu, als Otho ihm die Einzelheiten der geplanten Aktion erläuterte. Er, Leo, würde sicher nicht dabei sein, doch das musste er Otho nicht unbedingt jetzt auf die Nase binden. „Wie wär's mit ein paar Bier?" Otho wies auf ein Lokal, das überdachte Tische samt Heizstrahlern auf dem Gehsteig stehen hatte. Leo schüttelte den Kopf. „Jetzt nicht!" „Also, dann bis nächste Woche. Vergiss nicht – Mittwoch um sieben in der Bäckerei!"

Alle wollten etwas von ihm, dachte Leo auf dem Heimweg. Niemand war ehrlich, alle verbargen ihre wahren Absichten hinter bedachten Worten, aber sie alle hatten mit ihm etwas vor. Marinca wollte einen anderen aus ihm machen, oder vielleicht noch schlimmer, ihn überwachen. Wie sie immer aus dem Hinterhalt auf ihn zukam, nie offen und von vorne ... Paul war am klarsten zu lesen, er bildete sich ein, Informationen zu haben, die ihm verrieten, dass Leo ein Risiko sei, für die Verbindung und damit vor allem für Pauls Karriere. Was Otho wollte, war schwerer zu verstehen. Brauchte er Leo wirklich für seine Zwecke, für diese lächerlichen Störaktionen in Theatern? Wollte er ihn womöglich als Sündenbock hinhängen, als Anstifter der ganzen Aktion? Weil ihm selbst das Pflaster zu heiß wurde? Eines war auf jeden Fall klar – sie alle verfolgten ihn, jeder auf seine Weise. Er hatte Otho gar nicht gefragt, wie es kam, dass er wusste, an welcher U-Bahn-Station Leo aussteigen und welche Treppe er nehmen würde. Er wusste ja wohl nicht, wo Leo wohnte. Oder doch? Jedenfalls beschloss Leo, einen Umweg nach Hause zu nehmen und genau darauf zu achten, dass niemand ihm folgte.

IX

Mama trägt fast immer schwarze Kleidung, vor allem, wenn sie außer Haus geht. Sie redet fast nichts, sitzt die meiste Zeit vor dem Fernseher und kocht nicht einmal etwas. Ich bekomme fast jeden Tag irgendwelche Fertiggerichte, die sie beim Fleischhauer oder im Supermarkt gekauft hat.

„Ich weiß nicht, wie ich die Rechnungen bezahlen soll!", jammert sie, wenn sie die Post öffnet. Anscheinend hat sie noch keine Witwenpension bekommen, und auch Papas Lebensversicherung hat noch nicht gezahlt. Damit wir zu etwas Geld kommen, hat sie eine Annonce aufgegeben, um den Mercedes zu verkaufen. Der Händler wollte ihn nicht zurücknehmen, zumindest nicht gegen Bargeld. Mama hätte ihm ein neues Auto abkaufen sollen.

Heute kommt jemand, um sich den Mercedes anzusehen. Er ist nicht einmal ein Jahr alt, und Mama müsste einen Haufen Geld dafür bekommen. So viel, dass wir monatelang davon leben können. Gestern habe ich eine neue Schnapsflasche gefunden und sie gleich ausgeleert, damit Mama nüchtern ist, wenn der Käufer kommt.

„Gnädige Frau!", höre ich von unten, nachdem Mama die Tür geöffnet hat. Die Stimme kommt mir bekannt vor. Ich gehe ins Erdgeschoß, und tatsächlich ist es der dicke Mann aus dem Sommerlager, der auch bei Papas Begräbnis war. Deshalb ist mir sein „Gnädige Frau" gleich so bekannt vorgekommen. „Ich habe ja gesagt, dass ich jederzeit für Sie da bin. Und wie ich nun erfahren habe, darf man Ihnen beim Verkauf des Fahrzeugs ... des PKW ..." Er schüttelt

Mama gerade die Hand, als er mich auf dem Treppenabsatz erspäht, und hält inne. Er steht nahe bei Mama, viel zu nahe für meinen Geschmack. Mich misst er mit skeptischen Blicken, setzt aber plötzlich ein Lächeln auf und kommt auf mich zu. „Na, Leo, wie geht's? Möchtest du noch einmal eine Runde mit dem guten alten Benz mitfahren, hm?" Ich schüttle den Kopf, während er mir kumpelhaft auf die Schulter klopft.

„Möchten Sie vielleicht einen Kaffee?", fragt Mama. Der dicke Mann nickt. „Gerne, liebe gnädige Frau!" Der Unterton in seiner Stimme gefällt mir nicht. Ich gehe wieder nach oben in mein Zimmer und verhalte mich still. Leise höre ich unten Tassen klirren, verstehe aber nicht, was gesprochen wird. Nur der Tonfall des Mannes widert mich an. Er klingt irgendwie schleimig, als ob er sich bei Mama beliebt machen wollte. So, denke ich mir, wird ihm das aber nicht gelingen.

Es dauert nicht lange, bis ich sie zur Haustür gehen höre. Von meinem Zimmer aus kann ich den Mercedes sehen. Sie tauchen daneben auf, der Mann hockt sich hin und streift mit einem Finger den Rand des Kotflügels entlang. „Er ist nicht einmal ein Jahr alt!", sagt Mama. „Da brauchen Sie nicht kontrollieren, ob da Rost ist. Praktisch neuwertig." Der Mann erhebt sich ächzend. „Liebe gnädige Frau!", sagt er. „Wenn das Auto vom Autohaus wegfährt, ist es schon zwanzig Prozent weniger wert, als in der Liste steht. Und der Leo, Gott hab ihn selig, hat sicher einen ordentlichen Rabatt herausgeschlagen!" Er schüttelt den Kopf. „Und außerdem wäre es ja eine reine Gefälligkeit, wenn ich Ihnen ..." Er tritt auf Mama zu, legt ihr einen Arm um die Schulter und zieht sie zu sich heran. Ich höre ihn flüstern, kann aber nicht verstehen, was er sagt. Mama scheint sich überhaupt nicht dagegen zu wehren.

„Gut!“, sagt der Mann schließlich. „Dann trinken wir nach der Probefahrt auf Bruderschaft. Ich bin übrigens der Herwig!“ Er streckt die Hand aus, und Mama lässt den Schlüssel hineinfallen. Der Mann steigt ein, startet und schiebt im Rückwärtsgang auf die Straße zurück. Ich gehe hinunter und warte, bis Mama wieder hereinkommt. Ich muss aufpassen, dass sie nichts trinkt, während dieser Herwig mit Papas Mercedes unterwegs ist.

Mama sieht mich etwas erstaunt an, als ich ihr entgegenkomme. „Was wollte der von dir?“, frage ich. „Ach, nichts!“, sagt Mama und will an mir vorbei. „Der kann dich nicht einfach an sich drücken!“, schreie ich fast. „Das erlaube ich nicht!“ Ich bin selbst erschrocken über mich. So habe ich noch nie mit Mama geredet. Aber jetzt, so denke ich, muss wieder ein wenig Ordnung in ihr Leben. So kann es nicht weitergehen. Und dieser Herwig ... wahrscheinlich will er Mama nur über den Tisch ziehen. Mama schiebt mich zur Seite. „Ich bin froh, wenn er mir den Kübel abnimmt!“, sagt sie. Ich folge ihr in die Küche. Weil sie jetzt nicht zu ihrer Schnapsflasche kann, räumt sie das Kaffeegeschirr in den Spüler. „Der betrügt dich!“, sage ich. „Der war schon dort im Lager so falsch! Als ihr weg wart, war es sofort vorbei mit dem freundlichen Gesicht!“ „Was weißt denn du!“, sagt Mama. Sie nimmt mich nicht ernst, und plötzlich packt mich die Wut, und am liebsten würde ich ihr die Finger ins Auge rammen, so wie Alex, damit sie zur Besinnung kommt. Ich balle die Fäuste, drehe mich um und trample die Stiege hinauf.

Es muss Ordnung gemacht werden, damit sie sich wieder auskennt. Damit ich mich wieder auskenne. Am besten, ich fange sofort damit an. Alles, was in den Regalen einfach so herumliegt, werfe ich auf den Boden. Da sind noch Schulsachen vom vorigen Jahr, da sind kaputte Stofftiere, Buntstifte, die ich schon lange nicht mehr benutze, Kinderzeichnungen, haufenweise Papier, Zeitschriften, Werbung. Alles kommt auf einen Haufen, alles muss weg. Ich will es übersichtlich haben, ich brauche diesen ganzen Krempel nicht. Im Schrank liegen stapelweise Hemden und T-Shirts, die mir alle schon zu klein sind. Warum liegen sie hier herum? Atemlos werfe ich sie auch auf den Haufen. Ich komme gar nicht auf die Idee, zu sortieren und zu trennen. Alles muss weg, schnell. Ich erinnere mich, dass im Abstellraum große Plastiksäcke für Alttextilien liegen.

Ich stopfe alles in einen Sack. Er ist viel zu schwer, reißt, als ich ihn anhebe. Fluchend trete ich mit den Füßen gegen den Haufen, der wieder auf dem Boden landet. Ich raffe einen Arm voll zusammen, so viel, wie ich eben tragen kann, und laufe hinunter. Mama sehe ich nicht. Zur Tür hinaus, alles in die Mülltonne. Hoffentlich fischt Mama nichts mehr heraus. Als ich wieder in mein Zimmer komme, sinke ich erschöpft zusammen. Mehr als die Hälfte des Krams liegt noch auf dem Boden herum, aber alle Energie ist aus mir gewichen.

Ich höre das Brummen des Mercedes, der in die Einfahrt biegt. Damit Mama nicht wieder allein mit Herwig ist, gehe ich hinunter ins Wohnzimmer. Mama stellt gerade verstohlen eine Flasche in die Vitrine zurück, die Wagenpapiere liegen auf dem Tisch. „Du kannst ruhig wieder hinaufgehen“, sagt sie. „Ich brauch dich nicht. Das krieg ich schon allein hin." „Doch, du brauchst mich. Du bist ja nicht mehr ganz beisammen, du trinkst ununterbrochen!" Wieder habe ich Mama angeschrien. Sie blickt mich entsetzt an. Hat sie wirklich geglaubt, dass ich bisher nichts von ihrer Trinkerei mitbekommen habe? Was hat sie denn gedacht, wo all ihre Flaschen hinverschwunden sind? Aber meine Abneigung gegenüber dem Mann überwiegt, und so gehe ich doch hinauf in mein Zimmer, lasse aber die Tür offen, um zu hören, was unten geredet wird.

Zuerst höre ich, wie sich die Türen der Vitrine öffnen und offenbar Gläser und Flaschen auf den Tisch gestellt werden. Dann lacht der Mann. „Wir werden uns schon einigen!", sagt er. Gläser schlagen aneinander. Dann macht unten jemand die Tür zu, und ich kann nichts mehr hören. Die Zeit brennt mir unter den Nägeln. Was ist da unten los? Wie lange kann es dauern, sich über den Preis eines Autos zu einigen? Wann verschwindet der dicke Herwig endlich wieder aus unserem Haus? Ich warte eine Viertelstunde, fast eine halbe. Dann schleiche ich leise die Treppe hinunter und öffne die Wohnzimmertür. Der dicke Herwig und Mama sitzen auf dem Sofa. Nein, er liegt halb auf ihr drauf, hat eine Hand um ihre Schultern gelegt und die andere an ihrem Busen. Offenbar war er gerade dabei, sie zu küssen. Er fährt hoch. „Nicht falsch verstehen, Burschi!" Er streckt mir abwehrend die Handflächen entgegen. „Es ist nicht so, wie du glaubst!" Mama sitzt starr auf dem Sofa, fixiert die Tischplatte und regt sich nicht. Ihre Haare sind zerzaust. „Verschwinden Sie!", flüstere ich. „Verschwinden Sie sofort aus unserem Haus! Ich mach Sie fertig!" Herwig steht auf, lässt die Arme an seine Seite sinken und lächelt. „Hör mal, das hier geht dich eigentlich überhaupt nichts an. Und außerdem klopft man an, bevor man einen Raum betritt.“ Mama sagt noch immer nichts, fährt sich mit der Hand durch die Haare, ohne mich anzusehen.

Ich laufe weg, wieder hinauf in mein Zimmer, sperre ab. So ist das also. Papa ist noch keine drei Monate tot, und sie wirft sich dem nächstbesten Fettwanst an den Hals, nur, weil er ihr Geld für das dämliche Auto gibt. Und weil sie einfach nicht aufhören kann zu trinken. Der Schnaps vernebelt ihr den Verstand, offensichtlich kann sie nicht mehr klar denken, sonst hätte sie dem Kerl eine gescheuert, dass ihm Hören und Sehen vergeht.

Wenige Minuten später höre ich unten das Brummen des Mercedes und gehe sofort wieder hinunter. „Das kannst du nicht machen!“, schreie ich Mama an. „Du Schlampe!“ Ich komme mir selber fremd vor. Noch nie habe ich Mama angeschrien, überhaupt nie derartige Ausdrücke verwendet. Mir ist, als beobachte ich mich selber von außen, wie ich ein Glas packe, das noch auf dem Tisch steht, und gegen das Fenster werfe. Es zersplittert. Das zweite zerbirst ebenso an der Scheibe. Mama reagiert zunächst gar nicht. Sie bleibt auf dem Sofa sitzen. Erst jetzt sehe ich, dass ihr Lippenstift verschmiert ist. Mir ekelt vor ihr. „35.000“, sagt sie schließlich. „Er zahlt 35.000 Euro für den Wagen. Und wegen dir hätte er es sich fast noch anders überlegt.“

„35.000 für was?“, schreie ich. „Dafür, dass er dich angrabschen darf? Was hätte er denn für 40.000 gedurft?“ Ich nehme auch noch die halbvolle Flasche und donnere sie gegen den Heizkörper. Mama wird eine Zeitlang zu tun haben, alles wieder wegzukehren und aufzuwischen. Vielleicht kommt sie dabei zur Besinnung.

Erst jetzt begreife ich, wie recht Papa gehabt hat. Man muss hart sein, um das Leben auszuhalten. Man muss immer wieder Sachen tun, die man gar nicht will, bis einem alles egal ist und man nicht daran zerbricht. Ich werfe mich in mein Bett. Jetzt kommen die Tränen. Es ist alles so furchtbar. Niemand, der für mich da ist. Meine Mama ein Waschlappen, zu nichts zu gebrauchen. Ich schreie sie an, beschimpfe sie. Weil sie nichts kann außer jammern. Und dann lässt sie sich auch noch von fremden Kerlen begrabschen, ohne sich zu wehren.

Am nächsten Tag ist Schule. Ich habe Mama am Morgen gar nicht gesehen. Keine Ahnung, ob sie tot ist oder schläft. Mir egal. Ich habe Brot und Obst gegessen, davon war noch da. Als ich aus dem Zug aussteigen will, drängt sich ein kleiner Erstklässler mit einer riesigen Schultasche vor mich durch die Tür. Auf dem Bahnsteig fasse ich ihn am Rucksack. „Was bildest du dir eigentlich ein, du Zwerg!“, schreie ich ihn an und schüttle ihn ordentlich durch. Er sieht mich voller Angst an. „Was ist denn? Lass mich! Ich habe nichts getan!“ „Du hast dich da nicht vorzudrängen, du kleiner Trottel! Hat dir niemand beigebracht, wie man sich benimmt? Pass bloß auf, dass du mir nicht nochmal in die Quere kommst!“ Ich lasse ihn los, denn ein paar Mitschüler sind stehengeblieben und haben ratlos die Szene verfolgt. Ich kann hier keine Zuschauer brauchen, ich werde die kleine Ratte schon noch einmal allein erwischen.

Wenige Minuten später, auf dem Weg zur Schule, frage ich mich, was mit mir passiert ist. Ich habe doch früher nicht so heftig reagiert, wenn sich einmal einer vorgedrängt hat. Aber ich habe plötzlich eine solche Wut gespürt. Weil sich dieser Idiot nicht an simple Regeln halten kann. Wenn einer nach dem anderen aussteigt, dann gibt es kein Gedränge. Und es herrscht Ordnung.

Der Kleine hat leider Pech, denn er läuft mir in der großen Pause noch einmal über den Weg. Ich sehe ihn in der Schlange, die vor dem Buffet wartet. „He, Kleiner!“ Ich lächle ihn an. „Entschuldigung, für heute Morgen. Ich möchte dir eine kleine Entschädigung dafür geben. War nicht so gemeint.“ Ich lächle. „Du musst aber mit mir in die Garderobe kommen. Ich habe es unten, in meinem Spind.“ Der Trottel lächelt und folgt mir in den Keller, wo sich in der großen Pause niemand hin verirrt. Ich führe ihn in einen Gang, blicke mich um, packe ihn am Kragen und knalle ihn gegen die metallenen Spindtüren, dass es nur so scheppert. Er schreit auf. Ich lege einen Finger vor den Mund. „Wenn du noch einmal schreist“, flüstere ich, „dann kriegst du echte Probleme. Dann weißt du, was Schmerz ist.“

Wieder habe ich das Gefühl, als stünde ich neben mir und beobachtete mich, wie ich den Buben quäle. Gleichzeitig macht mich seine Angst richtig euphorisch. Er schlottert und zieht Rotz auf. Ich drehe meine Faust, mit der ich sein T-Shirt festhalte, und drücke gegen seine Kehle. „Wirst du in Zukunft darauf achten, dass du mir nicht mehr in die Quere kommst?“, zische ich. Er nickt. „Wirst du dich noch einmal vordrängen?“ Ich drücke stärker, versichere mich mit Blicken nach links und rechts, ob jemand kommt. Niemand zu sehen. Er schüttelt den Kopf. Plötzlich sackt er zusammen. Auf seiner Hose bildet sich ein dunkler Fleck. Ich lasse ihn los und halte ihm meine Faust vor das Gesicht. „Pass nur auf!“, flüstere ich. „Dass du ja nichts falsch machst! Dann geht es dir schlecht!“ Er nickt, schüttelt den Kopf, weiß nicht, ob ein Ja oder ein Nein die richtige Antwort ist. Holt stoßweise Luft und bringt keinen Ton heraus. „Und zu niemandem ein Wort!“, sage ich noch. „Sonst bist du tot!“ Ich halte zwei gespreizte Finger direkt vor seine Augen. Er zuckt zurück, und ich verlasse die Garderobe.

Kann man sich gleichzeitig euphorisch fühlen und schämen? Ich versuche, die Scham wegzudrücken. Ich habe nur getan, was ein ganzer Kerl tun muss. Sich Respekt verschaffen. Sich nichts gefallen lassen. Er hätte sich ja nicht vordrängen müssen. Und sich dann noch frech einfach beim Buffet anstellen, wo er damit rechnen muss, dass ich auf ihn treffe. Ganz schön unverschämt. Geschieht ihm nur recht.

9

Als sich Leo dem Haus näherte, sah er ein unbekanntes Auto davor stehen. Es war nicht der Skoda der Polizisten, aber man konnte ja nicht ausschließen, dass sie diesmal mit einem anderen Wagen gekommen waren. Es war ein silberfarbener SUV, sah nach einem neueren Baujahr aus. So was gab es bei der Polizei wohl nicht. Aber wer konnte es dann sein? Eine Wiener Nummer. Auch diese Einzelheit nicht besonders aufschlussreich. Leo entschloss sich, das Haus zu betreten. Schließlich war es sein Wohnhaus, er musste vor niemandem Angst haben, der sich hier aufhielt.

Nachdem er die Haustür leise geöffnet hatte, vernahm er aus dem Wohnzimmer Gemurmel, leises, helles Lachen, dann wieder eine tiefe Stimme, die in vertraulichem Tonfall mit seiner Mutter sprach. Der Mann klang so, als flirte er mit seiner Mutter. Was war da los? Leo trat in die offene Wohnzimmertür.

„Grüß Gott!“, sagte er laut. Es klang provokant, herausfordernd. Ein schlanker Mann mit gebräuntem Gesicht und kurz geschnittenem weißem Haar saß mit seiner Mutter auf dem Sofa, ihr ganz zugewandt. Auf dem Tisch standen eine Porzellanfigur, die bisher immer in der Wohnzimmervitrine vor sich hingestarrt hatte, und ein halbleeres Weinglas. Ein weiteres hielt seine Mutter in der Hand. Sie lächelte ihm verschämt und etwas schief zu, mit unfokussierten Augen. Sie hatte also wieder getrunken. Leo entging nicht, dass sie mehrere Knöpfe ihrer Bluse geöffnet hatte. Sie musste dem Mann tiefe Einblicke geboten haben.

„Leo, das ist ...“ Der Mann unterbrach sie. „Hoffmann. Georg Hoffmann.“ Er stand auf und streckte

Leo die Hand hin. Der machte keine Anstalten, sie zu ergreifen. „Was machen Sie hier?“, fragte Leo. Hoffmann konnte Leos feindseligen Ton unmöglich überhört haben, lächelte aber dennoch weiter und steckte seine eben noch ausgestreckte Hand in die Hosentasche.

„Ein Geschäft!“, kam ihm Leos Mutter zuvor. „Wir haben gerade auf ein Geschäft angestoßen.“ „Wie bitte?“ Leo merkte, wie Wut in ihm hochstieg. Er schluckte. „Was für Geschäfte machst du mit dem da? Und warum?“ „Ich ...“, begann Hoffmann, doch diesmal unterbrach ihn Mama. „Ich hab ein Inserat aufgegeben, um diese hässliche Loreley endlich loszuwerden.“

Sie deutete auf die Figur, die auf dem Tisch stand. Leo fand sie entsetzlich kitschig, da musste er seiner Mutter ausnahmsweise einmal recht geben. Eine nackte Rothaarige saß auf einem lila Mantel, der über irgendeinen Felsen gebreitet war. Zu ihren Füßen ein Fisch, der aussah wie eine Schlange, und ihren Ellenbogen hatte sie auf eine Art Harfe gestützt.

„Ja!“, sagte Hoffmann. „Und weil Ihre Mutter eine so charmante Verhandlerin ist, habe ich weit mehr bezahlt, als ich ursprünglich vorhatte. Zweitausend Euro.“ „Wir verkaufen nichts!“, schrie Leo. „Wo ist das Geld?“ „Aber Herr Rieneck, es ...“ „Wo ist das Geld?“, brüllte Leo nochmals. Er zog Mama grob vom Sofa hoch, es war ihm egal, was dieser eitle Affe von ihm dachte. Wie kam seine Mutter überhaupt dazu, Familienerbstücke zu verscherbeln? Die Figur war aus Meißen, Papa hatte immer behauptet, sie sei unglaublich wertvoll. Leo hatte sie nicht einmal berühren dürfen. Und nun hatte Mama sie um lächerliche zweitausend Euro hergegeben. „Du gibst ihm jetzt das Geld zurück! Sofort!“ Mama begann zu schluchzen, ging in die Küche, wobei sie so stark schwankte, dass sie mit dem Türrahmen kollidierte. In der Küche wimmerte sie weiter.

„Herr Rieneck, nochmals, es kann doch …“ „Sie halten den Mund!“, schrie Leo, der nicht mehr an sich halten konnte. Am liebsten wäre er diesem Aasgeier an die Gurgel gefahren, und seiner Mutter gleich danach. Mit tränenverschmiertem Gesicht kam Mama aus der Küche, hielt die zweitausend Euro weit von sich gestreckt in ihrer rechten Hand. Leo riss grob an den Scheinen und hielt sie Hoffmann vor das Gesicht. „Nehmen Sie, und dann verschwinden Sie!“ Hoffmann schien stockstarr. „Nichts lieber als das!“, sagte er, nahm das Geld und sein Sakko vom Lehnstuhl und verschwand ohne ein weiteres Wort. Die Haustür fiel mit einem lauten Knall ins Schloss. Leo stürzte auf Mama zu, beide Hände erhoben, um sie um ihren Hals zu legen.

Im gleichen Moment besann er sich. Da war noch Dr. Chandra. Sie würde ihn anzeigen, wenn Mama nicht innerhalb einer Woche zur Therapie angemeldet war. Sein Blick fiel auf die Loreley auf dem Tisch. Er packte sie und schmetterte sie mit aller Kraft gegen die Wohnzimmervitrine. Figur und Glastür zerbarsten mit lautem Knall in einem Splitterregen. Leos Mutter heulte auf. „Das hast du nun davon!“ Leo atmete schwer. Mama sank auf das Sofa, nahm das Glas, das noch auf dem Tisch stand, und stürzte es hinunter. Leo entriss es ihr und schleuderte es der Figur nach. Seine Mutter kreischte. Das, so fürchtete Leo, konnten die Nachbarn hören. Er ließ sich auf das Sofa fallen, legte eine Hand in den Nacken seiner Mutter und hielt ihr mit der anderen den Mund zu. Wie leicht wäre es, sie jetzt gleich zu ersticken. Er konnte die Tat ja Hoffmann in die Schuhe schieben, niemand würde dem glauben, wenn er behauptete, seine Mutter habe noch gelebt, als er das Haus verlassen hatte. Seine Fingerabdrücke waren ja nicht nur auf dem Weinglas, sondern auch auf ... Die Statue hatte Leo zerstört. Er drückte etwas fester zu, Mama schlug mit dem Kopf hin und her, versuchte sich zu befreien. „Wirst du jetzt Ruhe geben? Wirst du still sein?" Leo ächzte vor Anstrengung, seine Mutter erschlaffte in seinen Armen, schloss die Augen. Er ließ los.

Schwer atmend stürmte Leo die Treppe hinauf und schloss sich in seinem Zimmer ein. Draußen konnte er gerade noch den aufheulenden SUV hören, dessen Reifen bei der abrupten Anfahrt quietschten. Er bemühte sich, seinen Atem unter Kontrolle zu bekommen. Langsam atmen. Tief.

Wirre Gedanken schossen durch seinen Kopf. Er musste herauskriegen, wer was von ihm wollte. Vom Verfolgten musste er zum Verfolger werden. Marinca, Paul, Otho. Jetzt noch dieser Hoffmann. Auf irgendeine Weise waren sie alle hinter ihm her. Den Spieß umdrehen, das war es, was nötig war. Warum war Paul ausgerechnet hinter dem Kiosk hervorgetreten, als Leo daran vorbeiwollte? Wie hatte Otho ihn gefunden? Fragen, die auf Antworten warteten. Schien so, als musste er seine eigene Mission ein Weilchen aufschieben, um Klarheit zu bekommen.

Aber das erste Problem, das zu lösen war, war die Therapie für Mama. Er hatte nur noch wenige Tage Zeit, um sich bei Dr. Chandra zu melden. Sie würde ihre Drohung sonst wahr machen und ihn anzeigen, dessen war er sich sicher. Natürlich, er konnte diese indische Ärztin beseitigen wie die beiden anderen. Auch sie gehörte nicht hierher. Sogar einen österreichischen Namen hatte sie sich gestohlen, Elisabeth, dass er nicht laut lachte. Dort, wo sie herkam, ging man vor Kühen auf die Knie und badete in Dreckwasser, um seinen Göttern näher zu sein.

Leo setzte sich vor seinen Laptop, suchte nach Beratungsstellen für Alkoholiker. Ganz egal, was passierte, er würde für Mama einen Termin vereinbaren, sie sogar hinbringen. Wenn nur einmal ein Anfang gemacht war, dann würde sie bald aus dem Haus sein.

Es gab eine ganze Reihe von Beratungsstellen. Überall musste man zumindest eine Mailadresse, oft sogar Mailadresse und Telefonnummer angeben. Leo zögerte. Konnte er das Risiko eingehen? Warum eigentlich nicht? Er bewegte sich auf völlig sicherem Boden, er hatte eine ärztliche Empfehlung, genau das zu tun, was er jetzt tat. Ob die Polizei auf derartige Webseiten und Mails Zugriff hatte? Wenn sie wollte, wohl schon. Leo seufzte und tippte bei einer der Beratungsstellen seine Mailadresse ein. Man konnte keinen Termin online buchen, musste wohl auf eine Antwort per Mail warten.

Leo öffnete seine Zimmertür einen Spalt. Von unten war nichts zu hören. Anscheinend hatte Mama sich beruhigt. Vielleicht eine Flasche Cognac aus der zerschmetterten Vitrine geborgen, mit der sie sich jetzt tröstete. Er ließ sich aufs Bett fallen. Was anfangen mit dem angebrochenen Nachmittag? Er hatte bisher nicht einmal einen Gedanken daran verschwendet, etwas zu essen.

Gerade, als er nach der Fernbedienung des Fernsehers griff, zeigte sein Laptop einen Maileingang an. Er musste nachsehen, was das war. Meist ohnehin nur Werbung. Es war allerdings bereits eine Antwort der Beratungsstelle. Ob er Betroffener oder Angehöriger sei, wurde gefragt. „Es wäre sehr schön, wenn wir uns vor einer Terminvereinbarung telefonisch unterhalten könnten“, stand da. Eine Telefonnummer war auch angegeben, eine gewisse Mareike Fellhofer hatte unterschrieben. Der Text klang unverfänglich, der Name zumindest einmal einheimisch. Leo überlegte. Gleich anrufen, einen Tag warten, oder reichte Dr. Chandra womöglich dieses Mail auch schon als Beweis dafür, dass er sich um Mama gekümmert hatte? Wohl nicht. Am besten, man brachte Unangenehmes gleich hinter sich. Er wählte die Nummer.

Frau Fellhofer meldete sich. „Das ging ja schnell!“ Sympathische Stimme. Ihre Fragen klangen aber mehr nach einem Verhör, Leo fühlte sich an Weiß erinnert, den Polizisten. Er sollte erzählen, was er bisher getan hatte, um Mamas Alkoholkonsum unter Kontrolle zu bringen, sie fragte sogar nach seinen eigenen Trinkgewohnheiten, nach Zeiten, zu denen er zu Hause war. Er musste seinen Beruf angeben, sie wollte wissen, ob seine Mutter einer Beschäftigung nachging. Als sie schließlich fragte, ob es im Zusammenhang mit dem Alkoholkonsum von Mama zu Streitigkeiten, gar zu Gewalt gekommen war, platzte Leo der Kragen. „Hören Sie“, schrie er ins Telefon. „Ich habe sie schon zweimal ins Krankenhaus bringen müssen, weil sie sich im Suff verletzt hat! Die Ärztin dort verlangt dringend eine Therapie! Was sollen denn die ganzen blöden Fragen, verdammt noch einmal!“ Er war selbst überrascht, dass Frau Fellhofer völlig gelassen antwortete. „Sie scheinen selbst unter großem Stress zu stehen. Möchten Sie darüber reden?“ Leo atmete schwer, versuchte, die Kontrolle über sich zurückzuerlangen. „Ich brauch bloß einen Termin!", schnaufte er. „Ich komm dann mit meiner Mutter!" „Glauben Sie, dass Sie das schaffen?" Leo beeilte sich, zuzustimmen. „Diese Woche geht es sich nicht mehr aus." Sie studierte offenbar einen Terminkalender, während Leo seine Fingernägel in die Handflächen bohrte. „Aber gleich am Montag. Wie wär's mit 9:30?" „Ja, ja, gut!", sagte Leo. „Noch was?" „Das wär's dann. Bis Montag!" Er legte auf und atmete tief durch. Halbwegs ruhig zu bleiben hatte ihn große Anstrengung gekostet. Jetzt musste er nur noch Mama bearbeiten. Und diese Ärztin anrufen.

Leo hatte es vorhergesehen. Als er Mama erklärte, er werde mit ihr am Montag zu einer Beratungsstelle für Suchtkranke gehen, hatte sie sofort zu schluchzen begonnen. Unter Tränen hatte sie ihm erklärt, sie sei auf keinen Fall krank, nur ein bisschen abgespannt und nervös. „Nie hätte ich gedacht, dass mein eigenes Kind so hässlich zu mir sein kann! Du willst mich doch bloß loswerden, denen dort einen Haufen Lügen erzählen über mich, dass sie mich einsperren!" Mama war dabei, sich in Rage zu reden. Eine halbleere Cognacflasche stand auf dem Wohnzimmertisch. „Du hast mit diesem Hoffmann getrunken!" Leo zeigte anklagend auf die Flasche. „Und dann noch den Cognac! Wer weiß, wie viel da noch drin war!" „Den hab ich nicht einmal angerührt!", keifte seine Mutter zurück. Sie sprach undeutlich, gedehnt. Die Scherben der Vitrine, der Loreley und des Weinglases lagen unangetastet weit verstreut auf dem Wohnzimmerteppich. „Und diese Sauerei hast du auch noch nicht weggemacht!" Leo spürte die Wut in sich hochkochen. „Warum sollte ich?" Mama zuckte mit den Schultern, grinste. „Weil es deine Sache ist!

Du hast diesen Schwachsinn mit dem Verkauf angefangen, du hast uns diesen Hoffmann ins Haus geholt, und noch dazu deine Bluse für ihn aufgemacht! Wer weiß ..." Leo wandte sich ab. Sein Puls war hochgerast. Er wusste, er konnte jeden Moment die Kontrolle über sich verlieren. „Und wenn", spuckte seine Mutter die Worte aus. „Dann geht es dich auch nichts an! Das ist mein Haus! Da kann ich machen, was ich will! Einladen, wen ich will!" Leo wandte sich wieder ihr zu. „Wenn du hier weiterhin leben willst, dann machst du, was ich sage! Ich hab's dir ja schon gesagt, wenn ich will, verschwindest du auf Nimmerwiedersehen in der Psychiatrie!"

Mama zischte verächtlich. „Spiel dich nicht so auf! Du bringst doch gar nichts zustande, nicht einmal dein Studium. Und ich hol mir jetzt eine Flasche Wein aus dem Keller!" Sie stand auf, schwankte, hielt sich am Türrahmen fest. Leo bekam kaum Luft. Musste sich bemühen, tief einzuatmen. Folgte Mama. Es ging nicht anders. Als sie die Kellertür öffnete, versetzte er ihr einen kräftigen Stoß gegen den Rücken. Mama schrie auf, taumelte, stürzte kopfüber die Kellertreppe hinunter. Leo schloss die Tür.

Er griff sich an den Hals. Noch immer konnte er kaum Luft in seine Lungen bringen, nur kurze Atemstöße gelangen. Er krampfte die Hände um seine Brust, so, als wollte er sie aufreißen, das Vorzimmer verschwamm vor seinen Augen. Schließlich sah er nur mehr rot, er fiel zu Boden, ohne dass er noch in der Lage war, sich mit den Händen abzustützen. Als er auf dem Boden lag, wurde seine Brust nach und nach freier, er konnte längere, tiefere Atemzüge nehmen, röchelte und stöhnte dabei. Es dauerte Minuten, bis er in der Lage war, wieder klar zu sehen und halbwegs ruhig zu atmen. Er blieb auf dem Boden liegen. Aus dem Keller drang kein Laut. Er würde diese Tür nicht öffnen. Nie mehr öffnen. Seine Mutter würde im Keller bleiben müssen, ganz egal, was ihr bei dem Sturz geschehen war. Wenn sie ihn überlebt hatte, dann durfte sie nie jemandem davon erzählen.

Leo ließ sich auf das Wohnzimmersofa sinken und legte die Hände an den Kopf. Er musste nachdenken, nachdenken, wie es jetzt weiterging, wie es weitergehen konnte. Zuerst musste er alle loswerden, die ihn verfolgten. Dieser verdammte Paul, der ihn überwachte und ihn von der Verbindung fernhalten wollte. Dann auch Otho, der plötzlich auftauchte und ihn in eine neue, unsinnige Aktion verwickeln wollte. Ja, auch Marinca. Immer tauchte sie von hinten auf, nie sah er sie zuerst, immer fand sie ihn. Sosehr er sie auch begehrte, er konnte nichts mit ihr anfangen, sie stand seinen Plänen, seinem Leben im Weg. Leo schlüpfte in seine Schuhe, zog seine Jacke über. Er musste hinaus, an die frische Luft, raus aus diesem Haus, das voller Scherben lag und in dem es nach Zerstörung roch. Raus aus dem Haus, in dessen Keller seine Mutter nun stumm lag.

Seltsam, dachte Leo. Es dunkelte schon. Es war doch früher Nachmittag gewesen, als er nach Hause gekommen war. Hatte er so lange ... wie lange hatte er auf dem Boden gelegen, auf dem Sofa gesessen, nachdem Mama die Treppe hinuntergefallen war? Wohin wollte er eigentlich? Ja, richtig. Paul hatte er ausschalten wollen, und danach Otho und Marinca. Aber so einfach war es nicht, einen Menschen aus dem Weg zu räumen. Das wenigstens wusste er nun. Und in Bezug auf die drei war er unentschlossen. Schließlich gehörten sie gar nicht zu seiner Zielgruppe. In seinem Kopf drehten sich die Gedanken sinnlos im Kreis, und nun wurde ihm auch noch schwindlig.

Er musste etwas essen. Dringend. Und auch etwas trinken. Da vorne war ein Pizzastand. Die schwarzen Augen des Verkäufers musterten ihn verschlagen von oben bis unten, während Leo auf seine Pizza wartete. Ungeduldig trat er von einem Fuß auf den anderen. Schließlich hielt er dem Druck nicht mehr stand. „Was glotzt du so blöd?", schrie er den Verkäufer an und stürmte ohne Pizza aus dem Lokal.

Verdammt! Der Verkäufer würde sich sicher an ihn erinnern, womöglich sogar jemandem von ihm erzählen. Dass da ein Irrer gewesen war, der ihn angeschrien hatte. Er musste aufhören, sich wie ein Verrückter zu benehmen. Aber er konnte den Blicken anderer Menschen nicht standhalten.

Leo betrat einen Supermarkt. Sah sich um, ob ihn jemand beobachtete. Bemerkte eine Verkäuferin, die aus einem Gitterwagen, der sie um einiges überragte, Gemüse in die Regale nachfüllte. Warum starrte die ihn so an? Er schlich an ihr vorbei, entnahm einem Regal ein Sandwich, holte sich aus einem weiteren ein gekühltes Getränk. Sah sich um. Sah ihm die Verkäuferin noch immer nach? Jetzt tat sie so, als sei sie mit dem Gemüse beschäftigt, aber Leo wusste, dass sie das nur vortäuschte.

An der Kasse musste er anstehen. Seine Sohlen brannten, als hätte jemand Feuer darunter angemacht. Noch eine Frau vor ihm. Er sah sich um. Die Frau hinter ihm schob ihren Wagen ein Stück näher an ihn heran. Was wollte die? Die Kassierin starrte ihn auch an. Er warf einen Zehner hin, flüchtete aus der Filiale. „He!", schrie die Kassierin ihm nach. „Du kriegst noch was raus!"

Mittlerweile war es gänzlich dunkel geworden. Leo drückte sich in einen Hauseingang. Genau gegenüber war eine kaputte Straßenlaterne, er war weit weg von jeder Beleuchtung. Gut so. Er schlang das Sandwich hinunter, verschluckte sich, musste husten. Bekam Schluckauf von der Kohlensäure der Limonade, die er hinterherschüttete. Schon wieder wurde seine Kehle eng, zu wenig Luft kam durch, er hechelte.

Was wollte er eigentlich? Es war doch sinnlos, hier herumzurennen und zu versuchen, jemandem aufzulauern. Das war von vornherein eine abwegige Idee gewesen. Er musste wieder nach Hause, nur dort war er sicher. Ob er ... Ja. Er musste es riskieren. Er musste die Rettung rufen, wenn er zu Hause ankam. Niemand konnte ihm nachweisen, dass er zu Hause gewesen war, als Mama die Treppe hinuntergestürzt war. In ihrem Blut würden sie jede Menge Alkohol finden, es wäre also völlig klar, dass sie betrunken in den Keller gestürzt war, als sie sich noch etwas zu trinken holen wollte. Ja, genau so würde er es machen.

Als er die Haustür aufschloss, graute ihm vor dem, was er im Haus finden würde. Womöglich war seine Mutter nicht tot. Sie konnte die Treppe wieder heraufgekrochen sein und blutüberströmt im Vorhaus liegen, stöhnend und mit gebrochenen Knochen. Leo zögerte. Sollte er das Haus betreten?

Er musste es tun. Der einzige Ausweg war, dass ihm jemand abnahm, dass es sich um einen ganz gewöhnlichen Unfall handelte. Hoffmann, der Mann, der die Loreley hatte kaufen wollen, würde niemals vom Tod seiner Mutter erfahren, weil niemand darüber berichten würde. Sehr schön. Worüber hatte er sich bloß vorher so aufgeregt? Blieben nur noch seine Verfolger. Otho würde er ruhigstellen, indem er zum vereinbarten Termin auftauchte und zumindest so tat, als habe er vor, mit der Gruppe das Burgtheater zu stürmen. Und Paul? Vielleicht genügte es, wenn man ihm eine ordentliche Abreibung verpasste. Er war schließlich ein Feigling. Marinca? Sie hatte etwas für ihn übrig. Er musste sie einfach um den Finger wickeln. Konnte bei einer Frau ja nicht so schwierig sein.

Leo drückte die Haustür auf. Kein Laut von drinnen. Niemand im Vorhaus, niemand im Wohnzimmer. Er musste noch rasch aufkehren, die Scherben beiseite räumen. Das durfte nicht zu lang dauern, jemand konnte ihn auf dem Weg zum Haus gesehen haben. Er musste bald die Rettung rufen. Andererseits, Mama konnte auch einkaufen gegangen sein. Stürmte man gleich in den Keller, wenn man nach Hause kam und niemand da war? Natürlich nicht.

Leo holte Schaufel und Besen, kehrte die Splitter auf, leerte sie in einen Kübel und holte, als das ärgste Chaos beseitigt war, den Staubsauger, um die Reste aufzusaugen. Danach waren kaum Spuren des Vorfalls sichtbar, lediglich drei Scheiben der Vitrine waren zersprungen. Vorsichtig löste Leo die Reste der Scheiben aus den Rahmen, warf sie in den Kübel. Aus der Entfernung konnte man nun kaum erkennen, dass etwas fehlte, man musste schon näher heran und das Licht einschalten. Das würden Sanitäter niemals tun.

Hatte er da aus dem Keller Geräusche gehört? Ein Kratzen? Leo lief es kalt über den Rücken hinunter. War seine Mutter die Treppe heraufgekrochen und kratzte an der Kellertür? Musste er sie noch einmal hinuntertreten? Vorsichtig drückte er die Klinke hinunter und schob die Tür auf. Kein Widerstand. Hier auf dem Treppenabsatz war niemand. Leo zwang sich, das Licht einzuschalten und die Treppe hinunterzusehen. Ganz unten lag seine Mutter. Seltsam verdreht und verkrümmt. Sie hatte ihre Hausschuhe verloren. Ihre nackten Füße lagen zuoberst, der Kopf auf dem Kellerboden. Ein Oberschenkel war verbogen, der rechte Arm stand in einem unnatürlichen Winkel vom Ellbogengelenk ab. Das Gesicht, vor Blut fast unkenntlich, ihm zugewandt, die starren Augen geöffnet. Leo schauderte, er schloss die Tür sofort wieder.

Aber musste er nicht nachweisen, dass er etwas getan hatte, als er Mama gefunden hatte? Er konnte den Sanitätern doch nicht erzählen, er hätte sie von oben begutachtet, dann die Tür wieder geschlossen und die Rettung gerufen. Was machte ein guter Sohn, wenn die Mutter verunglückt war? Sie hinauf ins Wohnzimmer tragen und auf das Sofa betten? Ihm graute vor dem Gedanken.

Wenn er nun die Rettung rief, würde das nicht auch bedeuten, dass die Polizei kam? Untersuchten die nicht jeden Todesfall, der nicht natürlich war? Das war nicht gut, er konnte nicht schon wieder die Aufmerksamkeit der Polizei auf sich lenken. Mama musste verschwinden, ohne dass jemand etwas davon mitbekam. Sollte er sie in ihr Auto laden, weit wegfahren, sie irgendwo vergraben, wo nie jemand nach ihr suchen würde? Er war sich nicht sicher, ob es ihm gelingen würde, den toten Körper seiner Mutter anzufassen.

Leo ließ sich aufs Sofa fallen, zog die Cognacflasche zu sich heran und nahm einen tiefen Schluck direkt aus der Flasche. Er musste ruhiger werden, wenn seine Gedanken sinnlos herumrasten, kam er zu keiner vernünftigen Entscheidung. Wenn Mama also spurlos verschwand? Auch da würde die Polizei ins Spiel kommen, er musste sie ja vermisst melden, man würde Nachforschungen anstellen, ihn und die Nachbarn befragen. So, wie es schien, gab es keinen einfachen Ausweg. Leo holte sein Telefon aus der Hosentasche.

Er solle Mama in die stabile Seitenlage bringen, hatte die Sanitäterin am Telefon gemeint. Wenn kein Puls mehr feststellbar sei, dann solle er sie auf den Rücken drehen und Herzmassage machen, bis die Sanitäter eintrafen. Leo öffnete den Anweisungen entsprechend die Haustür, zwang sich, die Kellertür zu öffnen, stieg die Stufen hinunter. Musste Brechreiz unterdrücken, als er über den leblosen Körper seiner Mutter hinwegstieg. Er fasste sie an den Knöcheln an. Wieder wurde ihm übel, als seine Hände sich um das kalte Fleisch legten. Er zog ihre Beine hinunter auf den Kellerboden. Irgendwas knackte, als ihr Becken über die letzte Stufe zu Boden polterte. Ihr Mund stand offen, so, als wäre ihr letzter Schrei darin erstarrt. Leo wandte seinen Blick von ihren Augen ab. Sollte man die nicht schließen? In Filmen sah man so etwas immer wieder.

Herzmassage, hatte es geheißen. Aber Mamas Körper fühlte sich schon kalt an. Musste man das Herz auch massieren, wenn jemand schon kalt war? Erst jetzt sah Leo, dass auf der Stufe, auf der Mama gelegen hatte, Blut war. Viel Blut. Das meiste davon war gestockt, dennoch hatte das Hinunterschleifen auf den Kellerboden eine dicke Blutspur hinterlassen. Jetzt konnte Leo es nicht mehr halten, er drehte sich um und erbrach sich in eine Ecke des Kellers. In was für einen Schlamassel hatte ihn Mama da gebracht? Alles nur wegen ihrer Trinkerei. Niemals wäre es so weit gekommen, wenn sie einfach wie andere Frauen ordentlich ihren Haushalt geführt hätte. Seinetwegen hätte sie sogar arbeiten gehen können, dann wäre sie nicht auf so dumme Ideen gekommen.

„Herr Rieneck?" Oben war jemand durch die Haustür getreten. Leo atmete so tief durch, wie er konnte. „Ich bin hier unten. Im Keller!", rief er. Eine Sanitäterin erschien auf der Treppe. Sie mochte etwa so alt sein wie Leos Mutter, hatte ihre brünetten Haare zu einem Knoten aufgesteckt und war etwas fülliger als Mama. „Oh Gott!", rief sie und hielt eine Hand vor den Mund. „Das sieht nicht gut aus. Haben Sie Herzmassage gemacht?" Sie beugte sich über Mama. Hinter ihr erschien ein junger, fast kahl geschorener Mann.

Leo schüttelte den Kopf. „Sie war schon ... ich glaube, sie ..." Die Frau legte zwei Finger gegen Mamas Hals. Sie nickte. „Ja!", sagte sie. „Wohl schon ein paar Stunden. Man merkt es an der Körpertemperatur. Wie ist denn ...?" Jetzt musste Leo vorsichtig sein. Seine Geschichte musste stimmen. Er zuckte mit den Schultern. „Ich bin erst um, ja, so vor ein, zwei Stunden nach Hause gekommen. Mama war nicht da, ich hab gedacht, sie ist vielleicht einkaufen. Aber dann hab ich sie angerufen, und ihr Handy hat in ihrer Handtasche geläutet, und ich hab sie gesucht. Und dann ..." Die Frau nickte, während der junge Mann umkehrte und wieder die Treppe hinaufstieg. „Ist Ihnen nicht aufgefallen, dass die Kellertür offenstand?", fragte die Sanitäterin. Leo merkte schnell, dass er den ersten Fehler begangen hatte. Er schüttelte den Kopf.

„Ich hab einfach nicht darauf geachtet. Wissen Sie, Mama ... also, sie hat ein Alkoholproblem. Sie vergisst viel. Und wenn sie sich was aus dem Keller holt, einen Wein oder so, dann macht sie nicht immer ...“

Die Frau nickte. Wie es Leo schien, verständnisvoll. „Wie geht's Ihnen? Ich meine, hier riecht es, als ob ...“ Leo nickte. „Mir ist schlecht geworden. Ich habe es nicht mehr hinaufgeschafft.“ Er deutete in die Ecke hinter sich.

„Ich heiße übrigens Hofstätter. Und Sie gehen jetzt besser mit mir hinauf.“ Leo fühlte sich schwach auf den Beinen, als er nochmals über den Körper seiner Mutter hinwegsteigen musste. Er sah noch einmal auf sie hinab, konnte nicht anders, als in ihre Augen zu sehen. Sie starrten ihn vorwurfsvoll an. „Sollten wir nicht, ich meine, die Augen, sollte man nicht ...“ Die Sanitäterin schüttelte den Kopf. „Wird nicht mehr möglich sein. Wissen Sie, die Totenstarre setzt zuerst bei den Augenlidern ein. Da würden wir nicht mehr viel Glück haben.“

Der junge Mann war verschwunden. Ihm hatte wohl der Anblick der Leiche auch auf den Magen geschlagen. „Können wir uns irgendwo hinsetzen?“, fragte Frau Hofstätter. Leo zeigte auf das Sofa. Der nächste Fehler. Er hätte sie in die Küche bitten sollen, damit sie nicht auf die fehlenden Glasscheiben aufmerksam wurde. Als Leo ihr zum Sofa folgte, hörte er ein leises Knirschen unter seinen Schuhsohlen. Eine Glasscherbe, die er übersehen hatte.

„Haben Sie getrunken?“ Frau Hofstätter zeigte auf die Cognacflasche, die immer noch auf dem Tisch stand. Leo nickte. Es hatte keinen Sinn, zu leugnen, und es war auch nicht nötig. „Ich habe ... es war der Schock. Ich hab gar nicht nachgedacht. War am Zittern ..." Frau Hofstätter warf einen Blick in Richtung Vitrine, verzichtete aber auf einen Kommentar. Leo bemühte sich, ihren Blicken nicht zu folgen.

„Wir dürfen Ihre Mutter natürlich nicht mitnehmen. Wir schicken Ihnen einen Totenbeschauer, der wird feststellen, was die Todesursache war. Und er wird entscheiden, ob eine Obduktion vorgenommen werden muss." „Obduktion?", fragte Leo. „Warum denn das?" „Wenn der Arzt Zweifel an der Todesursache hat, dann muss er eine Leichenöffnung anordnen, verstehen Sie?" Leo schwieg. „Kann ich Sie mit Ihrer Mutter allein lassen? Wir würden sie noch zudecken, bevor wir fahren." Diesmal nickte Leo. „Danke", sagte er. „Wann kommt der Arzt?" Frau Hofstätter zuckte mit den Schultern. „Es ist jetzt schon nach 21 Uhr, da kann es schon ein wenig dauern. Aber jedenfalls noch heute, das kann ich Ihnen garantieren."

Als die Tür hinter ihr ins Schloss fiel, ließ Leo sich aufs Sofa fallen und schloss die Augen. Jetzt musste er ganz bei sich bleiben, keine Fehler mehr machen. Vor allem brauchte er eine genaue Geschichte, von der er nicht mehr abwich. Womöglich würde er nochmals danach gefragt werden, warum er die offene Kellertür übersehen hatte. Und zwar mehrere Stunden lang. Er stand auf, besah sich die Tür, öffnete sie. Warf einen Blick hinunter. Die Decke, die den Körper seiner Mutter bedeckte, war grau, mit einem roten Kreuz in einem weißen Quadrat. Von selber fiel die Tür jedenfalls nicht zu. Konnte Mama sie zugemacht haben, bevor sie die Treppe hinuntergestürzt war? Leo probierte es. Es war möglich, aber umständlich und unwahrscheinlich.

Leo stellte sich zur Haustür. Von hier aus konnte man zur Treppe in den ersten Stock gelangen, ohne dass man zur Kellertür sah. Wenn man allerdings in die Küche oder ins Wohnzimmer wollte, dann konnte einem die offenstehende Tür kaum verborgen bleiben. Konnte sie durch einen Luftzug zugefallen sein? Er musste es ausprobieren. Dazu allerdings hinunter in den Keller, über die Leiche seiner Mutter steigen, die beiden nächstgelegenen Kellerfenster öffnen.

Leo stieg wieder hinauf, den Blick starr nach oben gerichtet. Wenn er nun die Haustür öffnete ... Er ging wieder zur Kellertür. Ein sanfter Luftzug war spürbar, die Tür aber bewegte sich nicht. Wenn man sie ein wenig weiter zuzog ... Der Luftzug wurde stärker, aber nicht stark genug, um die Tür zufallen zu lassen. Aber er würde, falls jemand danach fragte, auf jeden Fall auf diese Möglichkeit hinweisen. Leo atmete auf. Wann würde dieser verdammte Arzt endlich kommen?

Im Wohnzimmer suchte Leo nach weiteren Glasscherben, die er eventuell übersehen haben könnte. Er fand noch zwei oder drei Brösel, wagte es aber nicht, den Staubsauger zu benutzen, falls der Arzt plötzlich vor der Tür stand. Dann hieß es weiterhin warten. Leo fand die Bilder vor seinem inneren Auge unerträglich, deswegen schaltete er den Fernseher ein. Es lief eine Krimiserie. Ein langhaariger Detektiv schüchterte gerade einen schmächtigen Verdächtigen ein. In einem Raum, der aussah wie ein Betonbunker ohne Fenster, ohne Licht. Leo zappte weiter.

Mehr als eine Stunde später läutete es an der Tür. Der Arzt war fett und sah aus, als hätte man ihn gerade aus dem Schlaf geschreckt. Wirres Haar bedeckte einen roten Kopf mit dicken, hängenden Wangen. Er schnaufte, als er Leo die Hand hinstreckte. „Mein aufrichtiges Beileid. Marx“, stellte er sich vor. „Aber nicht Karl!“ Ein schepperndes Lachen folgte dem Scherz. „Im Keller“, sagte Leo nur. „Die Rettung wollte sie ... den Leichnam ... nicht mitnehmen.“

„Selbstverständlich!“, sagte Dr. Marx. „Es könnte ja sein, dass ein Einbrecher sie hinterrücks erschlagen hat, nicht? Oder dass sie in selbstmörderischer Absicht ... Sie sind so weiß im Gesicht, Herr ...“ „Rieneck“, beeilte sich Leo. „Leo Rieneck.“ „Na, wie auch immer. Ich wollte Sie nicht erschrecken. Die Dame vom Roten Kreuz hat was von Alkoholeinfluss gesagt?“ Leo nickte. „Mama war ... also, sie hatte Probleme. Mit dem Alkohol.“ „Wer nicht?“ Marx lachte dröhnend. „Entschuldigung. War pietätlos“, sagte er dann. Er schwitzte im Nacken. „Wo, bitte?“ Leo ging voraus zur Kellertür, ließ aber Marx den Vortritt. „Sehr umsichtig!“, murmelte der, als er die Decke sah. Es fiel ihm sichtlich schwer, den großen Schritt zu tun, der nötig war, um über die Leiche zu steigen. Er zog die Decke weg. „Na, servas!“ war sein erster Kommentar. „Ich ... brauchen Sie mich?“, fragte Leo, dem es schwerfiel, dabei zuzusehen, wie der Arzt an seiner Mutter herumdrückte. Der sah kurz zu ihm auf. „Nein, nein. Ist ja belastend, nicht? Die eigene Mutter, ich verstehe schon!“

Leo ging zurück ins Wohnzimmer. Es dauerte kaum fünf Minuten, bis Dr. Marx wieder auftauchte. Er setzte sich Leo gegenüber und packte Formulare aus seinem Aktenkoffer aus.

„Polytrauma, sagen wir“, erklärte er. Leo schwieg. „Gestorben ist sie an dem Schädelbruch. Hat wahrscheinlich eine Hirnblutung ausgelöst. Gelitten wird sie nicht haben, wenn Sie das beruhigt. Sie war wahrscheinlich gleich bewusstlos. Vielleicht, wenn man sie sofort gefunden hätte, hätte es noch Möglichkeiten gegeben.“ Er sah zu Leo auf, der seinen Blick abwandte. „Daneben noch ein Oberschenkelbruch, den Ellenbogen, den haben Sie ja wahrscheinlich selber gesehen. Sie muss von ganz oben gestürzt sein, dass es zu so schweren Verletzungen kommen konnte.“

Leo stützte sein Gesicht in die Hände. So konnte er am besten seinen Gesichtsausdruck vor dem Arzt verbergen, vielleicht sogar Entsetzen vortäuschen.

„Herr Rieneck“, sagte der Arzt und legte seinen Kugelschreiber beiseite. „Es ist jetzt so, dass ich nicht ohne weiteres einen Totenschein ausstellen kann.“ Leo sah überrascht auf. Der Arzt seufzte und schüttelte den Kopf. „Ich kann in dieser Situation Fremdeinwirkung nicht gänzlich ausschließen. Es muss kein Unfall gewesen sein.“ Marx hob seine Formulare auf, stieß deren Unterkante gegen den Tisch, um sie exakt übereinander zu platzieren. „Jemand könnte sie hinuntergestoßen haben. Die Frau Hofstätter vom Roten Kreuz hat auch so ihre Zweifel geäußert. Die Leiche wird in die Gerichtsmedizin verbracht, mehr kann ich Ihnen dazu leider nicht sagen.“ „Wieso Gerichtsmedizin?“, fragte Leo. „Herr Rieneck“, antwortete der Arzt. „Sie sind so blass. Soll ich Ihnen was geben, für den Schock, oder wollen S’ eine Spritze?“ Leo schüttelte den Kopf. „Die Kripo wird dann auf Sie zukommen und Sie befragen. Wenn alles passt, wird die Leiche freigegeben. Mein aufrichtiges Beileid nochmals!“ Marx stopfte die Formulare in seinen Aktenkoffer und erhob sich unter Ächzen.

Immerhin hatte der Arzt nicht nach der offenen Kellertür gefragt. Aber der schien ohnehin ein Trottel zu sein, der sicher nicht begeistert darüber gewesen war, zu so später Stunde noch eine Totenbeschau durchführen zu müssen. Dafür hatte er Leo erklärt, dass er noch auf das Bestattungsunternehmen warten musste, das seine Mutter in die Gerichtsmedizin transportieren würde. Aber was für „Zweifel" hatte die dämliche Hofstätter vom Roten Kreuz geäußert? Was ging die das Ganze überhaupt an, wenn sie ohnehin keine Toten transportieren durfte?

Leo fühlte sich erschöpft, nahm noch einen Schluck Cognac und legte sich aufs Sofa. Im Fernsehen lief eine Show mit einem dieser Kabarettisten, die nichts außer Spott und Hohn für Burschenschafter übrighatten. So einen, dachte Leo, könnte man ruhig auch einmal bestrafen. So eine Ratte hinrichten, das war sicher ein deutlicheres Signal, als mit einem Transparent dumm auf der Bühne eines Theaters herumzustehen.

Eine weitere Stunde dauerte es, bis es an der Tür läutete. Zwei Männer in schwarzen Anzügen standen vor der Tür, der eine glatzköpfig, der andere langhaarig. Sonst sahen sie sich sehr ähnlich. Der Glatzkopf sprach mit sanfter, fast flüsternder Stimme, verbeugte sich zunächst und drückte Leo sein tief empfundenes Beileid aus. Leo zeigte den beiden die Kellertür. „Brauchen Sie mich?", fragte er. Er hatte keine Lust, den beiden dabei zuzusehen, wie sie seine Mutter aus dem Keller holten. Der Glatzköpfige schüttelte den Kopf. Die beiden stiegen in den Keller, kamen wieder herauf, gingen nach draußen und kehrten mit einem Metallsarg zurück. Leo schloss die Tür zum Vorhaus.

Er presste die Handballen auf seine Ohren, um nichts von der Geschäftigkeit der beiden Männer hören zu müssen. Es dauerte, für sein Gefühl, unverhältnismäßig lange, bis einer der beiden an der Tür klopfte. Leo öffnete, der Glatzköpfige räusperte und verbeugte sich. „Wir wären dann so weit, Herr Rieneck. Noch einmal, wir bedauern Ihren Verlust zutiefst." Er zog eine Karte aus der Brusttasche seines Anzugs. „Wenn ich Ihnen dann noch meine Karte ... möglicherweise möchten Sie sich unserer Dienste weiterhin versichern, wenn Ihre Frau Mutter würdig bestattet werden soll." Leo nickte, der Mann verbeugte sich ein weiteres Mal und begab sich zur Haustür. Leo studierte die Karte. Die Oberfläche war mit einem Holzmuster bedruckt, das wohl einen Sarg darstellen sollte. Darauf war in einer Art Gravur zu lesen „F. Malinovski Bestattungen". Darunter eine symbolisierte Urne. Musste Leo sich jetzt sofort um alles kümmern, was mit der Bestattung seiner Mutter zusammenhing? Damit fühlte er sich überfordert. Er musste ins Bett, dringend. Als er die Treppe hinaufstieg, wurde ihm bewusst, dass er jetzt hier allein war, dass sich niemand mehr in seine Angelegenheiten einmischen würde, dass er sich nie mehr über seine Mutter würde ärgern müssen.

Der Schlaf aber wollte nicht kommen. Eigentlich war das mit seiner Mutter tatsächlich ein Unfall gewesen, jedenfalls nichts, das er geplant hatte. Es war einfach ... sie hatte ihn einmal zu viel gereizt, einmal zu oft war sie uneinsichtig gewesen, wo er doch nur ihr Bestes gewollt hatte. Ob er den Onkel heute noch anrufen sollte? Nein. Es war fast Mitternacht, da konnte ihm niemand böse sein, wenn er sich nicht mehr meldete.

Nicht nur der Tod seiner Mutter, auch seine Mission ging ihm immer wieder durch den Kopf. Er konnte mit niemandem darüber reden, musste aber doch der ganzen Welt mitteilen, was ihn dazu veranlasst hatte, endlich etwas gegen die unerträgliche Situation zu tun. Vielleicht musste er noch ein Video aufnehmen. Eines, in dem er ausführlich und ganz genau erklärte, was er vorhatte und warum. Gleich morgen würde er sich an diese Aufgabe machen.

Wir lassen die Gläser gegeneinander krachen. Endlich einmal keine Weiber. Patrick und Nils ziehen ihr Bier fast in einem Schluck hinunter, nur ein kleiner Rest bleibt im Glas. Und Schaum an den Rändern. „Alles Scheiße!“, schimpft Patrick. „Ich brauch die alle nicht. Diese gackernden Hühner. Jetzt wird einmal ordentlich gesoffen, jawohl!“ Er trinkt sein Bier aus und ruft laut nach einem neuen. Obwohl die Kellnerin nicht einmal in der Nähe ist. Ein paar Leute an den Nachbartischen sehen sich zu uns um. „Glotz nicht so blöd!“, herrscht Nils einen jungen Mann an. Der wendet den Blick ab, schüttelt den Kopf. Dann beugen sich seine Begleiter über den Tisch, beginnen zu tuscheln.

„Gehen wir lieber“, sage ich. Ich hasse es, aufzufallen und beobachtet zu werden. „Hier ist das Bier sowieso viel zu teuer.“ Patrick schlägt mir auf die Schulter. „Recht hast du!“ Es dauert noch eine Zeit lang, bis Patrick und Nils bezahlt und sich geeinigt haben, was wir als Nächstes unternehmen werden.

Draußen ist es kühl. Der Sommer ist vorbei, und es wird früher dunkel. „Gehen wir zur Tankstelle“, schlägt Nils vor. „Da kriegen wir billig noch ein Sechserpack.“ Ich stecke die Hände in die Jackentaschen, mir ist kalt. Aber ich will auch noch was zu trinken. Die Bedienung in der Tankstelle mustert uns abschätzig, sagt aber nichts, als Patrick den Sechserpack Bierdosen auf den Tresen knallt und lässig eine Banknote nachschiebt. „Der Rest ist für dich, Baby!“, grinst er. Die Bedienung ist mindestens zehn Jahre älter als wir. Und sie sieht nicht aus wie ein Baby.

Müde, schlampiger Pferdeschwanz, Ringe unter den Augen. Sie sagt kein Wort und schiebt das Wechselgeld über den Tresen. Patrick schlägt darauf. „Ist dir mein Geld vielleicht nicht gut genug, du Schlampe?“ Die Frau weicht ängstlich zurück. Gleichzeitig greifen Nils und ich nach Patrick. Haben wir es nötig, uns mit dieser Loserin anzulegen? Denn wer sonst als Loser arbeiten nachts für einen Hungerlohn in der Tanke?

Ein Mann am Wettautomaten sieht auf. „Probleme?“, fragt er. Ich schüttle den Kopf. „Passt schon!“, beruhige ich ihn. Gemeinsam bugsieren Nils und ich Patrick aus der Tankstelle. „Ihr seid Schlappschwänze!“, brummt er. „Mit den beiden wären wir doch leicht fertiggeworden!“

Natürlich weiß ich, warum Patrick sauer ist. Angefangen hat alles auf der Klassenparty. Julia hat ihren Geburtstag gefeiert, und fast alle aus unserer Klasse sind in die Pizzeria gekommen. Patrick hatte leider schon vorgeglüht und sich entsprechend benommen, kindisch. Dauernd den Mund offen. Angeberei nicht vom Feinsten, sondern eher von der plumpen Sorte. Trotzdem haben die Mädels gekichert, vor allem, nachdem sie ihr erstes Red Bull Wodka intus hatten. Patrick hatte es auf Miriam abgesehen. Keine Ahnung, warum. Miriam ist dünn, hat lange, schnurgerade Haare, die wie ein Vorhang vor ihren Augen hängen. Und dazu zieht sie meistens ein Gesicht, dass man vom Hinschauen schon depressiv wird. Wahrscheinlich hat sich Patrick leichtes Spiel erhofft. So saß er also neben ihr, lehnte sich manchmal an sie und legte ihr den Arm um die Schultern. So mehr spielerisch, zuerst. Und ausnahmsweise hat sie einmal gekichert, ihn aber immer wieder weggeschubst.

Bis zu dem Moment, als Patrick sie abgepasst hat, als sie von der Toilette zurückkam. Ich war gerade auf dem Weg zum Klo und habe deshalb alles mitbekommen. Er hat Miriam gegen die Wand gedrückt und zu küssen versucht. Seine Hände waren überall. Auf ihrem Pullover, zwischen ihren Beinen. Zuerst hat sie nur gejammert, dann aber mit dem Knie kraftvoll und schnell nach oben gezogen. Und getroffen. Patrick hat aufgeheult und sich zu Boden fallen lassen. „Idiot!“, hat Miriam gesagt. „Du auch! Warum hilfst du mir nicht?“ Schon war sie an mir vorbei. Ich habe grinsen müssen. Da lag er nun, der Angeber. „Super Verführungskünste. Ich muss schon sagen!“ Ich habe ihm meine Hand hingestreckt, um ihm aufzuhelfen. Patrick atmete schwer. „Blöde Schlampe!“, hat er geschimpft. „Sollte froh sein, überhaupt einen abzukriegen! So hässlich, wie die ist!“ „Warum hast du sie denn angebaggert, wenn sie dir zu hässlich ist?“ „Halt doch die Klappe!“, hat Patrick zurückgegeben. „Du kriegst überhaupt keine ab! Nicht einmal eine hässliche!“ „Du doch auch nicht!“

Obwohl wir uns in der Pizzeria gestritten haben, sind wir schließlich miteinander abgezogen. Die anderen haben die Köpfe zusammengesteckt, als wir wieder hineingekommen sind, und plötzlich saßen wir ganz am Rand des Tisches, und alle hatten sich von uns abgewendet. Nur Nils ist uns nachgerannt, als wir erklärt haben, dass wir ein besseres Lokal wissen. Nils, der fast überhaupt nichts und mit fast niemandem redet. Wie ich übrigens auch. Ich bin nicht gerade als Kommunikationsgenie bekannt.

„Setzen wir uns da hin!“ Patrick deutet auf eine Bank am Rand des Parkplatzes am Fluss. Er hat eine Dose schon fast ausgetrunken und schwankt ein wenig. Allzu deutlich ist auch seine Aussprache nicht mehr. Ich lasse mich neben ihm auf die Bank fallen und öffne mir auch eine Dose. „Scheiß Weiber!“, sage ich, um irgendwas zu sagen. Patrick nickt, und Nils macht sich wortlos ebenfalls ein Bier auf.

Irgendwann ist mir nicht mehr kalt. „Ich gehe noch einmal zur Tankstelle. Bevor sie zusperren“, erkläre ich. Ich habe einen Plan. Patrick johlt vor Begeisterung und schlägt sich auf die Oberschenkel. „Ein wahrer Freund!“, schreit er mir nach.

Ich habe Glück. Licht in der Tankstelle. Kein Auto davor. Nachdem ich durch die automatische Schiebetür durch bin, ertönt ein elektronischer Gong. Habe ich gar nicht gehört, als wir vorher hier waren. Die Kassierin erkennt mich wieder. Sie zuckt zusammen. Legt die Hände unter den Tresen. Vielleicht hat sie dort eine Waffe. Oder einen Alarmknopf. Ich grinse. „Keine Angst!“, sage ich. „Nur noch ein Sechserpack!“ Ich hole die in Folie eingeschweißten Dosen aus dem Regal, lege sie auf den Tresen und versuche, freundlich zu lächeln. In der Hosentasche krame ich nach Kleingeld. In diesem Moment ertönt das elektronische Signal erneut. Ich lasse mir Zeit. Ein junger Mann mit Bart und Schildkappe sucht im Regal, stellt sich schließlich hinter mich. Ich schnappe mein Sechserpack, drücke mich nahe am Regal vorbei. Der Mann legt seine Einkäufe auf den Tresen, die Bedienung ist mit dem Einscannen der Waren beschäftigt. Der Kunde verdeckt ihren Blick auf mich. Leise lasse ich eine Flasche Wodka vom Regal gleiten und fange sie auf.

Jetzt beeile ich mich, zur Tür zu kommen. „He!", schreit die Frau plötzlich, als die Tür schon zufällt. Ich renne, drücke mich in den Schatten der Waschanlage. „Wo ist das Arschloch?" Eine Männerstimme. Es muss der Kunde sein. „Mir reicht's schön langsam!" Die Bedienung. Schritte. Zuerst weg von mir, dann näher. Ich drücke mich um die nächste Ecke. Scheiße. Licht von Straßenlaternen. Ich laufe über die Straße, hoffe, dass mir die Waschanlage Deckung gibt. Auf der anderen Straßenseite ein Gebüsch. Ich höre nichts mehr. Drücke mich entlang der Büsche zurück zum Parkplatz.

Gejohle, als ich die Wodkaflasche unter meiner Jacke hervorziehe. „Ein echter Freund!", lallt Patrick wieder. Nils ist anscheinend eingeschlafen. Ich remple ihn an, hole ein Bier aus dem Sechserpack und lasse es zischen. Nils rührt sich nicht. Patrick reißt mir die Bierdose aus der Hand und schüttet Nils Bier ins Gesicht. Der springt auf. „Idiot!" Er stößt mich zurück, weil er meint, ich wäre es gewesen. „Trottel!", gibt Patrick zurück. „Wir wollten dir nur dein Bier bringen! Direkt!" Er kichert irr. Nils winkt müde ab. „Schau mal!" Patrick zeigt Nils die Flasche Wodka. „Die tun wir aber heute noch weg, was?"

„Ich hab sie besorgt", erkläre ich. „Ich mach sie auf." Patrick hält mir die Flasche hin. „Dann, edler Spender!", schreit er. „Walte deines Amtes!" Ich habe Angst, dass man ihn bis zur Tankstelle hören kann. Ich setze die Flasche an, nehme einen Schluck und muss husten. Ich habe noch nie einen so großen Schluck Schnaps getrunken. „Mann, ist der scharf!", erkläre ich, um meinen Hustenanfall zu entschuldigen. Das Zeug brennt im Mund, in der ganzen Speiseröhre und auch noch im Magen.

Die Flasche geht reihum, und irgendwann ist mir überhaupt nicht mehr kalt. Wir gehen irgendwohin, ich weiß nicht, wo. Nils schleudert die Flasche in den Fluss. Anscheinend ist sie leer. Mir wird warm und ich ziehe meine Jacke aus. „Hey, legst du jetzt einen Strip hin? Leo strippt!" Patrick kichert, Nils schweigt. „Er strippt! Hose runter!" Plötzlich wird mir schlecht. Um mich herum dreht sich alles. Anscheinend bin ich zu Boden gestürzt, denn mein Kopf liegt im nassen Gras.

Patrick lässt sich neben mich fallen. „Den könnten wir doch einmal mitnehmen, auf die Bude, was meinst du, Nils?" Nils schweigt. Ob er nickt, bekomme ich nicht mit.

Später werde ich davon wach, dass mich ein Schlag auf die linke Wange trifft.

„Das darf ja wohl nicht wahr sein!" Meine Mutter steht über mir. „Treibt sich die ganze Nacht herum. Liegt stinkbesoffen vor der Tür!" Sie tritt mit dem Fuß gegen meinen Rücken.

10

Die Türklingel riss Leo aus einem unruhigen Schlaf. Es war noch dunkel draußen, die Straßenlaterne warf den Schatten eines Baumes vor seinem Fenster an die Wand. Noch einmal die Klingel, länger, drängender. Wer konnte so früh am Morgen etwas von ihm wollen? Als er sich aus dem Bett wälzte, nahm er blitzende Blaulichter draußen vor dem Fenster wahr. Die Polizei? Mussten die sämtliche Nachbarn aus dem Bett schrecken? Leo fuhr in eine Hose, suchte nach einem T-Shirt, als es erneut klingelte. Wer draußen stand, schien fest dazu entschlossen zu sein, den Finger nicht mehr vom Knopf zu nehmen, bis er auftauchte. Atemlos kam Leo unten an, sah den Schatten einer wuchtigen Gestalt durch die matte Glasscheibe, dahinter die Blaulichter zucken.

Fast war Leo erleichtert, als er die Tür öffnete und in der wartenden Gestalt Weiß erkannte. Der beließ beide Hände in seinen Manteltaschen. „So, Herr Rieneck", sagte er. „Ich hab's befürchtet, dass wir uns bald einmal wiedersehen. Ziehen Sie sich was an, wir nehmen Sie mit aufs Landespolizeikommando." Leo hatte zwar damit gerechnet, dass die Polizei mit ihm Kontakt aufnehmen würde, aber nicht in dieser Form. „Ich ... ich hab mir die Zähne noch nicht geputzt und ..." „Machen S' keine Schwierigkeiten, ziehen Sie sich ein Paar Schuhe an, nehmen S' Ihre Jacke und kommen S'!" Weiß war laut geworden. Hinter ihm konnte Leo Hell sehen, die Polizistin, die Weiß auch letztes Mal begleitet hatte. Sie hielt sich im Hintergrund.

Leo kam nicht wirklich zum Denken, war noch nicht wach genug für die Situation. Er suchte nach seinen Schuhen, kam erst danach darauf, dass es einfacher war, wenn er zuvor das Licht einschaltete, merkte, dass er keine Socken anhatte, wagte aber nicht, Weiß zu fragen, ob er welche holen durfte. Er schluckte. In den Krimis waren die, die den Polizisten die Tür öffneten, meist gelassen und fragten zuerst nach einem Haftbefehl. Als er Weiß gegenüberstand, wagte er es. „Gibt es einen Haftbefehl?“, krächzte er. Weiß lachte dröhnend und warf dabei seinen Kopf zurück. „Lieber Herr Rieneck“, erklärte er dann. „Wir bitten Sie höflich, mit uns aufs Kommissariat zu kommen und uns ein paar Fragen zu beantworten. Das ist noch nicht einmal eine vorläufige Festnahme.“

Er zog die rechte Hand aus der Manteltasche und zeigte auf Leo. „Wenn Sie allerdings den Wunsch hätten, unserer höflichen Bitte nicht nachkommen zu wollen, dann können wir auch anders!“ Leo verstand die Drohung und nickte. Jetzt erst sah er, dass zwei Wagen am Gehsteig parkten. Der schwarze Skoda und ein Streifenwagen mit Blaulichtern. „Wenn Sie jetzt bitte mitkommen. Wir wollen ja kein unnötiges Aufsehen verursachen!“, sagte Weiß. Leo schnaubte. Mehr Aufsehen als Blaulicht vor dem Haus in der Morgendämmerung war ja wohl kaum vorstellbar. Sicher standen die Nachbarn alle schon hinter ihren Vorhängen und beobachteten genau, was hier vor Leos Haus geschah. Egal. Lange würde er nicht mehr hier wohnen, dessen war er sich sicher.

Weiß schob ihn zum Streifenwagen und öffnete die hintere Tür. Leo rechnete damit, dass Weiß ihm die Hand auf den Kopf legen würde, damit er sich den Kopf nicht an der Türkante stieß. So sah man es zumindest in Filmen immer. Doch Weiß tat nichts dergleichen. Auf dem Beifahrersitz saß eine Polizistin mit langen, dunklen Haaren und schwarz umrandeten Augen. „Passt's mir auf auf ihn. Ihr wisst wohin?" Die Polizistin nickte. Als er sich gesetzt hatte, sah Leo das Gesicht des Fahrers im Rückspiegel. Er trug einen Schnauzbart und kontrollierte Leo, wie es schien, aus schmalen Augenschlitzen. Die Polizistin drehte sich zu ihm um. „Wenn Sie sich bitte anschnallen, Herr Rieneck. Soll ja schließlich nichts passieren, nicht?" Sie sprach Hochdeutsch, mit einem ganz leichten Akzent. Am Ende war sie gar Türkin. Kein Wunder, dass solche wie er mittlerweile vogelfrei waren, wenn die Islamisten jetzt schon die Polizei unterwandert hatten. Seine Aktivität würde in Zukunft nötiger sein als je.

Die Fahrt dauerte an die zwanzig Minuten und verlief wortlos, nicht einmal die beiden Polizisten unterhielten sich miteinander. Als Leo in ein Zimmer geführt wurde, dessen Fenster den Blick auf einen hohen Kletterturm in einem Hinterhof freigab, begann es gerade, hell zu werden. Die dunkelhaarige Polizistin lächelte. „Das ist das Trainingsgelände für unsere Sondereinheiten." Sie zeigte auf den Kletterturm. Sie hatte einen schmalen Spalt zwischen den Vorderzähnen und schien Leo nichts Böses zu wollen. Er setzte sich auf den Stuhl, den sie ihm zurechtgerückt hatte. Sekunden später war Leo allein im Raum. Das, so dachte er sich, gehörte wohl zur Taktik. Jeder wurde nervös, wenn man ihn warten ließ. Das war genau wie beim Zahnarzt. Den Gefallen würde er Weiß aber nicht tun. Er schloss seine Augen, bemühte sich, an etwas Angenehmes zu denken, brachte vor seinem inneren Auge aber nur das Abbild des Bestatters, Herrn Malinovskis, zustande, der sich breit grinsend vor ihm verbeugte. Auch der schwitzende, fette Dr. Marx tauchte vor ihm auf, nichts aber, was ihn entspannen hätte können.

Es dauerte unendlich lang, bis sich die Tür öffnete und Frau Hell eintrat. „Wir kennen uns bereits. Gruppeninspektorin Hell.“ Sie nickte Leo zu und legte ein Gerät auf den Tisch zwischen ihnen. Leo vermutete, dass es ein Aufnahmegerät war. Was wollten die aufnehmen? Hell sah zum Fenster hinaus, ohne ihn anzusprechen. Leo schrak auf, als Weiß die Tür aufriss. „Können wir anfangen?“ Hell nickte, stand auf und zog ihre Jacke aus. Darunter trug sie ein weißes Uniformhemd. Leo warf einen kurzen Blick auf ihre Brüste, zwang sich dann aber dazu, Augenkontakt mit Weiß aufzunehmen. Der sollte nicht denken, dass er ihn einschüchtern konnte.

Weiß legte einen Aktenordner vor sich hin. Der war gut gefüllt. Waren das alles Informationen über ihn? Oder wollte Weiß da etwas vortäuschen? Ächzend setzte er sich hin, schob seinen Stuhl zurecht und öffnete den Ordner über der Schreibtischkante, sodass Leo nichts vom Inhalt sehen konnte. Kurz deutete er in Richtung Aufnahmegerät. Hell nickte, drückte auf einen Knopf und ein rotes Licht leuchtete auf.

Seufzend blätterte Weiß in den Akten, erklärte dann in gelangweiltem Ton, wer anwesend war, und nannte Datum und Uhrzeit. Leo begann, in seinem Schoß an seinen Fingern herumzukneten. Hell sah ihn belustigt an und schlug die Beine übereinander. Leo versuchte, seine Blicke von ihr abzuwenden. Wann würde dieser Idiot endlich beginnen, ihm seine dämlichen Fragen zu stellen?

„Herr Rieneck!“ Weiß sprach Leo an, als wären sie sich soeben erst begegnet. „Zunächst einmal unser allerherzlichstes Beileid. Anlässlich des Ablebens Ihrer Mutter. Ich spreche da auch im Namen meiner Kollegin." Er machte eine fahrige Geste in Richtung Hell, die nickte. „Aber sehen Sie, es kommt nicht von ungefähr, dass Sie hier sitzen. Ihre Mutter ist keines natürlichen Todes gestorben, und so ein Tod verlangt nach Klärung der genauen Umstände. Und bevor Sie fragen, wir vernehmen Sie vorläufig einmal als Zeugen, nicht als Beschuldigten. Anwalt brauchen Sie daher keinen." Er schwieg, lächelte süffisant und hob das Kinn ein wenig an, um über Leo hinweg an die Wand zu starren. Der war unsicher, ob er jetzt schon etwas sagen sollte. Da Weiß weiterhin schwieg, sagte er: „Ich denke, sie ist die Treppe hinuntergestürzt." Weiß hob belehrend einen Finger. „Und das ist genau die Frage. Ob sie nämlich ohne Fremdeinwirkung hinuntergestürzt ist." Leo zuckte mit den Schultern. „Was sonst?"

Weiß stand wieder auf, trat ans Fenster und starrte, scheinbar gedankenverloren, hinaus. Mittlerweile durchschaute Leo seine Taktik. Er zog Befragungen absichtlich in die Länge, um seine Opfer zu verunsichern, vielleicht aufs Glatteis zu führen. Nicht mit ihm! Leo schwieg und konzentrierte sich auf die Tischplatte. Da waren Ringe von abgestellten Gläsern zurückgeblieben. Anscheinend wurde im Landespolizeikommando nicht ordentlich geputzt.

„Wenn jemand tot am Fuß einer Treppe aufgefunden wird, gibt es genau drei Möglichkeiten", sagte Weiß. „Entweder ist das Opfer hinuntergestürzt. Aufgrund einer Unachtsamkeit, einer Alkoholisierung oder Ähnlichem. Zweitens, es kann sich um einen Suizid handeln. Ist zwar äußerst, ich sage äußerst, unwahrscheinlich, aber schon passiert. Dritte Möglichkeit: Jemand hat die Person hinuntergestoßen." Er drehte sich zu Leo um. „Hatte Ihre Mutter Besuch, gestern Nachmittag? Ist irgendjemand zu ihr gekommen?" Leo zögerte. Natürlich, da war dieser Hoffmann gewesen. Aber wenn er seine Geschichte aufrechterhalten wollte, dann konnte er ihn nicht gesehen haben. „Nicht, dass ich wüsste", sagte Leo.

„Es ist vor dem Haus Ihrer Mutter ein weißer oder silberfarbener SUV geparkt gewesen, für mehr als eine Stunde. Kennen Sie jemanden, der so ein Auto fährt? Kennt Ihre Mutter so jemanden?" Leo staunte. Wie hatte Weiß in so kurzer Zeit etwas über Hoffmanns Besuch herausfinden können? Er schüttelte den Kopf. „Keine Ahnung!"

„Schade!", sagte Weiß und setzte sich. „Wenn es stimmt, was Sie der Sanitäterin und Dr. Marx erzählt haben, dann könnte dieser Besucher für den Tod Ihrer Mutter verantwortlich sein. Sie haben keine Spuren eines Besuchs entdeckt?" Jetzt hieß es vorsichtig sein. Was würde von Hoffmanns Besuch zu finden gewesen sein, wenn er erst nach dessen Aufbrechen nach Hause gekommen wäre? Leo zuckte mit den Schultern. „Ich hab nicht nachgeschaut. Bin dann gleich in mein Zimmer."

„Sie sind gleich in Ihr Zimmer", wiederholte Weiß. „Und später, als Ihre Mutter einfach nicht auftauchte, haben Sie da nicht Nachschau gehalten? Vielleicht irgendwelche Spuren dieses mysteriösen Besuchs gefunden?" „Also", sagte Leo, „es ist mir ein wenig peinlich, darüber zu reden. Aber meine Mutter hat keinen vorbildlichen Haushalt geführt: In der Küche war immer ... Unordnung. Da fällt es nicht auf, wenn ..."

„Ja?", fragte Weiß, stand auf, stellte sich hinter seinen Stuhl und stützte sich auf dessen Lehne. Leo musste zu ihm aufsehen. „Wenn was?“ „Na ja“, sagte Leo. „Wenn halt einmal ein bisschen mehr herumsteht, dreckiges Geschirr und so.“ Leo wollte diesen Hoffmann auf keinen Fall in die Geschichte hineinziehen, er hätte Leo der Lüge überführen können. Bislang wusste niemand davon, dass er schon viel früher von der Uni heimgekehrt war, als er behauptet hatte. Er musste sehr vorsichtig sein.

Weiß seufzte und hob seine Aktentasche vom Boden auf. Sie war alt, speckig und sah billig aus. Er öffnete sie und kramte darin herum. „Könnte ich ein Glas Wasser haben?“, fragte Leo, der die Behäbigkeit von Weiß zunehmend als belastend empfand. Frau Hell lächelte. „Sicher!“ Sie stand auf und verließ den Raum.

„Sehen Sie!“, sagte Weiß und legte den Kopf der Loreley auf den Tisch. „Wir werden die Befragung natürlich erst fortführen, sobald Frau Hell wieder da ist. Wir wollen ja keinen Formalfehler riskieren, nicht?“

Leo begann zu schwitzen. Woher kam der Kopf? Und wie sollte er ihn erklären?

Weiß nahm den Kopf der Loreley in die Hand, drehte ihn herum, prüfte ihn offenbar sorgfältig. Dazu summte er eine Melodie, die Leo fremd war. „Ich weiß nicht, was soll es bedeuten“, sagte Weiß. „Kennen Sie? Das Lied? Von Heinrich Heine?“ Leo schüttelte den Kopf. „Egal! Sind Sie vielleicht zu jung dafür!“ Es dauerte eine Ewigkeit, bis Frau Hell mit einem Glas Wasser zurückkam. Zumindest erschien es Leo so. Sie lächelte ihn an. „Bitte!“, sagte sie. Leo nahm einen Schluck. In ihrer anderen Hand hielt sie ein Blatt Papier, das sie Weiß reichte. Der überflog es und nickte.

„Dieser Kopf", sagte Weiß schließlich, „der ist in der Mülltonne gewesen. Dankenswerterweise steht sie bei Ihnen direkt vor dem Haus. Und während wir hier reden, haben natürlich auch schon Mitarbeiterinnen und Mitarbeiter von mir und der Frau Hell diese Mülltonne gründlich durchsucht. Keine angenehme Arbeit, das kann ich Ihnen sagen!" Er schwieg und klopfte auf das Papier, das er verkehrt herum auf den Tisch gelegt hatte. „Sie haben auch den Rest der Statue gefunden. Dazu noch Scherben von, na, raten Sie mal!"

Leo zuckte mit den Schultern. „Keine Ahnung!" Wahrscheinlich war es das Klügste, alle Verantwortung auf den mysteriösen Besucher abzuschieben. Auf die Idee, so hoffte Leo, würde Weiß wohl von selber kommen. „Scherben eines Weinglases und Scherben einer Scheibe, die wohl aus der Vitrine in Ihrem Wohnzimmer stammen. Das müssen wir allerdings noch genauer überprüfen." „Dürfen Sie das überhaupt?", fragte Leo. Diesmal zuckte Weiß mit den Schultern und zog seine Mundwinkel nach unten. „Unsere Mitarbeiter haben ein klägliches Miauen aus der Mülltonne gehört und Nachschau gehalten."

Leo überlegte fieberhaft. Konnte Weiß einen Beweis dafür haben, dass er seine Mutter die Treppe hinuntergestoßen hatte? Oder diente dieses ganze Verhör nur dazu, ihn zu verwirren und zu Widersprüchen zu verleiten?

„Wir haben natürlich nachgeforscht", sagte Weiß und deutete auf den Kopf. „Diese Statue ist so zwei-, dreitausend Euro wert. Und jetzt fragen wir uns natürlich, warum die zersplittert im Mistkübel liegt." Wieder entstand eine Pause. „Und hinzu kommt, dass Frau Hofstätter – Sie erinnern sich an Frau Hofstätter?“ „Die Sanitäterin?“, fragte Leo. „Genau die!“, nickte Weiß. „Sie glaubt, sich erinnern zu können, dass Sie auf eine Glasscherbe getreten sind, bei Ihnen im Wohnzimmer. Es hat geknirscht. Und wenn sie recht hat, werden wir sicher in Ihrer Schuhsohle noch Spuren davon finden. Die Vitrine, nicht wahr? Warum haben Sie die Scheibe zerschlagen?“

„Was hat all das mit dem Tod meiner Mutter zu tun? Und mit mir?“, brauste Leo auf. Hell lächelte, lehnte sich zurück und verschränkte die Arme vor der Brust. „Nun!“, sagte Weiß und tat es ihr gleich. „All das deutet auf eine heftige Auseinandersetzung hin. Es wäre nicht das erste Mal, dass eine solche mit dem Tod eines der Beteiligten endet.“ Die Stille lastete schwer auf Leo. „Aber das hat alles nichts mit mir zu tun! Ich bin doch erst am Abend nach Hause gekommen! Und da muss sie schon tot im Keller gelegen haben!“ Das hatte verzweifelt geklungen, er hatte zu laut, zu erregt gesprochen. Er musste sich viel besser unter Kontrolle bekommen, wenn er gegen Weiß bestehen wollte.

Weiß nickte. „Das mag alles stimmen, junger Mann. Aber andererseits, es kann auch alles gelogen sein. Oder können Sie uns genau sagen, wo Sie sich am Nachmittag aufgehalten haben? So zwischen zwei und vier Uhr, sagen wir einmal?“

Verdammt. An ein Alibi hatte Leo noch keinerlei Gedanken verschwendet. Er war mit Marinca zusammen gewesen, danach noch auf Paul und Otho getroffen. „Uni“, sagte er schließlich. „Ich habe mir ein ruhiges Plätzchen zum Lernen gesucht. Ich weiß nicht, ob ich jemandem aufgefallen bin.“ Weiß schwieg und nahm erneut den Loreley-Kopf zur Hand. „Ich kann mich da besser konzentrieren als zu Hause“, fügte er hinzu. „Wegen ... na ja, meine Mutter stört mich häufig, fragt mich irgendwas und so." Weiß seufzte. „Möchten Sie nicht lieber nach dem Fahrer des SUV suchen, als mir die Schuld in die Schuhe zu schieben?" Weiß nickte, seine Blicke in den Aktenordner gerichtet.

„Ein anderes Thema!", sagte er schließlich und legte den Kopf beiseite. „War die Kellertür offen, als Sie nach Hause gekommen sind?" „Daran kann ich mich nicht erinnern", erklärte Leo. „Ich bin ja gleich in mein Zimmer, habe mich nicht darum gekümmert. Außerdem fällt mir das nicht auf, ob eine Tür offen oder geschlossen ist." „Fällt nicht auf!", wiederholte Weiß und strich sich über das Kinn. Erstmals mischte sich Hell ein. In beruhigendem Ton. „Aber Sie haben doch später Nachschau gehalten? Als Ihre Mutter nicht auffindbar war?" „Später habe ich sie ja auch gefunden. Ob die Tür offen war, das weiß ich nicht mehr. Manchmal fällt sie durch den Luftzug zu, glaube ich."

„Durch den Luftzug." „Ja. Durch den Luftzug!", wiederholte nun auch Leo ärgerlich. Überrascht sah Weiß zu ihm auf. „Nervös?", fragte er. „Natürlich!", platzte es aus Leo heraus. „Wenn man Sie unschuldig auf die Polizei schleppen und stundenlang blöde Fragen stellen würde, dann ..." „Finden Sie meine Fragen blöd?", fragte Weiß und gab sich irritiert. „Überflüssig, zumindest. Meine Mutter war betrunken. Sie ist bereits zweimal behandelt worden, im Krankenhaus, weil sie sich betrunken verletzt hat. Reicht das nicht?"

Zu Leos Überraschung nickte Weiß und lächelte ihm zu. „Doch!", sagte er. „Vorläufig reicht das. Schön wäre nur, wie Sie selbst schon angeregt haben, wenn wir herausfinden würden, wer der mysteriöse Besucher im silbernen – oder weißen – SUV war. Und wer für die Scherben verantwortlich ist. Da würde ich mich, ehrlich gesagt, schon viel wohler fühlen. Sie können uns also nichts zu dem Besucher sagen?“ Leo schüttelte den Kopf.

„Na dann!“ Weiß stützte sich auf die Tischplatte und drückte sich hoch. Dabei ächzte er wieder, so, als ob ihm das Aufstehen Schmerzen bereitete. „Abschalten?“, fragte Hell. Weiß legte einen Finger an den Mund. „Hm“, sagte er. „Da war doch noch was ... ach ja! Hat Sie gestern Nachmittag jemand gesehen, als Sie – wie Sie sagen – an einem ruhigen Plätzchen auf der Uni gelernt haben? Kann uns das vielleicht jemand bestätigen?“ Leo wich seinem Blick aus. „Ich weiß nicht. Da sind schon Leute vorbeigekommen. Nicht viele. Aber ich hab ja in meine Bücher geschaut ...“ „Mit niemandem gesprochen, mit niemandem einen Kaffee getrunken?“ Leo schüttelte den Kopf. „Ja, dann ... schalten Sie ab, Frau Hell. Wir machen für heute Schluss.“

„Was ist jetzt mit meiner Mutter?“, fragte Leo, nachdem er ebenfalls aufgestanden war. „Wird sie ... ich meine, die Leiche ... wird sie freigegeben?“ Weiß zuckte mit den Schultern. „Das entscheide nicht ich. Es gibt diese Obduktion, unsere Vorgesetzten erhalten meinen Bericht, den des Pathologen, das alles geht dann an die Staatsanwaltschaft ... ich denke, da müssen Sie sich schon noch ein paar Tage gedulden, bis es so weit ist. Vorausgesetzt, wir finden nichts, was eine neuerliche Befragung notwendig macht.“ Er schüttelte scheinbar betrübt den Kopf, hob ihn dann aber mit einem Ruck und lächelte Leo an. Er streckte ihm sogar die Hand hin. „Also dann, Herr Rieneck ... und hoffen wir, dass ich Sie nicht noch einmal wegen der anderen ... Vorfälle zu mir bitten muss, nicht wahr?" Leo schüttelte ihm die ausgestreckte Hand, wich aber seinem Blick aus. Hell hatte schon vor ihm den Raum verlassen, nun machte auch Leo, dass er davonkam.

Er nahm die Stiegen, verzichtete auf die Suche nach einem Lift. Wie hatte Weiß das gemeint, mit den „anderen Vorfällen"? Ob er da immer noch als verdächtig galt? Wo doch keinerlei Beweise aufgetaucht sein konnten?

„Herr Rieneck!" Leo zuckte zusammen. Weiß kam die Treppen herunter auf ihn zu. „Entschuldigung", keuchte er, „ich habe ganz vergessen – wo waren Sie denn vorgestern? Sie wissen vielleicht, da ist eine junge Verkäuferin überfallen worden, in einem Elektronikladen. So um elf Uhr vormittags herum."

„Äh, ich ..." Leo fiel im ersten Moment vor Schreck überhaupt keine Antwort ein. Wo konnte er gewesen sein? „Ja, äh, einkaufen!", sagte er schließlich. „Ich hab ja ein neues Handy gebraucht." „Kassenzettel? Vertrag?" „Hab ich jetzt nicht dabei. Ich weiß nicht, ob ich's noch habe!" „Na ja!", Weiß winkte ab. „Ist ja auch nicht so wichtig. Die Täterbeschreibung allerdings ... die tät schon auf Sie passen!" Er lachte, so, als ob er einen gelungenen Scherz angebracht hatte. Leo versuchte, mit einzustimmen, sein Gelächter aber klang hohl. Hoffentlich hatte Weiß nichts gemerkt. „Auf Wiedersehen, dann! Oder lieber guten Tag!" Weiß winkte ihm zum Abschied.

Leo wurde aus diesem Kriminalbeamten nicht schlau. Es war klar, dass er viel mehr wusste, als er Leo gegenüber zugab. Wahrscheinlich kannte er sogar alle Antworten, die Leo ihm gab, im Voraus. Aber wenn er irgendwas Konkretes gegen ihn in der Hand gehabt hätte, dann wäre er nicht soeben als freier

Mann aus dem Tor des Landeskriminalamts herausspaziert. Es waren letzten Endes alles doch nur Nebelgranaten, mit denen Weiß um sich warf.

Leo sah sich um. Er musste etwas essen, die Polizisten hatten ihm keine Zeit für ein Frühstück gelassen, und angeboten hatten sie ihm auch nichts. Leos Handy zeigte den Eingang einer Nachricht an. Vielleicht von Marinca. Er entsperrte das Gerät. Nach dem Öffnen der App war nur eine Nachricht von Paul zu sehen. Er hätte sich mit seiner neuen Nummer gar nicht erst in den Gruppenchat der Verbindung einloggen sollen, dann hätte dieser Idiot seine Nummer nicht. Die Nachricht allerdings ließ Leo erstarren.

„Dein hübsches Video ist jetzt wieder online, du Trottel. Denkst du wirklich, man erkennt dich nicht? Es ist ja nicht so, dass alles, was Youtube löscht, auf Nimmerwiedersehen verschwindet. Viel Spaß bei der Flucht!“ Jetzt war es geschehen, Paul hatte entdeckt, dass er das Video gefilmt und hochgeladen hatte. Wie hatte er das in der kurzen Zeit, die das Video online gewesen war, geschafft? Ob ihm am Ende doch jemand aus dem Innenministerium mit einem Tipp behilflich gewesen war? Er hatte sich ja öfter seiner Beziehungen dorthin gerühmt. Damit wusste Paul auch, dass er es war, der Hassan und Baschar getötet hatte, dass er der Garottemörder war. Was sollte er jetzt tun? Paul war anscheinend auf eine Art Spiel aus. Er wollte sehen, ob es ihm, Leo, gelänge, sich der Verfolgung durch die Polizei zu entziehen. Die Frage war, was wusste die Polizei? Aber, so sagte sich Leo, wenn Weiß über das Video Bescheid wüsste, dann hätte er ihn vorhin wohl gleich mitgenommen.

So riskant es auch erscheinen mochte, Leo musste zunächst noch einmal nach Hause zurück, er konnte nicht Hals über Kopf flüchten, ohne Geld, ohne Ausrüstung, und in den Kleidern, die er hastig übergezogen hatte, um mit Weiß aufs Landespolizeikommando zu fahren. Mit Geld musste er jetzt gut haushalten, ein Taxi kam nicht in Frage. Die U-Bahn und die Straßenbahn mussten genügen. Schon in der Straßenbahn sah Leo sich gehetzt um, ob unter den Fahrgästen jemand war, der sich für ihn interessierte. Doch hier ebenso wie in der U-Bahn schien ihm niemand zu folgen. Auf dem Weg nach Hause schlug er ein paar Haken, drehte sich ein- oder zweimal um, um herauszufinden, ob jemand hinter ihm her war, doch er traf auf niemanden, der nach Polizei aussah. Ein älterer Mann, der seinen Hund ausführte, schüttelte missbilligend den Kopf, als Leo ihm zum zweiten Mal begegnete, nachdem er kurz nach der ersten Begegnung mit dem Mann umgekehrt war. Leo murmelte irgendwas von „vergessen", um sich zu rechtfertigen. Leider war er damit wieder einmal jemandem aufgefallen, der sich gewiss an ihn erinnern würde.

Zu Hause schloss sich Leo ein, zog die Vorhänge zu und verzichtete darauf, Licht zu machen. Er würde auch so zurechtkommen. Jetzt durfte er nicht hetzen. Zunächst einmal musste er überlegen, wohin. Ins Ausland? Über die Schengen-Grenzen kam man jederzeit, auch ohne Ausweis und wenn man gesucht wurde. Geld? Leo hatte ein bescheidenes Sparkonto, dessen Inhalt musste sofort aufs Girokonto, damit er mit seiner Karte darankam. Mamas Bankomatkarte? Die bewahrte sie in ihrer Geldbörse auf, die Geldbörse war in der Handtasche, und die Handtasche lag auf der Garderobe. Gottseidank kannte er den PIN-Code. Die Karte musste jedenfalls mit. Und er musste so schnell wie möglich so viel Geld wie möglich abheben, bevor sie gesperrt wurde.

Aber wie sollte er danach an mehr Geld kommen? Leo betrachtete den restlichen Inhalt der Vitrine im Wohnzimmer. Das Silbergeschirr war viel zu schwer und zu voluminös. Außerdem, an wen sollte er es verkaufen? Ebenso die antiken Bierkrüge, die sein Vater gesammelt hatte. Da fiel ihm ein, dass er als Kind gelegentlich von Opa und Oma Golddukaten geschenkt bekommen hatte. Die mussten irgendwo sein, und die konnte man auch verkaufen. Hatte Mama nicht auch Goldschmuck? Auch den konnte man verkaufen, wenn auch wohl nur unter der Hand und mit Verlust.

Das Geld musste nicht nur zum Überleben reichen, er brauchte auch eine neue Identität, er musste irgendwo einen Pass kaufen, eine Geburtsurkunde. Wieder fiel ihm das Darknet ein, wo er sich ohne rechten Erfolg versucht hatte. Vielleicht gelang es doch. Der Laptop musste mit, war eine Art Lebensader.

Das Handy musste er sofort ausschalten. Leo tat es, öffnete das Gerät und spülte die SIM-Karte im Klo hinunter. Die einzige Möglichkeit, wie er wieder zu einem kommen konnte, war, dass er irgendwo eines stahl. In einem Zug, oder einem Lokal. Dort ließen die Leute ihre Geräte oft unvorsichtig herumliegen. Aber das hatte Zeit.

Hunger. Leo öffnete den Kühlschrank, fand etwas Käse, Frischkäse, Joghurt, eine Dose Wurstsalat, die allerdings schon abgelaufen war. Im Gefrierfach war ein halbes Brot, das konnte er sich auftauen, für den Moment musste der Käse allein genügen, zusammen mit einem etwas verschrumpelten Apfel, der in der Obstschale lag.

Als er gerade dabei war, den Käse und den Apfel zu verschlingen, läutete es an der Tür. Leo erschrak. Wer mochte das sein? Die Polizei? Jetzt schon? Wahrscheinlich war es nur ein Paketbote mit irgendwas, das Mama bestellt hatte. Er schlich leise die Treppe hinauf, lugte aus dem Fenster seines Zimmers auf die Straße hinunter. Kein Lieferwagen, kein Polizeiauto, überhaupt kein Auto. Es läutete nochmals. Ein wenig zaghaft. Vielleicht war es bloß eine Nachbarin, der der Zucker ausgegangen war.

Als Leo die Tür öffnete, stand Marinca vor ihm. „Lass mich rein!", sagte sie. Ihr Ton verriet Aufregung, eine steile Falte zog sich über ihre Stirn. Als Leo die Tür geschlossen hatte, stieß sie ihren Zeigefinger gegen seine Brust. „Bist du jetzt total wahnsinnig geworden?", fragte sie. Leo hatte keine Ahnung, wovon sie sprach. Oder vielleicht doch? Sie hatte ihn durchschaut. Er rang nach Worten. „Ich weiß nicht, was du willst. Woher weißt du überhaupt, wo ich wohne?" Die Frage schien Marinca ein wenig zu verunsichern. Sie trug einen engen, blauen Rock und eine weiße Bluse unter ihrer braunen Lederjacke. Überhaupt war sie zurechtgemacht, als ob sie auf dem Weg zu einem Vorstellungsgespräch wäre.

„Wo du wohnst, das lässt sich recht leicht herausfinden. Wie du auf die Idee kommst, ein derartig dämliches Video zu fabrizieren, eher nicht. Hast du wirklich geglaubt, dass niemand merkt, dass du das bist? Alle reden darüber! Wie dämlich kann man denn sein?" Leo schwieg. Gedanken rasten durch seinen Kopf. Sie wusste also, dass er das Video aufgenommen hatte. Alle wussten es. Damit musste ihr auch klar sein, dass er zwei Menschen ermordet hatte. Oder hielt sie ihn bloß für einen superdämlichen Trittbrettfahrer? Wenn sie dachte, er wäre ein Mörder, wäre sie doch sofort zur Polizei gelaufen? Oder kam sie am Ende direkt von dort? So einfach war es ja nun auch wieder nicht, eine Adresse herauszufinden. Wo hätte sie sie herhaben können?

„Möchtest du was zu trinken?“, fragte Leo. Marinca ging an ihm vorbei, warf einen Blick ins Wohnzimmer. „Komm, setz dich!“ Er folgte ihr. Warum durfte sie ihn hier herumkommandieren? Leo setzte sich aufs Sofa, Marinca ihm gegenüber in einen der Lehnstühle. Ihr Rock war ein wenig hinaufgerutscht. Zum ersten Mal sah Leo ihre Beine. „Hör auf, mich anzustarren. Du musst dich der Polizei stellen. Du musst ihnen sagen, dass du das Video gemacht hast, aus welchen Gründen auch immer. Ich hätte dir so einen Schwachsinn nicht zugetraut, aber so kommst du vielleicht mit einem blauen Auge davon. Wenn du dich stellst.“ Leo atmete auf. Sie dachte also, er sei nur für das Video verantwortlich. Oder führte sie ihn an der Nase herum? Um ihn letztlich zu einem Geständnis zu bringen? Leo stand auf und holte zwei Gläser und eine Flasche Likör aus der glaslosen Vitrine. „Magst du nicht doch vielleicht ein Gläschen trinken? Zur Beruhigung?“

Marinca sprang auf. „Verdammt nochmal, spar dir dein Gläschen. Begreifst du nicht, worum es hier geht? Ich hatte leise gehofft, dass ich dir doch was zu denken gegeben habe. Das Theater und alles. Was ich dir über meine Familie erzählt habe. Und dann machst du so etwas!“ Sie wischte sich über den Augenwinkel, so, als müsse sie Tränen unterdrücken. „Machst dich lustig über Menschen wie mich, meine Eltern. Behauptest einfach, wir gehören nicht hierher. Was soll denn das bedeuten, ‚gehören nicht hierher'? Wer und was muss man denn sein, dass man hierhergehört? Wie kommst du auf so einen Unsinn? Und ich dämliche Kuh verpasse wegen dir auch noch einen wichtigen Termin!"

„Ich hab das doch nicht ernst gemeint, das war doch nur ..." Im letzten Moment hielt Leo inne. Das Wort „Spaß" war sicher das Letzte, was Marinca hören wollte. „Ich war betrunken!", sagte er schließlich. Marinca fauchte. „Mach dich nicht lächerlich! Das sieht man auf den ersten Blick, dass du da nicht betrunken bist. Das kannst du vergessen! Also – was ist? Gehst du jetzt mit mir zur Polizei?"

Irgendwas musste Leo einfallen, mit dem er Zeit gewinnen konnte. Und dann musste er Marinca loswerden, sie musste gehen, damit er seine Flucht vorbereiten konnte, einen kleinen Vorsprung vor der Polizei herausholen. Oder war sie in Wahrheit die Einzige außer Paul, die ihn erkannt hatte? Schließlich hatten sie in den letzten Wochen viel miteinander gesprochen, sie wusste, wie er redete, sich bewegte und gestikulierte. Aber wusste das nicht auch Weiß? Die hatten doch bei der Polizei Spezialisten für sowas. Aber ob das als Beweis durchging?

„Lass mich noch einen Moment nachdenken!", sagte Leo, stand nochmals auf, um sich selbst einen Schnaps aus der Vitrine zu holen. Es war zwar nur mehr süßer Zirbenschnaps da, aber der musste es tun. „Es ist jetzt nicht die richtige Zeit, um zu trinken!", sagte Marinca, die sich wieder ein wenig beruhigt zu haben schien. „Du begreifst anscheinend den Ernst der Lage nicht!" Die hatte ja keine Ahnung. Redete vom Ernst der Lage, wo es aus ihrer Sicht nur um ein blödes Video ging, das ohnehin nicht einmal annähernd den Effekt gehabt hatte, den er sich gewünscht hatte.

„Kann ich nicht noch einmal darüber schlafen?", fragte Leo, nachdem er einen Schluck genommen hatte. „Ich meine, was ich denen sage, wie ich es erkläre. Und ich brauche ja auch einen Rechtsanwalt, wir müssen uns vielleicht vorher noch ..." Marinca streckte die Hand nach dem Glas aus. „Aus meiner Sicht gibt es da nicht viel zu überlegen. Du stellst dich der Polizei, das ist immer ein Milderungsgrund. Und legst ein Geständnis ab. Dann wirst du wohl nicht einmal in Untersuchungshaft kommen. Und wenn du das nicht tust, dann geh ich. Dann hast du einen Milderungsgrund weniger. Überleg es dir!"

„Ich muss aufs Klo!" Während er auf der Muschel saß, überlegte Leo fieberhaft, wie er Marinca davon abbringen konnte, ihn zur Polizei zu schleppen. Für Weiß wäre damit der Fall klar, er würde ihn tagelang verhören, einsperren, und Leo würde wohl nie mehr Tageslicht sehen, das nicht durch Stahlgitter gefiltert war.

Sosehr er sich auch das Hirn zermarterte, es fiel ihm nichts ein, das Marinca aufhalten konnte, nichts, das sie dazu bringen würde, von ihrem Vorhaben abzulassen. Es blieb ihm nichts anderes übrig, als sie für eine Weile hier festzuhalten, bis ihm etwas eingefallen war, was er tun konnte.

Oder vielleicht ließ sie sich doch überzeugen? Wenn er an ihr Mitleid appellierte? Ihr etwas vorjammerte? Wahrscheinlich wusste sie noch gar nicht, dass seine Mutter gerade gestorben war? Er drückte die Spülung.

„Ich muss dir was sagen." Leo zögerte. Wie sollte er ihr beibringen, dass seine Mutter auf der Gerichtsmedizin lag? Andererseits, sie musste auch nicht alles wissen. „Mama ist tot. Sie ist gestern die Kellertreppe hinuntergestürzt." Marinca schüttelte den Kopf. „Furchtbar!", sagte sie. „Aber ... wie ist das denn passiert?" Leo fand ihre Reaktion seltsam. „Mama hat getrunken. Sie war Alkoholikerin. Und gerade gestern habe ich einen Beratungstermin für sie ausgemacht, und ..." Er stützte das Gesicht in seine Hände. Marinca legte einen Arm um seine Schultern. Er fühlte den Druck ihrer Brust an seiner Seite. „Oh Gott!", sagte sie. „Hast du sie denn gefunden? Ich meine, das muss doch furchtbar für dich gewesen sein!" Leo nickte. Er hatte sie dort, wo er sie haben wollte. Zumindest für den Augenblick dachte sie nicht mehr daran, ihn der Polizei auszuliefern. Marinca rückte wieder ein wenig von ihm ab, nahm seine rechte Hand mit beiden Händen und strich zart darüber. „Magst du darüber erzählen?"

Leo erzählte, ließ aber alles weg, was mit dem Auftauchen der Polizei zu tun hatte, auch über die Auseinandersetzung um die Loreley schwieg er. Er hoffte, Marinca würde ihm noch einmal näherkommen, sich an ihn drücken, aber sie beließ es beim Streicheln seiner Hand. Leo brauchte mehr, brauchte ihre Nähe. Er zog Marinca an der Hand zu sich, in seinen Schoß, umarmte sie, suchte ihre Brüste, ihre Lippen. „Lass das!" Sie entwand sich ihm, hatte weit mehr Kraft, als er gedacht hatte, stieß ihn zurück.

Als sie wieder auf dem Lehnstuhl saß, strich sie mit beiden Händen durch ihre Haare, um einzelne Strähnen zu bändigen, die ins Gesicht gefallen waren. „Sag mal, wie bist du denn drauf?", entrüstete sie sich. „Ich will dich bloß ein bisschen trösten, und du fällst über mich her?" Leo spürte sein Begehren, spürte auch Wut hochkochen. So waren diese Frauen. Da reizten sie einen bis aufs Blut, und wenn man dann ein Versprechen einlösen wollte, wiesen sie einen zurück. Kein Wunder, dass Männer sich oft mit Gewalt nehmen mussten, was ihnen zustand.

Es gelang Leo gerade noch, ihr nicht an die Gurgel zu fahren. Er setzte sich auf seine geballten Fäuste und atmete schwer. Marinca schwieg ebenso, starrte ihn feindselig an. Die Chance hatte er wohl verspielt. Sie würde wieder davon anfangen, dass er zur Polizei müsse. Wieder und wieder.

Doch Marinca schien ihn noch einmal mit einem blauen Auge davonkommen zu lassen. „Fehlt sie dir sehr, deine Mutter?“ Leo atmete auf. Er bekam eine erneute Chance. „Sie fehlt mir sehr!“, log er. „Und mein Vater ist ja schon lange tot!“ „Ach du Scheiße!“, sagte Marinca. „Du hast ja jetzt gar niemanden mehr!“ Leo schüttelte den Kopf und erzählte von seinem Vater. Lauter Lügen. Er beschrieb ihr einen fürsorglichen, liebevollen Mann, den es nie gegeben hatte. Dachte dabei an einen ganz anderen, einen seiner Lehrer im Gymnasium, den er sich immer als Vater gewünscht hatte. In dessen Familie er sich hineingeträumt hatte.

„Ich hol mir ein Glas Wasser. Ich darf doch?“ „Warte, ich hol’s dir!“ Leo wollte nicht, dass Marinca in der Küche nach einem Glas suchte. Seine Mutter räumte die Gläser nie ordentlich ein, es herrschte ein furchtbares Chaos in ihren Schränken. Er ließ das Wasser laufen, bis es kalt geworden war. Starrte währenddessen angeekelt in das schmutzverkrustete Abwaschbecken. Dann füllte er das Glas.

„Trotz allem!“ Marinca war hinter ihm im Türrahmen aufgetaucht. „Du musst mit mir zur Polizei. Je früher wir es hinter uns bringen, desto eher bist du deine Sorgen los." Wenn sie doch endlich zu reden aufhören würde. Ihm wurde langsam der Boden unter den Füßen heiß. Er wollte weg, aber nicht zur Polizei. Wenn sie doch nur endlich still wäre ...

Leo kam eine Idee. Er wollte weg, sie musste hierbleiben. Für eine kurze Zeit nur, damit er einen Vorsprung bekam. „Warte einen Moment!", sagte er. „Ich bin gleich wieder da." Er deutete auf einen Küchenstuhl. Leo ging in die Rumpelkammer, die früher einmal das Arbeitszimmer seines Vaters gewesen war. Mama bewahrte eine Schachtel mit allerhand Klebezeug darin auf.

Marinca musste nichts passieren, sie musste nur für kurze Zeit ruhiggestellt werden.

Wie sollte er es anfangen? Sie war kräftig, sie würde sich wehren. Irgendwie musste er sie überraschen, ihr so schnell wie möglich die Hände mit dem Klebeband fesseln. Sie würde zappeln, ihn kratzen, sich aus seinem Griff befreien. Leos Blick fiel auf einen der Pokale, auf die sein Vater so stolz gewesen war. Nun standen sie verstaubt auf einem Bord. Leo nahm einen zur Hand. Ein Golfspieler in Knickerbockerhosen und Baskenmütze stand auf einem Marmorpodest und holte gerade zum Schlag aus. Leo wog den Pokal in der Hand. Er durfte nicht zu fest zuschlagen. Oder war das egal? Auf eine Tat mehr oder weniger kam es jetzt wohl nicht mehr an. Dennoch, er wollte Marinca erklären, er wollte, dass sie ihm zuhörte. Er nahm den Pokal in die rechte, das Klebeband in die linke Hand.

„Was machst du?" Plötzlich stand Marinca in der Tür. „Ich wollte dir was zeigen!" Er hielt den Golfspieler in die Höhe. „Hast du den gewonnen?" In dem Augenblick, als Marinca danach greifen wollte, schwang er die Trophäe seines Vaters gegen ihren Kopf. Im letzten Moment hob sie schützend einen Arm, schrie auf und duckte sich. Das Podest der Statue landete auf ihrem Hinterkopf, sie torkelte, hielt sich an Leos Arm fest und stürzte gegen den Türpfosten. Blut war da, viel Blut. Es tropfte von ihrem Kopf auf das Parkett. Marinca stöhnte und sank zu Boden. Leo musste die Zeit nutzen. Er stellte sich über sie, riss ihre Arme nach hinten und wickelte einige Längen Klebeband um ihre Handgelenke. Ihr Rock war hochgerutscht, gab den Großteil der Oberschenkel frei. Da Marinca sich nicht bewegte, verfuhr er ebenso mit ihren Fußgelenken.

Mehr Blut tropfte auf den Boden. Leo holte Klopapier aus der Toilette, kniete sich neben Marinca zu Boden und tupfte vorsichtig auf ihren Schädel. Sie war bei Bewusstsein, murmelte irgendwas Unverständliches. „Du bist selber schuld, Marinca", sagte Leo. „Warum hörst du nicht einfach auf zu reden, warum gibst du nicht einfach Ruhe? Warum verschwindest du nicht aus meinem Leben? Ich wollte das nicht!"

Marinca atmete stoßweise, antwortete nicht. Leo riss mehr und mehr Papier von der Rolle ab, drückte die Ballen gegen ihren Kopf. Schließlich schien es so, als habe die Blutung nachgelassen.

„Lass mich gehen!", stöhnte Marinca. „Bitte lass mich gehen! Ich sage auch niemandem was!" Sie sprach langsam, undeutlich, mit langen Pausen dazwischen, in denen sie röchelnd Luft holte. Leo strich ihr über das von Blut verklebte Haar. „Jetzt komm erst einmal zu dir. Wir kriegen das schon hin. Möchtest du ein Glas Wasser?" Marinca versuchte ein zaghaftes Nicken. Leo ging in die Küche, holte das Wasserglas. Als er wieder ins Arbeitszimmer kam, sah er, wie sie versuchte, wegzukriechen. Leo zog sie grob an den Beinen wieder dorthin zurück, wo sie vorher gelegen hatte. „Du kannst jetzt nicht weg. Vorher müssen wir reden!" Er versuchte, in beruhigendem Ton zu sprechen. „Du musst doch gemerkt haben, dass ich dich nicht töten will. Ich hätte ja bloß noch einmal zuschlagen müssen!" Das musste sie überzeugen.

„Ich werde dich jetzt aufsetzen" Leo trat vor Marinca hin, die auf der Seite lag. Er legte einen Arm hinter ihren Kopf, drehte sie vorsichtig in Rückenlage, damit er sie unter den Achseln packen konnte. Ihr Gesicht, ihre Bluse, alles war blutverschmiert. Leo fasste sie nun von hinten unter den Achseln, streifte dabei ihre Brüste, zog sie hoch und lehnte sie gegen die Wand. Dann setzte er ihr das Glas an die Lippen. Marinca trank. So war es gut.

Sie verschluckte sich ein paarmal, Wasser rann in ihren Ausschnitt, benetzte die Bluse. Die wurde daraufhin nahezu durchsichtig. Und ihr Rock bedeckte kaum mehr ihre Oberschenkel. Leo musste einen Waschlappen holen, das Blut wegwischen, das sah einfach nicht gut aus. Marinca starrte ihn aus glasigen Augen an, als er sich mit dem Waschlappen an ihr zu schaffen machte. Er musste auch tief in ihren Ausschnitt greifen, um alles Blut wegzuwischen, berührte ihren BH. Marinca ließ alles teilnahmslos über sich ergehen.

„Möchtest du dich lieber auf einen Stuhl setzen? Oder in einen Lehnsessel?" „Lass mich!", stöhnte sie nur. „Lass mich gehen. Bitte!" Leo schüttelte den Kopf. Sie verstand einfach nicht. Sie würde bleiben müssen, er würde gehen. Wenn sie Glück hatte, dann wurde sie irgendwann hier gefunden.

„Komm!“, sagte er, trat vor sie hin, fasste sie unter den Achseln und hob sie auf. Um sie ins Wohnzimmer zu bekommen, lehnte er ihren schlaffen Körper gegen sich, spürte wieder Verlangen. Rückwärts gehend zog er Marinca mit sich ins Wohnzimmer. Behutsam ließ er sie in einen der Lehnsessel gleiten. Wie leicht sie war.

„Damit kommst du nicht davon!“, schnaufte sie plötzlich. Leo schien es, als ob ihre Augen wieder klarer, fokussierter blickten. „Du landest im Gefängnis. Für lange Zeit. Für immer!“ Leo riss noch ein Stück Klebeband ab. Sie sollte den Mund halten. Grob drückte er ihr den Streifen auf den Mund. Marinca wehrte sich nur kurz, zu mehr, als sich aufzubäumen und zu winden, hatte sie keine Kraft.

Leo konnte ihr jetzt alles erzählen, vielleicht hatte sie dann ein wenig mehr Respekt vor ihm. „Ich muss dir was zeigen!“, sagte er und trat vorsichtig vor die Haustür. Niemand zu sehen. In der Garage holte er die Garotte aus ihrem Versteck.

Als er sie Marinca vor die Nase hielt, riss sie ihre Augen so weit auf, wie es möglich war, begann zu zappeln und zu stöhnen. Sie hatte begriffen, woran sie war. „Du kannst dich beruhigen“, sagte er. „Ich hab nicht vor, dich zu erwürgen. Ich möchte nur, dass du weißt, dass ich nicht nur das Video aufgenommen habe. Ich habe dieses Gerät“, er wedelte mit der Garotte vor ihrer Nase herum, „zweimal verwendet. Ich hoffe, du verstehst, dass es sein musste. Und ich denke mir, jetzt verstehst du auch das Video. Man muss den Leuten klar sagen, was Sache ist, und womit sie zu rechnen haben, wenn sie sich hier ..." Er brach seinen Satz ab.

Marinca atmete stoßweise, mit weit aufgerissenen Augen. Sie schien jetzt begriffen zu haben, dass er der Garottemörder war, nicht nur spaßeshalber ein Mummenschanz-Video aufgenommen hatte. „Du musst dich beruhigen", sagte Leo und strich ihr sanft über das Haar. Es war schweißnass und blutig, rasch zog er seine Hand wieder zurück. „Dich beruhigen, und mir dann zuhören. Dann passiert dir auch nichts." Plötzlich war es Leo, als breitete sich im Raum der Geruch nach Urin aus. War das ... hatte Marinca ... und das in seinen Lehnstuhl! Was für eine Sauerei! „Hast du dich angepisst?", schrie er und holte mit einer Hand aus, um ihr ins Gesicht zu schlagen. Marinca schloss die Augen.

Leo zog die Hand wieder zurück und ließ sich in den zweiten Lehnstuhl fallen. Es war ohnehin zu spät. Aber irgendwie musste sie für die Sauerei bezahlen, die sie angerichtet hatte. Leo stand wieder auf, näherte sich ihr und öffnete zwei Knöpfe ihrer Bluse. „Ich tu dir nichts!", wiederholte er. „Ich will dich nur ansehen. Da ist doch nichts dabei. Im Schwimmbad zeigst du das jedem. Und vielleicht noch mehr!" Marinca hatte aufgegeben. Sie lag mit geschlossenen Augen im Lehnsessel und versuchte, durch die Nase genug Luft zu bekommen. Sie schien ein bisschen blass, im Vergleich zu vorher.

„Glaubst du, dass du mir zuhören kannst?", fragte Leo, so sanft wie möglich. „Ich muss dir das alles nämlich erklären. Warum ich das getan habe. Warum es jemand tun musste." Er glaubte, ein leichtes Nicken gesehen zu haben. „Weißt du, es macht keinen Sinn, wenn alle Völker kreuz und quer durch die

Welt rennen und sich vermischen. Jeder sollte bleiben, wo er ist. Und wenn es nicht passt, dann sollte man Ordnung schaffen, da, wo man hingehört, wo man zu Hause ist. Wer soll denn zum Beispiel in Syrien alles wieder aufbauen, wenn alle wegrennen? Das ist die Aufgabe der Syrer. Dort zu bleiben oder zurückzukehren und ihr Land wieder in Ordnung zu bringen. Glaubst du, ich weiß nicht, dass es dahinter einen großen Plan gibt? Warum niemand zurückgeschickt wird, nur noch mehr hergeholt werden? Dass ganz Europa von Moslems überrannt werden soll, die einheimische Bevölkerung ausgerottet!"

Marinca öffnete die Augen und schüttelte wild den Kopf. Ihre Haare klebten an der Lehne des Stuhls. Der würde wohl zum Sperrmüll wandern, angepisst und verdreckt, wie er war. Anscheinend verstand Marinca immer noch nicht. „Glaubst du, die werden euch kroatische Katholiken verschonen? Ihr werdet genauso dran glauben müssen wie wir. Da stehen wir auf derselben Seite, glaub mir. Und deswegen muss es jemanden geben, der sagt: Stopp! Nicht mehr weiter! Jetzt ist Schluss! Und derjenige bin ich. Und nur, wenn mir viele folgen, auch wenn ich vielleicht nichts mehr tun kann, dann können wir diese Katastrophe noch aufhalten." Marinca stöhnte. Ihre Augen schienen aus den Höhlen treten zu wollen. Ihr Gesicht hatte sich mittlerweile gerötet. Sie funkelte ihn hasserfüllt an. Nein, sie hatte nicht verstanden. Egal. Frauen mussten nicht alles verstehen.

Plötzlich läutete das Festnetztelefon, das Mama immer noch im Vorzimmer stehen hatte. Er hatte ihr schon lang geraten, es abzuschaffen, es kostete nur unnötig Geld. Niemand außer irgendwelchen Keilern für Werbefirmen rief mehr auf dem Festnetz an. Und gerade jetzt musste es läuten. Leo beschloss, es zu ignorieren, aber der Anrufer war hartnäckig. Leo zählte mit. Erst nach dem zwölften Läuten verstummte das Gerät. „Immer nur Werbung, Werbung. Für Zeug, das niemand braucht. Findest du nicht auch, dass Werbung zu den überflüssigsten Branchen gehört, die es überhaupt gibt? Wenn von allem zu viel da ist, muss man sich abplagen, dass man es verkauft. Und schließlich zahlen wir dann nicht für das Produkt, sondern für die viele Werbung, die gemacht worden ist, damit man es verkauft." Er wusste selbst nicht, warum er Marinca das jetzt erzählte. Sie hatte die Augen wieder geschlossen. Ob sie einen Plan hatte? Er jedenfalls schon.

Leo stand auf. Er musste jetzt sehen, dass er wegkam. Er ließ Marinca im Wohnzimmer zurück, holte Mamas Trolley vom Schlafzimmerkasten, als ihm einfiel, dass so ein Gepäcksstück viel zu unhandlich für seine Flucht war. Er würde seinen Rucksack nehmen müssen. Der war zwar klein, fiel aber dafür sicherlich kaum auf.

Was hatte er noch mitnehmen wollen? Goldmünzen, Schmuck. In seinem Nachttisch fand er außer sinnlosen Kollektionen von Euromünzen nur eine kleine Goldmünze in einem Plastiketui, er warf sie in seinen Rucksack. Wo war der Schmuck? Im Schlafzimmer seiner Mutter herrschte Chaos. Überall lag Kleidung herum, das zweite Bett, in dem seit Jahren niemand schlief, war mit einem Kleiderstapel bedeckt. Er riss ein paar Schubladen auf, warf deren Inhalt auf den Boden. Ordnung war jetzt nicht wichtig.

Zwischendurch verließ er das Zimmer, lauschte nach unten, Marinca verhielt sich still. Schließlich fand er eine Schmuckschatulle im Staub unter dem

Bett. Was für ein Dreck. Er öffnete sie und kippte den Inhalt in seinen Rucksack. Er würde später überprüfen, ob etwas Wertvolles dabei war. Mamas Geldbörse musste unten sein. Als er die Treppe hinunterlief, sah er, dass Marinca an der Haustür kauerte und verzweifelt versuchte, mit dem Kinn die Schnalle hinunterzudrücken.

Leo packte die Wut. Was dachte sich diese Idiotin eigentlich? „Wag es nicht noch einmal, mich so zu hintergehen!", schrie Leo. Diesmal konnte er sich nicht beherrschen und schlug Marinca mit voller Wucht die flache Hand ins Gesicht. Sie wimmerte, versuchte, sich mit ihren gefesselten Händen zu schützen. Leo schlug wieder zu. Und wieder. Es dauerte eine Weile, bis seine Wut verraucht war. Marinca wimmerte noch immer, kauerte sich zusammen. Er hatte wohl hauptsächlich ihre Arme und Schultern getroffen.

„Ich bring dich jetzt zurück ins Wohnzimmer", schnaufte er. „Aber versuch das nicht nochmal!" Marincas Gesicht sah nicht mehr schön aus, als er sie auf einem der Sessel am Esstisch ablegte. Ihr Wimmern war verstummt, aber sie war bei Bewusstsein. „Ich muss dich jetzt leider anbinden", sagte Leo. „Du hast es nicht anders gewollt." Er schlang Klebeband um ihre Fesseln, fixierte sie an den Stuhlbeinen. Obwohl ihr Rock jetzt ganz hinaufgerutscht war, bot Marinca jetzt keinen Anblick mehr, der ihn erregen konnte. Alles nass, blutig, dreckig, stinkend. Aber war er schuld daran? Sie hätte sich ja nicht in diese Situation bringen müssen, ihn nur in Ruhe lassen müssen.

Das Klebeband war aus, er hätte neues suchen müssen, um auch den Oberkörper zu fixieren, aber das schien ihm jetzt nicht mehr notwendig. Mit dem

Sessel an den Beinen kam sie nirgendwo hin. Irgendwie war es schade um Marinca. Wie wunderbar sie ausgesehen hatte, als sie gekommen war. Und was sie jetzt aus sich gemacht hatte! Schrecklich.

Es wurde Zeit. Leo stieg wieder die Treppe hinauf, um seinen Rucksack zu füllen. Ein paar Sachen zum Wechseln, das war's auch schon. Kein Handy, keinen Reisepass, denn den würde er ohnehin nicht mehr brauchen können. Geld musste er abheben, Bargeld, so viel wie möglich, und zwar flott.

Als er wieder hinunterging, läutete ein Handy. Mit einer Melodie, die er nicht kannte. Es musste Marincas sein. Nun, die würde heute nicht abheben. Sein Handy konnte nicht läuten, die SIM-Karte war wohl schon in der Donau. Aber vielleicht konnte ihm Marincas Handy ... nein. Sobald sie abgängig war, würde man versuchen, ihr Handy zu orten. Die ganze moderne Elektronik war in seiner Situation kein Segen, sondern ein Fluch. Er würde es abschalten und mit der SIM-Karte genauso verfahren wie mit seiner eigenen.

Marinca stöhnte leise, als er nach ihrer Handtasche griff, um nach dem Handy zu suchen. Als er den Reißverschluss öffnete, sah er als Erstes die Pistole. Sie war schwarz, ziemlich groß. Wie kam Marinca an eine solche Waffe? Leo nahm sie zur Hand. Jetzt hatte sich das Blatt vollkommen gewendet. Er konnte sich verteidigen, er konnte Marinca in Schach halten, wenn Polizei auftauchte. Leo besah sich die Waffe. „Glock 17“ stand darauf. War es eine Dienstwaffe einer Polizistin? Er fluchte. Sie hatte ihn die ganze Zeit an der Nase herumgeführt. Leo nahm die Waffe zur Hand; hielt sie Marinca an den Kopf. „Und jetzt?“, schrie er. „Und jetzt?“ Marinca kreischte. Wieder klingelte das Handy. Die Waffe würde Leo nicht aus der Hand legen, er kramte mit der Linken nach dem Telefon. Dabei fiel ihm eine Packung Kondome in die Hand. Interessant.

Er wedelte vor ihren Augen mit der Packung herum. „Hatten wir noch was vor, heute? Wolltest du dich noch durch die Rechtswissenschaft vögeln, wie? Typisch!“ Er warf ihr die Packung in den Schoß, kümmerte sich um das Handy. Was war das? Er tippte auf dem Gerät herum. Da lief eine Tonaufnahme! Leo versuchte, die App zu stoppen, das Handy entglitt seinen zittrigen Händen und polterte zu Boden. Mit dem Handrücken schlug er Marinca ins Gesicht. Sie versuchte, trotz des Klebebands loszubrüllen, als er das Gerät aufhob, sich an den Tisch setzte, die Glock beiseitelegte und nach der SIM-Karte fummelte. Schließlich holte er sie aus einem Schlitz an der Seite des Geräts. Damit die Botschaft auch klar ankam, warf er das Gerät auf den Boden, trat darauf, dass es knirschte. Marinca heulte. Er zeigte ihr die SIM-Karte, ging ins Klo, betätigte die Spülung, damit sie wusste, was er damit getan hatte.

Und dann läutete es an der Tür. Leo zuckte zusammen. Aber er war jetzt nicht wehrlos. Wer, verdammt noch einmal, konnte das sein? „Keinen Laut!“, ermahnte Leo Marinca, bevor er die Waffe an sich nahm und zur Haustür schlich. Konnte er das Ding überhaupt abfeuern? An der Haustür horchte er, bis es erneut läutete. Dann wieder Stille. Er schrak zusammen, als draußen jemand sprach. „Herr Rieneck! Machen Sie auf! Wir müssen dringend mit Ihnen sprechen! Wir wissen, dass Sie da drinnen sind!“ Es war die Stimme von Weiß. Leo rührte sich nicht. Schön blöd wäre er, würde er Weiß jetzt hereinlassen.

Der würde ihn wahrscheinlich sofort über den Haufen schießen, wenn er Marinca im Wohnzimmer fand.

Die allerdings war ein Risiko. Wenn sie eine Chance sah, sich bemerkbar zu machen, war ihr alles zuzutrauen. Leo schlich wieder ins Wohnzimmer, vergewisserte sich, dass alle Vorhänge lückenlos zugezogen waren. Als Marinca die Glock in seiner Hand sah, begann sie wieder zu wimmern. „Die ist nicht für dich, du dumme Nuss! Obwohl du es verdient hättest, mit deiner eigenen Waffe abgeknallt zu werden!“ Er richtete den Lauf auf ihren Kopf. Marinca schloss die Augen, zitterte. „Ich kann mich jetzt verteidigen, wenn sie kommen. Ich knall sie alle ab!“ Leo strich mit der Linken über den Lauf der Waffe, legte einen Finger an den Abzug und hielt sie Marinca nah vors Gesicht. Die wimmerte noch lauter. „Still! Keinen Mucks! Sonst muss ich, du wirst verstehen. Aber dann bist du selber schuld!“ Marinca schloss die Augen, hörte auf zu wimmern, zitterte aber am ganzen Leib.

Weiß verzichtete darauf, noch einmal zu läuten. Leo musste vom ersten Stock aus die Lage sondieren. Leise schlich er die Treppe hinauf, trat in sein Zimmer. Er erschrak, als er durch einen Spalt in den Vorhängen spähte. Vor dem Haus standen drei Polizeiautos, der schwarze Skoda, ein Streifenwagen und ein Bus. Das bedeutete, dass viele Polizisten auf ihn angesetzt waren. Da er von seinem Standpunkt aus nur drei sehen konnte, die hinter den Fahrzeugen kauerten, mussten die anderen das Haus umstellt haben. Sie würden bitter bereuen, ihn so in die Enge getrieben zu haben. Sie wussten nicht, dass er über eine Schusswaffe verfügte, das würde sie teuer zu stehen kommen. Am Ende der Straße stand ein weiteres Polizeifahrzeug, quer über die Fahrbahn. Dahinter eine Absperrung aus Plastikbändern. Man hatte sich wirklich große Mühe gegeben.

Was aber, wenn die Polizisten gar nicht wussten, dass er eine Geisel hatte? Er musste Kontakt aufnehmen und schlich zur Haustür. „Weiß!", rief er. „Herr Rieneck?", kam es zurück. „Machen Sie auf. Wir können dann in Ruhe reden. Es passiert Ihnen auch nichts!" „Schicken Sie alle da draußen weg!", schrie Leo. „Alle! Ich habe eine Geisel! Wenn ich auch nur das geringste Geräusch höre, an den Fenstern, oder an der Tür, dann knall ich sie ab!"

Kurz blieb es draußen still. „Rieneck, was wollen Sie? Ich kann die erst wegschicken, wenn Sie aufmachen. Dann reden wir. Wir kriegen das hin." Die beruhigende Stimme wollte ihn einlullen, aber darauf fiel er nicht herein. Was er fordern sollte, was er tun sollte, er wusste es nicht. Noch nicht. Es ging auch alles viel zu schnell. Er warf einen Blick auf den Rucksack zu seinen Füßen. Vor ein paar Minuten hatte er noch fliehen wollen, und alles wäre gut gewesen, wenn diese Idioten nicht das Haus umstellt hätten. „Ich will keine Polizei mehr sehen!", schrie Leo. „Verschwindet alle! Macht die Straße frei! Das ist meine erste Forderung! Ihr habt zehn Minuten!"

Im nächsten Moment spürte er einen stechenden Schmerz in der Schulter und ließ die Pistole fallen. Gleichzeitig klirrte und krachte es um ihn herum, als ginge die Welt unter. Er stürzte zu Boden, jemand kniete sich auf seinen Rücken und riss seine Arme unsanft nach hinten. Handschellen klickten. Leo konnte nur Füße in Stiefeln sehen, die über ihn hinwegstiegen und die Haustür öffneten. Plötzlich kehrte wieder seltsame Stille ein. Das war es nun also. Wahrscheinlich würden ihn die Einsatzkräfte gleich erschießen, wenn er auch nur mit den Ohren zuckte. Leo blieb ruhig liegen. Weiß hatte Recht gehabt. Die Anspannung fiel von ihm ab. Sein Puls beruhigte sich ebenso wie sein Atem, sein Herz schlug weniger schnell. Es war vorbei. Er brauchte nichts mehr zu tun, keine Pläne mehr zu schmieden, von jetzt an würde man sich um ihn kümmern.

„Nein, keine Trage. Ich kann schon selber aufstehen!" Das war Marincas Stimme. Plötzlich ganz laut in seinem Ohr. „Was bist du nur für ein Stück Dreck!" Etwas Feuchtes landete auf seiner Wange. Marinca musste ihn angespuckt haben. Kurz darauf spürte er einen Tritt in der Seite. „Nein, nicht, Frau ... wie heißen Sie eigentlich?" Eine weitere weibliche Stimme. Wahrscheinlich die Polizistin, die Marinca befreit hatte. Durften jetzt auch schon Frauen bei solchen Einsätzen dabei sein?

Marinca hatte ihn von Anfang an nach Strich und Faden belogen, hintergangen, ausgehorcht. Wie hatte er nur so blöd sein können, ihr die Studentin abzunehmen? Obwohl er mehrmals Verdacht geschöpft hatte, hatte er nicht von ihr lassen können. Wenn er die noch einmal in die Finger bekam, dann gnade ihr Gott.

„Können Sie aufstehen, Herr Rieneck?" Weiß. Zurückhaltende, sanfte Stimme. Nichts schien ihn aus seiner Behäbigkeit aufschrecken zu können. Anstatt einer Antwort hob Leo seine gefesselten Arme. „Ach so, ja. Warten Sie, ich hole jemanden." Kurz darauf packten kräftige Arme Leo unter den Achseln. Er schrie vor Schmerz auf. „Aber, Herr Rieneck. Jetzt wollen wir doch nicht wehleidig sein. Wer austeilt, muss schon auch einstecken können!" Da war Sarkasmus in Weiß' Stimme. Zwei Männer, ganz in Schwarz, die Gesichter hinter Visieren verborgen, schleppten Leo ins Wohnzimmer. Oder was davon noch übrig war. Beide Fenster und die Terrassentür waren zerschlagen, Scherben knirschten unter den Schritten der Polizisten. Sie ließen Leo achtlos aufs Sofa fallen. Er verbiss einen neuerlichen Schmerzensschrei, wollte Weiß nicht die Genugtuung bereiten, zu jammern. Er hing nun schief auf dem Sofa, konnte sich nicht selbst in eine aufrechte Position bringen.

Draußen fuhr ein Rettungswagen ab, Leo konnte die Blaulichter durch den leeren Fensterrahmen sehen. „Da wird gerade Ihr Opfer weggebracht. Ich hoffe, sie kommt wieder auf die Beine." Leo sagte nichts. Weiß seufzte. „Da haben Sie sich in einen schönen Schlamassel gebracht, Herr Rieneck. Ich brauche Ihnen die Anklagepunkte gar nicht erst aufzuzählen, die im Gerichtsverfahren gegen Sie vorgebracht werden. Schaut nicht gut aus. Eher nach lebenslänglich. Und Sie sind noch jung!" Er schüttelte den Kopf, als bedauere er Leos Schicksal.

„Wissen Sie", sagte Weiß und setzte sich in den sauber gebliebenen Lehnstuhl, Leo genau gegenüber. „Sie dürfen niemals glauben, dass die Polizei dumm ist, unfähig. Mir ist schon klar, dass auch Sie von den Medien beeinflusst sind, die ständig gegen uns hetzen. Und auch der Teil der Gesellschaft, dem Sie angehören, macht uns ja andauernd Vorwürfe. Dass wir nur die Ausländer schützen würden und uns nicht um die Österreicher kümmern. Herr Rieneck!" Er rückte ein Stück nach vor, beugte sich Leo entgegen. „Wir sind dem Gesetz treu. Wir verhelfen nur dem

Recht zur Geltung. Wir entscheiden nicht, was Recht ist." Er seufzte und ließ sich wieder zurücksinken.

Leo hatte sich entschlossen, zu schweigen. Wenn er was sagte, würde man ihm die Worte so lange im Mund herumdrehen, bis sie zu einer Aussage wurden, die ihn belastete. Da konnte Weiß noch so teilnahmsvoll tun.

„Wissen Sie, Herr Rieneck", fuhr Weiß fort. „Wir wussten ja zu jedem Zeitpunkt, wo im Haus Sie sich aufhalten. Und als Sie an der Haustür standen, haben wir eben einen Mann hineingeschickt, der es versteht, überall lautlos hineinzukommen. Sehen Sie, auf so etwas verstehen wir uns. Und der hat Sie dann außer Gefecht gesetzt, bevor der Rest der Truppe durch die Fenster gekommen ist. Das war dann natürlich nicht mehr so lautlos!" Er lachte, als habe er einen guten Witz zum Besten gegeben. Leo fühlte, wie Rotz aus seiner Nase rann und sich über die Oberlippe ausbreitete. Oder war es Blut? Die Schmerzen in seiner Schulter waren höllisch. Er versuchte, das Gewicht von der schmerzenden Stelle weg zu verlagern. „Sitzen Sie nicht gut?", fragte Weiß und lächelte. „Sie werden's schon überleben. Sie haben doch nichts dagegen, wenn ich mir ein Glas Wasser hole?" Leo schwieg.

Weiß stand auf, ging in die Küche. Während er das Wasser laufen ließ, kam Hell ins Wohnzimmer, nickte kurz und blieb an der Tür stehen. Sie hatte ihren Blick auf Leo gerichtet, schien aber durch ihn hindurchzusehen. Weiß kam mit einem Glas Wasser in der Hand zurück. „Also, Herr Rieneck, die Unordnung in der Küche ... da hätten Sie schon ein wenig ... Sie haben wohl noch nie viel mit Haushalt am Hut gehabt, wie?" Leo bäumte sich ganz kurz auf, der

Schmerz ließ ihn wieder in sich zusammensacken. So einen Fehler durfte er nicht noch einmal machen, Weiß war nur darauf aus, ihn zu provozieren. Sonst nichts. Was für Qualitäten seine Mutter als Hausfrau hatte, interessierte den einen Dreck. Er würde auf keine Provokation mehr reagieren.

Hell schüttelte missbilligend den Kopf. Was ging die das alles eigentlich an?

„Bringen Sie mich weg!“, sagte Leo. „Und sorgen Sie dafür, dass ich eine anständige Behandlung für meine Schulter bekomme. Sonst werden Sie das bereuen!“ Weiß zuckte mit den Schultern. „Ich hab schon vieles in meinem Leben bereut, Herr Rieneck. Da kommt es auf einmal mehr oder weniger nicht an. Aber wir werden Sie schon wegbringen. Zuerst allerdings möchte ich mit Ihnen hier noch einen kleinen Plausch führen, so ganz unter uns. Nichts, was wir dann vor Gericht verwenden, nicht wahr, Frau Hell?“ Hell nickte mit ausdrucksloser Miene.

„Herr Rieneck, was meinen Sie?“ Weiß legte den Zeigefinger an seine Lippen. „Werden wir auf Ihrem Mordinstrument, werden wir da noch DNA-Spuren Ihrer Opfer finden? Sie wissen doch, was DNA-Spuren sind?“ „Natürlich weiß ich das!“, platzte es aus Leo heraus. Schon wieder war es Weiß gelungen, ihn mit seiner völlig unspektakulären, ruhigen Art zu provozieren. Jemand, der ihn angeschrien und beschuldigt hätte, wäre ihm sogar lieber als dieser arrogante Weiß, der sich anscheinend selbst für unendlich klug hielt.

„Wissen Sie, Herr Rieneck!“, fuhr Weiß fort, beugte sich vor und nahm einen Schluck Wasser. „Unsere Techniker, die leisten mittlerweile geradezu Unglaubliches. Da können Sie Ihren Draht abwischen, sooft Sie wollen, die finden da was drauf! Ist das nicht fantastisch?“ Diesmal gelang es Leo, eine Reaktion zu unterdrücken. Er hoffte inständig, dass man ihn bald aufs Landespolizeikommando bringen würde.

„Eines möchte ich Ihnen noch erzählen, bevor wir fahren: Sie werden es nicht glauben, aber da gibt es Leute, denen Sie vertraut haben. Leute aus dieser so genannten rechten Szene, die haben bereitwillig gegen Sie ausgesagt. Die haben Sie, ohne dass wir da etwa Daumenschrauben anlegen mussten, die haben Sie einfach, wie soll ich es anders sagen, hingehängt! Nicht, dass wir denen alles glauben, aber ...“ Leo ballte hinter seinem Rücken die Fäuste und presste die Zähne aufeinander. „Na, und da ist noch diese junge Frau, die Sie misshandelt haben, die Sie mit dem Umbringen bedroht haben ...“ Weiß schüttelte betrübt den Kopf, so als mache er sich Gedanken, wie er Leo noch aus dieser Situation befreien konnte. „Eine Kollegin, übrigens. Undercover. Sehr jung für eine solche Aufgabe, aber sie hat es ausgezeichnet gemacht. Eine gefährliche Arbeit.“ Diese Schlampe! Leo bereute, sie nicht mit ihrer eigenen Waffe umgelegt zu haben.

Weiß strich sich mit der Hand übers Kinn. „Natürlich ist nicht alles so gelaufen, wie wir uns das vorgestellt hatten. Die Kollegin hat sich zu ein paar Eigenmächtigkeiten hinreißen lassen, geglaubt, sie habe die Situation ganz allein im Griff, Sie zwischendurch zu stark provoziert, um Ihnen Informationen zu entlocken. Hat wohl auch die Lorbeeren für Ihr Geständnis für sich verbuchen wollen, geglaubt, ihr würden Sie sich am ehesten anvertrauen. Und schließlich hat sie sich deshalb sogar in unmittel-

bare Gefahr begeben. Na, hoffen wir das Beste für sie."
„Die bring ich um!", schrie Leo. „Ich stech sie ab!"

„Ts, ts!", machte Weiß. „Das hört sich ja gar nicht freundlich an. Aber machen Sie sich keine Hoffnungen, Sie werden die Kollegin nie wiedersehen, und Sie werden auch nichts herausfinden, wenn Sie nach ihrem Namen suchen, falls Sie jemals wieder in Freiheit gelangen." Weiß lachte auf. „Sie werden in nächster Zeit auch keine Gelegenheit haben, Medien zu nutzen. Bestenfalls zehn Jahre alte Gartenzeitschriften!" Er lachte. „Und, im Vertrauen, die Kollegin sieht nicht so aus, wie Sie sie kennengelernt haben. Da gibt es so Möglichkeiten ..."

Weiß deutete mit dem Finger auf Leo. Seine Stimme wurde laut, anklagend. „Allein wegen dem, was wir Ihnen aufgrund heutiger Ereignisse nachweisen können, wandern Sie schon für fünf, sechs Jahre in den Häfen, da wollen wir vom Rest einmal gar nicht reden! Haben Sie gewusst, dass man in Amerika mehrmals zu lebenslänglich verurteilt werden kann?" Er lachte. „Bei uns ist es Gottseidank nicht ganz so schlimm!" Bedächtig blickte Weiß auf seine Uhr. „Ja, jetzt wollen wir. Nicht, dass wir uns da noch verplaudern, gell?" Er verließ das Wohnzimmer. Zwei uniformierte Beamte traten herein. Ihrem Gesichtsausdruck entnahm Leo, dass sie ihn liebend gern an den Haaren aus dem Haus geschleift hätten.

11

Das Zimmer, in das man Leo gebracht hatte, sah aus wie ein gewöhnliches Büro, nicht so bedrohlich, wie man Vernehmungsräume oft in Krimis sah. Die Möbel schienen alt und abgestoßen, die Stühle unbequem und hart. Zumindest seiner. An der Wand neben der Tür lehnte gelangweilt einer der Polizeibeamten, die ihn in ein Auto verfrachtet hatten. Vor Leo standen ein Glas Wasser und ein Teller mit einem Wurst- und einem Käsebrot. Seine Hände lagen in Handschellen auf seinen Oberschenkeln. Seit eineinhalb Stunden. Weder der Beamte noch Leo hatten auch nur ein Wort gesprochen. Um ein Brot zu essen, hätte er mit beiden Händen gleichzeitig danach greifen müssen. Taktik, sagte Leo sich. Man wollte ihn mürbe machen, provozieren, warten, bis er die Nerven verlor. Aber nicht mit ihm. Leo versuchte, an etwas Schönes zu denken. An Marinca, als sie zu ihm gekommen war, bevor sie sich leichtsinnig in Schwierigkeiten gebracht hatte. Aber er durfte nicht vergessen, sie war es, die ihn ins Verderben gestürzt hatte. Ob sie wirklich aus Kroatien stammte? Wenn ja, dann war sie Teil des Komplotts gegen ihn. Wahrscheinlich war sie gar keine Kroatin, sondern eine bosnische Muslimin.

Endlich öffnete sich die Tür, Weiß erschien mit einer Wurstsemmel in der Hand, kauend, Hell im Schlepptau. Der Beamte, der bisher an der Tür gestanden war, nickte und verließ den Raum. Weiß ließ sich in einen bequemen Bürostuhl fallen, Hell setzte sich neben ihn. „Essen Sie, Rieneck!“, sagte Weiß, nachdem er seinen letzten Bissen hinuntergeschluckt hatte. „Essen Sie! Wissen Sie, wir sind verpflichtet, Ihnen drei Mahlzeiten am Tag zuzugestehen, solange Sie bei uns sind. Wir sind natürlich kein Haubenrestaurant!“ Er lachte dröhnend. „Nicht wahr, Frau Hell? Kein Haubenrestaurant!“ Hell nickte und lächelte. Weiß wurde wieder ernst. „Wirklich, Rieneck. Sie brauchen das. Es wird ein langer Abend!“

Leo schüttelte den Kopf und schwieg. Weiß seufzte. „Herr Rieneck“, sagte er, schob seinen Sessel nach vorn, legte die Ellenbogen auf den Schreibtisch und stützte das Kinn in die verschränkten Hände. „Es gibt jetzt zwei Möglichkeiten. Entweder Sie erzählen uns alles, was vorgefallen ist. Beginnend mit Hassan Arkan. Strafmildernd. Oder ich erzähle Ihnen alles, was wir wissen, und Sie schweigen oder leugnen. Strafverschärfend. Nur, damit Sie im Bilde sind. Wollen S' zuerst mit einem Anwalt sprechen? Der würde Ihnen wahrscheinlich raten, ein Geständnis abzulegen.“ Weiß lachte.

Leo schwieg und überlegte. Sollte er nach einem Anwalt verlangen? Und was würde der ihm raten? Quatsch. Er konnte sich selbst verteidigen. So viel Ahnung vom Strafrecht hatte er jedenfalls. Schließlich schüttelte er den Kopf. Weiß gab ihm Zeit. „Gut so“, nickte er dann. „Vielleicht brauchen Sie ein wenig Ansporn“, versuchte er es noch einmal, bückte sich, öffnete seinen Aktenkoffer und holte zum zweiten Mal seinen dicken Aktenordner heraus, den er wiederum so öffnete, dass Leo nicht sehen konnte, was sich darin befand.

„Beginnen wir mit einer Kleinigkeit. Die Störung der Theatervorstellung am 22. November. Eine der Darstellerinnen hat einen der maskierten Angreifer gekratzt. Er muss recht heftig geblutet haben, wir konnten von den Händen der Frau Blut und Hautspuren sichern. Die Auswertung der Videos deutet darauf hin, dass Sie derjenige waren, den die Frau gekratzt und der sie daraufhin niedergeschlagen hat.“ Leo schüttelte den Kopf und zischte verächtlich. „Sie wollen uns mit Ihrer Reaktion genau was mitteilen?“, fragte Hell. Leo hob den Kopf, verschränkte die Hände und sagte „Nichts. Genau nichts.“ Hell deutete auf Leos Hals. „Sie haben eine frisch verheilte Wunde am Hals. Konsistent mit dem Kratzer, den wir auf Video haben. Es liegt auch eine DNA-Analyse des Bluts und der Hautpartikel vor, die wir noch mit Ihrer DNA abgleichen werden.“ Leo grinste und schüttelte den Kopf. Und wenn schon. Die Geschichte mit dem Theater hatte bestenfalls Unterhaltungswert.

„Gut“, sagte Weiß. „Ist ja nur eine Kleinigkeit. Körperverletzung. Aber erwähnenswert.“ „Wenn, dann hat sie ...“ Leo hielt inne. Gerade noch, bevor er einen fatalen Fehler begangen hätte. Weiß lächelte. „Sie hat was?“ Leo starrte zu Boden und schwieg. Er hatte mehr als genug gesagt.

„Nun gut“, sagte Weiß. „Machen wir weiter. Mittwoch, der 20. November. Wo haben Sie den Abend verbracht?“ Leo schüttelte den Kopf und starrte wortlos auf die beiden belegten Brote. Weiß schwieg. Nach einer Ewigkeit blätterte er in seinen Akten um. „Sie waren in der Wohnung der Esther Trausig. Nach dem Beischlaf kam es zu einem Streit. Sie haben die Frau gewürgt. Dafür gibt es Zeugen, ebenso wie den Befund einer Medizinerin. Möchten Sie dazu was sagen?“ „Das Märchen kann Ihnen nur die verrückte Spanierin erzählt haben!“, zischte Leo. Wieder Schweigen. „Möchten Sie nicht doch essen, Rieneck?“

„Nun gut, machen wir weiter mit dem 26. November, am Vormittag. Der Tag, an dem Hassan Arkan getötet wurde. Wir haben da eine Aussage von einer Person, die Sie in der Nähe des Tatorts gesehen hat, kurz vor der Tatzeit.“ Die alte Frau mit dem Hund. Er erinnerte sich genau an sie. Sie hatte ihm nicht einmal einen Blick zugeworfen. „Wissen Sie, ich habe Ihnen ja schon oft gesagt, wir sind nicht so blöd, wie viele glauben. Und dort, fast genau, wo die Zeugin Sie gesehen hat, hängt an einem Ständer ein Behälter für diese Beutel für den Hundekot. Und da wissen wir als Kriminaler natürlich genau, hier kommen Hundebesitzer vorbei. Und wissen Sie, was diese Tierliebhaber für einen unschätzbaren Vorteil haben?“ Hell antwortete. „Sie kommen jeden Tag zur gleichen Zeit am gleichen Ort vorbei. Wir brauchten also an den nächsten Tagen nur am Kebabwagen warten, welche Hundebesitzer vorbeikamen. Und es hat nicht lang gedauert, bis wir eine Zeugin gefunden hatten.“ Weiß nickte. „Wollen Sie jetzt vielleicht selber weitererzählen, Rieneck?“ Leo schwieg. Weiß wartete ab. Nicht lange genug, um Leo zum Reden zu bringen. „Sehen Sie, am Vormittag kommen da nicht so viele Leute vorbei.“ Er lachte. „Man fragt sich, warum Herr Arkan ausgerechnet dort ... aber das gehört jetzt nicht hierher. Wir hatten daher ziemlich bald eine brauchbare Beschreibung eines Verdächtigen. Und die hat recht gut auf Sie gepasst.“ Leo schwieg. Er hatte weder das Wasser noch die Brote angerührt. Er schwitzte, obwohl es im Raum nicht heiß war. Leo warf einen Blick zum Fenster.

„Würd ich Ihnen nicht raten“, sagte Weiß. „Wir sind im dritten Stock. Und die Fenster sind dreifach verglast. Und versperrt. Da hätten Sie wenig Glück mit einem Fluchtversuch."

Leo hatte tatsächlich daran gedacht. Einfach hinauszufliegen. Sobald er auf dem Boden aufprallte, würde alles dunkel werden, und er würde nie wieder aufwachen müssen. Er würde nicht ins Gefängnis gehen.

„Kurz nach der Tatzeit hat ein Förster in der Nähe der Höhenstraße Rauch entdeckt. Er hat nach dem Ursprung des Feuers gesucht, und was, glauben Sie, hat er an der Brandstelle gefunden?" Hell nickte und antwortete, so, als ob Weiß der Prüfer und sie die Kandidatin wäre. „Fasern von einem Pullover. Die gleichen Fasern, die wir unter den Fingernägeln von Herrn Arkan gefunden haben. Der Förster hat pflichtbewusst die Polizei gerufen, und recht schnell ist einer meiner Kollegen auf die Idee gekommen, die am Tatort und an der Brandstelle gefundenen Fasern miteinander zu vergleichen. Schlau, wie?" Weiß nickte, wie um sich selbst der Richtigkeit seines Urteils zu versichern. „Der hat sich nämlich gewehrt, war gar nicht so leicht, ihn um die Ecke zu bringen, nicht? Und wenn Sie jemand dabei beobachtet hätte!" Leos Blicke irrten vom Fenster zu Weiß, von Weiß zu Hell, von ihr in seinen Schoß. Ob die Beamten erkennen konnten, wie unruhig er war? Sollte er sich nicht, als Unschuldiger, heftiger gegen die Anschuldigungen wehren? Aber dabei würde er sich womöglich verplappern, irgendwann sicher, es war besser, zu schweigen.

Weiß blätterte um. „Da haben wir uns natürlich gefragt, wie kommen Faserspuren von Hassans Fingernägeln auf die Höhenstraße? Was glauben Sie, was wir gemacht haben?" Leo bemühte sich, möglichst gelangweilt aus dem Fenster zu sehen. „Und siehe da!“ Weiß klopfte auf ein Blatt in seinem Aktenordner. „Da gab es einen Straßenbahnfahrer und eine Frau, die auf ihrem Grundstück Laub gerecht hat. Die haben sich beide an Sie erinnert. Oder zumindest an jemanden, der etwa wie Sie aussah.“ Weiß lächelte. „Vor allem haben sie sich an einen Rucksack erinnert. Genauso einen, wie wir ihn vor zwei Stunden in Ihrem Haus gefunden haben!“ Leo hätte sich ohrfeigen können. Warum auch hatte er den alten Rucksack nicht weggeworfen? Er hätte ihn samt der Kleidung entsorgen müssen. „Das beweist gar nichts!“, sagte er trotzig.

Weiß sah ihn an. „Sieh da! Der Herr spricht doch mit uns!“ „Das hören wir oft!“, sprang Hell ein. „Aber im Zusammenklang mit anderen Indizien ist die Erinnerung mehrerer Zeugen an einen bestimmten Rucksack schon was wert!“

Weiß kramte wieder in seinem Aktenkoffer. „Zefix!“, fluchte er. „Wo hab ich die jetzt hingetan? Ah, da!“ Er zog ein Kuvert aus seinem Koffer. Heraus fielen Fotos, als er es über dem Schreibtisch schüttelte. Er legte die Bilder, fein säuberlich Kante an Kante, vor Leo hin. „Und, sehen Sie, sobald wir die Verbindung zwischen Höhenstraße und Kebabwagen hatten, haben wir uns natürlich die Überwachungskameras vorgenommen. Auf den Bahnsteigen, an den Haltestellen. Hier, hier und hier!“ Er deutete auf eine Gestalt auf jedem der Fotos. „Das sind Sie. Man kann Ihren Rucksack deutlich erkennen. Was beweist, dass Sie zur fraglichen Zeit vom Kebabwagen zur Höhenstraße unterwegs waren. Ich muss mich wiederholen, weil Sie ja nichts sagen. Wollen Sie nicht doch etwas essen?“ Weiß deutete auf die Brote, die auf dem Teller vor Leo langsam zu vertrocknen begannen. Dann blätterte er wieder in seinem Aktenordner. „Es hat halt eine Zeitlang gedauert, bis wir das alles hatten.“ Er zuckte bedauernd mit den Schultern. „Sonst hätten wir den Herrn Halabi retten können. Und auch Ihre Mutter.“ Er seufzte. Leo schwieg.

„Kommen wir zum Todesfall Baschar Halabi, fast eine Woche später. Da haben wir eine seltsame Aussage.“ Er blätterte weiter, während Hell einem der Uniformierten ein Zeichen gab. Der trat an den Tisch. „Bring uns bitte allen Kaffee!“, sagte sie. Der Polizist nickte. „Eine seltsame Aussage“, wiederholte Weiß. „Am Tag vor der Tat erinnert sich die Freundin von Herrn Halabi an eine Begegnung auf dem Heimweg, spät nachts. Sie waren beide auf dem Gehsteig stehen geblieben, weil Herr Halabi dachte, seine Zigaretten verloren zu haben.“

Herr Halabi. Was sollte denn das? Ein Flüchtling war kein Herr, niemals.

„Folgen Sie mir?“, fragte Weiß. Leo hatte wohl abwesend gewirkt, nickte nun. „Die Begleiterin beschwört, dass sie den Rucksack ebenfalls wiedererkennt. Sie haben also die beiden bereits eine Nacht vor der Tat verfolgt?“ Das konnte gar nicht sein. Er hatte doch genau an diesem Tag einen neuen Rucksack gekauft. Leo grinste. „Unmöglich!“, sagte er. Weiß zog eine Grimasse. „Unmöglich, sagen Sie? Aber wieso denn?“ „Weil ...“ Im letzten Moment erkannte Leo die Falle. Wenn er behauptete, gar nicht der zu sein, den Baschars Freundin gesehen hatte, dann wusste er auch nichts über den Rucksack. „Weil ich es nicht war! War nie dort!“ Er atmete tief durch. In seinem Magen machte sich ein Brennen breit, und sein linker Fuß zuckte und wippte unwillkürlich. Hell war das bereits aufgefallen, sie hatte mehrmals Blicke auf seinen Fuß geworfen, den Weiß nicht sehen konnte.

„Möchten Sie jetzt vielleicht übernehmen?“ Weiß blickte ihn direkt an. Leo schüttelte den Kopf und versuchte sich in einem überlegenen Grinsen. Weiß seufzte. „Rieneck, das Grinsen wird Ihnen vergehen, wenn Sie in einer Zelle landen. Unsere Gäste hier sind nicht immer begeistert, wenn Neuankömmlinge für noch mehr Enge sorgen.“ Er hatte seine Stimme gehoben, und Leo meinte, einen missbilligenden Blick von Hell zu Weiß eingefangen zu haben.

So weit würde es nicht kommen. In Leos Kopf begann sich ein Plan zu formen. Er hatte eine vage Idee, wie er der Zelle entkommen und gleichzeitig der Polizei ein Schnippchen schlagen konnte.

„In der Tatnacht“, fuhr Weiß fort, „sind Sie fast mit einem Pärchen zusammengestoßen, nicht weit vom Tatort. Die beiden haben Sie identifiziert, erkannten den Rucksack auf einem Foto wieder. Den gleichen wie tags zuvor.“ Weiß kramte in seinem Aktenkoffer, zog ein Faltblatt eines Diskonters hervor. „Diesen Rucksack!“ Er klopfte mit dem Finger auf das Angebot, faltete den Prospekt wieder sorgfältig zusammen und packte ihn in seinen Aktenkoffer. „Dann gab es ein Feuer in einem Altpapiercontainer, und was haben wir sofort gemacht, Rieneck, na, was?“ Diesmal antwortete sich Weiß selbst. „Wir haben angenommen, dass es sich um denselben MO handelt wie bei Arkan. Wissen Sie, was das heißt, Rieneck, MO?“

„Modus operandi“, antwortete Leo. Der Polizist sollte ihn nicht für dumm halten, nicht den Fehler begehen, zu glauben, Leo wäre eingeschüchtert. Weiß nickte. „Genau. Modus operandi. Angehender Jurist. Lateiner.“ Er grinste. „Und siehe da, was finden wir in dem

Papiercontainer? Textilfasern, die nicht gänzlich verbrannt sind. Die Feuerwehr war ja schnell."

„Beweist gar nichts!", stieß Leo trotzig hervor. Weiß wiegte seinen Kopf. „Für sich allein vielleicht nicht", gab er zu. „Aber wenn wir ein Zeit-Weg-Diagramm aufstellen, passt es sehr gut – zuerst die Tat, dann die Begegnung mit dem Pärchen, dann das Feuer – passt lückenlos zusammen!" Er schlug seinen Aktenordner mit einem Knall zu.

„Sie werden sich vielleicht fragen, warum wir heute – gerade zur rechten Zeit, übrigens, wie sich ja herausgestellt hat – bei Ihnen eingetroffen sind. Wir hatten da einen Anruf. Und der Anrufer hat sich freundlicherweise bereit erklärt, Sie auf dem Video zu identifizieren. Zweifelsfrei, wie er meinte." Paul. Dieses Arschloch. Niemand anderer konnte das gewesen sein.

Ein Polizist betrat den Raum mit drei Kaffeebechern in einem Tragebehelf aus Pappe. Er stellte den Kaffee vor Weiß ab. Der nahm einen Becher aus dem Gestell. „Au, heiß!" Er zog die Finger zurück. „Nehmen Sie nur, Rieneck. Aber aufpassen, ist heiß!" Leo schüttelte den Kopf.

Weiß sah auf die Uhr. „Wir haben heute nur noch wenig Zeit", sagte er. „Wir wollen ja nicht gegen Ihre Rechte verstoßen, indem wir die Befragung über Gebühr ausdehnen. Und schließlich hat ja auch ein Polizist ein Recht auf Feierabend, nicht?" Weiß lachte kurz auf. „Also nur noch kurz zu Ihrer Mutter. Ich gehe davon aus, dass Sie sie die Treppe hinuntergestoßen haben. Es gibt ja auch schon zwei aktenkundige Vorfälle, nicht wahr, als sie im Krankenhaus behandelt wurde, da hat man festgestellt, dass Sie sie geschlagen haben."

„Einen!“, protestierte Leo und merkte, dass er einen Fehler gemacht hatte. Er hatte sich von einer falschen Anschuldigung Weiß’ provozieren lassen und darauf geantwortet.

„Von mir aus!“ Weiß grinste und zuckte mit den Schultern. „Ich gebe zu, wir werden Schwierigkeiten haben, das zu beweisen. Die Gutachter meinen zwar, dass ihre Verletzungen und der Sturzverlauf eine zusätzliche Beschleunigung durch einen Stoß nahelegen, aber ob das vor Gericht hält?“ Er zuckte mit den Schultern, verzog den Mund zu einem breiten Grinsen. „Ist aber eigentlich auch egal, nicht? Für die beiden Morde zuvor kriegen wir Sie mit Sicherheit dran. Vorsatz, Heimtücke, alles da. Das reicht ohnehin für lebenslänglich. Und Ihre Mutter und das Mädel aus dem Computergeschäft, und nicht zuletzt Ihr Video, damit beschäftigen wir uns morgen. Abführen!“ Weiß stand auf und unterstrich seine Worte mit einer Geste. Die beiden Uniformierten näherten sich Leo, einer links, einer rechts. Sie fassten ihn unter den Achseln.

Weiß sah zu ihm zurück und schüttelte den Kopf. Der würde sich wundern. Morgen hatte er ein Problem mehr. „Herr Rieneck geht schon selber, nicht? Da braucht es keine nachdrückliche Aufforderung, oder?“ Leo nickte und stand auf. Die beiden Polizisten ließen los. „Sie werden jetzt unsere etwas spartanische Unterkunft kennenlernen, Rieneck. Morgen Früh geht’s dann weiter!“ Weiß verließ den Raum, ließ die Tür hinter sich offen stehen. Hell sammelte die Fotos ein und steckte sie wieder in das Kuvert. Sie sah müde aus. Einer der Polizisten postierte sich vor Leo, einer hinter ihm. Der vor ihm bedeutete ihm mit einer Geste, ihm zu folgen.

Er würde als Opfer von Polizeigewalt gelten, einen Prozess würde es nie geben. Seine Schuld würde man ihm nie nachweisen können, denn er würde zu den Vorwürfen gegen ihn nie etwas sagen. Die Presse würde die Polizei in der Luft zerreißen. Und hoffentlich würde ihm jemand in seiner Mission nachfolgen. Dritter Stock. Das musste reichen. Als der Beamte vor ihm durch die Tür ging und sich nach links wandte, reichten Leo ein paar rasche Schritte, um zum Treppengeländer zu gelangen und sich kopfüber fallen zu lassen.

Er hörte noch die Schreie der Polizisten, bevor er aufprallte.

Herbert Dutzler
Die Einsamkeit des Bösen
Kriminalroman
368 Seiten
ISBN 978-3-7099-7936-5

Das kleine Mädchen Alexandra musste schon früh lernen, was es heißt, wenn jemand voll von Hass, Frust und Aggression ist. Die erwachsene Frau Alexandra scheint die schwere Kindheit völlig hinter sich gelassen zu haben – doch wirkt das nur an der Oberfläche so. Von den düsteren Geheimnissen, die in ihr schlummern, wissen weder ihr Mann noch ihre beiden Kinder. Doch eines Tages gerät Alexandras heile Welt aus den Fugen: Ein Millionengewinn entpuppt sich mehr als Fluch denn als Segen. Plötzlich fühlt Alexandra sich allein. Ihr Ehemann wird ihr von Tag zu Tag fremder, Heimlichkeiten vor Freunden sind an der Tagesordnung, die Kinder stellen materielle Ansprüche, nichts ist mehr so, wie es war. Sie spürt: Die Schatten ihrer Vergangenheit fallen noch immer düster auf ihre Seele. Und dann regt sich in ihr jenes zornige kleine Mädchen, das damals dem Bösen direkt ins Auge geblickt hat …

Herbert Dutzler
Am Ende bist du still
Kriminalroman
336 Seiten
ISBN 978-3-7099-7966-2

Sabine kann es nicht mehr ertragen: Seit ihrer Kindheit schreibt ihre Mutter ihr vor, was sie zu tun, zu fühlen, zu denken hat. Sie wird kontrolliert und bevormundet, die Mutter nimmt ihr die Luft zum Atmen. Zur jungen Frau geworden, kämpft Sabine mehr und mehr gegen diese Enge an. Und dann, eines Tages, ergibt sich plötzlich die Möglichkeit, die Mutter für immer loszuwerden, sich zu befreien. Sabine überschreitet eine Grenze, es führt kein Weg zurück. Ihr Leben gerät aus den Fugen, sie kann immer weniger unterscheiden zwischen Gut und Böse, sinnloser Rache und notwendiger Loslösung. Und dann schöpft auch noch der Vater Verdacht ... Eine beklemmende Irrfahrt in die Untiefen einer gequälten Seele – und eine verstörend spannende Geschichte von der Gier nach Vergeltung!

„Es ist ein fiebriger Weg, man bekommt kaum Luft. Und am Ende ist man still.“
DIE WELT, Elmar Krekeler

MIX
Papier | Fördert gute Waldnutzung
FSC® C083411

Auflage:
4 3 2 1
2027 2026 2025 2024

HAYMON tb **325**

Ungekürzte Taschenbuchausgabe 2024

www.haymonverlag.at

ISBN 978-3-7099-7977-8

Inhaltliche Betreuung und Lektorat: Haymon Krimi / Linda Müller
Projektleitung: Haymon Krimi / Elisabeth Waldhart
Buchinnengestaltung nach Entwürfen von himmel. Studio für Design und Kommunikation, Innsbruck/Scheffau – www.himmel.co.at
Satz: Dörlemann Satz, Lemförde
Umschlaggestaltung: ZeroMedia, München
Umschlagabbildungen: Kind im Gras: Karina Vegas / Arcangel (AA11406409); Junger Mann mit Hoodie: FinePic®
Autorenfoto: Haymon Krimi / Fotowerk Aichner

Gedruckt auf umweltfreundlichem, chlor- und säurefrei gebleichtem Papier.